BELICE
HONDURAS
MAR CARIBE
OCÉANO ATLÁNTICO
NICARAGUA
Lago de Nicaragua
EL SALVADOR
GUATEMALA
PANAMÁ
COSTA RICA
Barranquilla
Cartagena
Maracaibo
Lago de Maracaibo
Caracas
Río Magdalena
San Cristóbal
Río Orinoco
VENEZUELA
Medellín
Bogotá
Cali
COLOMBIA
Georgetown
Paramaribo
Cayena
GUAYANA
SURINAM
GUAYANA FRANCESA
Boa Vista
ECUADOR
Quito
ECUADOR
Guayaquil
Cuenca
Iquitos
Río Amazonas
ISLAS GALÁPAGOS (Ecuador)
LOS ANDES
AMAZONAS
PERÚ
BRASIL
Lima
Machu Picchu
Cuzco
Ayacucho
BOLIVIA
La Paz
Lago Titicaca
Santa Cruz
Sucre
Potosí
OCÉANO PACÍFICO
Brasilia
Río Paraná
PARAGUAY
Asunción
Río de Janeiro
São Paulo
TRÓPICO DE CAPRICORNIO
CHILE
LOS ANDES
Iguazú
OCÉANO ATLÁNTICO
Río Uruguay
Córdoba
URUGUAY
Viña del Mar
Valparaíso
Santiago
Montevideo
Buenos Aires
Río de la Plata
ARGENTINA
Concepción
Bahía Blanca
Viedma
ISLAS MALVINAS (Br.)
Estrecho de Magallanes
TIERRA DEL FUEGO

Elevación en metros
4.000+
2.000–4.000
500–2.000
200–500
0–200
Nivel del mar

0 250 500 750 MILLAS
0 500 1.000 KILÓMETROS

ÁFRICA
NIGERIA
Malabo
CAMERÚN
GUINEA ECUATORIAL
GABÓN
ÁFRICA
0 MILLAS 250
0 KILÓMETROS 500

AMÉRICA DEL SUR

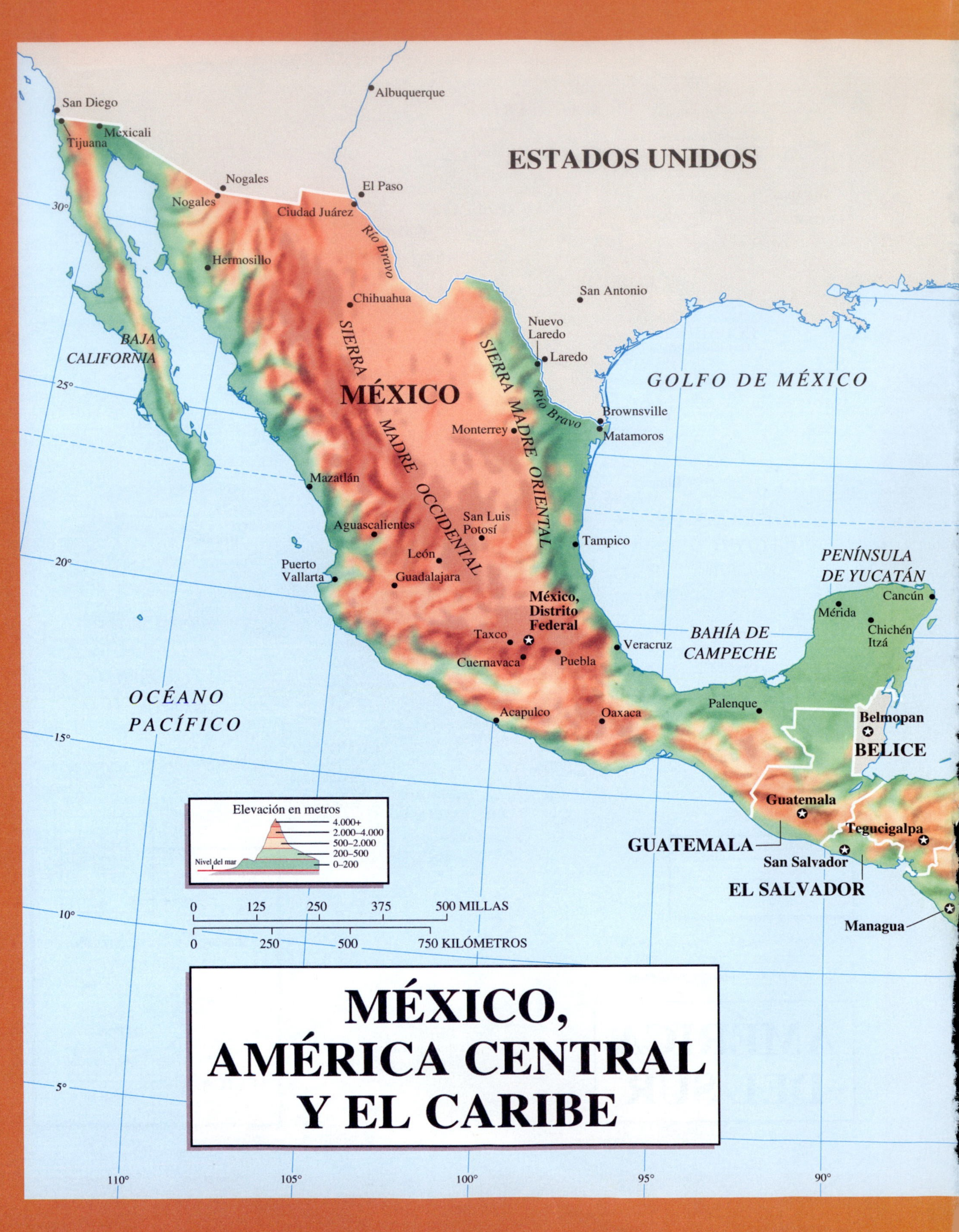

MÉXICO, AMÉRICA CENTRAL Y EL CARIBE

75°
70°
65°
60°
55°
30°
25°
20°
15°
10°
80°
OCÉANO
ATLÁNTICO
TRÓPICO DE CÁNCER
Miami
Nassau
BAHAMAS
La Habana
CUBA
Santiago
REPÚBLICA
DOMINICANA
Puerto Príncipe
Santo
Domingo
HAITÍ
San Juan
PUERTO
RICO
MAR CARIBE
Kingston
JAMAICA
GUADALUPE
DOMINICA
MARTINICA
BARBADOS
TOBAGO
TRINIDAD
HONDURAS
NICARAGUA
Lago de
Nicaragua
CANAL DE
PANAMÁ
Colón
San José
Panamá
PANAMÁ
COSTA
RICA
GOLFO
DE
PANAMÁ
Caracas
VENEZUELA
COLOMBIA
Bogotá

ESPAÑA
0 50 100 150 200 MILLAS
0 100 200 300 KILÓMETROS
Elevación en metros
2.000+
500–2.000
200–500
0–200
Nivel del mar
OCÉANO ATLÁNTICO
MAR CANTÁBRICO
FRANCIA
ANDORRA
PORTUGAL
Lisboa
Santiago de Compostela
PRINCIPADO DE ASTURIAS
GALICIA
CANTABRIA
PAÍS VASCO
CORDILLERA CANTÁBRICA
Santander
Bilbao
Pamplona
NAVARRA
PIRINEOS
Río Ebro
CASTILLA-LEÓN
Valladolid
Salamanca
Segovia
SIERRA DE GUADARRAMA
LA RIOJA
Zaragoza
Lérida
Gerona
CATALUÑA
Barcelona
ARAGÓN
Costa Brava
Madrid
MADRID
Toledo
Río Tajo
COMUNIDAD VALENCIANA
Valencia
CASTILLA-LA MANCHA
Ciudad Real
EXTREMADURA
MURCIA
Alicante
Murcia
Cartagena
Río Guadalquivir
Córdoba
ANDALUCÍA
Sevilla
Granada
SIERRA NEVADA
Málaga
Cádiz
Estrecho de Gibraltar
Costa del Sol
GIBRALTAR (Br.)
CEUTA (Sp.)
MELILLA (Sp.)
Tánger
MARRUECOS
MENORCA
Palma
MALLORCA
IBIZA
ISLAS BALEARES
MAR MEDITERRÁNEO
ISLAS CANARIAS
0 MILLAS 100
0 KILÓMETROS 150
LA PALMA
TENERIFE
GOMERA
HIERRO
Las Palmas
GRAN CANARIA
FUERTEVENTURA
LANZAROTE
ÁFRICA
10°
8°
6°
4°
2°
0°
44°
42°
40°
38°
36°
28°
18°
16°
14°

ESPACIOS

NURIA ALONSO GARCÍA
CONTRIBUTOR

Lynn A. Sandstedt | Ralph Kite

Espacios
Alonso García | Sandstedt | Kite

Vice-President, Editorial Director: P.J. Boardman

Publisher: Beth Kramer

Executive Editor: Lara Semones

Senior Content Project Manager: Esther Marshall

Assistant Editor: Joanna Alizio

Executive Brand Manager: Ben Rivera

Associate Media Editor: Patrick Brand

Senior Marketing Communications Manager: Linda Yip

Market Development Manager: Courtney Wolstoncroft

Manufacturing Planner: Betsy Donaghey

Senior Art Director: Linda Jurras

Rights Acquisitions Specialist: Jessica Elias

Image Research: PreMediaGlobal

Production Service: PreMediaGlobal

Text Designer: Roycroft Design

Cover Designer: Roycroft Design

Cover Image: ©Rhonda Klevansky/Getty images; © Sigfrid López/Getty Images; © MATTES RenÃ©/Getty Images; ©Fuse/Getty images (volcano photo)

Library of Congress Control Number: 2012947208

Student Edition:

ISBN-13: 978-1-285-05236-6

ISBN-10: 1-285-05236-6

Loose Leaf Edition:

ISBN-13: 978-1-285-05249-6

ISBN-10: 1-285-05249-8

Heinle
20 Channel Center Street
Boston, MA 02210
USA

Cengage Learning is a leading provider of customized learning solutions with office locations around the globe, including Singapore, the United Kingdom, Australia, Mexico, Brazil and Japan. Locate your local office at **international.cengage.com/region**

Cengage Learning products are represented in Canada by Nelson Education, Ltd.

For your course and learning solutions, visit **www.cengage.com**

Purchase any of our products at your local college store or at our preferred online store **www.cengagebrain.com**

Printed in the United States of America
1 2 3 4 5 6 7 16 15 14 13 12

Table of Contents

Jill Gomez, *Miami University Hamilton*
Andrew Gordon, *Colorado Mesa University*
Tristin Greiner, *Marymount University*
Kate Grovergrys, *Madison Area Technical College*
Carmen Guerrero, *Lee University*
James Gustafson, *Southern Utah University*
Elizabeth Guzman, *The University of Iowa*
Shannon Hahn, *Durham Technical Community College*
Dennis Harrod, *Syracuse University*
Catherine Hebert, *Indiana University South Bend*
Dan Hickman, *Maryville College*
Laura Hortal, *Forsyth Tech*
Laurie Huffman, *Los Medanos College*
Angelica Huizar, *Old Dominion University*
Scott Infanger, *University of North Alabama*
Marianella Jara, *University of North Carolina - Wilmington #2*
Kathleen Jeffries, *Loras College*
Jesús David Jerez-Gómez, *California State University San Bernardino*
Nicholas Kaplan, *Siena Heights University*
Kyle Kendall, *UW- Sheboygan*
Roberta Kern, *Rowan-Cabarrus Community College*
Karina Kline-Gabel, *James Madison University*
Nieves Perez Knapp, *Brigham Young University*
Pedro Koo, *Missouri State University*
Jorge Koochoi, *Central Piedmont Community College*
Phillip Koshi, *Arizona State University*
Ryan LaBrozzi, *Bridgewater State University*
Manel Lacorte, *University of Maryland-College Park*
Mark Larsen, *Utah State University*
Joseph LaValle, *Gainesville State College*
Michael Leeser, *Florida State University - Tallahassee*
Ronald Leow, *Georgetown University*
Roxana Levin, *St. Petersburg College*
Gina Lewandowski, *Madison College*
Tasha Lewis, *Loyola University Maryland*
Frauke Loewensen, *Califoria State U - Monterey Bay*
Steve Lombardo, *Purdue University Calumet*
Lora Looney, *University of Portland*
Alejandra Lopez, *Fresno State University*
Elisa Lucchi-Riester, *Butler U*
Maria Luque, *DePauw University*
Marilyn Manley, *Rowan University*
Hj Manzari, *Washington and Jefferson College*
Laura Marques-Pascual, *U of California - Santa Barbara*
Carol Marshall, *Truman State University*
Carmela Mattza, *Wesleyan University*
Maria Matz, *UML*
Jerome Miner, *Knox College*
Montserrat Mir, *Illinois State University*
Lee Mitchell, *Henderson State University*
Monica Montalvo, *University of Central Florida*
Constance Montross, *Clark University*
Elizabeth A. Morais, *Community College of RI*
Hugo Moreira, *James Madison University*
Marcio Moreno, *UNC Wilmington*
Javier Morin, *Del Mar College*
Evelyn Nadeau, *Clarke University*
Rafael Ocasio, *Agnes Scott College*
Doreen O'Connor-Gomez, *Whittier College*
Ruthanne Orihuela, *Community College of Aurora*
Patricia Orozco, *University of Mary Washington*
Denise Overfield, *University of West Georgia*
Ruth Owens, *Arkansas State University*
Victor Palomino, *Heartland Community College*
Heidi Parker, *Purdue University*
Jennifer Parrack, *University of Central Arkansas*
Clara Pascual-Argente, *Rhodes College*
Michael Pasquale, *Cornerstone University*
Peggy Patterson, *Rice University*
Teresa Perez-Gamboa, *University of Georgia*
Federico Perez-Pineda, *U of South Alabama*
Margarita Adela Pillado, *Los Angeles Pierce College*
Grisselle Principe, *Miami Dade College*
Mayka S. Puente de Righi, *Catholic University of America*
Debora Rager, *Simpson University*
Lea A. Ramsdell, *Towson University #1*

To the Student

Welcome to ***Espacios***, a Spanish language program that takes your learning at the intermediate level in a new direction. You may already be aware that Spanish is more than language: it is a cultural system, and while certain trends might belong to a specific country, they contribute to an overall Hispanic identity that is global and unified.

In this program, you will review and expand upon the essential points of grammar covered in your first year of Spanish study; you will have opportunities for listening, viewing and reading practice, abundant personalized activities, language learning strategies, and a variety of activities intended to stimulate sustained conversation.

The program also contains materials selected to interest you and draw upon your knowledge from different disciplines: education, economics, history, sociology, anthropology, art, film, and literature. This interdisciplinary approach will help you better understand the historical roots that contribute to the people, products and practices of a village, country or nation, but also consider how these Spanish-speaking countries have adapted to modern society. With this rich information, you are likely to gain more sensitivity to differences, to the migration of cultural trends and to the interconnectedness of cultures. The in-depth exposure to a given topic will enable you to expand on what you know about the Spanish-speaking world and reflect on connections in a meaningful, informed way.

Throughout, our goal is to present materials that will enable you to develop effective communication skills in Spanish and motivate you to explore the cultures you are studying.

We would like to thank the following colleagues for their valuable comments, suggestions, and contributions:

Reviewers

Deana Alonso, *Southwestern College*
Nuria Alonso Garcia, *Providence College*
Tim Altanero, *Austin Community College*
Carlos C. Amaya, *Eastern Illinois University*
Maria Anastasio, *Hofstra University*
Yvette Aparicio, *Grinnell College*
Barbara J. Ashbaugh, *University of North Texas*
Barbara Avila-Shah, *University at Buffalo, SUNY*
Colleen Baade, *Creighton University*
Mindy Badia, *Indiana University Souteheast*
Carlos Baez, *North Hennepin Community College*
Juan Bahk, *The Citadel*
Gwen Barnes-Karol, *St. Olaf College*
Kevin Beard, *Richland College*
Christine Bennett, *Notre Dame de Namur University*
Anja Bernardy, *Kennesaw State University*
Judy Berry-Bravo, *Pittsburg State University*
Sara Blossom Bostwick, *Williamston High School*
Diane Kim Bowman, *McNeese State University*
Ryan Boylan, *Gainesville State College*
Kristi Britt, *University of South Alabama*
Nancy Broughton, *Wright State University*
Isabel Brown, *University of South Alabama*
Marcela Brusa, *Loyola University Chicago*
Catherine M. Bryan, *University of Wisconsin - Oshkosh*
Eduardo Cabrera, *Millikin University*
Deborah Cafiero, *University of Vermont*
Ana J. Caldero, *Valencia College*
Sarah Campbell, *Montgomery College - Rockville*
Vanesa Canete-Jurado, *Binghamton University*
Angela Carlson-Lombardi, *University of Minnesota - Twin Cities*
Miriam Carrasquel-Nagy, *Front Range Community College*
Antonio Carreno-Rodriguez, *George Mason University*
Carla Castano, *Marian University*
F. Eduardo Castilla Ortiz, *Missouri Western State University*
Isabel Castro-Vazquez, *Towson University*
Lorenz Chan, *Central Virginia Community College*
Chyi Chung, *Northwestern University*
Diana Cochran, *Covenant College*
Caryn Connelly, *Northern Kentucky University*
Michaela Cosgrove, *Keuka College*
Angela Cresswell, *Holy Family University*
Miryam Criado, *Hanover College*
Ruth Crispin, *University of the Sciences in Philadelphia*
David Dahnke, *Lone Star College/North Harris*
Melanie D'Amico, *Indiana State University*
Octavio Delasuaree, *WPUNJ*
Lisa DeWaard, *Clemson University*
Joanna Dieckman, *Belhaven University*
Barbara Domcekova, *Birmingham-Southern College*
Cynthia Doutrich, *York College of Pennsylvania*
Mark Dowell, *Randolph Community College*
Ingrid Edery, *Christopher Newport University*
Angela Erickson-Grussing, *College of St. Benedict/ St. John's University*
Anuncia Escala, *Oregon State University*
Julia Farmer, *University of West Georgia*
Jason Fetters, *Purdue University*
Erin Finzer, *University of Arkansas at Little Rock*
Diane Forbes, *Rochester Institute of Technology*
Sandra Garcia, *Pacific University*
Monica Garcia, *American River College*
Monica Raquel Garcia, *CSUS*
José García-Sánchez, *EWU*
Marisol Garrido, *Western Illinois University*
Anna Gemrich, *UW Madison*
Ana George, *Texas A&M University*
Amy George-Hirons, *Tulane University*
Beatrice Giannandrea, *Ohio University - Zanesville*
Alicia Gignoux, *University of Montana*

William Reyes-Cubides, *Cornell University*
Norma Rivera-Hernandez, *Millersville University*
Simone Roberts, *Louisiana State University*
Loretta Romero, *Curry College*
Christian Rubio, *Bentley University*
Ana Rueda-Garcia, *Tennessee State University*
Luis Saenz de Viguera, *Merrimack College*
Roman Santos, *Mohawk Valley CC*
Jeffrey Schmidt, *Crafton Hills College*
Tasha Seago-Ramaly, *Northwestern University*
Christy Shaughnessy, *Washington and Jefferson College*
Sabrina Spannagel, *University of Washington*
Rosa Maria Stoops, *University of Montevallo*
Maria Eugenia Tapia, *Front Range Community College*
Andrea Topash-Rios, *University of Notre Dame*
Monica Torregrosa, *Holyoke Community College*
Mirna Trauger, *Muhlenberg College*
Georgia Tres, *Oakland Community College*
Donna Van Bodegraven, *Elon University*
Roberto Vela, *Texas A&M University- Kingsville*
Natalia Verjat, *Tarrant County College*
Maria Villanueva, *Northwestern University*
Mellissia Walles, *Merrimack College*
Helga Winkler, *Moorpark College*
U. Theresa Zmurkewycz, *St. Joseph´s University*
Tim Altanero, *Austin Community College*
Andrew Gordon, *Colorado Mesa University*
Shannon Hahn, *Durham Technical Community College*
Lora Looney, *University of Portland*
Carol Marshall, *Truman State University*
Victor Palomino, *Heartland Community College*
Peggy Patterson, *Rice University*
Christy Shaughnessy, *Washington and Jefferson College*
Sabrina Spannagel, *University of Washington*
Maria-Eugenia Tapia, *Front Range Community College*

Focus Group Participants

Ana Mercedes Alonso, *Northern Virginia CC - Annandale*
Lillian Baeza-Mendoza, *American University*
Antonio Carreno-Rodriguez, *George Mason University*
Donna A. Clark, *Northern Virginia Community College - Woodbridge*
Martha E. Davis, *Northern Virginia Community College*
Claudia Guidi, *U of Maryland - University College*
Brunilda Amarilis Lugo de Fabritz, *Howard University*
Charmaine L. McMahon, *Catholic University of America*
Chaiya Mohanty Ortiz, *Northern Virginia CC - Manassas and Woodbridge*
Monica Mulholland, *George Mason University*
Mayka S. Puente de Righi, *Catholic University of America*
Esperanza Roman-Mendoza, *George Mason University*
Tim Altanero, *Austin Community College*
Ann Borisoff, *East Carolina University*
Flor Maria Buitrago, *Muhlenberg College*
Martha Caeiro, *University of Missouri-Saint Louis*
Berta Chpote, *Wabash College*
Natalie Cifuentes, *Valencia College*
Karen Detrixhe, *Northwest Missouri State University*
Kim Faber, *Oberlin College*
Andrew Gordon, *Colorado Mesa University*
Shannon Hahn, *Durham Technical Community College*
Laura Levi Altstaedter, *East Carolina University*
Lisa Lilley, *Central High School*
Lora Looney, *University of Portland*
Carol Marshall, *Truman State University*
Theresa Minick, *Kent State University*
Victor Palomino, *Heartland Community College*
Janet Parker, *College of William & Mary*
Peggy Patterson, *Rice University*
Lynn Pearson, *Bowling Green State University*
Sayda Postiglione, *Sac city college*
Marda Rose, *Indiana University*
Christy Shaughnessy, *Washington and Jefferson College*
Sabrina Spannagel, *University of Washington*
Maria-Eugenia Tapia, *Front Range Community College*
Felix Versaguis, *North Hennepin Community College*
Celines Villalba, *Rutgers University*

Contributors

The team at Heinle Cengage Learning would like to acknowledge the participation, ideas, contributions, edits, and inspiration of Karin Fajardo in this project. Karin provided much of the initial vision and organization of this program and held tightly to the innovative drive of it throughout. Nuria Alonso García provided endless ideas and suggestions on all aspects of the core text and in particular, the Student Activities Manual. Her passion for literature, film, and the inter-connectedness of culture and language inspired us all! Lynn Sandstedt and Ralph Kite are to be thanked for their legacy content that has withstood the test of time.

We would like to recognize the following contributors to our ancillary program:

Alicia Fontán

Jennifer Barajas, *The Ohio State University*

Lora L. Looney, *University of Portland*

Marcio M. Moreno, *University of North Carolina Wilmington*

Marissa Vargas, ABD, *The Ohio State University*

María Eugenia Tapia, *Front Range Community College*

Peggy Jo Patterson, *Rice University*

Raphael A. Apter, *Lehman College (CUNY)*

We'd also like to thank our Ancillary Advisory Board for their insights:

Pedro Koo, *Missouri State University*

Shannon W. Hahn, *Durham Technical Community College*

Tim Altanero, *Austin Community College*

Supplements

Student Activities Manual (SAM)

ISBN: 9781285052823

The Student Activities Manual has four major divisions: (1) laboratory section that includes listening comprehension activities and oral exercises for review and reinforcement of the grammatical concepts presented in each unit; (2) controlled and open-ended written activities reviewing the unit's vocabulary and grammatical structures; (3) creative, written activities giving you the opportunity to work with the unit's vocabulary and grammar in a more creative, personalized way; (4) writing section presenting and practicing a writing strategy as preparation to the writing opportunity in the core text.

The Answer Key and Lab Audio Script for these exercises are located on the instructor website so that instructors can offer students the opportunity for immediate self-correction.

Premium Website 3-semester Printed Access Card

ISBN: 9781285054278

Answer Key and audio script for the Lab portion of the Student Activities Manual, transcript of the video segments as well as the video clips themselves, flash-based grammar modules, and the text audio segments are on this Website.

iLrn: Heinle Learning Center 3-semester Printed Access Card

ISBN: 9781285054339

Heinle's all-in-one diagnostic, tutorial, assessment, assignment, and course management system includes an interactive diagnostic study tool, an audio- and video-enhanced eBook, brand new video cultural modules, interactive VoiceBoard, and numerous grammar tutorial videos. The *Share It*! feature enables sharing and uploading files, such as videos, for assignments and projects. *Share It*! also allows students to comment and rate their classmates' uploaded material. For instructors, iLrn™ features solutions organized around quick and easy execution of administrative tasks, such as setting up an entire term's work in minutes, managing students' varying skill levels, assigning audio-enhanced tests and activities, accessing students' grades, and more. Students can access iLrn via a printed access card when packaged with new copies of the text.

Students can purchase instant access to the iLrn™: Heinle Learning Center at http://www.cengagebrain.com.

Capítulo

1 Ayer y hoy

We would like to thank the following colleagues for their valuable comments, suggestions, and contributions:

Reviewers

Deana Alonso, *Southwestern College*
Nuria Alonso Garcia, *Providence College*
Tim Altanero, *Austin Community College*
Carlos C. Amaya, *Eastern Illinois University*
Maria Anastasio, *Hofstra University*
Yvette Aparicio, *Grinnell College*
Barbara J. Ashbaugh, *University of North Texas*
Barbara Avila-Shah, *University at Buffalo, SUNY*
Colleen Baade, *Creighton University*
Mindy Badia, *Indiana University Souteheast*
Carlos Baez, *North Hennepin Community College*
Juan Bahk, *The Citadel*
Gwen Barnes-Karol, *St. Olaf College*
Kevin Beard, *Richland College*
Christine Bennett, *Notre Dame de Namur University*
Anja Bernardy, *Kennesaw State University*
Judy Berry-Bravo, *Pittsburg State University*
Sara Blossom Bostwick, *Williamston High School*
Diane Kim Bowman, *McNeese State University*
Ryan Boylan, *Gainesville State College*
Kristi Britt, *University of South Alabama*
Nancy Broughton, *Wright State University*
Isabel Brown, *University of South Alabama*
Marcela Brusa, *Loyola University Chicago*
Catherine M. Bryan, *University of Wisconsin - Oshkosh*
Eduardo Cabrera, *Millikin University*
Deborah Cafiero, *University of Vermont*
Ana J. Caldero, *Valencia College*
Sarah Campbell, *Montgomery College - Rockville*
Vanesa Canete-Jurado, *Binghamton University*
Angela Carlson-Lombardi, *University of Minnesota - Twin Cities*
Miriam Carrasquel-Nagy, *Front Range Community College*
Antonio Carreno-Rodriguez, *George Mason University*
Carla Castano, *Marian University*
F. Eduardo Castilla Ortiz, *Missouri Western State University*
Isabel Castro-Vazquez, *Towson University*
Lorenz Chan, *Central Virginia Community College*
Chyi Chung, *Northwestern University*
Diana Cochran, *Covenant College*
Caryn Connelly, *Northern Kentucky University*
Michaela Cosgrove, *Keuka College*
Angela Cresswell, *Holy Family University*
Miryam Criado, *Hanover College*
Ruth Crispin, *University of the Sciences in Philadelphia*
David Dahnke, *Lone Star College/North Harris*
Melanie D'Amico, *Indiana State University*
Octavio Delasuaree, *WPUNJ*
Lisa DeWaard, *Clemson University*
Joanna Dieckman, *Belhaven University*
Barbara Domcekova, *Birmingham-Southern College*
Cynthia Doutrich, *York College of Pennsylvania*
Mark Dowell, *Randolph Community College*
Ingrid Edery, *Christopher Newport University*
Angela Erickson-Grussing, *College of St. Benedict/ St. John's University*
Anuncia Escala, *Oregon State University*
Julia Farmer, *University of West Georgia*
Jason Fetters, *Purdue University*
Erin Finzer, *University of Arkansas at Little Rock*
Diane Forbes, *Rochester Institute of Technology*
Sandra Garcia, *Pacific University*
Monica Garcia, *American River College*
Monica Raquel Garcia, *CSUS*
José García-Sánchez, *EWU*
Marisol Garrido, *Western Illinois University*
Anna Gemrich, *UW Madison*
Ana George, *Texas A&M University*
Amy George-Hirons, *Tulane University*
Beatrice Giannandrea, *Ohio University - Zanesville*
Alicia Gignoux, *University of Montana*

Jill Gomez, *Miami University Hamilton*
Andrew Gordon, *Colorado Mesa University*
Tristin Greiner, *Marymount University*
Kate Grovergrys, *Madison Area Technical College*
Carmen Guerrero, *Lee University*
James Gustafson, *Southern Utah University*
Elizabeth Guzman, *The University of Iowa*
Shannon Hahn, *Durham Technical Community College*
Dennis Harrod, *Syracuse University*
Catherine Hebert, *Indiana University South Bend*
Dan Hickman, *Maryville College*
Laura Hortal, *Forsyth Tech*
Laurie Huffman, *Los Medanos College*
Angelica Huizar, *Old Dominion University*
Scott Infanger, *University of North Alabama*
Marianella Jara, *University of North Carolina - Wilmington #2*
Kathleen Jeffries, *Loras College*
Jesús David Jerez-Gómez, *California State University San Bernardino*
Nicholas Kaplan, *Siena Heights University*
Kyle Kendall, *UW- Sheboygan*
Roberta Kern, *Rowan-Cabarrus Community College*
Karina Kline-Gabel, *James Madison University*
Nieves Perez Knapp, *Brigham Young University*
Pedro Koo, *Missouri State University*
Jorge Koochoi, *Central Piedmont Community College*
Phillip Koshi, *Arizona State University*
Ryan LaBrozzi, *Bridgewater State University*
Manel Lacorte, *University of Maryland-College Park*
Mark Larsen, *Utah State University*
Joseph LaValle, *Gainesville State College*
Michael Leeser, *Florida State University - Tallahassee*
Ronald Leow, *Georgetown University*
Roxana Levin, *St. Petersburg College*
Gina Lewandowski, *Madison College*
Tasha Lewis, *Loyola University Maryland*
Frauke Loewensen, *Caliofornia State U - Monterey Bay*
Steve Lombardo, *Purdue University Calumet*
Lora Looney, *University of Portland*
Alejandra Lopez, *Fresno State University*
Elisa Lucchi-Riester, *Butler U*
Maria Luque, *DePauw University*
Marilyn Manley, *Rowan University*
Hj Manzari, *Washington and Jefferson College*
Laura Marques-Pascual, *U of California - Santa Barbara*
Carol Marshall, *Truman State University*
Carmela Mattza, *Wesleyan University*
Maria Matz, *UML*
Jerome Miner, *Knox College*
Montserrat Mir, *Illinois State University*
Lee Mitchell, *Henderson State University*
Monica Montalvo, *University of Central Florida*
Constance Montross, *Clark University*
Elizabeth A. Morais, *Community College of RI*
Hugo Moreira, *James Madison University*
Marcio Moreno, *UNC Wilmington*
Javier Morin, *Del Mar College*
Evelyn Nadeau, *Clarke University*
Rafael Ocasio, *Agnes Scott College*
Doreen O'Connor-Gomez, *Whittier College*
Ruthanne Orihuela, *Community College of Aurora*
Patricia Orozco, *University of Mary Washington*
Denise Overfield, *University of West Georgia*
Ruth Owens, *Arkansas State University*
Victor Palomino, *Heartland Community College*
Heidi Parker, *Purdue University*
Jennifer Parrack, *University of Central Arkansas*
Clara Pascual-Argente, *Rhodes College*
Michael Pasquale, *Cornerstone University*
Peggy Patterson, *Rice University*
Teresa Perez-Gamboa, *University of Georgia*
Federico Perez-Pineda, *U of South Alabama*
Margarita Adela Pillado, *Los Angeles Pierce College*
Grisselle Principe, *Miami Dade College*
Mayka S. Puente de Righi, *Catholic University of America*
Debora Rager, *Simpson University*
Lea A. Ramsdell, *Towson University #1*

To the Student

Welcome to ***Espacios***, a Spanish language program that takes your learning at the intermediate level in a new direction. You may already be aware that Spanish is more than language: it is a cultural system, and while certain trends might belong to a specific country, they contribute to an overall Hispanic identity that is global and unified.

In this program, you will review and expand upon the essential points of grammar covered in your first year of Spanish study; you will have opportunities for listening, viewing and reading practice, abundant personalized activities, language learning strategies, and a variety of activities intended to stimulate sustained conversation.

The program also contains materials selected to interest you and draw upon your knowledge from different disciplines: education, economics, history, sociology, anthropology, art, film, and literature. This interdisciplinary approach will help you better understand the historical roots that contribute to the people, products and practices of a village, country or nation, but also consider how these Spanish-speaking countries have adapted to modern society. With this rich information, you are likely to gain more sensitivity to differences, to the migration of cultural trends and to the interconnectedness of cultures. The in-depth exposure to a given topic will enable you to expand on what you know about the Spanish-speaking world and reflect on connections in a meaningful, informed way.

Throughout, our goal is to present materials that will enable you to develop effective communication skills in Spanish and motivate you to explore the cultures you are studying.

Estrategias de vocabulario

LOS COGNADOS

El inglés y el español comparten *(share)* muchos cognados. Los cognados son palabras en dos idiomas que se parecen en forma y significado, como por ejemplo, *civilization* y **civilización.** El reconocer cognados es una excelente manera de ampliar el vocabulario. Pero, ¡ojo!, también existen los cognados falsos: palabras que se parecen en forma pero que tienen significados diferentes. La palabra **asistir,** por ejemplo, se parece a la palabra inglesa *assist* pero significa *to attend* (*to assist* significa «ayudar»). Para saber si una palabra es un cognado verdadero o falso, examina el contexto de la oración.

1-2 Reconocer cognados. Busca una palabra en la segunda columna que esté relacionada al cognado español de la primera columna.

1. brillante	a. *Catholic*
2. colonia	b. *influence*
3. católica	c. *society*
4. influencia	d. *system*
5. monarca	e. *monarch*
6. sistema	f. *brilliant*
7. sociedad	g. *colony*

1-3 Palabras parecidas. Usa tu conocimiento de los cognados para relacionar *(match)* los sinónimos.

1. contribuir	a. dirigir
2. distinto	b. transformar
3. procedencia	c. aportar
4. convertir	d. diferente
5. gobernar	e. origen

1-4 Los cognados falsos. Lee las siguientes oraciones y usa el contexto para escoger el equivalente en inglés de las palabras en **negrita.**

1. El latín del Imperio romano dio origen al **idioma** español. *(idiom / language)*
2. La invasión musulmana de 711 tuvo **éxito** porque había mucha rebelión entre los nobles. *(exit / success)*
3. Los musulmanes **realizaron** grandes obras culturales, como la Mezquita de Córdoba. *(realized / carried out)*
4. Los **sucesos** históricos de 1492 tuvieron importantes consecuencias. *(successes / events)*
5. **Actualmente** se hablan cuatro idiomas en España y varios dialectos también. *(Actually / Presently)*

Enfoque cultural

ALANDAWSONPHOTOGRAPHY / Alamy

Orígenes de la cultura española

Muchas culturas actuales son el producto de una mezcla de otras culturas que existían antes. Esta mezcla puede ser el resultado de la guerra o de la inmigración. La Península Ibérica, situada entre el mar Mediterráneo y el océano Atlántico, ha recibido varias influencias de otras civilizaciones, entre ellas, la cultura romana, la cultura visigoda y la cultura árabe.

La cultura romana

Los primeros habitantes de la Península Ibérica, en tiempos históricos, fueron las tribus celtíberas°, de origen no muy bien conocido. En el siglo III a.C.[1] llegaron los romanos y convirtieron la península en una colonia romana. Establecieron la lengua latina, su sistema de gobierno y su organización social y económica. Más tarde introdujeron la religión católica. Se ha dicho° que la península llegó a ser la colonia más romanizada de todas.

celtíberas: Celt-Iberian

Se ha dicho: It has been said

La cultura romana influyó en las costumbres y los hábitos diarios del pueblo español. La conocida costumbre de la siesta toma su nombre de la palabra latina *sexta*, o sea la sexta hora del día. Esto refleja el dicho° romano: «Las seis primeras horas del día son para trabajar; las otras son para vivir». Claro que esto se debe a° las necesidades físicas de la gente en un clima cálido°. En estas regiones es preferible trabajar durante las horas más frescas. Hasta hoy, en algunas ciudades más tradicionales es costumbre dormir la siesta después del almuerzo. En aquellas ciudades, todas las tiendas y oficinas se cierran hasta las cuatro de la tarde. Vuelven a abrirse desde las cuatro hasta las siete u ocho de la noche.

dicho: saying

se debe a: is due to

cálido: hot

El concepto de la ciudad como centro de la cultura y del gobierno también es una de las contribuciones importantes de los romanos.

[1] **a.C. (antes de Cristo)** *Before Christ, that is,* B.C.

1-5 Comprensión. Responde según el texto.

1. ¿Cuándo se convirtió la Península Ibérica en colonia romana?
2. ¿Qué establecieron los romanos en la península?
3. ¿Cuál es el origen de la siesta?
4. En la cultura romana, ¿cuál es el concepto de la ciudad?

Enfoque cultural

Tatiana Vasilchenko/Shutterstock.com

La cultura visigoda

En el siglo v de la época cristiana algunas tribus germánicas del norte de Europa invadieron el Imperio romano que se hallaba° sin el apoyo° del pueblo para resistir. Estas tribus primitivas, también conocidas como visigodas, recibieron la influencia de la cultura romana. Se convirtieron al catolicismo, adoptaron la lengua latina y se establecieron en los mismos centros que habían usado los romanos. En vez de contribuir con elementos nuevos a la cultura española, más bien° reforzaron y desarrollaron los elementos existentes.

found itself; support

rather

Su mayor contribución original consistió en el feudalismo, sistema económico que impusieron en toda Europa. Este sistema —producto de una sociedad guerrera°— daba el control de la tierra a un señor°. Este recibía parte de los productos de la gente que habitaba su tierra y la protegía de otros señores. El monarca de todos los señores reinaba° solo con el permiso de estos. Fue este el sistema que determinó la organización feudal de las colonias españolas del Nuevo Mundo.

warrior; lord

ruled

1-6 Comprensión. Responde según el texto.

1. ¿Quiénes fueron los visigodos?
2. ¿Cómo llegaron a practicar el catolicismo?
3. ¿Cuál fue la mayor contribución de los visigodos a la cultura española?
4. ¿De dónde venía el poder del monarca de los señores feudales?

La cultura árabe

Los musulmanes° estuvieron en España desde el año 711 hasta 1492, y fueron tal vez la influencia más importante para la formación de la cultura española, después de los romanos. España es la única nación europea que conoció el dominio de la brillante cultura árabe. En el resto de Europa, la misma época se caracterizaba por la falta de progreso y de desarrollo cultural.

Moors (Arabs from North Africa)

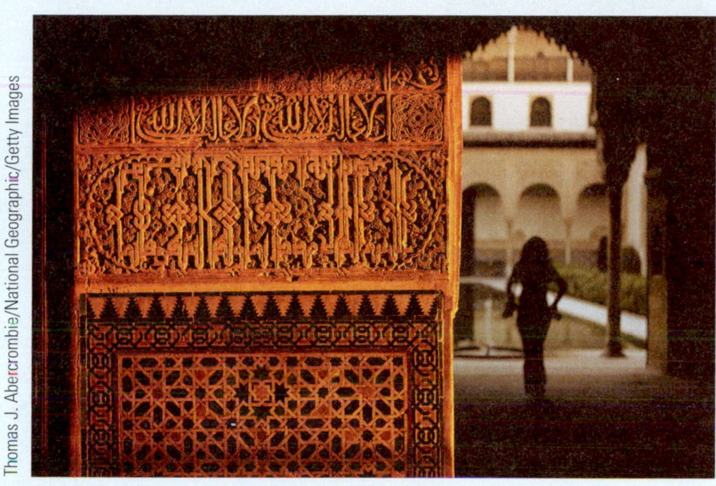

Thomas J. Abercrombie/National Geographic/Getty Images

El centro del reino° musulmán en España se estableció en la ciudad de Córdoba. Esta ciudad llegó a ser un gran centro cultural, con muchas bibliotecas, una universidad y una escuela de medicina.

kingdom

En arquitectura, figuran varios ejemplos que todavía nos impresionan: la Alhambra de Granada, el Alcázar de Sevilla y la Mezquita de Córdoba. Su estilo es muy elaborado y de ahí viene la palabra «arabesco».

1-7 Comprensión. Responde según el texto.

1. ¿Durante cuántos años gobernaron los musulmanes en partes de España?
2. ¿Qué aspectos culturales se encuentran en la Córdoba de los musulmanes?

1-8 Opiniones. Expresa tu opinión personal.

1. Entre el idioma, la religión y las costumbres diarias, ¿cuál es el elemento más importante en la formación de la cultura?
2. ¿Qué condiciones son necesarias para que una cultura adopte los valores de otra cultura?

Estructura 1

Vista de Toledo (c. 1600)
Este famoso cuadro de El Greco —pintor español de origen griego— es una vista dramática de Toledo, España. Hoy, después de tantos siglos, todavía puede verse el río, el castillo y la catedral que se ven en la pintura.

En el pie de foto (caption), ¿puedes identificar los verbos en tiempo presente? ¿Puedes identificar los adjetivos?

The Art Archive/Art Resource

Heinle Grammar Tutorial: *The present indicative*

TALKING ABOUT EVERYDAY ACTIVITIES

The present indicative

A. Regular verbs

The present indicative of regular verbs is formed by dropping the infinitive ending and adding the personal endings **-o, -as, -a, -amos, -áis, -an** to the stems of **-ar** verbs; **-o, -es, -e, -emos, -éis, -en** to the stems of **-er** verbs; and **-o, -es, -e, -imos, -ís, -en** to the stems of **-ir** verbs.

hablar *to speak*		comer *to eat*		vivir *to live*	
habl**o**	habl**amos**	com**o**	com**emos**	viv**o**	viv**imos**
habl**as**	habl**áis**	com**es**	com**éis**	viv**es**	viv**ís**
habl**a**	habl**an**	com**e**	com**en**	viv**e**	viv**en**

Common verbs that are regular in the present tense:

-ar verbs:	aceptar *to accept*	estudiar *to study*
	llegar *to arrive*	preguntar *to ask*
	invitar *to invite*	
-er verbs:	aprender *to learn*	beber *to drink*
	leer *to read*	vender *to sell*
-ir verbs:	abrir *to open*	descubrir *to discover*
	recibir *to receive*	asistir *to attend*
	escribir *to write*	

B. Stem-changing verbs

Some verbs have a stem vowel change in the **yo, tú, él (ella, Ud.),** and **ellos (ellas, Uds.)** forms of the present indicative. This change occurs only when the stress falls on the stem vowel. Because of this, the **nosotros** and **vosotros** forms do not have a stem change.

1. In some **-ar, -er,** and **-ir** verbs the stem vowel **e** changes to **ie** when it is stressed.

pensar *to think*		**entender** *to understand*		**preferir** *to prefer*	
p**ie**nso	pensamos	ent**ie**ndo	entendemos	pref**ie**ro	preferimos
p**ie**nsas	pensáis	ent**ie**ndes	entendéis	pref**ie**res	preferís
p**ie**nsa	p**ie**nsan	ent**ie**nde	ent**ie**nden	pref**ie**re	pref**ie**ren

Other common stem-changing **-ar, -er,** and **-ir** verbs:

cerrar *(to close)*
comenzar, empezar *(to begin)*
despertar *(to wake up)*
querer *(to want, like)*
perder *(to lose)*
convertir *(to become)*
mentir *(to lie)*
sentir *(to feel)*

2. In some **-ar, -er,** and **-ir** verbs the stem vowel **o** changes to **ue** when it is stressed.

contar *to count*		**poder** *to be able*		**dormir** *to sleep*	
c**ue**nto	contamos	p**ue**do	podemos	d**ue**rmo	dormimos
c**ue**ntas	contáis	p**ue**des	podéis	d**ue**rmes	dormís
c**ue**nta	c**ue**ntan	p**ue**de	p**ue**den	d**ue**rme	d**ue**rmen

Other common **-ar, -er,** and **-ir** verbs with the same stem changes:

almorzar *(to eat lunch)*
costar *(to cost)*
encontrar *(to find)*
mostrar *(to show)*
recordar *(to remember)*
volver *(to return)*
morir *(to die)*

3. In some **-ir** verbs the stem vowel **e** changes to **i** when it is stressed.

pedir *to ask for*		
p**i**do	p**i**de	pedís
p**i**des	pedimos	p**i**den

Other common **-ir** verbs with the same stem change:

medir *(to measure)*
repetir *(to repeat)*
servir *(to serve)*
vestir *(to dress)*

C. Other stem-changing verbs

Some stem-changing verbs vary somewhat from the previous patterns. The verb **jugar** changes **u** to **ue.** The verb **oler** (**o** to **ue**) adds an initial **h** to the forms requiring a stem change.

jugar *to play*		**oler** *to smell*	
j**ue**go	jugamos	**hue**lo	olemos
j**ue**gas	jugáis	**hue**les	oléis
j**ue**ga	j**ue**gan	**hue**le	**hue**len

D. Spelling-change verbs

Many verbs undergo a spelling change in the first person singular of the present indicative in order to maintain the pronunciation of the last consonant of the stem.

1. Verbs ending in a vowel plus **-cer** or **-cir** have a change from **c** to **zc** in the first person singular.

conducir:	condu**zc**o	**ofrecer:**	ofre**zc**o
conocer:	cono**zc**o	**producir:**	produ**zc**o
obedecer:	obede**zc**o	**traducir:**	tradu**zc**o

Note that some spelling-change verbs also have a stem vowel change. The stem vowel change occurs, as usual, in the first, second, and third person singular and in the third person plural.

2. Verbs ending in **-guir** have a change from **gu** to **g** in the first person singular.

conseguir (**e** *to* **i** *stem change*)	
cons**ig**o	conseguimos
cons**i**gues	conseguís
cons**i**gue	cons**i**guen

Other commonly used **-guir** verbs:

distinguir: distingo **seguir:** sigo (**e** *to* **i** *stem change*)

3. Verbs ending in **-ger** or **-gir** have a change from **g** to **j** in the first person singular.

corregir (**e** *to* **i** *stem change*)	
corr**ij**o	corregimos
corr**i**ges	corregís
corr**i**ge	corr**i**gen

Other commonly used **-ger** and **-gir** verbs:

coger *(to catch, pick):* cojo **dirigir** *(to direct):* dirijo

E. Irregular verbs

Some Spanish verbs are irregular in the present tense.

Heinle Grammar Tutorial: *The present indicative: irregulars*

1. Commonly used verbs that have irregularities only in the first person singular of the present indicative:

   caer: caigo, caes, cae, caemos, caéis, caen
   hacer: hago, haces, hace, hacemos, hacéis, hacen
   poner: pongo, pones, pone, ponemos, ponéis, ponen
   saber: sé, sabes, sabe, sabemos, sabéis, saben
   salir: salgo, sales, sale, salimos, salís, salen
   traer: traigo, traes, trae, traemos, traéis, traen
   valer: valgo, vales, vale, valemos, valéis, valen
   ver: veo, ves, ve, vemos, veis, ven

2. Commonly used verbs that have irregularities in other forms in addition to the first person singular:

   decir: digo, dices, dice, decimos, decís, dicen
   estar: estoy, estás, está, estamos, estáis, están
   haber: he, has, ha, hemos, habéis, han
   ir: voy, vas, va, vamos, vais, van
   oír: oigo, oyes, oye, oímos, oís, oyen
   ser: soy, eres, es, somos, sois, son
   tener: tengo, tienes, tiene, tenemos, tenéis, tienen
   venir: vengo, vienes, viene, venimos, venís, vienen

Hay *is the impersonal form of the verb* ***haber.*** *It means* there is *or* there are.

F. Uses of the present indicative

1. To describe an action or event that occurs regularly or repeatedly.

José estudia en la biblioteca.
José is studying in the library.
Los Hernández siempre comen a las diez de la noche.
The Hernández family always eats at 10 P.M.

2. In place of the future tense to give a statement or question more immediacy, or in place of the past tense in narrations to relate a historical event.

Hablo con ella mañana.
I'll speak with her tomorrow.
Los romanos conquistan España en el siglo II.
The Romans conquered Spain in the second century.

3. In place of the imperative to express a mild command or a wish.

Primero desayunas y después escribes la lección.
First have breakfast and afterwards write the lesson.

PRÁCTICA

1-9 **Los sábados de Carlos.** Describe lo que hace Carlos los sábados. Completa el párrafo con la forma correcta del verbo en el tiempo presente del indicativo. Usa los verbos de la lista siguiente. Usa uno de los verbos dos veces *(twice)*.

oler	pensar	jugar	servir	querer
almorzar	costar	preferir	empezar	volver

Carlos **1.** _____________ ir al gimnasio hoy. Él **2.** _____________ al baloncesto con sus amigos todos los sábados por la mañana. Ellos **3.** _____________ a jugar a las nueve. Después de dos horas Carlos **4.** _____________ ir al centro para comer. Sus amigos no **5.** _____________ ir con él porque trabajan por las tardes en un supermercado. Carlos **6.** _____________ comer con ellos, pero **7.** _____________ solo a casa y **8.** _____________ en una cafetería a las doce. Allí ellos no **9.** _____________ buena comida, y a veces **10.** _____________ mal, pero a él no le importa porque no **11.** _____________ mucho.

1-10 **Lo que hacemos o no.** Usa las frases siguientes para indicar si tú y tus amigos hacen las actividades siguientes o no. Sigue el modelo.

Modelo yo / hacer la tarea en la biblioteca
Hago la tarea en la biblioteca.
-o-
No hago la tarea en la biblioteca.

1. tú / poner tus libros en la mesa del profesor
2. mi amigo y yo / saber muchas palabras del español
3. yo / salir para mis clases a las ocho
4. mis amigos / traer sus computadoras a clase
5. mi amiga / ir a la conferencia (*lecture*) esta noche
6. mis compañeros de clase / oír la explicación del profesor

1-11 **El fin de semana.** ¿Qué vas a hacer el fin de semana? Usa los verbos indicados para describir los planes tuyos, los de tus amigos y de tu familia para el fin de semana. Sigue el modelo.

Modelo mis amigos / querer
Mis amigos quieren jugar al tenis.

1. yo / querer
2. mi novio(a) / preferir
3. mi mejor amigo / pensar
4. mis hermanos / empezar
5. mis padres / poder
6. mi compañero(a) de cuarto / jugar

Ahora describe otros planes que tienes para el fin de semana y compáralos con los de otro(a) estudiante de la clase. ¿Hay una cosa que ambos(as) van a hacer? Explica.

1-12 Una entrevista. Con un(a) compañero(a) de clase, háganse las preguntas siguientes.

1. ¿Vives cerca o lejos de la universidad? ¿Dónde?
2. ¿Vienes temprano a la clase todos los días? ¿Por qué?
3. ¿Asistes a todas tus clases todos los días? ¿Por qué?
4. ¿Sigues un curso difícil o fácil? ¿Cuál?
5. ¿Corriges todos o algunos de los errores de tu tarea? ¿Por qué?
6. ¿Vas a la cafetería durante el almuerzo? ¿Por qué?
7. ¿Sales ahora para la biblioteca? ¿Por qué?
8. ¿Sabes todas las respuestas de las actividades? ¿Por qué?
9. ¿Traes papel y lápiz a la clase? ¿Por qué?
10. ¿Eres buen(a) estudiante? Explica.

1-13 ¡Viva la diferencia! Usa la tabla siguiente para entrevistar a tres estudiantes y anotar sus respuestas. ¿Qué ciudad es más diversa?

	Estudiante 1	Estudiante 2	Estudiante 3
¿De qué ciudad o pueblo eres?			
¿Cuántos restaurantes étnicos tiene?			
¿Qué festivales culturales realizan?			
¿Qué lenguas oyes en las calles?			
¿Cuántos museos étnicos hay?			

DESCRIBING PEOPLE AND THINGS

Heinle Grammar Tutorial: *Adjectives*

Adjectives

A. Singular forms

1. Adjectives agree in gender and number with the nouns they modify. The singular endings are **-o** for masculine adjectives and **-a** for feminine ones.

el muchacho americano	la muchacha americana

2. Adjectives that end in **-dor** in the masculine are made feminine by adding **-a.** Adjectives of nationality that end in a consonant are also made feminine by adding **-a.**

un hombre trabajador	una mujer trabajadora
un coche francés	una bicicleta francesa
el profesor español	la profesora española

3. Some adjectives are the same in the masculine and feminine.

un examen difícil	una lección difícil
un libro interesante	una novela interesante
el amigo ideal	la amiga ideal

B. Plural forms

1. Adjectives form their plurals the same way nouns do. An **-s** is added to adjectives that end in a vowel, and an **-es** is added to those that end in a consonant. If the adjective ends in **z,** the **z** changes to **c** and **-es** is added.

la corbata roja	las corbatas rojas
el profesor español	los profesores españoles
el niño feliz	los niños felices

2. If an adjective follows and modifies both a masculine and a feminine noun, the masculine plural form is used.

Los señores y las señoras son simpáticos.

El libro y la pluma son nuevos.

3. When an adjective precedes two nouns of different genders, it will agree with the closest noun.

Hay muchas plumas y papeles aquí.

Hay varios libros y fotos en la mesa.

C. Position of adjectives

There are two classes of adjectives in Spanish: limiting and descriptive.

1. Limiting adjectives include numerals, demonstratives, possessives, and interrogatives. They usually precede the noun.

dos fiestas	la segunda lección
algunos compañeros	mucho dinero
ese boleto	nuestra clase

a. Ordinal numbers may follow the noun when greater emphasis is desired.

la lección segunda	el capítulo octavo

b. Stressed possessive adjectives always follow the noun.

un amigo mío *(stressed)*	unas tías nuestras *(stressed)*

2. Descriptive adjectives may either precede or follow the noun they modify.

a. When they follow a noun, they distinguish that noun from another of the same class.

la casa blanca	el hombre gordo
la casa verde	el hombre flaco

b. When they precede a noun, they denote an inherent quality of that noun, that is, a characteristic normally associated with the particular noun.

los altos picos	un complicado sistema
la blanca nieve	

c. Adjectives of nationality always follow the noun.

Tiene un coche alemán.

3. Some adjectives change their meaning depending on whether they precede or follow the noun.

mi viejo amigo *my old friend (of long standing)*	mi amigo viejo *my friend who is old*
mi antiguo coche *my previous car*	mi coche antiguo *my old car*
el pobre hombre *the poor man (unfortunate)*	el hombre pobre *the poor man (impoverished)*
las grandes mujeres *the great women*	las mujeres grandes *the big women*
varios libros *several books*	libros varios *miscellaneous books*
el mismo cura *the same priest*	el cura mismo *the priest himself*
el único hombre *the only man*	un hombre único *a unique man*
medio hombre *half a man*	el hombre medio *the average man*

4. When two or more adjectives follow the noun, the conjunction **y** is generally used before the last adjective.

gente sencilla y pobre	gente sencilla, pobre y oprimida
simple, poor people	*simple, poor, and oppressed people*

D. Shortening of adjectives

Some adjectives are shortened when they precede certain nouns.

1. The following common adjectives drop their final **-o** before masculine singular nouns: **uno, bueno, malo, primero, tercero**.

un hombre	el primer día
buen tiempo	el tercer viaje
mal ejemplo	

2. **Santo** becomes **San** before masculine saints' names, except those beginning with **Do-** or **To-**.

San Francisco	BUT	Santo Domingo
		Santo Tomás

3. **Grande i**s shortened to **gran** before singular nouns of either gender.

un gran día	una gran mujer

4. **Ciento** becomes **cien** before all nouns and before **mil** *(thousand)* and **millones** *(million)*. It is not shortened before any other numeral.

cien hombres		
cien mil coches	BUT	ciento cincuenta jugadores
cien millones de pesos		

PRÁCTICA

1-14 Plurales. Cambia al plural las siguientes oraciones.

1. La actividad es difícil.
2. El joven es mal estudiante.
3. El verbo es reflexivo.
4. Es una lengua extranjera.
5. Es una palabra inglesa.
6. Es un puente romano.
7. Mi hermano es trabajador.
8. Es un pez veloz.

1-15 Femeninos. Ahora cambia las oraciones siguientes a la forma femenina.

1. El profesor es viejo.
2. El estudiante es trabajador.
3. El señor es francés.
4. Es el primer hombre que veo.
5. Es un gran artista.

1-16 Tu clase de español. Describe tu clase de español y a tus compañeros de clase. Completa las oraciones siguientes con la forma correcta de un adjetivo apropiado. Luego compara tus descripciones con las de un(a) compañero(a) de clase. ¿Están de acuerdo?

1. Los estudiantes de esta clase (no) son ___.
   (inteligente / simpático / trabajador / viejo / bueno / malo / único / feliz / francés)
2. La clase (no) es ___.
   (grande / difícil / interesante / bueno / aburrido / fácil)

1-17 A describir. Escribe dos o tres oraciones que describan a la gente y cosas siguientes, usando la forma correcta de los adjetivos apropiados. Luego comparte tus descripciones con las de un(a) compañero(a) de clase. ¿Hay semejanzas y diferencias? ¿Cuáles son?

1. un(a) viejo(a) amigo(a)
2. un(a) pariente favorito(a)
3. el (la) novio(a) ideal
4. un libro que te gusta
5. la ciudad donde vives
6. la ciudad de Nueva York
7. una película que te gusta
8. tu programa predilecto de televisión
9. el presidente de los Estados Unidos
10. esta universidad

1-18 A conocernos. Vas a estudiar un semestre en España y vivir con una familia que tiene un hijo de tu edad *(age)*. Quieres contactar con él antes del viaje y describir cómo eres. Escribe ocho características de tu personalidad. Después compara tus respuestas con las de un(a) compañero(a) y decidan qué características les van a ayudar a integrarse en la vida social en España y cuáles pueden presentarles dificultades.

Corto de cine

Bryce Duffy/Corbis Entertainment/Corbis

Ana y Manuel

dirigido por Manuel Calvo

En esta comedia romántica, una joven intenta sustituir a su novio con un perro y disfruta, en el proceso, de una serie de coincidencias afortunadas. (España, 2004, 11 min.)

1-19 **Anticipación.** Antes de ver «Ana y Manuel», haz estas actividades.

A. Contesta estas preguntas.

1. ¿Tienes un animal doméstico? (¿Qué tipo de animal es? ¿Cómo se llama? ¿Por qué te gusta tenerlo?)
2. ¿Prefieres los animales mamíferos —como los perros o los gatos— o los peces o los reptiles? ¿Por qué? ¿Crees que el tipo de animal que elige una persona explica algo de su personalidad?
3. ¿Has roto *(broken up)* alguna vez con un novio o una novia? (¿Cómo te sentiste? ¿Trataste de sustituir a esa persona con otra persona o con otra cosa?)
4. ¿Has perdido alguna vez un perro o un gato? (¿Qué hiciste para encontrarlo? ¿Tuvo el incidente un final feliz o triste?)

B. Completa los siguientes diálogos del corto con palabras y frases de la lista.

arrastrado *dragged*	hartarme *to get fed up*
aviso de derrota *sign of defeat*	ni rastro *not even a trace*
deshacerme *get rid of*	reemplazar *replace*
echaba de menos *missed*	venganza *revenge*
en contra *against*	vergüenza *shame*

1. «Yo siempre había estado __________ de tener animales en casa».
2. «Quizá fue por eso, por __________, por lo que decidí comprarme un perro».
3. «Cuando le sacaba a pasear por el barrio me daba un poco de __________ llamarle por su nombre».
4. «Después de varios meses conviviendo (*living*) con él, empecé a __________».
5. «Una de las canciones [...] decía que tener un gran perro cuando se es joven y no se quiere estar solo es ya un __________».
6. «Si fuéramos tan libres como decimos, no necesitaríamos perros para __________ a nadie».
7. «Me di cuenta de que esa era mi oportunidad de __________ del perro y empezar una nueva vida».
8. «El coche lo encontró la policía [...] pero del perro __________».
9. «Había sido el perro quien le había __________ hasta mi casa».
10. «Me dijo que me __________ y quería volver a estar conmigo».

1-20 **A ver.** Mira el corto «Ana y Manuel». ¿Qué emociones siente la protagonista?

Corto de cine

1-21 Fotogramas. Observa estos fotogramas extraídos del corto. Primero, ponlos en orden cronológico. Escribe los números del 1 al 4 en los cuadros *(squares)*. Después, en los espacios en blanco, escribe las letras de las oraciones que correspondan a los fotogramas.

☐ ____

☐ ____

☐ ____

☐ ____

Ana y Manuel directed by Manuel Calvo, Encanta Films S. L.

a. Ana echa de menos a Man y decide buscarlo.
b. Manuel compra un perro en el mercadillo.
c. Ana convence a Manuel de que deje la tortuga en un río.
d. Después de varios meses, Ana se harta del perro y decide regalarlo.

1-22 España de hoy. Ve el corto otra vez, concentrándote en el elemento visual, en particular, en la cultura contempóranea de España. Pon una √ al lado de los productos y costumbres que veas en el corto.

_____ una tienda de animales
_____ personas tomando té con leche
_____ un bidet en el baño
_____ novios conviviendo *(living together)*
_____ un mercadillo *(flea market)*
_____ alguien durmiendo la siesta en una hamaca
_____ una casa de perro en el jardín
_____ intercambio *(exchange)* de regalos de Navidad por la noche
_____ personas jugando al dominó

Baris Simsek/Shutterstock.com

1-23 Comprensión. ¿Entendiste el corto? Escoge la mejor opción para contestar estas preguntas.

1. ¿Por qué Ana le pone al perro el nombre «Man»?
   a. porque no le gusta «Brutus»
   b. porque es la mitad de «Manuel»
   c. porque quiere a un hombre con mucho pelo
2. ¿Por qué Ana quiere regalarle el perro a su hermano Javier?
   a. porque no le compró un regalo de Navidad
   b. porque está cansada del perro y quiere deshacerse de él
   c. porque Javier siempre ha querido un perro grande
3. ¿Cómo es que Manuel para *(ends up)* en casa de Ana?
   a. Manuel ve el cartel con la foto de Man.
   b. El señor del mercadillo le dice que Ana lo echa de menos.
   c. El perro lo arrastra a la casa de Ana.
4. ¿Cuál de las oraciones siguientes es falsa?
   a. Ana compra un perro para reemplazar a Manuel.
   b. Ana se da cuenta que no puede reemplazar a Manuel.
   c. Ana le cuenta a Manuel que Man es el perro de ella.

1-24 Opiniones. En grupos de tres o cuatro estudiantes, comenten estas preguntas.

1. Solo hay una voz en todo el cortometraje: la de Ana. ¿Qué efecto tiene esto? ¿Cómo sería diferente si los personajes hablaran?
2. ¿Tiene el cortometraje un tono triste o feliz? Expliquen.
3. ¿Les gustó el final? ¿Por qué (no)? ¿Es realista? ¿Qué mensaje creen que tiene?
4. ¿Creen que la relación entre Manuel y Ana va a ser distinta ahora que tienen un perro? Justifiquen su respuesta.

1-25 Cartel de búsqueda. Cuando Man desaparece, Ana decide buscarlo. ¿Qué crees que dice su cartel de búsqueda? Con un(a) compañero(a), escriban el texto del cartel. Incluyan una descripción detallada del perro, usando las formas y la posición correctas de los adjetivos.

1-26 Minidrama. Trabajando en parejas, imaginen una escena que no aparezca en el corto (por ejemplo, la escena en que Manuel abandona a Ana, o la escena en que Ana le cuenta a su familia sobre Manuel) y escriban un guión *(script)*. Estén preparados para representar la escena enfrente de la clase.

Estructura 2

Alle Rechte vorbehalten/Flickr/Getty Images

Casa Amatller (1898–1900) y Casa Batlló (1905–1906)
Estas casas modernistas están en el Paseo de Gracia, en Barcelona, España. La segunda —la Casa Batlló— es del genial arquitecto catalán Antoni Gaudí. Es una casa espectacular que cautiva por sus originales formas y detalles.

*En el pie de foto (caption), ¿puedes identificar el uso del verbo **estar** para expresar ubicación? ¿el uso del verbo **ser** para indicar posesión? ¿el uso del verbo **ser** para indicar una característica?*

Heinle Grammar Tutorial:
Ser *versus* estar

TALKING ABOUT ONGOING AND TEMPORARY SITUATIONS

The verbs *ser* and *estar*

The verbs **ser** and **estar** are translated as the English verb *to be*. However, their usage in Spanish is quite different. They can never be interchanged without altering the meaning of a sentence or in certain contexts producing an incorrect sentence.

A. *Estar* is used:

1. to express location.

La ciudad de Granada **está** en España.
The city of Granada is in Spain.

Ellos **están** en la clase de español.
They are in the Spanish class.

2. to indicate the condition or state of a subject when that condition is variable or when it is a change from the norm. Note that in some of the examples below **estar** can be translated by a verb other than *to be (to look, to taste, to seem, to feel, etc.)*.

La ventana **está** sucia.
The window is dirty.

Yo **estoy** muy desilusionado.
I am (feel) very disillusioned.

La sopa **está** riquísima.
The soup is (tastes) delicious.

¡Qué delgada **está** Teresa!
How thin Teresa is (looks)!

3. with past participles used as adjectives to describe a state or condition that is the result of an action.

El profesor cerró la puerta. La puerta **está** cerrada.
The professor closed the door. The door is closed.

El autor escribió el libro. El libro **está** escrito.
The author wrote the book. The book is written.

4. with the present participle to form the progressive tenses.

See **Capítulo 4.**

Los estudiantes **están** aprendiendo sobre la cultura española.
The students are learning about Spanish culture.

B. *Ser* is used:

1. to describe an essential or inherent characteristic or quality of the subject.

Su hija **es** bonita.	La isla **es** pequeña.
Your daughter is pretty.	*The island is small.*
El hombre **es** pobre.	Su abuelo **es** viejo. (in years)
The man is poor.	*His grandfather is old.*
Mis tíos **son** ricos.	Su hermana **es** joven. (in years)
My uncles are rich.	*Her sister is young.*

2. with a predicate noun that identifies the subject.

El señor Pidal **es** profesor.	María **es** ingeniera.
Mr. Pidal is a professor.	*María is an engineer.*
Juan **es** el cónsul español.	Ramón **es** su amigo.
Juan is the Spanish consul.	*Ramón is her friend.*

3. with the preposition **de** to show origin, possession, or the material from which something is made.

Roberto **es** de España.	El reloj **es** de oro.
Roberto is from Spain.	*The watch is (made of) gold.*
El libro **es** de Teresa.	La casa **es** de madera.
The book is Teresa's.	*The house is made of wood.*

4. to express time and dates.

Son las ocho.	**Es** el cinco de mayo.
It's eight o'clock.	*It's the fifth of May.*

5. when *to be* means "to take place."

La conferencia **es** aquí a las seis.
The lecture is (taking place) here at 6:00.
El concierto **fue** en el Teatro Colón.
The concert was (took place) in the Teatro Colón.

6. to form impersonal expressions (**es fácil, es difícil, es posible,** etc.).

Es necesario entender los tiempos verbales.
It is necessary to understand the verb tenses.

7. with the past participle to form the passive voice. (This will be discussed further in **Capítulo 8.**)

El fuego **fue** apagado por el viento.	La lección **fue** explicada por el profesor.
The fire was put out by the wind.	*The lesson was explained by the professor.*

C. *Ser* and *estar* used with adjectives

It is important to note that both **ser** and **estar** may be used with adjectives. However, the meaning or implication of the sentence changes depending on which verb is used.

ser	estar
Elena **es** bonita.	Ella **está** bonita hoy.
Elena is pretty (a pretty girl).	*She looks pretty today.*
Tomás **es** pálido.	Tomás **está** pálido.
Tomás is pale-complexioned.	*Tomás looks pale.*
Él **es** bueno (malo).	**Está** bueno (malo).
He's a good (bad) person.	*He's well (ill).*
Es feliz (alegre).	**Está** feliz (contenta).
She's a happy (cheerful) person.	*She's in a happy (contented) mood.*
El profesor **es** aburrido.	**Está** aburrido.
The professor is boring.	*He's bored.*
José **es** enfermo.	José **está** enfermo.
José is a sickly person.	*José is sick (now).*
Carolina **es** lista.	Carolina **está** lista para salir.
Carolina is clever (alert).	*Carolina is ready to leave.*

PRÁCTICA

1-27 *Ser y estar.* Completa las oraciones siguientes con la forma correcta de **ser** o **estar.**

1. La casa de Patricia _______ muy lejos de aquí.
2. Su casa _______ de ladrillo.
3. Marina _______ la esposa de Juan.
4. _______ el primero de octubre.
5. Esta sopa _______ muy caliente.
6. Él _______ buena persona, pero _______ enojado ahora.
7. _______ más ricos que los reyes de España.
8. Las calles _______ convertidas en un mercado.
9. Elena es bonita, y hoy _______ más bonita que nunca.
10. La conferencia _______ a las ocho.
11. Yo _______ muy contento porque _______ dando mi película favorita.
12. El libro _______ muy aburrido y por eso yo _______ aburrido.

1-28 Rafael Nadal. Completa el párrafo con las formas correctas de **ser** o **estar.**

El tenista Rafael Nadal **1.** _______ de Mallorca, España, y **2.** _______ indudablemente un ícono del deporte español. Muchos españoles **3.** _______ orgullosos de este campeón de tenis. Rafael Nadal, conocido también como Rafa, siempre **4.** _______ listo para defender su título. El próximo torneo **5.** _______ en dos semanas y sus fans afirman: «Nosotros **6.** _______ seguros que Rafa va a ganar. Él **7.** _______ progresando de forma increíble». **8.** _______ muy posible que Rafael Nadal va a convertirse en el mejor tenista de la historia.

1-29 Playa de Ondarreta. Describe la foto usando las formas de **ser** o **estar** y las palabras de la lista.

Modelo las personas
Las personas están en la playa.

1. la arena *(sand)*
2. el agua
3. los edificios *(buildings)*
4. la vegetación
5. el cielo *(sky)*
6. los turistas

John Harper/Terra/Corbis

La playa de Ondarreta está en San Sebastián, al norte de España.

1-30 Adivina. Tu compañero(a) tiene que adivinar *(to guess)* la identidad de una personalidad, una ciudad o una celebración relacionada con las culturas hispánicas que tú vas a describir usando los verbos **ser** y **estar.** Sigue el modelo.

Modelo Estudiante 1: *Es una ciudad. Está en la costa del Mediterráneo. Es conocida por la arquitectura modernista. Allí está el Paseo de las Ramblas. ¿Qué es?*

Estudiante 2: *¡Es Barcelona!*

Espacio literario

Vocabulario útil

Estudia estas palabras.

Verbos

apagar	*to turn off*
aterrar	*to terrify*
evitar	*to avoid*
gastar	*to spend (money)*
patrullar	*to patrol*
rezar	*to pray*

Sustantivos

el balcón	*balcony*
la cabina telefónica	*public phone booth*
el (la) mafioso(a)	*gangster*
la plegaria	*prayer*
el (la) poli	*(short for) police officer*
el ruido	*noise*

Adjetivos

alemán, alemana	*German*
chino(a)	*Chinese*
marroquí	*Moroccan*
ruso(a)	*Russian*

1-31 Para practicar. Completa las siguientes oraciones con la forma correcta de una palabra del **Vocabulario útil.** Conjuga los verbos en el tiempo presente del indicativo y usa los adjetivos y sustantivos en el género y número correctos.

1. Todas las noches, la abuela reza una ______________ a la Virgen.
2. El niño se acuesta pero no apaga la luz porque le ______________ la oscuridad.
3. Yo no puedo dormir por el ______________ de las ambulancias.
4. El señor marroquí busca una ______________ para hacer una llamada internacional.
5. Las madres no les permiten jugar a sus hijos en ese parque porque hay muchos ______________.
6. La policía ______________ alrededor del colegio para proteger la seguridad de los niños.
7. Mañana vamos a tomar el metro para ______________ el tráfico de la ciudad.
8. Cuando vas de compras a El Corte Inglés, tú siempre ______________ mucho dinero.

Estrategias de lectura

- **PREDECIR EL CONTENIDO A PARTIR DEL TÍTULO.** Por lo general, el título de una lectura nos permite predecir o anticipar de qué trata la lectura y nos ayuda a identificar la idea principal. Antes de leer un texto, siempre lee con atención el título, imagina el contenido y hazte preguntas de anticipación.
- **VISUALIZAR.** Visualizar es crear una imagen en la mente, basada en las palabras de un texto. Estas imágenes visuales mejoran la comprensión y promueven la lectura activa.

1-32 Cuentos de mamá. Lee el título de la lectura en la página 30. Luego discute estas preguntas con dos o tres compañeros.

1. ¿Qué significa la palabra *mamá*? ¿Qué características asocias con una madre o una figura materna?
2. ¿Qué historia crees que narra la lectura? ¿Quiénes crees que son los personajes de la historia? ¿Crees que es una historia cómica o trágica?
3. ¿Quién crees que es el narrador del cuento «Mamá»? ¿Crees que el título «Mamá» es ambiguo? Explica por qué.

1-33 Visualización. Trabaja con un(a) compañero(a) de clase. Lean las siguientes oraciones extraídas de la lectura, formen imágenes visuales y contesten las preguntas.

Cae la noche. La noche. Y todas las cabinas telefónicas de la Plaza de Lavapiés se comienzan a ocupar.

1. ¿Dónde y cuándo tiene lugar la historia?

El poli que ha estado toda la tarde patrullando por la Plaza para evitar disturbios.

2. ¿Cómo es la Plaza: muy tranquila o un poco insegura?

Y si se pudiera apagar el ruido de los motores, el ronroneo de los televisores y el murmullo de las plegarias de los que rezan...

3. ¿Qué ruidos se oyen en la Plaza?

...podría escucharse, saliendo de todas las bocas pegadas al auricular, y en muy diferentes idiomas—ruso, español, chino, árabe, alemán...

4. ¿Cómo imaginas las personas en la Plaza? ¿Son homogéneas o de diferentes nacionalidades?

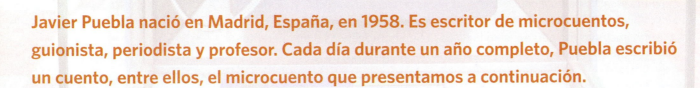

Espacio literario

Craig Joiner Photography/Alamy

Mamá

escrito por Javier Puebla

Javier Puebla nació en Madrid, España, en 1958. Es escritor de microcuentos, guionista, periodista y profesor. Cada día durante un año completo, Puebla escribió un cuento, entre ellos, el microcuento que presentamos a continuación.

Cae la noche°. La noche. Y todas las cabinas telefónicas de la Plaza de Lavapiés[1] se comienzan a ocupar.

Night falls

El viejo cantante de boleros° que ahora vende cocaína por los bares.

bolero (slow-tempo music) singer

El mafioso marroquí que se casó° con una española y por amor se transmutó° en guardia de seguridad.

married
transformed himself

La coreana° que hace un rato° te vendió una cerveza en el deli.

Korean woman; a while ago

El punki cuarentón° que se sigue soñando° en Peter Pan.

punk rocker in his forties; keeps imagining himself as

El poli que ha estado toda la tarde patrullando por la Plaza para evitar disturbios.

La estudiante de bellas artes[2] a quien aterra tener que regresar a Alemania°.

Germany

El escritor de guiones° que acaba de tomarse una caña° en el Pakesteis° después de gastarse una fortuna en el pipsou° de la calle Atocha.

script writer; glass of draft beer; name of a drinking establishment; peepshow

La mujer que espía a las parejas desde su balcón y se imagina que ella es la chica a quien hacen el amor.

Cada uno en un teléfono, en una cabina, de la Plaza de Lavapiés. Cuando cae la noche. La noche. Y si se pudiera° apagar el ruido de los motores, el ronroneo° de los televisores y el murmullo° de las plegarias de los que rezan, podría escucharse, saliendo de todas las bocas pegadas al auricular°, y en muy diferentes idiomas[3] —ruso, español, chino, árabe, alemán, serere°— una palabra repetida por encima° de las otras: Mamá.

if it would be possible
humming; murmuring
stuck to the phone
Niger-Congo language
above

Notas culturales

[1] La Plaza de Lavapiés se encuentra en el centro de Madrid. Está rodeada por edificios y en su centro hay un parque pequeño para niños, un kiosco y cabinas telefónicas. Antiguamente, antes de la expulsión de 1492, Lavapiés era el barrio judío de Madrid. Es probable que el nombre «Lavapiés» venga de una fuente que los judíos usaban para lavarse los pies antes de entrar a la sinagoga. Hoy en día no existe la fuente ni la sinagoga. Lavapiés se considera el barrio más multiétnico de Madrid. Más del 40% de los habitantes son de origen no-español. Por lo tanto, hay muchos restaurantes y negocios árabes, indios y africanos.

[2] La diversidad étnica de la Plaza de Lavapiés atrae a jóvenes, artistas e intelectuales. Alrededor de la Plaza hay muchos bares, galerías de arte y cafés.

[3] Según el Ministerio de Empleo y Seguridad Social, hay más de 6 millones de inmigrantes en España, lo cual representa el 12% de la población total. Las cuatro nacionalidades más representativas entre los inmigrantes son rumanos, marroquíes, ecuatorianos y colombianos.

1-34 Comprensión. Contesta las siguientes preguntas sobre el contenido del microcuento.

1. ¿En qué momento del día ocurre la historia?
2. ¿Dónde están los personajes de la historia?
3. ¿Qué hacen los personajes allí?
4. ¿Cuáles son algunos oficios *(jobs)* de los personajes?
5. ¿Con quién hablan los personajes?
6. ¿En qué lengua hablan los personajes?

1-35 Opiniones. En grupos de tres o cuatro, discutan sus opiniones en respuesta a las siguientes preguntas.

1. ¿Qué tienen en común los personajes de la historia? ¿Creen que han hecho realidad sus sueños? Justifiquen su respuesta.
2. ¿En qué es diferente el policía de los otros personajes? ¿Qué representa este personaje?
3. ¿Qué creen que representa la Plaza de Lavapiés? ¿Creen que refleja la diversidad cultural de Madrid?
4. ¿Qué temas presenta el cuento «Mamá»? ¿Creen que es un cuento con dimensión global?
5. ¿Cuál es el simbolismo de «Mamá»?

1-36 Plaza de Lavapiés. Después de leer las **Notas culturales,** contesta estas preguntas.

1. ¿Dónde está la Plaza de Lavapiés? ¿Cuál es su historia?
2. ¿Cómo es la Plaza de Lavapiés ahora? ¿Te gustaría visitarla? ¿Por qué sí o por qué no?
3. ¿Hay una plaza similar en la ciudad donde vives o donde estudias? Describe la plaza que conoces.
4. ¿Qué nacionalidades son representativas entre los inmigrantes de Madrid? ¿Y entre los inmigrantes de la ciudad donde vives o donde estudias?
5. ¿Cuál de las tres fotos es la Plaza de Lavapiés? ¿Cómo lo sabes?

Arch White/Alamy

a.

Forget Partrick/Sagaphcto.com/Alamy

b.

Andalucia Plus Image bank/Alamy

c.

1-37 A escribir. Imagínate que los personajes de «Mamá» mandan correos electrónicos a su madre en lugar de llamar por teléfono. Escoge uno de los siguientes personajes y escribe un mensaje electrónico desde su punto de vista.

1. El marroquí le escribe a su madre y le cuenta sobre su rutina diaria.
2. La estudiante quiere quedarse *(stay)* en Madrid seis meses más y les escribe a sus padres para explicarles por qué debe quedarse más tiempo.
3. El escritor de guiones le escribe una carta a su mamá, expresando sus sueños y desilusiones.

See Student Activities Manual *for this chapter's writing strategy:* ***La correspondencia informal.***

Exploración

patrick nairne / Alamy

Crea un *mashup* de música

Un *mashup*, o remezcla, es el producto de dos o más piezas. Este puede ser una combinación de música (audio), videos, fotos o letras de canciones *(song lyrics)*.

A La música celta española.

Para crear tu *mashup*, primero necesitas saber un poco sobre la música celta española. Lee el artículo siguiente. ¿Qué es una gaita y quiénes son los gaiteros?

Gaitas y gaiteros

La gaita° es un instrumento de viento muy antiguo que consiste en uno o más tubos insertados en una bolsa llamada *odre*. Hay muchos tipos de gaitas, pero todas comparten un sonido particular, continuo y melódico. Aunque el origen de la gaita no se ha podido establecer, este instrumento es sin duda alguna el instrumento emblemático de la cultura celta.

La cultura celta se asocia con partes de las Islas Británicas, la Bretaña francesa y las regiones norestes de España, como Galicia y Asturias. Estudiosos° debaten «el celtismo» de algunas regiones, y muchos creen que el término «música celta» es una etiqueta° comercial. Sin embargo, la mayoría de gallegos y asturianos se identifican con la herencia celta; el celtismo forma parte esencial de su identidad cultural. La música celta se exhibe en importantes festivales, entre ellos, el Festival del Mundo Celta de Ortigueira en Galicia, España.

El celtismo en el noreste de España hizo resurgir° la gaita, un instrumento que hace unas décadas se consideraba instrumento folclórico e inferior, que los mayores tocaban en festivales y bares. Hoy en día, la imagen de la gaita está cambiando y hay cada vez más jóvenes gaiteros°. La banda asturiana «La Reina del Truébano», por ejemplo, está compuesta de veinte jóvenes gaiteros, ganadores del primer premio° en el festival Saint Patrick de Dublín, Irlanda, en 2011. Dice Luis Feito, director de la banda: «Yo aspiro a que... cada casa asturiana tenga una gaita».

bagpipe

reemerge

bagpipers

Scholars

prize

label

Exploración

B Enfoque geocultural.

¿Cuáles son algunas regiones de España en donde se toca la gaita? Busca estas regiones en el mapa.

España
Población: 40 600 000
Capital: Madrid
Moneda: euro (€)

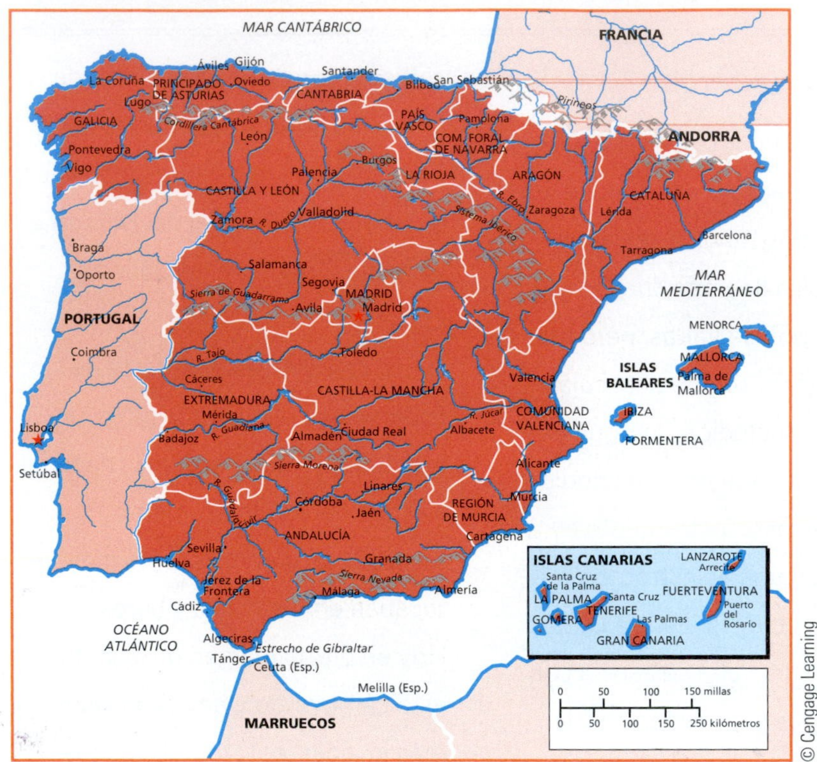

C A ver.

¿Quieres saber más sobre España? Mira el video cultural en iLrn.

D ¡Manos a la obra!

Sigue estas instrucciones para crear tu *mashup* de música celta de España.

1. Busca en Internet música celta española. Empieza tu búsqueda con estos artistas: Susana Sevaine, La Reina del Truébano, Hevia, Carlos Nuñez.
2. Selecciona las piezas para el *mashup.*
3. Usa programas gratuitos como Masher (www.masher.com) o el programa de editar video de tu computadora.
4. Copia partes de varias canciones y combínalas para crear algo nuevo.

E ¡Comparte!

Sube *(Post)* tu *mashup* en la sección de *Share It!* en iLrn. Allí puedes ver los proyectos de tus compañeros y escribir comentarios.

Vocabulario

Verbos
adoptar *to adopt*
apagar *to turn off*
aterrar *to terrify*
contribuir (contribuye) *to contribute*
convertir (ie) *to convert*
desarrollar *to develop*
evitar *to avoid*
gastar to *spend (money)*
influir (influye) *to influence*
llegar a ser *to come to be*
patrullar *to patrol*
rezar *to pray*

Sustantivos
el balcón *balcony*
la cabina telefónica *public phone booth*
la costumbre *custom*
el gobierno *government*
el habitante *inhabitant*
la lengua *language*
el (la) mafioso(a) *gangster*
la Península Ibérica *Iberian Peninsula*
la plegaria *prayer*
el (la) poli *(short for) police officer*
el pueblo *people, village*
el ruido *noise*
el siglo *century*
la tribu *tribe*

Adjetivos
alemán, alemana *German*
chino(a) *Chinese*
marroquí *Moroccan*
ruso(a) *Russian*

Otras palabras y expresiones
entre *between, among*

Capítulo 2

La identidad hispanoamericana

Bernard Grilly/Stone/Getty Images

Contenido

«En lo puro no hay futuro»

Enfoque cultural

Vocabulario útil

Estudia estas palabras.

Verbos

conducir	*to conduct; to drive*
construir (construye)	*to build*
crear	*to create*
dominar	*to dominate*
fundar	*to found*
gobernar (ie)	*to govern, to rule*
incluir (incluye)	*to include*

Sustantivos

el conocimiento	*knowledge*
el desarrollo	*development*
el descubrimiento	*discovery*
el dios, la diosa	*god, goddess*
el emperador, la emperatriz	*emperor, empress*
el hecho	*fact*
el imperio	*empire*
el nivel	*level*
la piedra	*stone, rock*

Otras palabras y expresiones

algo	*something, somewhat*
lo que	*what*

2-1 Para practicar. Trabajen en parejas para hacer y contestar estas preguntas. Usen el vocabulario de la lista.

1. ¿Construiste una casita en un árbol alguna vez? ¿Qué otras cosas construiste cuando eras niño(a)?
2. ¿Creabas vidas de fantasía cuando eras pequeño(a)? ¿Cómo eran?
3. ¿Dónde vivías en el siglo pasado? ¿Quién fundó esa ciudad (o ese pueblo)?
4. ¿A qué edad dominaste el inglés? ¿Qué es lo que te parecía difícil de dominar?
5. ¿Sabes hacer saltar piedras sobre el agua? ¿Quién te enseñó a hacerlo?
6. ¿Qué pasó la primera vez que condujiste solo(a)? ¿Cuántos años tenías?
7. ¿Qué crees que fue el descubrimiento más importante de la historia?

Estrategias de vocabulario

FAMILIAS DE PALABRAS

Una familia de palabras es un grupo de palabras que están relacionadas porque comparten *(share)* la misma raíz (el elemento básico de una palabra que contiene el significado). Por ejemplo, de la raíz **libr-** podemos formar las palabras **libros, librería, librero, libreta.** Todas estas palabras tienen diferentes formas y funciones, pero están relacionadas por su significado.

2-2 Sustantivos. Completa con las formas apropiadas.

Modelo joya → joyero mina → *minero*

1. llegar → llegada llamar → ______
2. abrir → abertura escribir → ______
3. dibujar → dibujo cultivar → ______
4. organizar → organización colonizar → ______
5. sufrir → sufrimiento descubrir → ______

2-3 Adjetivos. Completa según el modelo.

Modelo cultura *cultural*

1. ceremonia ______
2. centro ______
3. continente ______
4. trópico ______

2-4 Palabras relacionadas. Completa la tabla según el modelo.

Modelo	brillo	*brillante*	*brillar*
1.	impresión	______	______
2.	______	interesante	______
3.	______	______	abundar
4.	existencia	______	______

2-5 Una familia de palabras. En parejas, completen la siguiente familia de palabras.

creación — crea- — ( ) — ( ) — ( )

Enfoque cultural

David Hiser/Getty Images

Tres grandes civilizaciones

Al llegar los conquistadores españoles al Nuevo Mundo en el siglo XVI se encontraron con grandes civilizaciones. Tanto los aztecas de México como los incas de Perú formaron grandes imperios que se habían establecido por medio de la conquista violenta de las tribus anteriores. La civilización maya, que casi había desaparecido, tenía varios siglos de existencia y desarrollo. Las tres culturas aportaron *(contributed)* nuevos elementos a la cultura hispanoamericana.

Los aztecas

En el lugar llamado Anáhuac, donde está hoy la capital de México, los aztecas habían dominado a otras tribus durante unos dos siglos. En 1325 fundaron Tenochtitlán, una ciudad que dejó mudo° a Cortés[1] cuando la vio por primera vez. Los aztecas habían fundado la ciudad en un lago con puentes que la conectaban con la tierra.

speechless

Al llegar al valle de México los aztecas absorbieron la cultura tolteca[2] cuya° religión incluía el mito de Quetzalcóatl, un hombre-dios de la civilización, benévolo, que enseñaba las artes y los oficios necesarios para el hombre en la tierra. Al mismo tiempo, el dios protector de la tribu, Huitzilopochtli, era el dios de la guerra, quien exigía° continuas ofrendas° de sangre humana. Es difícil explicar cómo los aztecas llegaron a adorar° a dos dioses tan antagónicos°.

whose

demanded; offerings

to worship

contrary

El imperio se basaba en la completa subyugación de casi todas las tribus del centro de México en una región del tamaño de Italia. Este hecho hizo relativamente fácil la conquista por los españoles en 1521, ya que formaron alianzas° con las tribus subyugadas para derrotar° a los aztecas.

alliances; defeat

El emperador Moctezuma II, que reinaba° cuando llegó Cortés, vivía en un palacio comparable en su lujo° a los palacios europeos. Pero el lujo y la aparente prosperidad cubrían° un estado psicológico deprimido. Varios acontecimientos° le habían hecho creer a Moctezuma que se acercaba° el fin del imperio. Cuando llegó Cortés con sus soldados, la superstición de los jefes los condujo a una resistencia débil. Dentro de poco tiempo los españoles destruyeron la capital del gran imperio de los aztecas para construir sobre los escombros° la ciudad conocida hoy como la Ciudad de México.

ruled

luxury

covered

happenings; was approaching

ruins

[1] **Cortés** *Hernán Cortés (1485–1547) led the first expedition into Mexico and conquered the Aztecs in the central valley in 1521.*

[2] **tolteca** *The Toltecs occupied much of the central area of Mexico prior to the Aztecs. The Aztecs, lacking a historical tradition of their own, began to consider themselves descendants of the Toltecs and adopted their history.*

2-6 Comprensión. Decide si las siguientes oraciones son **verdaderas** o **falsas** según el texto.

1. La Ciudad de México fue fundada en 1325.
2. Los aztecas adoptaron algunos mitos de los toltecas.
3. Huitzilopochtli era el dios de la guerra y el dios protector de los aztecas.
4. Moctezuma II era el presidente de los aztecas cuando llegó Cortés.

Enfoque cultural

Buena Vista Images/Stone/Getty Images

Los incas

Cuando Pizarro[1] desembarcó° en Perú en 1532, los incas apenas tenían un siglo de dominio imperial. Su imperio se extendía desde Ecuador hasta Chile. Igual que los aztecas, eran un pueblo militar que había establecido su dominio sobre las otras tribus durante el siglo XV. También se consideraban el pueblo elegido° del sol. El emperador (llamado «el Inca») recibía su poder absoluto por el hecho de ser descendiente directo del sol.

Aunque había una clase de nobles mantenidos por el pueblo, el resto de la sociedad de los incas tenía aspecto socialista. La comunidad básica era el «ayllu»[2]. Cada comunidad tenía derecho a una cantidad de tierra suficiente para producir sus alimentos° y la trabajaba colectivamente. Otro pedazo° de tierra se designaba para el estado (los nobles). Los hombres tenían la obligación de contribuir con una porción de tiempo cada año a las obras públicas, como a los caminos y a los acueductos, que eran comparables con los de Europa. El uso de la piedra para la construcción y su sistema de riego° eran maravillosos.

landed; chosen; food; piece; irrigation

[1] **Pizarro** *Francisco Pizarro (1476-1541) along with his brothers, Gonzalo and Juan, and Hernando and Diego de Almagro assured the conquest of the Inca empire when they seized and killed the last emperor, Atahualpa, in 1533.*

[2] **ayllu** *The ayllu was, in pre-Incan times, essentially a clan with kinship as its basis. It is believed that it evolved under the Incas to be a more politically organized community. Mountain communities in modern Peru are still called ayllus.*

2-7 Comprensión. Completa cada oración con la mejor opción entre paréntesis.

1. Cuando llegó Pizarro, el imperio inca tenía (cien años, dos siglos, mil años) de existencia.
2. Los incas creían que eran un pueblo (primitivo, elegido del sol, demócrata).
3. El «ayllu» de los incas era (una comunidad, el hijo del sol, el emperador).

Los mayas

holbox/Shutterstock.com

De las grandes culturas indígenas, la que más ha intrigado° al hombre moderno es la cultura maya. Esta ocupaba el sureste de México, Guatemala y Honduras. *intrigued*

Entre sus muchos logros° intelectuales, su sistema de medir° el tiempo era el más impresionante. El calendario antiguo consistía en dos ruedas° distintas. Una marcaba el año ceremonial de 13 meses de 20 días y la otra marcaba el año civil de 18 meses de 20 días. *achievements* *their system of measurement* *wheels*

En la escritura, los mayas habían llegado a tener un sistema ideográfico en que los símbolos representan ideas en vez de° ser dibujos de objetos. *instead of*

La arquitectura maya muestra una preocupación estética importante. Mientras que en las otras culturas precolombinas el tamaño° de las pirámides era lo que indicaba su importancia, los mayas ponían más énfasis en la ornamentación de la piedra. Sus logros artísticos incluían también la escultura° y la pintura. *size* *sculpture*

2-8 Comprensión. Responde según el texto.

1. ¿Cuáles fueron algunos logros culturales impresionantes de los mayas?
2. ¿En qué aspectos eran diferentes las pirámides mayas de las de otras culturas?

2-9 Opiniones. Expresa tu opinión personal.

1. Esta lectura dice que «De las grandes culturas indígenas, la que más ha intrigado al hombre moderno es la cultura maya». ¿Estás de acuerdo o no? Explica.
2. ¿Qué conocimientos de los incas te sorprenden más?
3. ¿Qué factor crees que hizo la conquista del imperio azteca por los españoles relativamente fácil?

Estructura 1

Werner Forman/Corbis

Tezcatlipoca
Tezcatlipoca era el dios de los reyes aztecas, el «Dios de los Dioses». Su espejo le permitía ver todas las cosas en todos los lugares del mundo. Ante él, todos se hallaban indefensos.

En el pie de foto, ¿puedes identificar los verbos en imperfecto? ¿Puedes identificar el verbo reflexivo?

DESCRIBING DAILY ROUTINES

Reflexive verbs and pronouns

Heinle Grammar Tutorial: *Reflexive verbs*

1. A reflexive verb may be identified by the reflexive pronoun **se,** which is attached to the infinitive to indicate that the verb is reflexive. When a reflexive verb is conjugated, the appropriate reflexive pronoun must accompany each form of the verb.

levantarse *to get (oneself) up*	
me levanto	nos levantamos
te levantas	os levantáis
se levanta	se levantan

The reflexive construction is used when the action of the verb reflects back and acts upon the subject of the sentence.

Me levanto a las ocho.
I get (myself) up at 8:00.
Se llama Elena.
Her name is Elena. She calls (herself) Elena.

2. The reflexive pronouns may either precede a conjugated form of a verb or follow and be attached to the infinitive.

¿Vas a bañar**te** ahora?
¿No **te** vas a bañar ahora?

Note that the Spanish reflexive is often translated as *to become* or *to get* plus an adjective. The verb **ponerse** plus various adjectives also means *to become* or *to get*.

acostumbrarse	*to get used to*	enojarse	*to become angry*
casarse	*to get married*	ponerse pálido(a)	*to become pale*
enfermarse	*to get sick*	ponerse triste	*to become sad*

A. Verbs used reflexively and non-reflexively

1. Many Spanish verbs may be used reflexively or non-reflexively; the use of the reflexive pronoun changes the meaning of the verb.

   For example:

   Lavo mi coche todos las sábados.

   I wash my car every Saturday.

   Me lavo antes de comer.

   I wash (myself) before eating.

2. Note the following verbs:

acercar *to bring near*	acercarse (a) *to approach*
acordar *to agree (to)*	acordarse (de) *to remember*
acostar *to put to bed*	acostarse *to go to bed*
bañar *to bathe (someone)*	bañarse *to bathe (oneself)*
burlar *to trick, to deceive*	burlarse (de) *to make fun of*
decidir *to decide*	decidirse (a) *to make up one's mind*
despedir *to discharge, to fire*	despedirse (de) *to say good-bye*
despertar *to awaken (someone)*	despertarse *to wake up*
divertir *to amuse*	divertirse *to have a good time*
dormir *to sleep*	dormirse *to fall asleep*
enojar *to anger (someone)*	enojarse *to get angry*
fijar *to fix, to fasten*	fijarse (en) *to notice*
hacer *to do, to make*	hacerse *to become*
levantar *to raise, to lift*	levantarse *to get up*
llamar *to call*	llamarse *to be called, to be named*
negar *to deny*	negarse (a) *to refuse*
parecer *to seem, to appear*	parecerse (a) *to resemble*
poner *to put, to place*	ponerse *to put on (clothing)*
	ponerse a *to begin*
preocupar *to preoccupy*	preocuparse (de, por, con) *to worry about*
probar *to try, to taste*	probarse *to try on*
quitar *to take away, to remove*	quitarse *to take off*
sentar *to seat someone*	sentarse *to sit down*
vestir *to dress (someone)*	vestirse *to get dressed*
volver *to return*	volverse *to turn around*

3. The following verbs are normally reflexive:

atreverse (a) *to dare*	jactarse (de) *to boast*
arrepentirse (de) *to repent*	quejarse (de) *to complain*
darse cuenta (de) *to realize*	suicidarse *to commit suicide*

B. Reflexive pronouns for emphasis

Colloquially, a reflexive pronoun may be used to intensify an action or to emphasize the personal involvement of the subject. Note the following conversational examples.

Es triste cuando se muere una mascota.

It's sad when a pet dies.

Juan se lo come todo.

Juan eats it all up.

¿Los viajes? Me los pago yo.

The trips? I'm paying for them.

PRÁCTICA

2-10 Una narrativa breve. Lee esta narrativa breve y después cuéntala sobre las personas indicadas.

Todos los días me levanto temprano. Me baño, me visto y me desayuno. Más tarde, me pongo la chaqueta y me voy para la universidad. Me divierto mucho leyendo el cuento para la clase de español. Al llegar a casa, me cambio de ropa, me acuesto y me duermo rápido.

(mis amigos y yo, Carmen, tú)

2-11 ¿Reflexivo o no reflexivo? Escoge entre la forma reflexiva o no reflexiva, según el sentido de la oración.

1. José (levanta / se levanta) a su hermano temprano.
2. Me gusta (bañar / bañarme) con agua fría.
3. La madre (acuesta / se acuesta) a sus niños a las ocho.
4. El empleado (sienta / se sienta) a los invitados cerca de la ventana.
5. Ellos siempre (quitan / se quitan) los zapatos.

2-12 Tu vida en la universidad. Con un(a) compañero(a) de clase háganse estas preguntas. ¿Hay semejanzas y diferencias? ¿Cuáles son?

1. ¿Te sientas en el mismo lugar en tus clases todos los días?
2. ¿Te preocupas mucho de tus estudios?
3. ¿Te acuestas todas las noches antes de la medianoche?
4. ¿Te burlas de tus profesores muchas veces?
5. ¿Te quejas de tus clases con frecuencia?
6. ¿Te jactas cuando sacas buena nota?

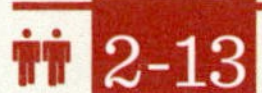

2-13 Tu horario diario. Tú y tu compañero(a) de clase van a comparar su horario diario. Dile cinco cosas que haces normalmente y a qué hora las haces. Tu compañero(a) de clase va a hacer la misma cosa. Compara las diferencias y semejanzas de sus actividades. Usa los verbos siguientes y otros, cuando sea necesario.

acostarse	despertarse	quitarse
bañarse	irse	vestirse

DESCRIBING HOW PEOPLE AND THINGS WERE

The imperfect tense

Heinle Grammar Tutorial: The imperfect tense

A. Regular verbs

The imperfect tense is formed by dropping the infinitive endings and adding the following endings to the stem: **-aba, -abas, -aba, -ábamos, -abais,** and **-aban** for **-ar** verbs; **ía, -ías, -ía, -íamos, -íais,** and **-ían** for **-er** and **-ir** verbs.

llamar *to call*		**comer** *to eat*		**vivir** *to live*	
llam**aba**	llam**ábamos**	com**ía**	com**íamos**	viv**ía**	viv**íamos**
llam**abas**	llam**abais**	com**ías**	com**íais**	viv**ías**	viv**íais**
llam**aba**	llam**aban**	com**ía**	com**ían**	viv**ía**	viv**ían**

B. Irregular verbs

Only three verbs are irregular in the imperfect.

ir: iba, ibas, iba, íbamos, ibais, iban

ser: era, eras, era, éramos, erais, eran

ver: veía, veías, veía, veíamos, veíais, veían

The imperfect tense has the following English equivalents:

Tú llamabas { *You called* / *You used to call* / *You were calling*

PRÁCTICA

2-14 Una narrativa breve. Lee esta narrativa breve y después cuéntala sobre las personas indicadas.

Yo era un buen estudiante. En la clase yo comentaba siempre las influencias indígenas sobre el vocabulario del español. También aprendía a analizar los verbos reflexivos con frecuencia. Todas las noches iba a la biblioteca para hacer la tarea de la clase. Muchas veces veía a los amigos allá y hablaba con ellos.

(ellas, tú, nosotros)

2-15 El Nuevo Mundo.

Completa esta breve historia con la forma correcta del imperfecto de los verbos entre paréntesis.

Las civilizaciones indígenas (ser) **1.** __eran__ muy interesantes, especialmente las de los indígenas que (vivir) **2.** __vivían__ en el altiplano del Perú durante el tiempo del encuentro con los españoles en el Nuevo Mundo. Los conquistadores (ver) **3.** __veían__ cosas nuevas todos los días, incluso varias plantas que (ser) **4.** __eran__ desconocidas en España. Los indígenas (comer) **5.** __comían__ con frecuencia papas, batatas, maíz y cacao como parte de su dieta diaria. (Haber) **6.** __Habían__ muchos tipos de nuevos comestibles.

2-16 Los mayas de hoy y de ayer.

Compara los mayas de hoy y de ayer completando la segunda oración con el imperfecto del verbo correspondiente. Sigue el modelo.

Modelo — Los mayas de hoy comen chile, yuca, frijoles y tomate. Los antiguos mayas también...

comían chile, yuca, frijoles y tomate.

1. Los mayas de hoy habitan los países de México, Guatemala, Honduras y El Salvador. Los antiguos mayas también...
2. Los mayas de hoy siembran maíz. Los antiguos mayas también...
3. Los mayas de hoy hablan muchos dialectos. Los antiguos mayas también...
4. Los mayas de hoy tejen su propia ropa. Los antiguos mayas también...
5. Los mayas de hoy construyen casas de adobe. Los antiguos mayas también...
6. Los mayas de hoy utilizan el Ab' o calendario solar. Los antiguos mayas también...

2-17 Una entrevista.

Con un(a) compañero(a) de clase, háganse las preguntas siguientes, para saber más de lo que ustedes hacían en su niñez *(childhood)*.

1. ¿Dónde vivías en tu niñez?
2. ¿Dónde vivías cuando asistías a la escuela secundaria?
3. ¿Estudiabas español cuando estabas en la escuela secundaria, antes de venir a la universidad?
4. ¿Eras un(a) buen(a) o mal(a) estudiante en la escuela secundaria?
5. ¿Cuál era tu pasatiempo favorito?
6. ¿Qué hacías en los fines de semana?
7. ¿Hacías la tarea en casa o te quedabas en la escuela para hacerla?
8. Cuando eras pequeño(a), ¿qué querías ser de grande?

 **2-18 Inti Raymi.** Con un(a) compañero(a) de clase, miren esta foto tomada el pasado 24 de junio, en Sacsayhuamán, Perú. Escriban seis oraciones que describan el evento usando el imperfecto. Incluyan la siguiente información:

1. el tiempo o clima
2. el lugar de la ceremonia
3. el número de personas
4. la vestimenta (*clothing*)
5. lo que hacían las mujeres
6. lo que hacían los espectadores

© Stephanie Colasanti/CORBIS

Inti Raymi es una ceremonia religiosa inca en honor al Sol.

2-19 El árbol de oro. Trabajen en grupos pequeños para hablar sobre un lugar favorito, secreto para los adultos, que tenían de niños. Tomen turnos para describir sus lugares mágicos. Pueden usar estas preguntas como guía:

	Estudiante 1	Estudiante 2	Estudiante 3
¿Cuál era tu espacio mágico?			
¿Era real o imaginario?			
¿Dónde estaba?			
¿Cómo era?			
¿Qué hacías allí?			
¿Te divertías mucho?			
¿Ibas con tus amigos a veces?			

Corto de cine

La suerte de la fea a la bonita no le importa

dirigido por Fernando Eimbcke

Una chica, obsesionada con perder peso y con ser la mujer más bella del mundo, invoca a su hada madrina. (México, 2002, 8 min.)

2-20 Anticipación. Antes de ver el corto, haz estas actividades.

A. Contesta estas preguntas.

1. ¿Crees que vivimos en una sociedad obsesionada por lo físico? Explica.
2. ¿A quiénes les preocupa más su apariencia física: a las mujeres, a los hombres o a ambos? Justifica tu respuesta.
3. ¿Cuáles son algunas formas de perder peso *(lose weight)*? ¿Cuál es más eficaz *(works best)*?
4. Si tuvieras tres deseos *(wishes)*, ¿qué pedirías?

B. Completa los siguientes diálogos del corto con palabras y frases de la lista.

adelgazar *to lose weight*	conceder *to grant*
belleza *beauty*	detenidamente *carefully*
buenas *"hot"*	pena *embarrassment*
cinturita *small waist*	pestañas *eyelashes*
cirujano *surgeon*	tramposa *cheater*

1. «Solo un milagro *(miracle)* me va a hacer __________ ».
2. «En realidad, soy un hada *(fairy)* y te voy a __________ tres deseos».
3. «¡Qué __________ eres, Susi!»
4. «Que no te dé __________, todas tenemos nuestros secretos».
5. «Todas queremos estar __________ ».
6. «El busto, las nalgas *(buttocks)* y la __________ se los debo *(I owe them)* al __________ ».
7. «Solo si observas __________ te darás cuenta *(you'll realize)*».
8. «La verdadera __________ está en nuestro interior».
9. «Y ahora las __________ mucho más largas...»

2-21 A ver. Mira el corto «La suerte de la fea a la bonita no le importa». ¿Qué te parece el final?

Corto de cine

2-22 Comprensión. Después de ver el corto, completa estas oraciones.

1. Después de pesarse, Susi come helado porque...
   a. adelgazó cinco kilos.
   b. la dieta no funcionó.
   c. quiere ser gorda.
2. El primer deseo que concede el hada se relaciona con...
   a. los viajes.
   b. la belleza física.
   c. la manera de comer.
3. En el restaurante, Susi vomita porque...
   a. el sushi habla.
   b. la comida está mala.
   c. sufre de bulimia.
4. La amiga de Susi vomita porque...
   a. también vio a Pamela.
   b. no le gusta el sushi.
   c. sufre de bulimia.
5. El tercer deseo de Susi es...
   a. poder comer de todo.
   b. ser delgada como su amiga.
   c. ser la mujer más bella del mundo.
6. Susi convierte al hada en sapo *(toad)* porque...
   a. no cree que la belleza interior sea más importante que la belleza física.
   b. no quiere que su amiga tenga tres deseos.
   c. aprendió a amarse tal como es.

2-23 Mexicanismos. ¿Entendiste el lenguaje coloquial de «La suerte de la fea a la bonita no le importa»? Relaciona las palabras en negrita con los equivalentes en inglés.

____ 1. «¡Toda la **pinche** semana comiendo lechuga!»	a. *wow*
____ 2. «Y tú, **qué bruto**, estás delgadísima».	b. *blondie*
____ 3. «Ahora sí, **güerita**, vive la experiencia de la belleza interior».	c. *boobs*
____ 4. «Quiero más **chichis**».	d. *lousy*

2-24 Fotogramas. Observa los fotogramas extraídos del corto. Primero, ponlos en orden cronológico. Escribe los números del 1 al 4 en los cuadros *(squares)*. Después, en los espacios en blanco, escribe las letras de las oraciones que correspondan a los fotogramas.

La suerte de la fea a la bonita no le importa directed by Fernando Eimbcke. Reprinted by permission of Quat! Media.

a. Susi no puede comer porque el camarón le habla en japonés.
b. Después de hacer dieta, Susi se pesa pero no obtiene los resultados que quiere.
c. Cuando casi rompe la dieta, se le aparece un hada con el cuerpo que Susi desea.
d. Molesta con su hada por no cambiarle el cuerpo, Susi le da una lección.

2-25 Opiniones. En grupos de tres o cuatro estudiantes, comenten estos temas.

1. El título del corto hace referencia a un refrán *(saying)* que dice «La suerte de la fea, la bonita la desea». Significa que las mujeres feas consiguen mejores esposos *(husbands)* que las bonitas. ¿Están de acuerdo con ese refrán? ¿Y con el título del corto?
2. La protagonista del corto, Susi, está obsesionada con la belleza física. ¿Es ella un personaje realista o exagerado? ¿Creen que su actitud refleja la actitud de nuestra sociedad?
3. Para ser bella, Susi quiere busto, nalgas y una cinturita. ¿Es este ideal de la belleza femenina igual en todas las culturas? ¿De qué depende?
4. El director usa ironía y humor para dar un mensaje serio. ¿Cuál es el mensaje? ¿Les pareció divertido el corto? Expliquen.

2-26 Minidrama. Trabajando en parejas, imaginen una escena entre un hombre joven y un hada *(fairy)*. ¿Qué deseos pide el muchacho? ¿Qué lección le enseña el hada? Estén preparados para representar la escena enfrente de la clase.

Estructura 2

La manigua (1948)
Wilfredo Lam, hijo de padre chino y madre mulata, nació en un pueblo de Cuba. Cuando vivía en Madrid, Lam descubrió el arte africano. Cuando volvió a Cuba en la década de los cuarenta, pintó obras de inspiración afrocubana. La más importante de estas pinturas es La manigua (La jungla).

En el pie de foto, ¿puedes identificar los verbos en tiempo pretérito? ¿Puedes identificar el uso del imperfecto y el pretérito en una misma oración?

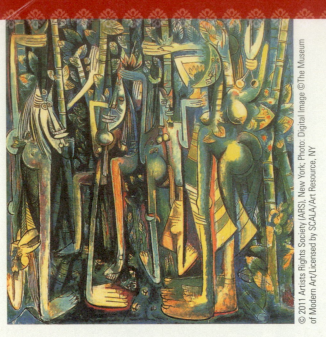

Heinle Grammar Tutorial:
The preterite tense

TALKING ABOUT PAST EVENTS

The preterite tense

A. Regular verbs

The preterite tense of regular verbs is formed by dropping the infinitive endings and adding the following endings to the stem: **-é, -aste, -ó, -amos, -asteis,** and **-aron** for **-ar** verbs; **í, -iste, -ió, -imos, -isteis,** and **-ieron** for **-er** and **-ir** verbs.

escuchar *to listen to*		**comer** *to eat*		**salir** *to leave*	
escuch**é**	escuch**amos**	com**í**	com**imos**	sal**í**	sal**imos**
escuch**aste**	escuch**asteis**	com**iste**	com**isteis**	sal**iste**	sal**isteis**
escuch**ó**	escuch**aron**	com**ió**	com**ieron**	sal**ió**	sal**ieron**

B. Irregular verbs

1. Ir and **ser** have the same forms in the preterite tense.

ir *to go* / **ser** *to be*	
fui	fuimos
fuiste	fuisteis
fue	fueron

Paula **fue** a clase anoche.
Paula went to class last night.
Fue una clase interesante.
It was an interesting class.

2. Dar and **ver** are also irregular in the preterite.

dar:	di, diste, dio dimos, disteis, dieron
ver:	vi, viste, vio vimos, visteis, vieron

3. Irregular verbs with the **u** change in the stem:

andar:	anduve, anduviste, anduvo anduvimos, anduvisteis, anduvieron
estar:	estuve, estuviste, estuvo estuvimos, estuvisteis, estuvieron
haber:	hube, hubiste, hubo hubimos, hubisteis, hubieron
poder:	pude, pudiste, pudo pudimos, pudisteis, pudieron
poner:	puse, pusiste, puso pusimos, pusisteis, pusieron
saber:	supe, supiste, supo supimos, supisteis, supieron
tener:	tuve, tuviste, tuvo tuvimos, tuvisteis, tuvieron

4. Irregular verbs with the **i** change in the stem:

hacer:	hice, hiciste, hizo hicimos, hicisteis, hicieron
querer:	quise, quisiste, quiso quisimos, quisisteis, quisieron
venir:	vine, viniste, vino vinimos, vinisteis, vinieron

5. Irregular verbs with the **j** change in the stem:

decir:	dije, dijiste, dijo dijimos, dijisteis, dijeron
producir:	produje, produjiste, produjo produjimos, produjisteis, produjeron
traer:	traje, trajiste, trajo trajimos, trajisteis, trajeron

*Other verbs ending in **-ducir** conjugated like **producir: conducir, traducir***

Note that the verbs in items 3 and 4 above have the same irregular preterite endings. The verbs in item 5 also have the same irregular endings in all forms of the preterite with the exception of third person plural, which is **-eron,** not **-ieron.**

C. Spelling-change verbs

1. Verbs ending in **-car, -gar,** and **-zar** make the following changes in the first person singular of the preterite:

-car:	**c → qu**
-gar:	**g → gu**
-zar:	**z → c**
buscar:	busqué, buscaste, buscó buscamos, buscasteis, buscaron
llegar:	llegué, llegaste, llegó llegamos, llegasteis, llegaron
empezar:	empecé, empezaste, empezó empezamos, empezasteis, empezaron

2. Certain **-er** and **-ir** verbs change **i** to **y** in the third person singular and plural. Note the accents.

caer:	caí, caíste, cayó caímos, caísteis, cayeron
creer:	creí, creíste, creyó creímos, creísteis, creyeron
leer:	leí, leíste, leyó leímos, leísteis, leyeron
oír:	oí, oíste, oyó oímos, oísteis, oyeron

D. Stem-changing verbs

1. Stem-changing **-ir** verbs that change **e** to **ie** or **o** to **ue** in the present tense change **e** to **i** and **o** to **u** in the third person singular and plural forms of the preterite.

preferir *to prefer*		dormir *to sleep*	
preferí	preferimos	dormí	dormimos
preferiste	preferisteis	dormiste	dormisteis
pref**i**rió	pref**i**rieron	d**u**rmió	d**u**rmieron

2. Stem-changing **-ir** verbs that change **e** to **i** in the present tense also change **e** to **i** in the third person singular and plural of the preterite.

repetir *to repeat*		pedir *to ask for*	
repetí	repetimos	pedí	pedimos
repetiste	repetisteis	pediste	pedisteis
rep**i**tió	rep**i**tieron	p**i**dió	p**i**dieron

3. The majority of **-ar** and **-er** stem-changing verbs in the present tense are regular in the preterite.

PRÁCTICA

2-27 Una narrativa breve. Lee esta narrativa breve y después cuéntala acerca de las personas indicadas.

Escuché su conferencia acerca de las influencias extranjeras sobre el español con mucho interés. Después salí con unos amigos para comer en un café y discutir el asunto. Comí una variedad de cosas de origen indígena, como papas fritas con salsa de tomate y una taza de chocolate. Pasé una noche muy agradable.

(mi hermano, Tomás y Luisa, tú)

2-28 ¿Y tú? Di si también hiciste las siguientes actividades la semana pasada. Sigue el modelo.

Modelo Francisco tocó la guitarra.
Yo también toqué la guitarra. -o- *Yo no toqué la guitarra.*

1. Teresa buscó una dirección en Google.
2. Pagamos la cuenta en un restaurante.
3. Gabriela comenzó a trabajar a las siete.
4. Luis y Camilo jugaron al tenis.
5. Laura le dedicó una canción a su novio.
6. Hugo reemplazó su libro viejo de español.

2-29 El viaje de Carmen. Completa este cuento sobre un viaje que Carmen hizo a México, usando la forma correcta del pretérito de los verbos entre paréntesis.

Carmen (hacer) **1.** __hizo__ un viaje a México la semana pasada. Al llegar no (poder) **2.** __pudo__ abrir sus maletas en la aduana porque su madre no le (poner) **3.** __puso__ las llaves en la mochila. Los agentes (tener) **4.** __tuvieron__ que romper los candados *(locks)*. Su amigo Raúl la (recoger) **5.** __recogió__ del aeropuerto. Por un instante ella (sentirse) **6.** __sentió__ muy nerviosa, pero al conocer a los padres de Raúl ella (darse) **7.** __dio__ cuenta *(realized)* de que no habría ningún problema. El próximo día Raúl le (pedir) **8.** __pedió__ el coche a su padre y los dos jóvenes (salir) **9.** __saieron__ para hacer una gira por el barrio histórico.

2-30 Cuentos del abuelo. ¿Recuerdas alguna historia inolvidable narrada por un adulto importante en tu vida? Escribe la historia usando algunos de los verbos de la lista siguiente en el pretérito. Luego, en grupos pequeños, tomen turnos leyendo su narrativa. ¿Qué historia es más inolvidable?

creer	ir	poder	tener
empezar	llegar	querer	traer
hacer	pedir	saber	venir

NARRATING STORIES

Uses of the imperfect and the preterite

Heinle Grammar Tutorial: *The preterite versus the imperfect*

A. Summary of uses

The two simple past tenses in Spanish, the imperfect and the preterite, have specific uses and express different things about the past. They cannot be interchanged.

The imperfect is used:

1. to tell that an action was in progress or to describe a condition that existed at a certain time in the past.

Estudiaba en España en aquella época.
He was studying in Spain at that time.
En el cine yo me reía mientras los demás lloraban.
In the movie theater I was laughing while the rest were crying.
Había muchos estudiantes en la clase de química.
There were a lot of students in the chemistry class.
Hacía mucho frío en la sala de conferencias.
It was very cold in the lecture hall.

2. to relate repeated or habitual actions in the past.

Mis amigas estudiaban todas las noches en la biblioteca.
My friends used to study every night in the library.
Los chicos viajaban por la península todos los veranos.
The boys used to travel through the peninsula every summer.

3. to describe a physical, mental, or emotional state in the past.

Los jóvenes estaban muy enfermos.
The young people were very ill.
No comprendíamos la lección sobre el lenguaje culto y escolástico de la época.
We didn't understand the lesson about the refined and scholastic language of the era.
Yo creía que Juan era rico y poderoso.
I thought that Juan was rich and powerful.

4. to tell time in the past.

Eran las siete de la noche.

It was seven o'clock in the evening.

The preterite is used:

1. to report a completed action or an event in the past, no matter how long it lasted or how many times it took place. The preterite views the act as a single, completed past event.

Fuimos a clase ayer.

We went to class yesterday.

Llovió mucho el año pasado.

It rained a lot last year.

Traté de llamar a Elsa repetidas veces.

I tried to call Elsa many times.

Ella salió de casa, fue al centro y compró el regalo.

She left the house, went downtown, and bought the gift.

2. to report the beginning or the end of an action in the past.

Empezó a hablar con los estudiantes.

He started to talk with the students.

Terminaron la tarea muy tarde.

They finished the assignment very late.

3. to indicate a change in mental, physical, or emotional state at a definite time in the past.

Después de la explicación lo comprendimos todo.

After the explanation we understood everything.

B. The preterite and the imperfect used together

1. The preterite and imperfect tenses can best be understood by examining their use together in the same sentence.

El profesor hablaba cuando Elena entró.

The professor was talking when Elena entered.

Él explicaba las influencias extranjeras cuando terminó la clase.

He was explaining the foreign influences when the class ended.

Me dormí mientras hacía las actividades.

I fell asleep while I was doing the activities.

In the above sentences, note that the imperfect describes the way things were or what was going on while the preterite relates a completed act that interrupted the scene or action.

2. Note the use of the preterite and the imperfect in the following paragraphs.

Los españoles **llegaron** *(completed act)* a América en 1492, donde se **encontraron** *(completed act)* con los indígenas de este nuevo mundo. Los indígenas **eran** *(description)* de una raza desconocida. Todo **era** *(description)* distinto incluso el color de su piel, la ropa, sus costumbres y sus lenguas. Los españoles **creían** *(thought process)* que **estaban** *(location over a period of time)* en la India y por eso **llamaron** *(completed act)* a los habitantes de estas tierras «indios».

Cuando los españoles **empezaron** *(beginning of an act)* a explorar estos nuevos territorios **supieron** *('saber' in the preterite = found out)* que ya había *(description)* tres civilizaciones muy avanzadas: la maya, la azteca y la incaica. Estos indígenas **tenían** *(description)* sus propios sistemas de gobierno, sus propias lenguas y en cada civilización la religión **hacía** *(description)* un papel muy importante en la vida diaria de la gente. **Había** *(description)* muchos templos y los indígenas **participaban** *(continous or habitual act)* en numerosas ceremonias dedicadas a sus dioses. **Había** *(description)* gran cantidad de diferencias entre la cultura de los españoles y la de los indígenas. Por eso los españoles no **pudieron** *('no poder' in the preterite = failed)* entender bien a los indígenas ni ellos a los españoles.

C. Verbs with special meanings in the preterite

In the imperfect tense, some verbs describe a physical, mental, or emotional state, while in the preterite they report a changed state or an event.

conocer:	Conocí a Elena anoche.	¿Conocías a Elena en aquella época?
	I met (became acquainted with) Elena last night.	*Did you know Elena at that time?*
saber:	Supo que ella era rica.	Sabía que ella era rica.
	He found out that she was rich.	*He knew that she was rich.*
querer:	Quiso llamarla.	Quería llamarla.
	He tried to call her.	*He wanted to call her.*
	No quiso hacerlo.	No quería hacerlo.
	He refused to do it.	*He didn't want to do it.*
poder:	Pudo hacerlo.	Podía hacerlo.
	She succeeded in doing it (managed to do it).	*She was able to do it (capable of doing it).*
	No pudo hacerlo.	No podía hacerlo.
	She failed to do it.	*She wasn't able to do it.*

PRÁCTICA

2-31 A decidir. Completa las oraciones siguientes con el pretérito o el imperfecto de los verbos entre paréntesis, según sea necesario.

1. Mi amigo ______________ (estudiar) cuando yo ______________ (entrar).
2. Los invitados ______________ (comer) cuando mis padres ______________ (llegar).
3. Ella ______________ (salir) cuando el reloj ______________ (dar) las seis.
4. Nosotros ______________ (dormir) cuando el policía ______________ (llamar) a la puerta.
5. Yo ______________ (hablar) con el profesor cuando los estudiantes ______________ (entrar) a clase.

6. Siempre me llamaba (llamar) cuando él estaba (estar) en la ciudad.
7. La chica ______________ (ser) muy bonita. Ella tenía (tener) pelo rubio y ojos verdes.
8. Los árabes invadieron (invadir) España en el año 711 y se ______________ (irse) en 1492.
9. Ramón ______________ (ir) a la biblioteca y ______________ (estudiar) por dos horas.
10. Cuando nosotros ______________ (estar) de vacaciones en la península, ______________ (hacer) calor todos los días.

2-32 Una tarde con Ramón. Escribe el párrafo otra vez cambiando todos los verbos al pretérito o al imperfecto, según sea necesario.

Son las tres de la tarde. Ramón está en casa. Hace buen tiempo y por eso decide llamar a Elena para preguntarle si quiere dar un paseo con él. Llama dos veces por teléfono pero nadie contesta. Entonces sale de casa. Anda por la plaza cuando ve a Elena frente a la catedral. Ella está con su amiga Concha. Ramón corre para alcanzarlas. Cuando ellas lo ven, lo saludan con gritos y risas. Ramón las saluda y empieza a hablar con Elena. No hablan por mucho tiempo porque las chicas tienen que estar en casa de Concha a las cinco, y ella vive muy lejos. Ramón conoce a Concha también, pero ella nunca lo invita porque cree que él es muy antipático. Por eso los jóvenes se despiden y Ramón le dice a Elena que va a llamarla más tarde.

2-33 Un correo electrónico. Completa el email con el pretérito o el imperfecto de los verbos entre paréntesis, según sea necesario.

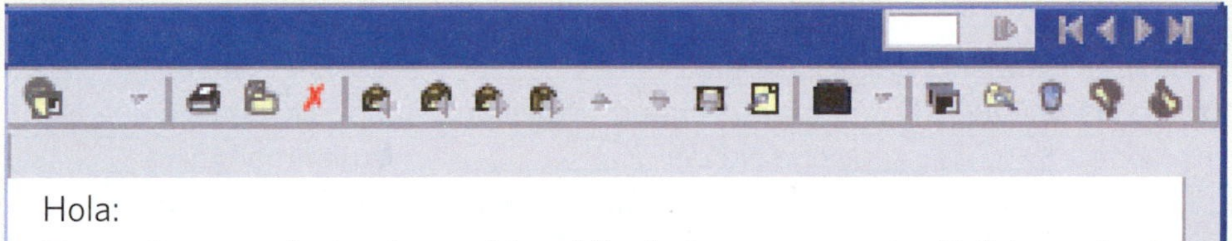

Hola:

Te escribo para decirte lo que hice el fin de semana pasado. (Salir) con José todos los sábados, pero ayer (ver) a Ramón en la librería, y nosotros (decidir) ir al cine. (Ser) una película interesante sobre las culturas indígenas de México. Más tarde nosotros (querer) entrar a un club que (estar) cerca del Zócalo, pero no (poder). Entonces nosotros (ir) a la plaza y allí (conocer) a unos muchachos muy divertidos. (Ser) la medianoche cuando yo (llegar) a casa. Yo (estar) muy cansado(a). (Dormir) hasta las cuatro de la tarde. Luego (estudiar), (cenar) y (mirar) televisión. ¡Qué fin de semana!

2-34 Una situación embarazosa. Cuéntale a un(a) compañero(a) de clase un incidente o una situación incómoda, embarazosa, cómica o ridícula. Puede ser real o inventada. Alterna el uso del imperfecto y del pretérito en tu historia.

Espacio literario

Vocabulario útil

Estudia estas palabras.

Verbos

escoltar	*to escort, to accompany*
morder (ue)	*to bite*
respirar	*to breathe*
silbar	*to whistle*
soñar (ue) (con)	*to dream (of)*

Sustantivos

el caimán	*alligator*
la culebra	*snake*
la pata	*foot (of an animal)*
el tamaño	*size*
el tambor	*drum*
el vidrio	*material duro, frágil y transparente*
la voz (voces)	*voice*
la yerba	*grass*

Otras palabras y expresiones

¡Qué de (barcos)!	*So many (ships)!*

2-35 Para practicar. Escribe la forma correcta de una palabra de la lista para completar cada espacio en blanco del siguiente párrafo.

caimán soñar culebra silbar cuántos pata tamaño tambor

Los amigos fueron al parque zoológico. ¡_____________ animales había! Primero vieron unos _____________ inmóviles en un estanque de agua. Luego vieron una _____________ que era del _____________ de una manguera de bombero (*firehose*). También vieron jirafas y quedaron asombrados por las _____________ largas y el cuello larguísimo. De repente, escucharon un animal que _____________. ¡Era una marmota!

2-36 Más práctica. Relaciona la definición con la palabra definida.

a. vidrio b. voz c. soñar d. caimán e. morder f. pata

_____ 1. imaginar o fantasear
_____ 2. material de la mayoría de las botellas
_____ 3. herir con los dientes
_____ 4. pie de un animal
_____ 5. reptil parecido al cocodrilo
_____ 6. sonido humano

Estrategias de lectura

- **VOLVER A ESCRIBIR ORACIONES COMPLEJAS.** Cuando encuentres una oración compleja en la lectura, vuelve a escribirla en forma más sencilla. Esto te ayudará a comprenderla.
- **ENFOCARSE EN LAS PALABRAS CLAVE.** Las palabras clave son las palabras más importantes de un texto: aquellas que dan pistas sobre el contenido y el significado. A partir de ellas, puedes identificar las ideas más importantes de una lectura.
- **IDENTIFICAR LOS RECURSOS POÉTICOS.** Los poetas utilizan varios recursos para hacer más expresivo su mensaje. Un recurso es la **aliteración**, o repetición de sonidos para crear un efecto musical. La **anáfora** es la repetición de la misma palabra al principio de cada verso mientras que la **epífora** es la repetición de la misma palabra al final de cada verso. Otro recurso es la **metáfora** que consiste en sustituir un concepto por otro, como por ejemplo, «perlas» en lugar de «dientes».

2-37 La estructura de la oración. Escribe estas oraciones o frases con una estructura más simple y añadiendo las palabras necesarias para comprender su significado.

1. «Lanza con punta *(tip)* de hueso / tambor *(drum)* de cuero y madera: / Mi abuelo negro».
2. «Pie desnudo, torso pétreo / los de mi negro; / ¡pupilas de vidrio antártico / las de mi blanco!»
3. «Sombras que sólo yo veo, / Me escoltan mis dos abuelos».

2-38 Palabras clave. Lee la estrofa e identifica las palabras clave.

¡Federico!
¡Facundo!
Los dos se abrazan.
Los dos suspiran.

Los dos las fuertes cabezas alzan;
los dos del mismo tamaño,
bajo las estrellas altas;
los dos del mismo tamaño,...

2-39 Recursos poéticos. Lee los siguientes versos y trata de descubrir el recurso literario que el poeta utilizó.

_____ 1. ¡Qué de barcos, qué de barcos!
¡Qué de negros, qué de negros!
_____ 2. ¡Mayombé-bombe-mayombé!
_____ 3. ¡pupilas de vidrio antártico las de mi blanco!
_____ 4. gritan, sueña, lloran, cantan.
Sueña, lloran, cantan,
Lloran, cantan.
¡Cantan!

a. aliteración
b. anáfora
c. epífora
d. metáfora

Espacio literario

Balada de los dos abuelos y Sensemayá

escritos por Nicolás Guillén

Daniel Bendjy/Getty Images

Estos dos poemas aparecen en el tercer libro del poeta cubano Nicolás Guillén (1902–1989). El primer poema es un comentario íntimo sobre su propia identidad racial. En el segundo poema vemos un ejemplo del uso folclórico de los ritmos y sonidos africanos.

Balada de los dos abuelos

Sombras que sólo yo veo,
me escoltan mis dos abuelos.[1]
Lanza con punta de hueso°,
tambor° de cuero y madera:
mi abuelo negro.
Gorguera° en el cuello ancho,
gris armadura guerrera:
mi abuelo blanco.
Pie desnudo, torso pétreo°
los de mi negro;
¡pupilas de vidrio antártico
las de mi blanco!
África de selvas húmedas
y de gordos gangos° sordos...
—¡Me muero! (Dice mi abuelo negro.)
Aguaprieta de caimanes°,
verdes mañanas de cocos°...
—¡Me canso!
(Dice mi abuelo blanco.)
Oh velas de amargo viento,
galeón ardiendo° en oro...
—¡Me muero!
(Dice mi abuelo negro.)
¡Oh costas de cuello virgen
engañadas de abalorios°...!
—¡Me canso!
(Dice mi abuelo blanco.)
¡Oh puro sol repujado°,
preso en el aro° del trópico;
oh luna redonda y limpia
sobre el sueño de los monos!
¡Qué de barcos, qué de barcos!
¡Qué de negros, qué de negros!
¡Qué largo fulgor de cañas°!
¡Qué látigo° el del negrero°!
Piedra de llanto y de sangre,
venas y ojos entreabiertos,
y madrugadas vacías,
y atardeceres de ingenio°,
y una gran voz, fuerte voz,
despedazando el silencio.
¡Qué de barcos, qué de barcos,
qué de negros!
Sombras que sólo yo veo,
Me escoltan mis dos abuelos.
Don Federico me grita
y Taita° Facundo calla;
los dos en la noche sueñan
y andan, andan.
Yo los junto°.
—¡Federico!
¡Facundo! Los dos se abrazan.
Los dos suspiran. Los dos
las fuertes cabezas alzan°;
los dos del mismo tamaño,
bajo las estrellas altas;
los dos del mismo tamaño,
ansia negra y ansia blanca,
los dos del mismo tamaño,
gritan, sueñan, lloran, cantan.
Sueñan, lloran, cantan.
Lloran, cantan.
¡Cantan!

brilliance of cane
bone tip; whip; slave trader
drum
Ruff
sugar mill
rock-like
metal musical instruments
Father
black water with alligators
coconut palms
join
burning
raise
deceived by beads
embossed
caught in the arc

Espacio literario

Nota cultural

[1] En la primera parte del poema, Guillén describe a los dos abuelos antes de llegar a Cuba, y después, al llegar a la isla. En los versos que siguen, describe la esclavitud en Cuba y se refiere al duro trabajo del esclavo en los campos y en el ingenio de azúcar.

2-40 Comprensión. Contesta las siguientes preguntas.

1. ¿Por qué dice Guillén que sus abuelos lo acompañan y solo él los puede ver?
2. ¿Cómo contrasta el poeta la apariencia física de los dos abuelos?
3. Al llegar a la isla, ¿por qué dice el abuelo negro «¡Me muero!» mientras el blanco dice «¡Me canso!»?
4. ¿Cómo describe Guillén el trabajo de los esclavos?
5. Durante la mayor parte de «Balada de los dos abuelos» hay una alternación entre los dos abuelos. ¿Cómo cambia ese plan en los últimos versos del poema?
6. ¿Qué hacen los dos abuelos al final del poema? ¿Se concilian las dos razas?

2-41 Opiniones. Expresa tu opinión personal.

1. ¿Crees que Guillén siente orgullo hacia su origen mulato? Explica.
2. ¿Crees que los abuelos tienen mucha influencia en sus nietos? Explica por qué.

Sensemayá

(Canto para matar a una culebra[1])
¡Mayombé-bombe-mayombé! [2]
¡Mayombé-bombe-mayombé!
¡Mayombé-bombe-mayombé!
La culebra tiene los ojos de vidrio;
la culebra viene, y se enreda en un palo°,
con sus ojos de vidrio.
La culebra camina sin patas;
la culebra se esconde en la yerba°;
caminando se esconde en la yerba;
¡caminando sin patas!
¡Mayombé-bombe-mayombé!
¡Mayombé-bombe-mayombé!
¡Mayombé-bombe-mayombé!
Tú le das° con el hacha°, y se muere;
¡dale ya!
¡No le des con el pie, que te muerde,
no le des con el pie, que se va!
Sensemayá, la culebra,
sensemayá.
Sensemayá, con sus ojos,

hit him; ax

winds around a stick

grass

sensemayá.
Sensemayá, con su lengua,
sensemayá.
Sensemayá, con su boca,
sensemayá.
¡La culebra muerta no puede comer;
la culebra muerta no puede silbar°: *whistle*
no puede caminar, no puede comer!
¡La culebra muerta no puede mirar;
la culebra muerta no puede beber,
no puede respirar°, *breathe*
no puede morder!
¡Mayombé-bombe-mayombé!
Sensemayá, la culebra...
¡Mayombé-bombe-mayombé!
Sensemayá, no se mueve...
¡Mayombé-bombe-mayombé!
Sensemayá, la culebra...
¡Mayombé-bombe-mayombé!
¡Sensemayá, se murió!

Notas culturales

[1] «Sensemayá» es el título de una canción que se canta tradicionalmente al cazar y matar una culebra. Se canta también como parte del rito mágico del África en ceremonias, tales como en las que se mata una culebra grande de papel.

[2] Son sílabas utilizadas para su efecto rítmico y onomatopéyico. No tiene significado, excepto tal vez «Mayombé» que se deriva de mayomba, que es una secta religiosa afrocubana. Este uso refleja el elemento folclórico de la poesía leída en voz alta.

2-42 Comprensión. Contesta las siguientes preguntas.

1. En «Sensemayá» ¿qué instrumento imitan las palabras rítmicas?
2. ¿Dónde se esconde la culebra? ¿Con qué la matan?
3. ¿Cuáles son algunas cosas que no puede hacer la culebra muerta?

2-43 A escribir. Escribe un párrafo sobre uno de los temas siguientes.

1. Las diferencias y semejanzas entre tus dos abuelos
2. La influencia de la música o la poesía en tu vida
3. La comunidad de personas con quien te identificas

See Student Activities Manual *for this chapter's writing strategy:* ***El párrafo.***

Exploración

MARIANA BAZO/Reuters/Corbis

Participa en un panel

En un panel, un grupo de expertos discuten un tema en forma de diálogo enfrente de un público.

A Para empezar.

Tu profesor(a) va a dividir la clase en cinco grupos. Cada grupo va a recibir un grupo étnico de Perú y va a tener que investigar el tema y presentarlo enfrente de la clase en formato de panel. Los cinco grupos étnicos son: (1) los asháninkas, (2) los aymaras, (3) los quechuas, (4) los afroperuanos y (5) los peruano-japoneses.

B Enfoque geocultural.

Primero, averigüen *(find out)* en qué región de Perú se encuentra la mayor concentración del grupo étnico que les fue asignado.

© Cengage Learning

Perú
Población: 29 250 000
Capital: Lima
Moneda: nuevo sol (S/.)

C A ver.

¿Quieres saber más sobre Perú? Mira el video cultural en iLrn.

D Modelo.

Lee el siguiente texto de un panel sobre el barrio chino de Lima. Fíjate en cómo la información está organizada. Después de leer el texto, formula tres preguntas que les harías a los panelistas si fueras parte del público.

El barrio chino de Lima

MODERADOR: Hoy vamos a hablar sobre los barrios chinos. Los barrios chinos son comunidades compactas de inmigrantes chinos y descendientes de chinos que desean permanecer ligados° a su cultura. Uno de los más grandes y antiguos de América es el barrio chino de Lima, Perú. Samuel, ¿dónde se encuentra el barrio chino de Lima y cómo es?

ligados°: connected

PANELISTA 1: El Barrio Chino está ubicado en el corazón de Lima, Perú, en la calle Capón. Un gran arco con caracteres chinos da la bienvenida a los locales y a los turistas. Del otro lado, la calle está decorada con leones y dragones. Hay un gran número de restaurantes y tiendas. También hay puestos° que venden el Man Shing Po, un periódico publicado en chino y en español desde 1911.

puestos°: stands

MODERADOR: ¿Cómo nació el barrio chino?

PANELISTA 2: Es una historia interesante. En 1854 el presidente de Perú emitió un decreto otorgando° la libertad a los esclavos° africanos. Con la abolición de la esclavitud° se produjo una escasez° de mano de obra° barata en la agricultura. Así se estableció la inmigración de trabajadores chinos, mediante contratos de trabajo o servidumbre. Durante la segunda mitad del siglo XIX, alrededor de cien mil chinos ingresaron a Perú. La mayoría de ellos se asentaron° en las ciudades, principalmente en Lima. Establecieron negocios, atrayendo° a más compatriotas. Pronto se formó una colonia cantonesa alrededor de la calle Capón y a partir de 1950, se la conocía como el barrio chino de Lima.

granting; slaves
slavery; shortage; workforce
settled
attracting

MODERADOR: ¿Qué se puede hacer en el barrio chino?

PANELISTA 3: El barrio chino de Lima se hizo famoso por sus restaurantes, llamados «chifas» en Perú. Se piensa que la palabra «chifa» viene de la expresión mandarín *chi fan,* la cual se usa cada vez que se va a comer. Por asociación libre, los peruanos usaron ese nombre para referirse a la comida y a los restaurantes chinos. Además de restaurantes o chifas, el barrio chino tiene muchos vendedores de frutas y verduras. Una de las frutas más vendidas es el lai chi, una fruta originaria de China que es roja por fuera y blanca por dentro. También se encuentran tamales chinos hechos de arroz, maní, cerdo y huevo de pato.

PANELISTA 1: Bueno, la comida no es lo único que atrae a los peruanos a este barrio. También hay interés por los festivales que se celebran aquí, como el Año Nuevo Chino.

MODERADOR: Ahora vamos a tomar preguntas del público…

E ¡Manos a la obra!

Sigan estas instrucciones para preparar su panel.

1. Ustedes ya tienen su tema —el grupo étnico de Perú— y ahora tendrán varios días para investigar sobre el tema y preparar el panel. Empiecen por formular las preguntas.
2. Decidan quién será el (la) moderador(a) y quién responderá a cada pregunta.
3. El (La) moderador(a) introducirá el tema y le hará una pregunta a cada uno de los panelistas. Cada panelista, o «experto», deberá hablar por un minuto.
4. Cada miembro del grupo deberá investigar por su propia cuenta *(on his/her own)* su pregunta, o en el caso del moderador, la introducción.
5. Practiquen juntos antes de la presentación enfrente de la clase. ¡Suerte!

F ¡Comparte!

Tu profesor(a) te dirá cuándo participarás en el panel. Mientras tanto, sube *(post)* tu «respuesta» (o introducción) en la sección de *Share It!* en iLrn. Allí puedes ver las investigaciones de tus compañeros y escribir comentarios.

Vocabulario

Verbos

comentar *to discuss*
conducir *to conduct; to drive*
construir (construye) *to build*
crear *to create*
dominar *to dominate*
encantar *to love (something)*
escoltar *to escort, accompany*
fundar *to found*
gobernar (ie) *to govern, to rule*
incluir (incluye) *to include*
morder (ue) *to bite*
reemplazar *to replace*
respirar *to breathe*
silbar *to whistle*
soñar (ue) (con) *to dream (of)*

Sustantivos

el asunto *matter*
el cacao *chocolate main ingredient*
el caimán *alligator*
el comestible *food, foodstuff*
el conocimiento *knowledge*
la culebra *snake*
el desarrollo *development*
el descubrimiento *discovery*
el dios, la diosa *god, goddess*
el emperador, la emperatriz *emperor, empress*
el hecho *fact*
el huracán *hurricane*
el imperio *empire*
el nivel *level*
la pata *foot (of an animal)*
la piedra *stone, rock*
el siglo *century*
el tamaño *size*
el tambor *drum*
el vidrio *glass*
la voz (voces) *voice*
la yerba *grass*

Adjetivos

culto(a) *cultured, refined*
escolástico(a) *scholastic*
indígena *indigenous; Indian*
poderoso(a) *powerful*
próximo(a) *next*
tecnológico(a) *technological*

Otras palabras y expresiones

algo *something, somewhat*
eso de *the matter of*
lo que *what*
¡Qué de (barcos)! *What a lot of (ships)!*
¡Qué lástima! *What a shame!*

Capítulo 3

Hispanos aquí y allá

Stewart Cohen/Blend Images/Getty Images

Contenido

«Se habla español»

Enfoque cultural

Vocabulario útil

Estudia estas palabras.

Verbos

aprovechar	*to make good use of*
emigrar	*to emigrate*
establecer	*to establish*
refugiarse	*to take refuge*
transmitir	*to transmit*

Sustantivos

el apellido	*last name*
el choque cultural	*culture shock*
el exilio	*exile*
la inmigración	*immigration*
la lengua	*language*
el mural	*mural*
la tradición	*tradition*

Adjetivos

poblado(a)	*populated*
prominente	*prominent*
proveniente	*from*

3-1 Para practicar. Trabajen en parejas para hacer y contestar estas preguntas, usando el vocabulario de la lista.

1. ¿Cuál es tu apellido? ¿De qué país es proveniente?
2. ¿Cuándo emigraron tus antepasados a los Estados Unidos? ¿De dónde vinieron? ¿Sabes por qué inmigraron? ¿Cuál es su ascendencia? ¿Vinieron dispuestos a asimilarse a la cultura?
3. ¿Cuál fue el primer poblado *(settlement)* en tu estado? ¿Quiénes lo establecieron?
4. ¿Crees que es mejor que los inmigrantes se adapten a su nuevo país o es mejor que se queden aparte en su propia comunidad? ¿Por qué?

Estrategias de vocabulario

LOS SINÓNIMOS

Una forma de ampliar nuestro vocabulario es trabajar con sinónimos. Los sinónimos son palabras que tienen significados parecidos, como por ejemplo, **flaco** y **delgado.** La próxima vez que busques una palabra en un diccionario en línea, mira el enlace de «sinónimos» y aprende algunos sinónimos nuevos.

3-2 Lista de sinónimos. Busca el sinónimo en la segunda columna de cada palabra en la primera columna.

1. establecer — a. costumbre
2. emigrar — b. habitada
3. asilo — c. idioma
4. frontera — d. límite
5. lengua — e. fundar
6. mural — f. pintura
7. tradición — g. refugio
8. poblada — h. salir

3-3 Sinónimos en oraciones. Reemplaza la palabra en negrita con un sinónimo de la lista.

aprovechar	inmigración
barrera	proveniente
denunciar	transmitir

1. Muchos compradores llegaron a la tienda para **beneficiarse de** las gangas.
2. ¿Son los abuelos responsables de **difundir** los valores culturales?
3. La **llegada** de centroamericanos a California ha aumentado.
4. Sonia Sotomayor es **originaria** de una familia humilde puertorriqueña.
5. ¿Quién debe **acusar** a los inmigrantes indocumentados?
6. El idioma es un gran **obstáculo** para muchos inmigrantes.

3-4 Repaso de cognados. Trabajando en grupos pequeños, busquen diez palabras en «Perfil de comunidades hispanas» que sean parecidas en forma y significado a sus equivalentes en inglés. Compartan su lista con el resto de la clase.

Enfoque cultural

Perfil de comunidades hispanas

Los hispanos constituyen la primera minoría étnica de los Estados Unidos. Para el año 2050 se proyecta que los hispanos constituirán el 30% de la población. Las comunidades hispanas se encuentran distribuidas a lo largo de todos los Estados Unidos. Razones históricas y políticas hicieron que ciertos grupos se establecieran en determinadas zonas y, con el tiempo, parientes, amigos o individuos provenientes del mismo país o región se unieran a la misma comunidad.

Ambient Images Inc./Alamy

La comunidad mexicana

Sin duda, el grupo hispano más prominente es el de origen mexicano. Cualquier persona que haya viajado por los estados de Texas, Nuevo México, Colorado, Arizona y California habrá visto que existe una gran influencia hispana en los toponímicos°, los apellidos, la arquitectura, la comida y la lengua que se escucha en la calle o en la radio.

toponymics (place names)

Estas regiones fueron pobladas por mexicanos desde la época colonial. Debido a su proximidad a México, la inmigración mexicana se produjo de manera natural. Más tarde, debido al conflicto de intereses con los anglosajones por esas tierras, se originó una guerra° que finalizó en 1848 con el Tratado de Guadalupe Hidalgo, en el que México le cedió° a los Estados Unidos parte de los territorios de Colorado, Arizona, Nuevo México y Wyoming, así como todo el territorio de California, Nevada y Utah. Es por ello que en el suroeste de los Estados Unidos prevalece la cultura mexicana.

war

ceded, gave up

Sin embargo, en el norte, específicamente en la zona de Chicago, la presencia de la comunidad mexicana también es notoria°. En la década de 1960 hubo una fuerte llegada de mexicanos que aprovechaban la gran oferta de trabajo que se prestaba en el campo industrial. Es por eso que hoy, en la ciudad de Chicago, los famosos murales que adornan la ciudad nos muestran parte de la cultura hispana que se ha instalado allí.

evident

3-5 Comprensión. Responde según el texto.

1. ¿Por qué la mayoría de los mexicanoamericanos se concentran en el suroeste de los Estados Unidos?
2. ¿Cómo cambió la frontera entre los Estados Unidos y México en 1848?
3. ¿Por qué hay una comunidad grande de mexicanos en Chicago?

Enfoque cultural

Richard Levine/Alamy Limited

La comunidad puertorriqueña

La segunda comunidad hispana importante es la puertorriqueña, que se concentra principalmente en el noreste del país. La ciudad de Nueva York y sus suburbios son famosos por ofrecer comida de Puerto Rico en muchos restaurantes, arte y cultura, como en el Museo del Barrio de Manhattan, y música y diversión en el famoso Desfile Puertorriqueño que recorre° la ciudad con desfiles y trajes folclóricos.

goes all over

Los puertorriqueños pasaron a ser ciudadanos estadounidenses en 1917, por resolución del Acta Jones. En 1952 la isla fue declarada Estado Libre Asociado. Por esa razón, los puertorriqueños son ciudadanos estadounidenses y pueden entrar y salir libremente de los Estados Unidos. Su motivo para migrar de las cálidas° tierras caribeñas a Nueva York y otras ciudades del este es básicamente económico. Las posibilidades de trabajo que hay aquí no existen en Puerto Rico. La cantidad de puertorriqueños que aumenta cada año refleja° el estado económico de la isla. Contrariamente, cuando la economía de los Estados Unidos disminuye°, el número de puertorriqueños decrece°. La condición política de los puertorriqueños les da la flexibilidad de escoger la isla o el continente, según sus necesidades.

warm

reflects, fig. indicates

decreases

decreases

3-6 Comprensión. Responde según el texto.

1. ¿Dónde se concentra la comunidad puertorriqueña en los Estados Unidos continentales *(mainland)*?
2. ¿Por qué migran los puertorriqueños a los Estados Unidos continentales?
3. ¿Qué ventaja tienen los puertorriqueños en cuanto a su estatus político?

La comunidad cubana

Jeff Greenberg/Photolibrary/Getty Images

El tercer grupo hispano de importancia lo constituyen los cubanos. A fines de la década de 1950, cuando Fidel Castro tomó el poder de la isla de Cuba implementando un sistema comunista, muchos cubanos decidieron refugiarse en los Estados Unidos. Dada su proximidad con Florida, fueron poblando esta zona hasta hacerla el estado cubano por excelencia.

En las calles de Miami se respira la cultura cubana. En el barrio *La Pequeña Habana*, se escucha el son°, se saborea el sándwich cubano, se habla de peloteros° famosos y se disfruta de partidos de dominó.

son°: Cuban type of music
peloteros°: baseball players

Pero Miami también ha pasado a ser el hogar de muchos otros inmigrantes. Una variedad de razones, como la distancia, el clima y una mayor posibilidad de comunicarse en español, hacen que Miami sea el primer sitio elegido para evitar un fuerte choque cultural. Florida parece ser el lugar preferido por los sudamericanos, en especial los argentinos, que desde la gran crisis económica del 2000 decidieron emigrar masivamente°.

masivamente°: en masse

3-7 Comprensión. Responde según el texto.

1. ¿Cuál es la causa principal del exilio de cubanos en el estado de Florida?
2. ¿Cuáles son las causas principales de la inmigración hispana a los Estados Unidos? Cita ejemplos.

3-8 Opiniones. Expresa tu opinión.

1. ¿Consideras que todos los inmigrantes que vienen de países con problemas políticos deben recibir asilo político? Da razones.
2. Escoge un país de Latinoamérica e indica qué estados serían apropiados para crear una comunidad con personas de ese país. Considera factores como la geografía, el clima, la producción y los tipos de trabajo, entre otros.

Estructura 1

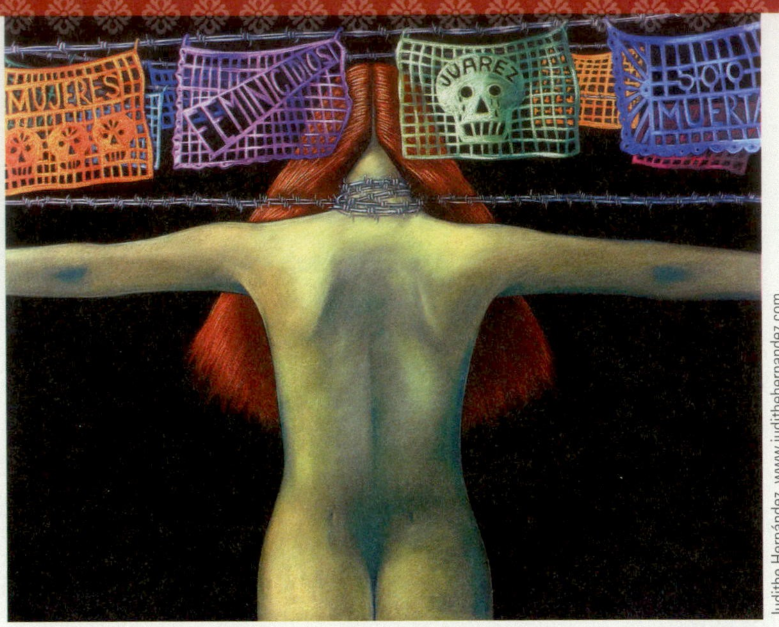

Judithe Hernández, www.juditheherandez.com

Juárez: Ciudad de la Muerte (2010)
A la artista chicana Judithe Hernández le encanta emplear colores fuertes e imágenes inquietantes (disturbing). *En este dibujo, ella da conciencia a los homicidios de mujeres en la ciudad fronteriza de Juárez. En los últimos quince años ha habido miles de homicidios; nadie los ha resuelto.*

En el pie de foto, ¿puedes identificar el pronombre de objeto directo? ¿el pronombre de objeto indirecto? ¿un verbo parecido en estructura al verbo **gustar**?

INDICATING WHO OR WHAT IS INVOLVED

Object pronouns

Heinle Grammar Tutorial: *Direct object pronouns*

A. Direct object pronouns

Direct object pronouns take the place of nouns used as direct objects. They agree in gender and number with the nouns they replace.

Compro **la revista.** — **La** compro.

No necesitan **los zapatos.** — No **los** necesitan.

me	*me*	**nos**	*us*
te	*you*	**os**	*you*
lo	*him, you, it*	**los**	*them, you*
la	*her, you, it*	**las**	*them, you*

In Spain, **le** is generally used instead of **lo** to refer to people (masculine). **Lo** is the preferred form in Latin America. In Latin America, the **os** has been replaced by **los** and **las**.

1. Direct object pronouns normally precede the conjugated form of a verb.

Me ven en la biblioteca. — **Lo** tengo aquí.
They see me at the library. — *I have it here.*

2. They usually follow and are attached to an infinitive.

Salió sin hacer**lo.** — Traje los libros para vender**los.**
He left without doing it. — *I brought the books to sell them.*

However, when an infinitive immediately follows a conjugated verb form, the pronoun may either be attached to the infinitive or placed before the entire verb phrase.

Enrique quiere comprar**las.** OR Enrique **las** quiere comprar.
Enrique wants to buy them.

B. Indirect object pronouns

The indirect object pronouns are identical in form to the direct object pronouns except for the third person singular and plural forms **le** and **les.**

Heinle Grammar Tutorial:
Indirect object pronouns

me	*(to) me*	**nos**	*(to) us*
te	*(to) you*	**os**	*(to) you*
le	*(to) him, her, you, it*	**les**	*(to) them, you*

In Latin America, the ***os*** *form has been replaced by* ***les****, which corresponds to* ***ustedes****.*

1. Indirect object pronouns indicate to whom or for whom something is done.

Les dio el único cuaderno.

He gave the only notebook to them.

Mi marido **me** preparó la comida.

My husband prepared the meal for me.

2. Indirect object pronouns are also used:

a. to express possession in cases where Spanish does not use the possessive adjectives (**mi, tu, su,** etc.). This usually is the case with parts of the body and articles of personal clothing.

Me corta el pelo.

She is cutting my hair.

Nos limpia los zapatos.

He is cleaning our shoes.

b. with impersonal expressions.

Le es muy difícil hacerlo.

It is very difficult for him to do it.

Me es necesario hablar con él.

It is necessary for me to talk with him.

c. with verbs such as **gustar, encantar, faltar,** and **parecer**. This use will be discussed later in **Estructura 1**.

3. The indirect object pronoun is usually included in the sentence even when the indirect object noun is also expressed.

Le entregué el dinero a Juan.

I handed the money to Juan.

Les leí el cuento a los niños.

I read the story to the children.

Mario **le** da el regalo a Delia.

Mario is giving the present to Delia.

4. Indirect object pronouns follow the same rules for position as direct object pronouns. They generally precede a conjugated form of the verb or are attached to infinitives and present participles.

Note that when a pronoun is attached to the present participle, a written accent is required on the original stressed syllable.

Van a leer**te** el cuento.	Están escribiéndo**le** una carta.
They are going to read you the story.	*They are writing a letter to him.*
Te van a leer el cuento.	**Le** están escribiendo una carta.
They are going to read the story to you.	*They are writing him a letter.*

C. Double object pronouns

1. When both a direct and an indirect object pronoun appear in the same sentence, the indirect object pronoun always precedes the direct.

   Me lo contó.

   He told it to me.

2. When both pronouns are in the third person, the indirect object pronoun **le** or **les** changes to **se.**

Le doy el libro.	**Se** lo doy.
I give him the book.	*I give it to him.*
Les mandé los cheques.	**Se** los mandé.
I sent them the checks.	*I sent them to them.*

3. Since **se** may have several possible meanings, a prepositional phrase (**a ella, a Ud., a Uds., a ellos,** etc.) is often added for clarification.

   Se lo dio a Ud.

   He gave it to you.

4. Reflexive pronouns precede object pronouns.

   Se lo puso.

   He put it on.

5. The prepositional phrases **a mí, a ti, a nosotros,** and so forth may also be used with the corresponding indirect and direct object pronouns for emphasis.

   A mí me dice la verdad.

   She tells me the truth.

PRÁCTICA

3-9 Una narrativa breve. Lee esta narrativa breve. Después, cuéntala acerca de las personas indicadas.

Me habló por teléfono anoche. Estaba contándome sus experiencias en Puerto Rico, cuando alguien interrumpió la conversación. Por eso me dijo que iba a mandarme un email con unas fotos describiendo todo.

(a nosotros, a ti, a ella)

3-10 Los pronombres directos e indirectos usados juntos. Escribe cada oración otra vez, cambiando las palabras escritas en letra cursiva a pronombres directos o indirectos.

Modelo   Le voy a mandar *las fotos a mamá.*
Voy a mandárselas. / Se las voy a mandar.

1. Le voy a traer *la maleta a Juana.*
2. Les dijo *la verdad a sus padres.*
3. Su padre le prestó *dinero a Luz María.*
4. Tengo que comprar *los boletos para Juan y Felipe.*
5. Nos mandan *las cartas.*
6. Les está explicando *el motivo a mi amigo.*
7. Carlos les envió *las invitaciones a los extranjeros.*
8. La compañía le vendió *la maquinaria al cliente.*

3-11 La boda. Tus primos se acaban de casar. ¿Qué hiciste para celebrar la boda? Usa pronombres en tus respuestas.

Modelo   ¿Les compraste unos regalos?
Sí, se los compré.

1. ¿Les organizaste la luna de miel *(honeymoon)*?
2. ¿Les preparaste un pastel de boda?
3. ¿Les compraste un regalo caro?
4. ¿Les diste un billete de cien dólares?
5. ¿Les hiciste un brindis?
6. ¿Les enviaste muchas flores?

3-12 Buenas noticias. ¿Qué hiciste cuando te informaron de tu admisión en la universidad? Con un(a) compañero(a) de clase, háganse las preguntas siguientes. Respondan usando los pronombres de objeto directo e indirecto adecuados.

1. ¿A quién se lo contaste?
2. ¿A quién le diste las gracias?
3. ¿Qué te dijeron tus padres?
4. ¿Te hicieron una fiesta?
5. ¿Te dieron regalos?
6. ¿Algún familiar te dio dinero?

EXPRESSING LIKES AND PREFERENCES

Heinle Grammar Tutorial
Gustar and similar verbs

Gustar and similar verbs

A. Gustar

1. The Spanish verb **gustar** means *to please* or *to be pleasing.* The equivalent in English is *to like.* In the Spanish construction with **gustar,** the English subject (I, you, Juan, etc.) becomes the indirect object of the sentence, or the one *to whom* something is pleasing. The English direct object, or the thing that is liked, becomes the subject. The verb **gustar** agrees with the Spanish subject; consequently, it almost always is in the third person singular or plural.

   Nos gusta bailar.
   We like to dance. (Dancing pleases us.)
   Me gustó la música.
   I liked the music. (The music was pleasing to me.)
   ¿Te gustan las conferencias del profesor Ramos?
   Do you like Professor Ramos's lectures?
   Les gustaban sus cuentos.
   They used to like his stories.

2. When the indirect object is included in the sentence, it must be preceded by the preposition **a.** (The indirect object pronoun is still used.)

   A mis hermanos les gustan los discos.
   My brothers like the records.
   A Pablo le gusta el queso.
   Pablo likes cheese.

B. Other verbs like *gustar*

Other common verbs that function like **gustar** are **faltar** *(to be lacking, to need),* **hacer falta** *(to be necessary),* **quedar** *(to remain, to have left),* **parecer** *(to appear, to seem),* **encantar** *(to delight, to charm),* **pasar** *(to happen, to occur),* and **importar** *(to be important, to matter).*

Me faltan tres billetes.
I am lacking (need) three tickets.
Nos hace falta estudiar más.
It is necessary for us to study more.
Les quedan tres pesos.
They have three pesos left.
No me importa el dinero.
Money doesn't matter to me.
Me encantan las rosas.
I love roses.
¿Qué te parece? ¿Vamos a la iglesia o no?
What do you think? Shall we go to church or not?
¿Qué te pasa?
What's happening to you? What's wrong?

PRÁCTICA

3-13 Opiniones y observaciones. Haz la actividad siguiente, según el modelo.

Modelo Me gustan los regalos. (a él / el poema)
Le gusta el poema.

1. Me gusta la canción. (a ti / las películas; a Ud. / la lección; a nosotros / los deportes; a Raúl / la comida; a las chicas / las fiestas; a Rosa / la raqueta; a ellos / viajar)
2. Le faltaba a Ud. el dinero. (a ti / los zapatos; a ella / una cámara; a nosotros / un coche; a Rosa y a Pedro / los billetes; a mí / un lápiz)
3. ¿Qué les parecieron a Uds. las clases? (a ti / el concierto; a Elena / el clima; a tus hermanos / los partidos; a ella / las lecturas; a Ud. / la discoteca; a ellos / los bailes mexicanos)

3-14 ¿Cuál es la pregunta? Haz preguntas que produzcan la información siguiente.

1. Sí, me gustaron los murales.
2. Sí, nos gustan esos jardines.
3. No, a él no le gusta la política.
4. No, a mí no me gustan las pupusas.
5. Sí, nos gusta dormir la siesta.

Ahora, di lo que les gusta a cinco de tus amigos.

3-15 ¿Qué les gusta? Con un(a) compañero(a) de clase, háganse preguntas para saber lo que les gusta o no les gusta. Después de contestar, expliquen por qué.

Modelo estudiar mucho
—¿Te gusta estudiar mucho?
—Sí, me gusta estudiar mucho porque quiero aprender. / No, no me gusta estudiar mucho porque prefiero escuchar música.

1. las ciudades grandes
2. mirar videos de YouTube
3. la comida peruana
4. los bailes latinos
5. chatear
6. esta universidad

3-16 La vida del inmigrante. No siempre es fácil abandonar nuestro país de origen y dejar atrás familiares, amigos, recuerdos, tradiciones. Con un(a) compañero(a) de clase, contesten las preguntas siguientes.

1. ¿Qué creen que le pasa al inmigrante cuando llega a los Estados Unidos?
2. ¿Cómo creen que le parece la nueva cultura?
3. ¿Por qué creen que le importa tener éxito?
4. ¿Qué creen que le encanta de la vida en los Estados Unidos?
5. ¿Qué creen que le falta?

Corto de cine

Victoria para Chino

dirigido por Cary Joji Fukunaga

Chase Swift/Corbis

En mayo de 2003, un camión llevaba a 90 indocumentados mexicanos y centroamericanos a la ciudad de Houston. En Victoria, Texas, la policía encontró el tráiler abandonado y dentro de él, a 19 personas muertas. «Victoria para Chino» se basa en esta historia trágica. (Estados Unidos/México, 2004, 13 min.)

3-17 Anticipación. Antes de ver «Victoria para Chino», haz estas actividades.

A. Contesta estas preguntas.

1. ¿Cuáles estados tienen frontera con México?
2. ¿Cómo cruzan la frontera los inmigrantes indocumentados?
3. ¿Crees que tratar de entrar a los Estados Unidos en forma ilegal es peligroso? Menciona algunos posibles peligros.
4. ¿Por qué hay personas que arriesgan *(risk)* la vida para entrar a los Estados Unidos?

B. Completa los siguientes diálogos del corto con palabras y frases de la lista.

agüita *a litte bit of water*	el retén *police checkpoint*
buey *Mexican expression to refer to a friend*	meter en un lío *to get someone in trouble*
caber *to fit*	mijito *my little son, darling*
calladitos *very quiet*	muerto *dead*
calle *make. . . to be quiet*	reventaste un pedo *farted*
el intento *attempt*	un chingo *regionalism for "a lot"*

1. «Oiga, es que somos __________, no vamos a caber ahí adentro».
2. «Qué bueno que ya viniste, __________».
3. «Van a pasar un retén, así que __________, ¿entendieron?»
4. «Te ______________, ¿verdad, Chino? Ya no tienes respeto ni aquí con la señora de enfrente, buey».
5. «Nos vas a ______________».
6. «¿Verdad que estás bien, __________?»
7. «Vamos a llegar y te voy a dar __________».
8. «Señor, __________ al niño... o se lo mato».
9. «Hay muchos que nos morimos en __________».
10. «Pasando __________ seguro nos abren, ¿entiende?»
11. «¡El niño está __________!»

Corto de cine

3-18 Fotogramas: antes de ver. Antes de ver «Victoria para Chino», observa los fotogramas extraídos del corto. Escribe una sinopsis, basándote en los elementos visuales.

Victoria para Chino directed by Cary Fukunaga

3-19 A ver. Ahora mira el corto «Victoria para Chino». ¿Acertaste con *(Did you get. . . right)* el argumento? Corrije tu sinopsis de la actividad anterior.

3-20 Comprensión. ¿Entendiste el corto? Contesta las preguntas y completa las oraciones, escogiendo la opción correcta.

1. ¿Por qué suben las personas al camión?
   a. porque no tienen dinero para pagar un autobús
   b. porque quieren entrar a los Estados Unidos ilegalmente
   c. porque son prisioneros
   d. porque son fugitivos
2. Tienen que mantener silencio cuando pasan por...
   a. Houston.
   b. Victoria.
   c. el retén.
   d. la autopista.
3. ¿Por qué muere el niño?
   a. porque no ha comido en muchos días
   b. porque estaba enfermo y no llegaron a tiempo al hospital de Houston
   c. porque hace mucho calor en el camión y no tienen agua
   d. El niño no muere; solamente pierde conciencia.

Baris Simsek/Shutterstock.com

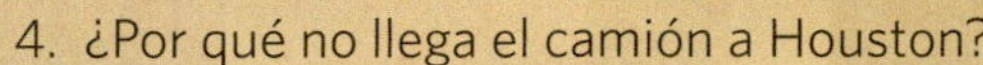

4. ¿Por qué no llega el camión a Houston?
    a. porque el chofer lo abandona en Victoria
    b. porque la policía los detiene (*stop*) en el retén
    c. porque todos en el camión mueren
    d. porque las personas hacen demasiado ruido
5. El título del corto es irónico porque...
    a. el video no es sobre la China.
    b. Victoria es un lugar en Texas.
    c. está basado en un hecho real.
    d. Chino no es victorioso.

3-21 Opiniones. En grupos de tres o cuatro estudiantes, comenten estas preguntas.

1. ¿Ha cambiado su opinión sobre la inmigración ilegal después de ver el corto? Expliquen.
2. ¿Arriesgarían ustedes la vida para lograr el sueño americano?
3. ¿Qué harían si estuvieran atrapados en el camión?
4. ¿Quién cree que fue responsable de la muerte del niño?

3-22 Minidrama. Trabajando en parejas, dramaticen una escena entre dos mexicanos que están en la frontera. Estén preparados para representar la escena enfrente de la clase.

PERSONAJE 1

- Quiere ir a los Estados Unidos para trabajar y enviar dinero a su familia en Michoacán.
- Piensa pagarle a un coyote para cruzar la frontera dentro de un tráiler.
- Toma una decisión.

PERSONAJE 2

- Comenta que también quiere hacer eso, pero no tiene documentos. Pregunta cómo piensa entrar a los Estados Unidos.
- Le parece muy peligroso y explica por qué.
- Concluye la conversación.

Estructura 2

Richard Cummins/Corbis

Southwest Pieta (1984)
Esta escultura (sculpture) *es del artista chicano Luis Jiménez y está en el campus de Arizona State University. ¿Qué materiales usaría el artista en su construcción? ¿Qué representará?*

En el pie de foto, ¿puedes identificar el verbo en tiempo futuro? ¿Puedes identificar el verbo en tiempo condicional? ¿Expresan estos verbos certeza o probabilidad?

TALKING ABOUT UPCOMING EVENTS

The future tense

Heinle Grammar Tutorial:
The future tense

A. Regular verbs

1. In Spanish, the future tense of regular verbs is formed by adding the following endings to the complete infinitive: **-é, -ás, -á, -emos, -éis, -án.** Note that the same endings are used for all three conjugations.

hablar		comer		vivir	
hablar**é**	hablar**emos**	comer**é**	comer**emos**	vivir**é**	vivir**emos**
hablar**ás**	hablar**éis**	comer**ás**	comer**éis**	vivir**ás**	vivir**éis**
hablar**á**	hablar**án**	comer**á**	comer**án**	vivir**á**	vivir**án**

When the English word will is used to make a request, the verb **querer** *+ an infinitive is used in Spanish rather than the future tense:* ***¿Quiere Ud. abrir la ventana?*** (Will you open the window?)

2. The future tense in Spanish corresponds to the English auxiliaries *will* and *shall*, and it is generally used as in English.

   ¿A qué hora volverán?
   At what time will they return?
   Iremos a misa a las ocho.
   We shall go to Mass at eight.

3. The future may also be used as a softened substitute for the direct command.

   Ud. volverá mañana a la misma hora.
   You will return tomorrow at the same time.

4. The future tense can also be used to express probability at the present time. This construction is used when the speaker is conjecturing about a situation or occurrence in the present.

¿Qué hora será?

I wonder what time it is. (What time do you suppose it is?)

Serán las once.

It is probably eleven o'clock. (It must be eleven o'clock.)

¿Dónde estará Rosa?

I wonder where Rosa is. (Where do you suppose Rosa is?)

5. The following are often substituted for the future:

a. **Ir a** (in the present) plus the infinitive, referring to the near future.

Van a dejar de fumar.

They are going to stop smoking.

Voy a hacer compras mañana.

I am going to shop tomorrow.

b. The present tense.

El partido de tenis empieza a las dos.

The tennis game will begin at two.

B. Irregular verbs

Some commonly used verbs are irregular in the future tense. However, the irregularity is only in the stem; the endings are regular.

Verb	Stem	Future
caber	cabr-	cabré, cabrás, cabré, cabrá, cabremos, cabréis, cabrán
decir	dir-	diré, dirás, diré, dirá, diremos, diréis, dirán
haber	habr-	habré, habrás, habré, habrá, habremos, habréis, habrán
hacer	har-	haré, harás, haré, hará, haremos, haréis, harán
poder	podr-	podré, podrás, podré, podrá, podremos, podréis, podrán
poner	pondr-	pondré, pondrás, pondré, pondrá, pondremos, pondréis, pondrán
querer	querr-	querré, querrás, querré, querrá, querremos, querréis, querrán
saber	sabr-	sabré, sabrás, sabré, sabrá, sabremos, sabréis, sabrán
salir	saldr-	saldré, saldrás, saldré, saldrá, saldremos, saldréis, saldrán
tener	tendr-	tendré, tendrás, tendré, tendrá, tendremos, tendréis, tendrán
valer	valdr-	valdré, valdrás, valdré, valdrá, valdremos, valdréis, valdrán
venir	vendr-	vendré, vendrás, vendré, vendrá, vendremos, vendréis, vendrán

PRÁCTICA

3-23 ¿Qué hará la gente? Indica lo que cada persona hará en las situaciones siguientes.

Modelo Al llegar a la biblioteca (yo / estudiar) la lección.
Al llegar a la biblioteca yo estudiaré la lección.

1. Al levantarse (Carlos / vestirse) rápidamente.
2. Al entrar al salón de clase (nosotros / sentarse) inmediatamente.
3. Al llegar a casa (tú / poner) los libros en la sala.
4. Al recibir el dinero (ellos / ayudar) a los pobres.
5. Al terminar la clase (María / salir) para la casa.

Repite la actividad **3-23** diciendo lo que tú harás.

3-24 Al graduarse. Di lo que harán las personas siguientes después de graduarse.

Modelo Ana (casarse con un hombre rico)
Ana se casará con un hombre rico.

1. nosotros (hacer un viaje alrededor del mundo)
2. tú (trabajar para un banco internacional)
3. mis amigos (comprar un coche nuevo)
4. Alicia (entrar a un convento)
5. Roberto (salir para España a estudiar)
6. yo (divertirse mucho)
7. Enrique y Carmen (buscar un buen empleo)
8. Juan y yo (conseguir una beca para hacer un posgrado)

Ahora di tres cosas que tú harás.

3-25 Incertidumbre. Alguien está haciéndote varias preguntas. Tú no sabes las respuestas y contestas con incertidumbre. Expresa tus dudas contestando las preguntas con el futuro de probabilidad.

Modelo ¿Qué hora es? (las doce)
Serán las doce.

1. ¿A qué hora viene el director? (a las nueve)
2. ¿Adónde va Guillermo ahora? (al gimnasio)
3. ¿A qué hora empieza el programa? (a las ocho)
4. ¿Cómo está tu amiga? (muy cansada)
5. ¿Dónde trabaja tu primo? (en una oficina)
6. ¿Qué tienes que hacer hoy? (ayudar a mi hermano)

3-26 Una entrevista. Hazle estas preguntas a un(a) compañero(a) de clase para saber lo que hará en las situaciones siguientes.

Modelo Estudiante 1: ¿Qué harás después de esta clase?
Estudiante 2: *Iré a la cafetería.*

1. ¿Qué harás al ir al centro estudiantil?
2. ¿Qué harás al llegar a casa esta tarde?
3. ¿Qué harás al asistir a la fiesta?
4. ¿Qué harás antes de estudiar esta noche?
5. ¿Qué harás al graduarte de la universidad?

3-27 La universidad del futuro. ¿Cómo será la universidad en el año 2050? ¿Qué tendrán los campus? ¿En qué serán diferentes a los de hoy? Comparte tus ideas con un(a) compañero(a). Preparen una lista de cinco características de la universidad del futuro.

TALKING ABOUT HYPOTHETICAL SITUATIONS

The conditional

Heinle Grammar Tutorial: *The conditional tense*

A. Regular verbs

1. The conditional of regular verbs is formed by adding the following endings to the complete infinitive: **-ía, -ías, -ía, -íamos, -íais, -ían.** The endings are the same for all three conjugations.

hablar		comer		vivir	
hablar**ía**	hablar**íamos**	comer**ía**	comer**íamos**	vivir**ía**	vivir**íamos**
hablar**ías**	hablar**íais**	comer**ías**	comer**íais**	vivir**ías**	vivir**íais**
hablar**ía**	hablar**ían**	comer**ía**	comer**ían**	vivir**ía**	vivir**ían**

2. The conditional corresponds to the English auxiliary *would* and is generally used as in English.

Me dijo que lo renovarían.
He told me that they would renovate it.
Me gustaría estudiar contigo.
I would like to study with you.

The conditional is not used in Spanish to express would *meaning "used to" or* would not *meaning "refused to." These concepts are expressed by the imperfect and the preterite, respectively.* ***Íbamos a la playa todos los días.*** (We would [used to] go to the beach every day.) ***No quiso hacerlo.*** (He would not [refused to] do it.)

3. Specifically, the conditional is used:

a. to express a future action from the standpoint of the past.
Carlos le dijo que no dormiría la siesta.
Carlos told her that he would not take his nap.

b. to express polite or softened statements, requests, and criticisms.

Tendría mucho gusto en llevar a tu hermana.

I would be very happy to take your sister.

¿Podría Ud. ayudarme?

Could you (Would you be able to) help me?

¿No sería mejor ayudarlo?

Wouldn't it be better to help him out?

c. to state the result of a conditional *if*-clause.

Si viviéramos en el campo, irías a la iglesia todos los domingos.

If we lived in the country, you would go to church every Sunday.

In such situations the if-clause is in the imperfect subjunctive. If-clauses will be discussed in more detail in **Capítulo 10**.

4. The conditional can also be used to express probability in the past.

¿Qué hora sería?

I wonder what time it was. (What time do you suppose it was?)

Serían las once.

It was probably eleven o'clock. (It must have been eleven o'clock.)

Estaría en la tienda.

She was probably in the store. (I suppose that she was in the store.)

B. Irregular verbs

The irregularity is only in the stem; the endings are regular. The irregular conditional stems are the same ones as the irregular future stems.

Verb	Stem	Verb	Stem
caber	cabr-	querer	querr-
decir	dir-	saber	sabr-
haber	habr-	salir	saldr-
hacer	har-	tener	tendr-
poder	podr-	valer	valdr-
poner	pondr-	venir	vendr-

PRÁCTICA

3-28 Transformación. Cambia las oraciones para concordar con los verbos entre paréntesis. Sigue el modelo.

Modelo Sé que vendrá en coche. (sabía)

Sabía que vendría en coche.

1. Me dicen que Ramón la llevará al museo. (dijeron)
2. Creo que el guía contestará nuestras preguntas. (creía)

3. Estoy seguro de que la película terminará a tiempo. (estaba)
4. Creo que nos dirá la verdad. (creía)
5. Les dice que discutirán sobre el arte chicano más tarde. (dijo)

3-29 **¿Qué harían ellos?** Di lo que harían estas personas en las situaciones siguientes.

Modelo Al recibir el cheque (yo / hacer) un viaje.
Al recibir el cheque yo haría un viaje.

1. Al visitar Nuevo México (Laura / asistir) a una fiesta religiosa.
2. Al hacer un viaje (sus padres / enviarnos) unos recuerdos.
3. Al volver tarde (nosotros / acostarse) sin comer.
4. Al mirar la televisión (tú / divertirse) mucho.
5. Al mudarse a la ciudad (los campesinos / poder) encontrar empleo.

Repite la actividad **3-29** diciendo lo que tú harías.

3-30 **No estoy seguro(a).** Contesta las preguntas siguientes, usando el condicional de probabilidad para indicar falta de confianza en tus respuestas.

Modelo ¿Quién contestó las preguntas? (Ramón)
Ramón las contestaría.

1. ¿Quiénes hicieron las preguntas? (las alumnas)
2. ¿Quién escribió este cuento? (Sandra Cisneros)
3. ¿Quiénes mandaron estos mensajes? (mis amigos)
4. ¿Quién compró los libros? (mi primo)
5. ¿Quién puso la composición aquí? (el profesor)

3-31 **Empezar de cero.** Contesta las preguntas siguientes. Luego comparte tus respuestas con la clase y tu profesor(a) anotará las respuestas más comunes entre todos los estudiantes.

1. ¿Cómo te sentirías si tuvieras que empezar una nueva vida en un país extranjero?
2. Si pudieras, ¿qué país escogerías? ¿Por qué?
3. ¿Qué extrañarías (*would miss*) más de tu vida en los Estados Unidos?
4. ¿Te sería difícil integrarte en la nueva sociedad?
5. ¿Qué aspectos de la experiencia serían positivos?
6. ¿Qué cosas aprenderías?

Espacio literario

Vocabulario útil

Estudia estas palabras.

Verbos

regatear	*to bargain*

Sustantivos

los ángeles	*angels*
el apartamento	*apartment*
la ganga	*bargain*
el (la) italiano(a)	*Italian*
el (la) judío(a)	*Jew*
la marqueta	*market*
el (la) moreno(a)	*African American, black (of any nationality)*
el piso	*floor*
el (la) puertorriqueño(a)	*Puerto Rican*
el (la) sirviente(a)	*servant*
el vecindario	*neighborhood*

Adjetivos

amontonado(a)	*piled up*
ancho(a)	*wide*
bochornoso(a)	*embarrasing*
empacado(a)	*packed*
sofocante	*stifling*

3-32 Para practicar. Completa el párrafo con las formas correctas de las palabras del **Vocabulario útil.**

La familia Gómez aún tenía todas sus cosas 1. _______________ en las maletas pero decidieron ir a la 2. _______________ a comprar comida para la cena. Allí también vieron algo de ropa pero les pareció cara y empezaron a 3. _______________ para conseguir un precio más bajo. Al regresar a su 4. _______________, en un edificio de cinco pisos, se perdieron porque no conocían las calles del 5. _______________. Le preguntaron al señor Bertolutti pero él no hablaba español, era 6. _______________. Por suerte, su amigo era 7. _______________; hacía mucho que había dejado la isla. Él les explicó cómo encontrar la dirección que buscaban. Al llegar, les abrió la puerta del edificio un vecino 8. _______________ que salía para la sinagoga.

Estrategias de lectura

- **PREDECIR MEDIANTE TÍTULOS Y ELEMENTOS VISUALES.** Antes de leer un texto, es útil mirar las fotos, los títulos, los gráficos y cualquier otro elemento visual. Esto ayuda al lector a predecir el contenido de la lectura.
- **DEDUCIR SIGNIFICADOS POR MEDIO DE PALABRAS CONOCIDAS.** Usa las palabras conocidas que rodean la palabra desconocida para deducir el significado. O sea, puedes entender una palabra por medio del contenido de la oración o por la situación en que se use la palabra.

3-33 En anticipación. Con un(a) compañero(a) de clase, miren el título de la lectura, la información sobre la autora y la foto, y traten de predecir el contenido de la lectura. ¿Quién será la narradora? ¿Dónde tendrá lugar?

3-34 Palabras desconocidas. Lee el siguiente trozo del cuento que va a aparecer a continuación. Subraya las palabras o las expresiones que no entiendas. Después, con otra persona de la clase, discutan lo subrayado para saber si pueden adivinar lo que quiere decir.

—El primer invierno siempre es el peor —explicó Don Julio— porque la sangre todavía está rala de estar viviendo en Puerto Rico.

Me imaginé a mi sangre espesándose hasta que pareciera siró, pero no sabía cómo eso me iba a mantener caliente.

—Ojalá que nieve pronto —chirrió Edna.

—¡Ay, sí! —exclamó Raymond.

Dos días en Brooklyn y ya les gustaba todo lo que tenía que ver con los Estados Unidos. Tata los cuidaba mientras Mami y yo estábamos de compra. Los sentaba enfrente del televisor blanco y negro, les daba a cada uno un dulce de chocolate y les dejaba pasar el día mirando muñequitos, mientras ella se sentaba a beber cerveza y fumar cigarrillos.

—¡Qué bien se portan esos nenes! —felicitó a Mami cuando regresamos—. Ni un pío de ellos todo el día.

Stephanie Maze/CORBIS

Cuando era puertorriqueña

escrito por Esmeralda Santiago

Esmeralda Santiago nació en Puerto Rico en 1948 y emigró a Nueva York en 1961. En el libro *Cuando era puertorriqueña,* la autora narra su experiencia como recién llegada a los Estados Unidos y los inconvenientes que su familia tuvo que sufrir, tanto económicos como sociales.

Fragmento del capítulo «Ángeles en el cielo»

La *marqueta* ocupaba una cuadra completa. Era mucho más grande y laberíntica que la plaza del mercado de Bayamón, aunque vendían las mismas cosas, más o menos. Era un edificio de ladrillos rojos con ventanas en el techo, cosa que cualquier rayito de luz que quisiera entrar no llegaba sólo a las vigas de acero, sino también a las instalaciones eléctricas suspendidas de éstas. El piso era una mezcla arenosa de concreto y grava, pegajoso en partes, manchado con lo que parecían charcos° de aceite. Los tabancos° formaban galerías, su mercancía en mostradores inclinados hacia los pasillos.

puddles; stalls

De camino a la *marqueta* habíamos pasado a dos hombres vestidos con largos abrigos negros, sus caras casi invisibles detrás de sus barbas°. Rizos° colgaban de sus sombreros a cada lado de sus caras.

beards; curls

—No te le quedes mirando —Mami me jaló de la mano.

—¿Por qué se visten así?

—Son judíos. No comen cerdo.

—¿Por qué no?

—Yo no sé. Ellos viven en su vecindario y sólo compran comidas de gente como ellos.

En la *marqueta,* casi todos los negociantes eran judíos, sólo que éstos trabajaban en manga° de camisa, y con un pañito redondo en la cabeza. Muchos de ellos hablaban español, tal que Mami podía negociar el precio de todo.

shirtsleeves

—Nunca debes pagar el primer precio que te dicen —me enseñó—. A ellos les gusta regatear.

Fuimos de puesto en puesto, regateando por todo lo que seleccionábamos. Los negociantes siempre hacían como que nosotras los estábamos embaucando°, pero Mami decía que todo era muy caro.

tricking

—Nunca compres lo primero que ves, porque lo vas a encontrar más barato más abajo.

Era un juego: los negociantes pidiendo más dinero de lo que Mami quería pagar, pero los dos sabiendo que, después de todo, ella soltaría sus monedas y ellos las cogerían. No tenía sentido. Se nos fue el día en comprar las cosas que necesitábamos para el apartamento. Si hubiera ella gastado menos tiempo buscando gangas, hubiéramos comprado más. Pero terminamos con mitad de las cosas que necesitábamos, y estábamos cansadas e irritadas cuando llegamos a casa. Habíamos pasado nuestro primer día en New York regateando por gangas.

El segundo día fue igual.

—Tenemos que comprarte un abrigo y ropa para la escuela —dijo Mami.

El invierno vendría pronto, dijo Tata, y con él, vientos helados, tormentas de nieve y días cortos.

—El primer invierno siempre es el peor —explicó Don Julio— porque la sangre° todavía está rala° de estar viviendo en Puerto Rico.

blood; thin

Espacio literario

becoming thick; syrup

Me imaginé a mi sangre espesándose° hasta que pareciera siró°, pero no sabía cómo eso me iba a mantener caliente.

—Ojalá que nieve pronto —chirrió Edna.

—¡Ay, sí! —exclamó Raymond.

cartoons

Dos días en Brooklyn y ya les gustaba todo lo que tenía que ver con los Estados Unidos. Tata los cuidaba mientras Mami y yo estábamos de compra. Los sentaba enfrente del televisor blanco y negro, les daba a cada uno un dulce de chocolate y les dejaba pasar el día mirando muñequitos°, mientras ella se sentaba a beber cerveza y fumar cigarrillos.

complaint

—¡Qué bien se portan esos nenes! —felicitó a Mami cuando regresamos—. Ni un pío° de ellos todo el día.

surrounded

Graham Avenue en Williamsburg era la calle más ancha que yo jamás había visto. Estaba flanqueada° por casas de apartamentos de dos y tres pisos, con tiendas en el primer piso donde se podía comprar de todo. Casi todas estas tiendas eran atendidas por judíos, como en la *marqueta,* pero éstos no hablaban español. Tampoco eran tan amables, y no les gustaba regatear.

En la Graham Avenue había restaurantes especiales para judíos. Se llamaban *delis,* y tenían símbolos raros en las vidrieras, y bajo éstos, la palabra *kosher.* Yo sabía que Mami no tenía la menor idea de lo que quería decir, así que no le pregunté. Me imaginé que sería una golosina que sólo los judíos comían, por lo cual los *delis* les dejaban saber que la podían conseguir adentro. Mami y yo no entrábamos a los *delis,* porque Mami dijo que a esa gente no le gustaban los puertorriqueños. En vez de ir a un *deli,* nos metimos a comer pizza.

—Es italiana —me dijo Mami.

—¿A los italianos les gustan los puertorriqueños? —le pregunté al morder el queso y la salsa caliente que me quemó la punta de la lengua.

—Son más como nosotros que los judíos —me dijo, lo cual no contestaba mi pregunta.

graceful

En Puerto Rico, los únicos extranjeros que había visto eran los americanos. En dos días en Brooklyn, ya había encontrado a judíos y, ahora, a italianos. Había otro grupo de personas que Mami me había señalado, los «morenos». Pero no eran extranjeros, porque eran americanos. Eran negros, pero no como los negros puertorriqueños. Se vestían como americanos pero caminaban con un paso garboso° que les hacía verse como si estuvieran bailando, sólo que sus caderas no eran tan sueltas como las de los hombres puertorriqueños. Según Mami, ellos también vivían en sus vecindarios, iban a sus restaurantes y no se llevaban con los puertorriqueños.

—¿Por qué? —le pregunté, ya que en Puerto Rico todas las personas que yo jamás había conocido eran morenas o tenían familiares morenos. Yo hubiera pensado que los morenos nos hubieran apreciado mucho, ya que nos parecíamos.

—Ellos creen que nosotros les quitamos los trabajos.

—¿Y es verdad?

—En este país hay trabajo para todos —Mami contestó—, pero alguna gente piensa que ciertos trabajos no son suficientemente dignos° para ellos. Para mí, si tengo que arrastrarme° por el piso todo el día para ganarme el pan de cada día, lo hago. Yo no soy orgullosa en cuanto a eso.

decent
drag myself

No me imaginaba qué clase de trabajo necesitaría que una persona se arrastre por el piso, pero me acordé de cuando Mami estregaba el piso de bruces°, así que pensé que estaba hablando de las faenas domésticas. Aunque, según ella, no era muy orgullosa para limpiarles las casas a otras personas, yo deseaba que no lo tuviera que hacer. Para mí sería muy bochornoso que Mami viniera de Puerto Rico a servirle de sirvienta a otra persona.

face down

3-35 Comprensión. Contesta las siguientes preguntas.

1. ¿Qué comparación hace Esmeralda al llegar a la *marqueta*?
2. ¿Por qué la madre le dice que siempre debe regatear en un mercado?
3. ¿Cómo esperan que sea el primer invierno que pasen en Nueva York?
4. ¿Quiénes están felices de que llegue el invierno?
5. ¿Qué puedes deducir de la educación de la madre cuando Esmeralda piensa en la palabra *kosher*?
6. ¿Cuáles eran los deseos de Esmeralda para su madre en cuanto al trabajo en Nueva York?

3-36 Opiniones. Expresa tu opinión personal.

1. ¿Quién será Tata? ¿Por qué beberá cerveza todo el día?
2. Esmeralda cree que regatear no tiene sentido. ¿Estás de acuerdo o no?
3. ¿Qué tipo de trabajo estarías dispuesto(a) a hacer si tuvieras que emigrar a otro país? ¿Qué tipo de trabajo definitivamente no harías?

3-37 A escribir. Escribe un ensayo sobre uno de los temas siguientes.

See Student Activities Manual *for this chapter's writing strategy:* ***La escritura persuasiva***.

1. Los estereotipos son un peligro constante en el esfuerzo de construir una sociedad justa. ¿Cuáles son algunas características estereotipadas de los latinos en los Estados Unidos? ¿Cómo se puede romper *(break down)* estos estereotipos?
2. Los inmigrantes pasan por distintas etapas *(stages)* de asimilación cultural, una de las cuales es el choque cultural. ¿Crees que es importante experimentar el choque cultural para la competencia intercultural? ¿Deben los estudiantes universitarios participar en programas de estudio en el extranjero *(study abroad)* para experimentar el choque cultural?

Exploración

Haz una presentación oral

La presentación oral consiste en hablar enfrente de un público y explicar un tema en forma comprensible e interesante. Al igual que un ensayo, la presentación oral consta de una introducción, el cuerpo principal y una conclusión.

A Enfoque geocultural.

Tu presentación oral hablará sobre un tema dominicano. ¿Qué sabes sobre la República Dominicana? Completa las oraciones siguientes.

1. La República Dominicana está (bastante cerca / muy lejos) de los Estados Unidos.
2. La capital dominicana es (San Juan / Santo Domingo).
3. La República Dominicana comparte la isla con (Cuba / Haití).
4. Está en el mar Caribe y por consiguiente, su clima es (cálido / frío).

República Dominicana
Población: 10 000 000
Capital: Santo Domingo
Moneda: peso (RD$)

B A ver.
¿Quieres saber más sobre la República Dominicana? Mira el video cultural en iLrn.

C Modelo.

Antes de trabajar en tu presentación oral, lee el siguiente modelo. Es el guión *(script)* de una presentación sobre el tema del béisbol. Mientras lo leas, subraya aquellos datos *(facts, information)* que te parecen pertinentes e interesantes.

Los Estados Unidos y la República Dominicana, unidos por el béisbol

Muy buenas tardes. Me llamo Chantal y les voy a hablar sobre un tema muy interesante: el béisbol. ¿Sabían ustedes que el 10% de los jugadores del MLB son de la República Dominicana? Y más del 25% de los jugadores de las ligas menores de los Estados Unidos también provienen de este pequeño país caribeño. De hecho°, la República Dominicana es el mayor exportador de beisbolistas a los Estados Unidos. ¿Por qué hay tantos beisbolistas dominicanos en las Grandes Ligas?

° *In fact*

Para empezar, el deporte nacional de la República Dominicana es el béisbol, o «pelota» como acostumbran llamarlo los dominicanos. En las

Exploración

calles y en los parques, los niños dominicanos juegan al béisbol, soñando con llegar a las Grandes Ligas°.

Major Leagues

El béisbol, que se desarrolló en los Estados Unidos, se introdujo a Cuba en los años 1860 y más tarde, los inmigrantes cubanos difundieron° el deporte en la República Dominicana. La popularidad del juego se extendió rápidamente. En 1911 se realizaron los primeros campeonatos nacionales. Luego, la ocupación militar de los Estados Unidos entre 1916 y 1924 impulsó aún más el béisbol. Miles de aficionados vitoreaban los equipos dominicanos que jugaban contra los marinos americanos. En 1925 Baldomero Ureña llegó a ser el primer dominicano en jugar para un equipo de los Estados Unidos: el Allentown, un equipo de las ligas menores. La República Dominicana también contrató a jugadores estadounidenses, en particular de la Liga Negra, para complementar el talento local. En el campeonato de 1937, jugaron juntos beisbolistas blancos y negros, los cuales estaban separados en ese entonces en los Estados Unidos.

disseminated

Como podemos ver, los Estados Unidos y la República Dominicana están unidos por el béisbol. El béisbol es el deporte nacional en estos dos países. Hay mucho talento dominicano en las Grandes Ligas y todos los 30 equipos de las Grandes Ligas han invertido en academias de béisbol en la República Dominicana.

D ¡Manos a la obra!

Sigue estas instrucciones para preparar tu presentación oral.

1. Escoge un tema que trate sobre la República Dominicana. Puedes escoger uno de los siguientes temas, u otro que te llame la atención.
   - el turismo
   - la intervención militar
   - CAFTA
   - la industria azucarera
   - Satchel Paige
   - Junot Díaz
2. Busca información en Internet o en la biblioteca.
3. Elabora un guión *(script)*. Incluye una introducción que asegure la atención de tu público, el cuerpo principal con datos pertinentes e interesantes, y una conclusión que resuma los puntos claves.
4. Si quieres, prepara audiovisuales para usar en tu presentación.
5. Practica tu presentación oral enfrente de un espejo. La presentación debe ser de dos o tres minutos.

E ¡Comparte!

Comparte tu presentación (ya sea el guión o un video) en la sección de *Share It!* en iLrn. También escribe comentarios positivos en las entradas *(posts)* de tus compañeros.

Vocabulario

Verbos

aprovechar *to make good use of*
emigrar *to emigrate*
establecer *to establish*
refugiarse *to take refuge*
regatear *to bargain*
transmitir *to transmit*

Sustantivos

el ángel *angel*
el apartamento *apartment*
el apellido *last name*
el asilo político *political asylum*
el choque cultural *culture shock*
el exilio *exile*
la ganga *bargain*
la inmigración *immigration*
el (la) italiano(a) *Italian*
el (la) judío(a) *Jew*
la lengua *language*
la marqueta *market*
el (la) moreno(a) *African American, black (of any nationality)*
el mural *mural*
el piso *floor*
el (la) puertorriqueño(a) *Puerto Rican*
el (la) sirviente(a) *servant*
la tradición *tradition*
el vecindario *neighborhood*

Adjetivos

amontonado(a) *piled up*
ancho(a) *wide*
bochornoso(a) *embarrasing*
empacado(a) *packed*
poblado(a) *populated*
prominente *prominent*
proveniente *from*
sofocante *stifling*

Capítulo

4 Aspectos de la familia

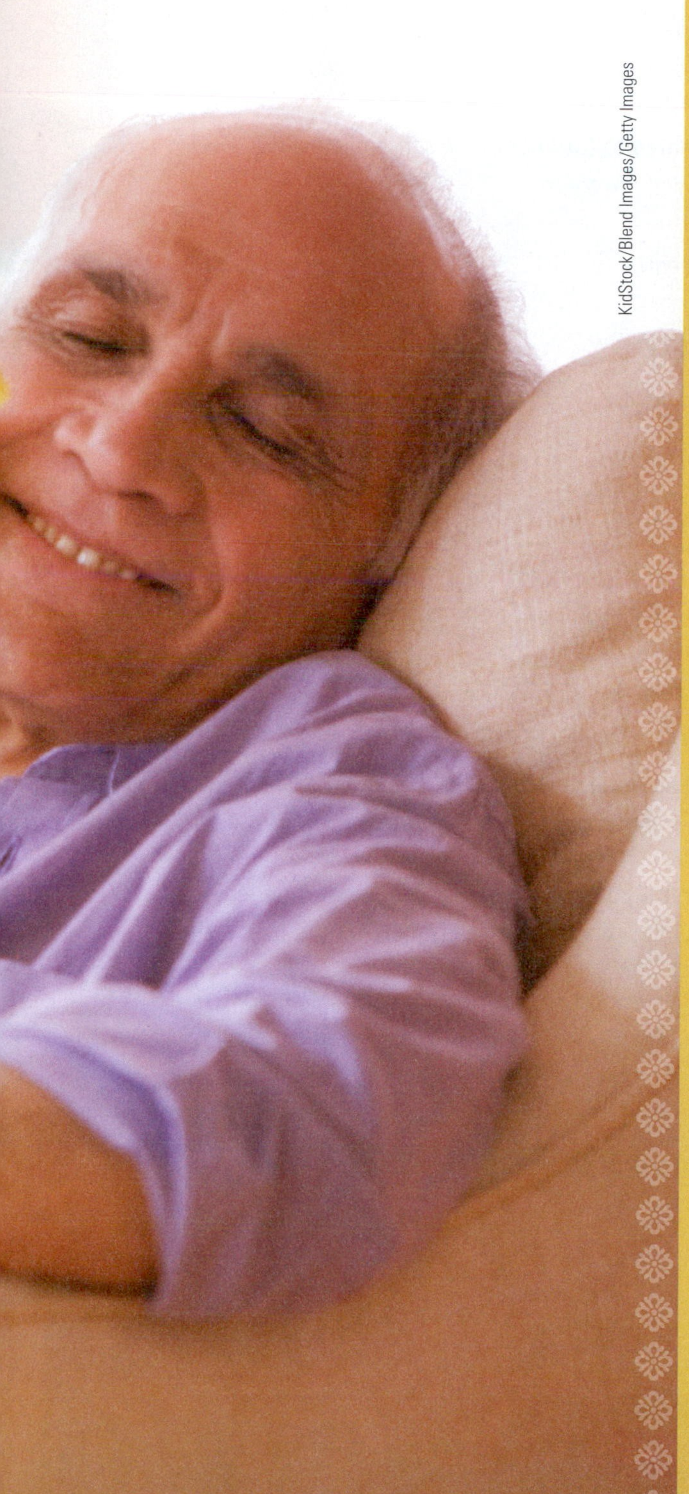

KidStock/Blend Images/Getty Images

Contenido

«Todo queda en familia»

For monday Nov. 9

Vocabulario útil

Estudia estas palabras.

Verbos

adquirir (ie)	*to acquire*
cuidar	*to take care of*
extenderse (ie)	*to extend, stretch*
relacionarse con	*to be related to (but not in the sense of kinship)*
tratar de	*to deal with; to try to*

Sustantivos

el hogar	*home, hearth*
el lazo	*tie*
la nuera	*daughter-in-law*
el (la) pariente	*relative*
la perspectiva	*prospect*
la preocupación	*concern, worry*
el sentido	*sense*
el valor	*value*
el yerno	*son-in-law*

Otras palabras y expresiones

contra	*against*
familiar	*(adj.) family; (n.) family member*
menor	*small, lesser, younger (with people)*

4-1 Para practicar. Trabajen en parejas para hacer y contestar estas preguntas, usando el vocabulario de la lista.

1. ¿Tienes hermanos? ¿Cuántos? ¿Son mayores o menores? ¿Qué edad tienen?
2. ¿Se preocupan tus padres por ti? ¿Qué preocupaciones tienen? ¿Qué tratan de que hagas o no hagas?
3. ¿Piensas que tu casa familiar seguirá siendo tu hogar aun después de casarte?
4. ¿Hay algunos valores comunes en tu familia? ¿Cuáles has adquirido?
5. ¿Tienes cuñados? ¿Hay yernos o nueras en tu familia? Si los hay, ¿se consideran ellos parte de la familia?

Estrategias de vocabulario

LOS ANTÓNIMOS

Los antónimos son palabras que tienen significados contrarios, como por ejemplo, **grande** y **pequeño.** A veces se puede formar antónimos con los prefijos **des-**, **in-** o **im-**. Un prefijo es un grupo de letras que se pone delante de una palabra para formar otra. Por ejemplo, se puede formar el antónimo de **posible** añadiéndole el prefijo **im-**: **imposible.**

4-2 Palabras antónimas.

Busca las palabras de la segunda columna que sean antónimos de las palabras de la primera columna.

1. adquirir	a. continuar
2. menor	b. desamor
3. acercarse	c. delante
4. atrás	d. dar
5. cariño	e. mayor
6. detener	f. separarse

4-3 Formar antónimos con prefijos.

Completa según los modelos.

Modelo	*justo*	*injusto*
	probable	*improbable*
1.	______________	innecesario
2.	ofensivo	______________
3.	______________	inútil
4.	humano	______________
5.	______________	infrecuente
6.	______________	impersonal
Modelo	*gracia*	*desgracia*
7.	conocido	______________
8.	______________	desventaja
9.	acostumbrado	______________
10.	______________	descuidar
11.	preocupación	______________

Enfoque cultural

Martin Barraud/Stone/Getty Images

Los lazos familiares

Se podría decir que la familia representa los valores de la sociedad en menor escala. En el mundo hispanohablante, la preocupación por la familia se extiende a casi todas las esferas de la vida y en muchos casos es el sentimiento fundamental del individuo.

La familia y la sociedad

Un gran número de acontecimientos sociales son de tipo familiar. En los días de fiesta y los domingos, las familias frecuentemente se reúnen en la casa de algún pariente o en un restaurante de tipo familiar.

Atrae la atención del norteamericano la presencia de los niños en casi todas las fiestas. Los niños están acostumbrados a participar con los adultos en las bodas°, los bautismos y las fiestas públicas como los desfiles. Así que desde muy pequeños, aprenden continuamente a comportarse° en la sociedad. Están acostumbrados a tratar con personas de diferentes edades, desarrollando así una actitud de respeto que mantienen también cuando son adultos.

weddings
to behave

No es raro encontrar a los abuelos, a los padres y a los hijos junto con algún tío o tal vez un primo viviendo en la misma casa. Los sociólogos han observado varias ventajas° de esta situación. Una de ellas es que los niños tienen más personas que los cuiden y por eso no necesitan tanta atención individual. También tienen más de un modelo y si, por desgracia°, pierden a uno de los padres, hay otros adultos presentes. Con tantas personas en casa no es necesario pagarle a nadie de afuera° para cuidar a los niños. La palabra *babysitter* no tiene equivalente exacto en español; sin embargo, los cambios que ocurren en la sociedad causan que cambie el idioma. La palabra *niñera* se usa hoy aunque su sentido original era *nursemaid*. Las desventajas de esta convivencia son, para los adultos, una falta completa de vida privada, y para los niños, una falta de independencia, que se advierte° más tarde en sus acciones y su personalidad de adultos.

advantages
unfortunately
from outside
notice

4-4 Comprensión. Decide si las siguientes oraciones son **verdaderas** o **falsas** según el texto. Corrige las que son falsas.

1. Los niños hispánicos generalmente van a las fiestas de sus padres.
2. Por lo general, los niños hispánicos aprenden a ser muy independientes desde pequeños, para llegar a ser adultos independientes.
3. Generalmente mucha gente desconocida cuida a los niños hispánicos.
4. Frecuentemente los hispánicos tienen poca vida privada.

Enfoque cultural

JGI/Jamie Grill/Blend Images/Corbis

El significado de la familia

En la familia inmediata o «nuclear» (padre, madre e hijos) es notable el papel del padre. Aunque tradicionalmente el hombre ha dominado en el hogar, él siempre ha tenido un contacto constante e íntimo con sus hijos. El orgullo° por los hijos es algo que se destaca° en la sociedad hispánica.

Este orgullo también contribuye a crear uno de los problemas más graves de Hispanoamérica: el crecimiento desenfrenado° de la población, que frustra los esfuerzos del progreso social. En varios países hispanohablantes se han organizado campañas oficiales dedicadas al control de la natalidad°. En México, por ejemplo, la tasa de natalidad ha bajado de 7 hijos por mujer a 2,1 hijos en el último medio siglo.

Es obvio que la familia ocupa un lugar muy importante, tanto en la sociedad, como en la vida del individuo. La familia existe siempre como un grupo ya constituido, lleno de tradición y significado. La familia ofrece protección, consuelo° en los fracasos° y calor y comprensión contra la soledad. Todo esto da un sentido de seguridad que a veces resulta en una tendencia a depender demasiado de la familia. Es frecuente el caso de que alguien, por no querer dejar a la familia, rechace° oportunidades de trabajo y no vaya a vivir a otra parte.

pride

stands out

uncontrolled growth

birthrate

consolation; failures

rejects

4-5 Comprensión. Decide si las siguientes oraciones son **verdaderas** o **falsas** según el texto. Corrige las que son falsas.

1. El padre hispánico no quiere contacto con sus hijos.
2. El aumento de la población ha sido tradicionalmente un gran problema en algunos países hispánicos.
3. La familia generalmente apoya a sus miembros.
4. La sociedad hispánica es muy móvil.

El honor de la familia

Jeremy Woodhouse/Blend Images/Corbis

En el poema épico español *Cantar de Mio Cid*[1], del siglo XII, su protagonista, el Cid, además de un guerrero valiente°, es también padre de familia. Parte del poema trata de como el Cid venga° una ofensa cometida contra sus hijas. En la literatura española siempre ha existido mucha preocupación por el honor del individuo. Este honor está relacionado con los miembros de la familia; así que la manera más hiriente° de atacar verbalmente a alguien es por medio de° una ofensa a un familiar. La peor ofensa que se le puede hacer a una persona es insultar a su madre.

brave warrior; avenges
hurtful
by means of

En la época moderna, se puede observar lo mismo en ciertos fenómenos lingüísticos. Los insultos más graves° tienden a implicar a los miembros de la familia del insultado. En el poema *Martín Fierro,* un gaucho° trata de insultar a otro ofreciéndole un vaso de aguardiente°:

serious
cowboy (Arg.)
liquor

«Diciendo: ‹Beba, cuñao,›
‹Por su hermana; contesté,
Que por la mía no hay cuidao.› »[2]

[1] **Cantar de Mio Cid** *National epic of Spain, written about 1140 to glorify the deeds of the Spaniards in the Reconquest of Spain.*
[2] **Martín Fierro** *Narrative poem by the Argentinean José Hernández, written in 1872. The quote says: "Drink, brother-in-law." "It must be because of your sister, 'cause I'm not worried about mine." To call a stranger* cuñado *is an insult because it implies some kind of intimacy with the sister.*

4-6 Comprensión. Responde a las siguientes preguntas según el texto.

1. ¿Qué es el *Cantar de Mio Cid* y qué tiene que ver con la familia en el mundo hispánico?
2. ¿Cuál es una manera común de ofender a una persona en el mundo hispánico?

4-7 Opiniones. Expresa tu opinión personal.

1. ¿Crees que los insultos contra la familia son más ofensivos que los insultos directos? ¿Por qué?
2. ¿Es mejor para los niños tener relaciones estrechas *(close)* con muchos adultos? Explica.
3. ¿Piensas tener una familia grande o pequeña en el futuro? En tu opinión, ¿cuál es el tamaño de la familia ideal?

Estructura 1

Peter Willi/SuperStock

Los primeros pasos (1943)
Este cuadro es del famoso artista español Pablo Picasso. En él, una madre le está ayudando a su hijo a caminar. ¿Ves la incertidumbre del niño al dar sus primeros pasos?

En el pie de foto, ¿puedes identificar el tiempo progresivo?

TALKING ABOUT ONGOING EVENTS

The progressive tenses

A. The present participle

1. The present participle is formed by adding **-ando** to the stem of all **-ar** verbs and **-iendo** to the stem of most **-er** and **-ir** verbs.

hablar:	habl**ando**	*speaking*
aprender:	aprend**iendo**	*learning*
vivir:	viv**iendo**	*living*

2. Some common verbs have irregular present participles. In **-er** and **-ir** verbs, the **i** of **-iendo** is changed to **y** when the verb stem ends in a vowel.

caer:	ca**y**endo	**leer:**	le**y**endo
creer:	cre**y**endo	**oír:**	o**y**endo
ir:	**y**endo	**traer:**	tra**y**endo

3. Stem-changing **-ir** verbs and some **-er** verbs have the same stem changes in the present participle as in the preterite.

decir:	diciendo	**pedir:**	pidiendo
divertir:	divirtiendo	**poder:**	pudiendo
dormir:	durmiendo	**sentir:**	sintiendo
mentir:	mintiendo	**venir:**	viniendo

B. The present progressive

1. The present progressive is usually formed with the present tense of **estar** and the present participle of a verb.

estoy estás está estamos estáis están	bailando	*I am dancing, etc.*
	bebiendo	*I am drinking, etc.*
	escribiendo	*I am writing, etc.*

2. The present progressive is used to stress that an action is in progress or is taking place at a particular moment in time.

Están demostrando mucho interés por la sociología.

They are showing a lot of interest in sociology.

Estoy leyendo mis apuntes.

I am reading my notes.

Están viviendo solitos en México.

They are living all alone in Mexico.

3. Certain verbs of motion are sometimes used as substitutes for **estar** in order to give the progressive a more subtle meaning.

ir:	Va aprendiendo a tocar la guitarra. *He is (slowly, gradually) learning to play the guitar.*
seguir, continuar:	Siguen hablando. *They keep on (go on) talking.*
venir:	Viene contando los mismos chistes desde hace muchos años. *He has been telling the same jokes for many years.*
andar:	Anda pidiendo limosna para los pobres. *He is going around asking for alms for the poor.*

C. The past progressive

1. The past progressive is usually formed with the imperfect of **estar** plus a present participle.

estaba estabas estaba estábamos estabais estaban	mirando	*I was looking at, etc.*
	vendiendo	*I was selling, etc.*
	saliendo	*I was leaving, etc.*

A second past progressive tense is the preterite progressive, formed with the preterite of ***estar*** *plus a present participle. It is used to stress that a completed action was in progress at a specific time in the past:* ***Estuve estudiando hasta las seis.*** (I was studying until six.)

2. This tense is used to stress that an unfinished action was in progress in the past.

Yo estaba mirando un programa de televisión, en vez de estudiar.
I was watching a television program instead of studying.
El profesor estaba explicando quién era El Cid cuando lo interrumpieron.
The professor was explaining who El Cid was when they interrupted him.

3. As in the present progressive, the verbs of motion **ir, seguir, continuar, venir,** and **andar** may also be used to form the past progressive.

Seguía escribiendo poemas.
She kept on writing poems.
Andaba diciendo mentiras.
He was going around telling lies.

D. Position of direct object pronouns with the participle

Direct object pronouns are attached to the present participle. But in the progressive tenses the object pronoun may either precede **estar** or be attached to the participle.

Note that when the pronoun is attached to the participle, a written accent is required on the original stressed syllable of the participle.

Leyéndolo, vio que yo tenía razón.
Reading it, he saw that I was right.
Estoy arreglándola. OR La estoy arreglando.
I am repairing it.

PRÁCTICA

4-8 El bautizo. Has ido al bautizo del bebé de tus vecinos. Describe lo que está pasando. Termina esta narrativa breve, usando la forma correcta de **estar** y el participio presente.

Yo (observar) 1. ______________ a la gente que (llegar) 2. ______________ a la iglesia. Hay mucha gente que (sentarse) 3. ______________ cerca del altar. Otras personas (tomar) 4. ______________ fotos. Ahora el cura (pedir) 5. ______________ silencio. La madrina (cargar) 6. ______________ al bebé y el padrino (encender) 7. ______________ la vela. Todos los invitados (oír) 8. ______________ la misa con atención. Yo (morirme) 9. ______________ de sed, pero no importa. Yo (distraerse) 10. ______________ con este bello ritual.

4-9 ¿Qué está haciendo la familia Nuñez? Indica lo que varias personas están o no están haciendo ahora. Usa el progresivo presente con **estar.**

Modelo — la mamá (mirar la televisión / preparar la comida)
La mamá no está mirando la televisión. Está preparando la comida.

1. tía Paula (ver la película / dormir)
2. tú (estudiar / hablar con el señor Nuñez)
3. el yerno (divertirse / limpiar la cocina)
4. nosotros (leer / buscar un libro)
5. yo (mentir / decir la verdad)

Hmwk AF

4-10 Lo que está pasando ahora. Usando algunos de los verbos siguientes, di cinco cosas que están haciendo los estudiantes en la clase en este momento.

observar	leer	escuchar	hablar	abrir
mirar	escribir	poner	sacar	hacer preguntas

4-11 Anoche en la casa de Conchita. Describe lo que estaba pasando anoche en la casa de Conchita. Completa cada oración con la forma correcta del verbo más adecuado para el contexto: **estar, andar, ir, seguir/continuar, venir.**

1. Todos ______________ viendo una película surrealista.
2. Carlos ______________ diciendo que quería ver la película desde hace meses.
3. El tío ______________ buscando el control del televisor por toda la casa.
4. La mamá ______________ entendiendo el argumento poco a poco.
5. Era medianoche y la película ______________ siendo tema de conversación.

4-12 El regreso a casa. Describe lo que estaba pasando ayer cuando Conchita entró a su casa.

Modelo su amigo / esperarla
Cuando llegó a casa ayer, su amigo estaba esperándola.

1. el gato / dormir
2. Carlos / leer el periódico
3. sus hermanos / jugar
4. su tío / traer el correo
5. su madre / sentirse mal
6. Carlos y su madre / hablar de cine

Ahora, dile a la clase cinco cosas que estaban pasando en tu casa (o residencia estudiantil) cuando llegaste allí ayer.

4-13 Actividades de ayer. Con un grupo de compañeros, hablen de las cosas que estaban haciendo ayer a las horas indicadas. Hagan una lista de las cosas que eran iguales y otra lista de las cosas diferentes. Comparen sus actividades.

Modelo a las diez de la noche
Estaba chateando con mis amigos a las diez de la noche.

1. a las seis de la mañana
2. a las ocho y media de la mañana
3. a las doce y quince de la tarde
4. a las tres de la tarde
5. a las seis de la tarde
6. a las ocho y cuarenta y cinco de la noche

Do this bruh

Corto de cine

Don Farrall/Photodisc/Getty Images

Los elefantes nunca olvidan

dirigido por Lorenzo Vigas Castes

Dos hermanos, maltratados *(abused)* y abandonados por su padre de niños, deciden vengarse *(get revenge)*. (Venezuela, 2004, 11 min.)

4-14 Anticipación. Antes de ver «Los elefantes nunca olvidan», haz estas actividades.

A. Contesta estas preguntas.

1. ¿Cuáles son las características de una familia funcional? ¿Y de una familia disfuncional?
2. ¿Cuáles son algunas responsabilidades que tienen los padres hacia los hijos? ¿A qué edad dejan los padres de ser responsables de sus hijos?
3. ¿Qué circunstancias podrían motivar a un padre a abandonar a la familia? ¿Qué consecuencias psicológicas y emocionales puede tener para un hijo el abandono de un padre?
4. ¿Qué opinas sobre la venganza *(revenge)*? ¿Hay algún tipo de venganza que se justifique?
5. ¿Tienes buena memoria? ¿Qué caras *(faces)* nunca olvidarías?

B. Completa las oraciones que resumen el corto con palabras y frases de la lista.

bebé *baby*	matar *to kill*
cara *face*	panza llena *full belly*
cargado(a) *loaded*	pendejo *idiot*
cartera *wallet*	la próxima vez *next time*
cosa tuya *your affair*	sancocho *meat and vegetable stew*

1. El padre de Juan lo abandonó cuando Juan era un __________.
2. La hermana de Juan le dio una pistola __________.
3. El plan era __________ al padre que los maltrató *(abused)* y los abandonó de niños.
4. Juan le dice a la hermana «Es __________» porque ella quiere vengarse *(to get revenge)*.
5. El padre dice que tiene buena memoria porque nunca olvida una __________.
6. En realidad, él no reconoce a sus hijos y los invita a comer __________ para que viajen con la __________.
7. Al final, Juan apunta la pistola al padre y lo llama « __________».
8. Primero el padre cree que Juan quiere el dinero de su __________.
9. Luego le dice a su hijo que __________ lo mata.

4-15 Enfoque gramatical. Primero, mira el corto sin sonido. Mientras ves las imágenes, di lo que está pasando, usando el presente progresivo.

Corto de cine

4-16 **A ver.** Ahora mira «Los elefantes nunca olvidan» con sonido. ¿Qué piensas del corto?

4-17 **Fotogramas.** ¿Quién dice los siguientes diálogos? Escribe las letras de los diálogos (a-f) debajo del personaje quien lo dijo. Hay dos diálogos que corresponden a cada fotograma.

a. «¿Ya se te olvidó lo que hizo?»
b. «No hagas nada si yo estoy cerca».
c. «¿Saben cómo me dicen en el pueblo? Elefante».
d. «No. Somos hermanos».
e. «Tú estás muy niño para ella».
f. «Aquí mismo te vas a morir».

___ ___

___ ___

___ ___

Los elefantes nunca olvidan directed by Lorenzo Vigas.

4-18 **Comprensión.** Contesta las preguntas y completa las oraciones, escogiendo la opción correcta.

1. El muchacho quiere matar a su padre pero necesita a su hermana para...
   a. darle valor.
   b. identificar al hombre que es su padre.
   c. ayudarlo a escapar de la policía.
2. El hombre en el camión le dice a la muchacha «Yo te conozco» porque...
   a. cree que es su hija.
   b. cree que es la novia de su hijo.
   c. cree que trabaja en el mercado.
3. Al final, el hombre del camión...
   a. nunca sabe quién es el muchacho.
   b. le da dinero al muchacho.
   c. amenaza *(threatens)* al muchacho.

4. ¿Cuál es el tema del corto?
   a. la memoria
   b. el amor
   c. la muerte
5. ¿A quién o quiénes hace referencia el título «Los elefantes nunca olvidan»?
   a. al hombre del camión
   b. a los dos muchachos
   c. a la madre

4-19 Segunda función. Mira el corto otra vez y luego contesta las siguientes preguntas.

1. ¿Qué quiere hacer el muchacho? ¿Por qué?
2. Al principio de la historia la muchacha no quiere que su hermano mate al padre enfrente de ella. ¿En qué momento cambió de opinión?
3. Cuando van en el camión, ¿cómo se comporta el hombre con la muchacha? ¿Cómo se comporta con el muchacho?
4. Cuando el muchacho apunta al hombre con la pistola, ¿qué es lo primero que piensa el hombre? ¿Qué es lo primero que dice?
5. ¿Qué es lo primero que hace el hombre cuando el muchacho le dice que es su hijo y que lo va a matar?

4-20 Opiniones. En grupos de tres o cuatro estudiantes, discutan estas preguntas.

1. ¿Qué edad creen que tienen los personajes? ¿Qué edad tendrían cuando el padre se fue?
2. ¿Por qué creen que la muchacha cambió de opinión y le dice a su hermano «¡Mátalo ya!»?
3. ¿Por qué al final el muchacho no mata a su padre? ¿Creen que le faltó motivación o valor? ¿O decide no matarlo por otro motivo? Justifiquen su respuesta.
4. ¿A qué se refiere el padre cuando le dice al muchacho «No has entendido nada»? ¿Qué es lo que el muchacho no ha entendido?

4-21 Minidrama. Trabajando en parejas, dramaticen una de las siguientes escenas. Prepárense para representar la escena enfrente de la clase.

1. El muchacho y su hermana planean matar a su padre.
2. El muchacho le cuenta a su madre lo que pasó.
3. La muchacha se enfrenta *(confronts)* a su padre.

Estructura 2

Madre e hijo (1921)
Observa esta pintura de Pablo Picasso y luego vuelve a mirar la pintura en la página 116. Ambas son suyas. El estilo es diferente pero el tema es el mismo: la maternidad. En los dos, el niño percibe a su madre como una figura enorme, fuerte y serena.

En el pie de foto, ¿puedes identificar el mandato? ¿Puedes identificar dos adjetivos posesivos?

Heinle Grammar Tutorial: *Formal and* ***nosotros*** *commands; informal commands*

The ***vosotros*** *commands are not generally used in Latin America. They have been replaced by the* ***Uds****. commands.*

TELLING SOMEONE WHAT TO DO

Commands

There are several different command forms in Spanish:

- the formal direct commands **(Ud.** and **Uds.)**
- the familiar direct commands **(tú** and **vosotros)**
- the *let's* command **(nosotros)**
- the indirect commands

A. Formal commands

1. The **Ud.** and **Uds.** commands of regular verbs, negative and affirmative, are formed by dropping the **-o** of the first person singular of the present tense and adding the endings **-e, -en** for **-ar** verbs, and **-a, -an** for **-er** and **-ir** verbs.

mirar	volver	salir
Mir**e** (Ud.). No mir**e** (Ud.).	Vuelv**a** (Ud.). No vuelv**a** (Ud.).	Salg**a** (Ud.). No salg**a** (Ud.).
Mir**en** (Uds.). No mir**en** (Uds.).	Vuelv**an** (Uds.). No vuelv**an** (Uds.).	Salg**an** (Uds.). No salg**an** (Uds.)

Note that the word **Ud.** is sometimes included for courtesy, but it is generally omitted.

2. Five commonly used verbs are irregular.

dar	estar	ir	saber	ser
dé	esté	vaya	sepa	sea
den	estén	vayan	sepan	sean

3. Verbs ending in **-car, -gar, -ger, -zar,** and **-guar** have spelling changes in order to preserve the pronunciation of the final consonant of the stem.

buscar: c → qu		**llegar: g → gu**		**escoger: g → j**	
bus**qu**e	bus**qu**en	lle**gu**e	lle**gu**en	esco**j**a	esco**j**an
abrazar: z → c		**averiguar: gu → gü**			
abra**c**e	abra**c**en	averi**gü**e	averi**gü**en		

4. Object pronouns (direct and indirect) and reflexive pronouns follow and are attached to affirmative direct commands, but they precede negative direct commands. Notice that the affirmative command adds an accent to maintain the original stressed syllable.

Váyase (Ud.).	Váyanse (Uds.).
No se vaya (Ud.).	No se vayan (Uds.).
Go away.	*Don't go away.*

B. Familiar commands—affirmative

1. The affirmative **tú** command for regular verbs is the same as the third person singular of the present tense. The subject pronoun is generally not used. Note again that object and reflexive pronouns are attached to affirmative commands.

Habla, por favor.	Sígueme.
Speak, please.	*Follow me.*
Vuelve a casa temprano.	Cállate.
Return home early.	*Be quiet.*

2. The following affirmative **tú** commands are irregular:

decir:	di	**poner:**	pon	**tener:**	ten
hacer:	haz	**salir:**	sal	**venir:**	ven
ir:	ve	**ser:**	sé		

3. The affirmative **vosotros** command is formed by dropping the **-r** from the infinitive and adding **-d.**

escuchar: Escuchad.	**decir:** Decidnos.
Listen.	*Tell us.*

4. For the **vosotros** command of reflexive verbs, the final **-d** is dropped before adding the pronoun **os.** One exception to this is **idos** (from **irse**). If the verb is an **-ir** verb, an accent is required on the final **i.**

Levanta**os**.	Divertí**os**.
Get up.	*Have a good time.*

C. Familiar commands—negative

1. The negative **tú** command is formed by dropping the **-o** of the first person singular of the present tense and adding **-es** for **-ar** verbs and **-as** for **-er** and **-ir** verbs.

mirar:	no mir**es**	**volver:**	no vuelv**as**	**salir:**	no salg**as**

2. The negative **vosotros** command is formed by dropping the **-o** of the first person singular of the present tense and adding **-éis** for **-ar** verbs and **-áis** for **-er** and **-ir** verbs. There is no **e** → **ie** or **o** → **ue** vowel stem change.

mirar:	no mir**éis**	**volver:**	no volv**áis**	**salir:**	no salg**áis**

3. These are the irregular negative familiar commands:

dar:	no des	**ir:**	no vayas	**ser:**	no seas
	no deis		no vayáis		no seáis
estar:	no estés	**saber:**	no sepas		
	no estéis		no sepáis		

D. The "let's" command

1. The **nosotros** or *let's* command share the same stems as the formal commands. The ending is **emos** for **-ar** verbs and **-amos** for **-er** and **-ir** verbs. Like the negative **vosotros** command, there is no **e** → **ie** or **o** → **ue** vowel stem change. Note the position of the object pronouns in the second and third examples below.

   Comamos. — No comamos.
   Let's eat. — *Let's not eat.*
   Cerrémosla. — No la cerremos.
   Let's close it. — *Let's not close it.*
   Busquémoslo. — No lo busquemos.
   Let's look for it. — *Let's not look for it.*

2. When either the reflexive pronoun **nos** or the pronoun **se** is attached to an affirmative *let's* command, the final **-s** of the verb is dropped. A written accent is added to maintain the original stress of the verb.

   Sentémonos. — No nos sentemos.
   Let's sit down. — *Let's not sit down.*
   Pidámoselo. — No se lo pidamos.
   Let's ask him (her) for it. — *Let's not ask him (her) for it.*

*Both **vamos** and **vayamos** can be used for the affirmative command, but **vamos** is more common.*

3. The verb **ir (irse)** is irregular in the affirmative **nosotros** command.

   Vamos. BUT No vayamos.
   Let's go. — *Let's not go.*
   Vámonos. BUT No nos vayamos.
   Let's leave. — *Let's not leave.*

4. An alternate way of expressing the affirmative *let's* command is to use **ir a** plus the infinitive. This form is not used for negative commands.

Vamos a hablar con ellos. BUT No hablemos con ellos.

Let's talk with them. *Let's not talk with them.*

Note that **a ver** (without **vamos**) is generally used to express *let's see.*

A ver. Creo que todo está listo.

Let's see. I think everything is ready.

E. Indirect commands

Indirect commands are the same as the formal commands. They are always introduced by **que.**

Que le vaya bien.

May all go well with you.

Los niños quieren salir. Pues, que salgan ellos.

The children want to go out. Well, let them go out.

Note that object pronouns always precede both negative and affirmative indirect commands, and the subject, if expressed, generally follows the verb.

PRÁCTICA

4-22 Mandatos formales. Cambia estas oraciones a mandatos formales. Sigue el modelo.

Modelo La señorita entra. *Señorita, entre, por favor.*
El señor no dice nada. *Señor, no diga nada, por favor.*

1. El tío no se da prisa.
2. Los niños se portan bien.
3. Los jóvenes van al cine.
4. El señor se sienta cerca de la pantalla.
5. La señora no come mucho.

4-23 Mandatos familiares. Cambia estas oraciones a mandatos familiares. Sigue el modelo.

Modelo Aurelio dice algo. *Aurelio, di algo.*
Mi amigo no le da dinero. *Amigo, no le des dinero.*

1. Laura va conmigo a la fiesta.
2. Roberto no sale temprano.
3. María hace un pastel.
4. Felipe no es tonto.
5. Elena no entra a la sala.

4-24 Una visita a Madrid. Los padres de Laura están visitando Madrid, y ella está diciéndoles lo que ellos deben hacer durante su estadía. Sigue el modelo.

Modelo ir a un buen restaurante
Vayan a un buen restaurante.

1. probar algunos platos típicos españoles
2. no comer ni beber demasiado
3. después de comer, volver al hotel para echarse una siesta
4. comprarme unos libros de arte
5. después, ir al teatro
6. conseguir entradas para la función
7. llegar al teatro temprano
8. regresar al hotel en taxi
9. acostarse en seguida
10. divertirse durante el viaje

4-25 Opiniones personales. Indica tu opinión sobre las cosas que estas mujeres quieren hacer. Sigue el modelo.

Modelo Paula quiere tener más hijos.
¡Que los tenga!

1. Susana quiere escribir una novela.
2. María desea comprarle un iPad a su esposo.
3. Penélope quiere tener su propio negocio.
4. Marta y Mirna quieren conocer el mundo.
5. Mi tía desea hacer un documental.
6. Mis primas desean sacar licenciaturas.
7. Las jóvenes quieren jugar hockey.
8. Ellas quieren convertirse en líderes.

4-26 Consejos. Tú estás dándole consejos a un(a) amigo(a) sobre cómo él (ella) debe comportarse en varias situaciones. Haz esto con mandatos familiares. Sigue el modelo.

Modelo Si quieres tener más dinero, ...
Si quieres tener más dinero, busca un buen trabajo.

1. Si quieres conocer a una persona rica, ...
2. Si quieres sacar una buena nota en esta clase, ...
3. Si quieres hacer una diferencia en la comunidad, ...
4. Si quieres tener una buena relación, ...
5. Si quieres una buena comida mexicana, ...
6. Si quieres comprar una computadora nueva, ...

4-27 ¿De acuerdo o no? Con un(a) compañero(a) de clase, háganse estas preguntas para decidir lo que quieren hacer hoy. Sigan el modelo.

Modelo ¿Vamos a sentarnos aquí?
Sí, sentémonos aquí. (No, no nos sentemos aquí.)

1. ¿Vamos a salir esta noche?
2. ¿Vamos a levantarnos temprano?
3. ¿Vamos a empezar a estudiar ahora?
4. ¿Vamos a pedir un refresco?
5. ¿Vamos a comprar entradas?
6. ¿Vamos a ver una telenovela?
7. ¿Vamos a salir de la casa temprano?
8. ¿Vamos a hacerlo en seguida?
9. ¿Vamos a divertirnos un rato?
10. ¿Vamos a preguntarles si quieren ir?

4-28 ¿Qué hago? Pregúntale a un(a) compañero(a) de clase si tú debes hacer las cosas siguientes. Tu compañero(a) de clase te va a contestar con un mandato negativo o afirmativo. Cambia los objetos directos a pronombres. Sigue el modelo.

Modelo ¿Hago el trabajo?
Sí, hazlo. (No, no lo hagas.)

1. ¿Pongo mis libros en tu mesa?
2. ¿Te digo la verdad?
3. ¿Te explico la lección?
4. ¿Empiezo a cantar una canción?
5. ¿Te abrazo?
6. ¿Vendo mis videojuegos?
7. ¿Llamo a mis padres esta noche?

4-29 Mandatos de familia. Trabaja con un(a) compañero(a) de clase para dramatizar las siguientes situaciones. Usen mandatos familiares para decir lo que la otra persona tiene que hacer. Estén preparados para actuar una escena enfrente de la clase.

1. una madre y su hijo en el primer día de universidad
2. un padre y su hija que va de viaje con sus amigas en las vacaciones de primavera
3. un padre y su hijo el día de su graduación
4. una madre y su hija el día de su boda

Heinle Grammar Tutorial: Possessive adjectives and pronouns

EXPRESSING OWNERSHIP AND BELONGING

Possessive adjectives and pronouns

A. Possessive adjectives—unstressed (short) forms

Vuestro(a, os, as) *is only used in parts of Spain;* ***suyo(a, os, as)*** *is used in Latin America.*

1. The unstressed (short) forms of the possessive adjectives:

mi, mis	*my*	**nuestro(a, os, as)**	*our*
tu, tus	*your*	**vuestro(a, os, as)**	*your*
su, sus	*his, her, its, your*	**su, sus**	*their, your*

2. Possessive adjectives agree with the thing possessed and not with the possessor. The unstressed forms always precede the noun.

Él es cortés con mi mamá.

He is polite with my mother.

Su hermano es muy listo.

His (her, your, their) brother is very clever.

Tus composiciones son muy interesantes.

Your compositions are very interesting.

3. All possessive adjectives agree in number with the nouns they modify, but **nuestro** and **vuestro** show gender as well as number.

Nuestros padres van mañana.

Our parents are going tomorrow.

Nuestra casa está lejos del centro.

Our house is far from downtown.

4. The possessive **su** has several possible meanings: *his, her, its, your,* or *their.* For clarity, **su** plus a noun is sometimes replaced by the definite article + noun + prepositional phrase.

¿Dónde vive su madre?

OR

¿Dónde vive la madre de él? (de ella, de Ud., de ellos, etc.)

Where does his (her, your, their, etc.) mother live?

El padre de él y el tío de ella son amigos.

His father and her uncle are friends.

5. Definite articles are generally used in place of possessives with parts of the body, articles of clothing, and personal effects. If the subject does the action to someone else, the indirect object pronoun indicates the possessor (**Les limpié los zapatos** = *I cleaned their shoes*). If the subject does the action to himself or herself, the reflexive pronoun is used (**Ella se lava las manos** = *She washes her hands*). However, if the part of the body or article of clothing is the subject of the sentence, or if any confusion exists regarding the possessor, then the possessive adjective is used.

Tus pies son enormes.

Your feet are enormous.

Pedro dice que mis brazos son muy fuertes.

Pedro says that my arms are very strong.

B. Possessive adjectives—stressed (long) forms

1. The stressed (long) forms of the possessive adjectives:

mío(a, os, as)	*(of) mine*	**nuestro(a, os, as)**	*(of) ours*
tuyo(a, os, as)	*(of) yours*	**vuestro(a, os, as)**	*(of) yours*
suyo(a, os, as)	*(of) his, hers, its, yours*	**suyo(a, os, as)**	*(of) theirs, yours*

2. The stressed forms agree in gender and number with the nouns they modify; they always follow the noun.

unas amigas mías — una tía nuestra
some friends of mine — *an aunt of ours*

3. The stressed possessive adjectives may function as predicate adjectives or they may be used to mean *of mine, of theirs,* and so forth.

Unas amigas mías vinieron al club.
Some friends of mine came to the club.
Esa es la raqueta suya, ¿verdad?
That's your racquet, isn't it?

4. It is important to note in the previous examples that the stress is on the possessive adjective and not on the noun: **unas amigas mías, una raqueta suya.** In contrast, the short forms of the possessive adjective are not stressed: **mis amigas, su raqueta.**

5. Since **suyo** has several possible meanings, the construction **de + él, ella, Ud.,** etc., may be used instead for clarity.

Un amigo suyo viene a verme.
OR
Un amigo de Ud. viene a verme.
A friend of yours is coming to see me.

C. Possessive pronouns

1. The possessive pronouns are formed by adding the definite article to the stressed forms of the possessive adjectives.

Possessive adjectives		Possessive pronouns	
el coche mío	*my car*	el mío	*mine*
la finca nuestra	*our farm*	la nuestra	*ours*

Carlos tiene la maleta suya y las mías.
Carlos has his suitcase and mine (plural).

2. For clarification, **el suyo (la suya,** etc.) may be replaced by the **de + él (ella, Ud.,** etc.) construction.

Esta casa es grande.	*This house is large.*
La suya es pequeña. La de él es pequeña.	*His is small.*

3. After the verb **ser** the definite article is usually omitted.

¿Son tuyos estos boletos?

Are these tickets yours?

Notice that an article may be used to stress selection: **Es el mío.** *It's mine.*

PRÁCTICA

4-30 Familias.

Dos personas están comparando sus familias. Completa esta comparación con la forma correcta de los adjetivos posesivos.

1. *(My)* _______ tío vive con *(our)* _______ familia.
2. *(His)* _______ hermanas visitan a *(your [fam. sing.])* _______ primas, ¿verdad?
3. *(Their)* _______ casa está cerca de *(her)* _______ apartamento.
4. *(Her)* _______ parientes conocen a *(my)* _______ abuelos.
5. *(Your [formal])* _______ yerno visita *(our)* _______ casa a menudo.
6. *(My)* _______ primas son más jóvenes que *(your [familiar])* _______ hermanos.

4-31 Más información sobre algunas familias.

Cambia las oraciones según el modelo para ser más enfático.

Modelo Mi amigo vive cerca de la universidad.
Un amigo mío vive cerca de la universidad.

1. Nuestro tío es casi ciego.
2. Tus primos viven en España.
3. Mis primas son simpáticas.
4. Su nuera estudia en México.
5. Mi abuela dice que es su idea.
6. Sus hermanos asistieron a esta universidad.

4-32 ¿De quién es?
Hazle estas preguntas a un(a) compañero(a) de clase. Él (Ella) debe contestar usando pronombres posesivos en sus respuestas.

Modelo ¿Es tuyo este libro?
Sí, es mío.
-o-
No, no es mío.

1. ¿Es tuya esta mochila?
2. ¿Es de ella ese bolígrafo?
3. ¿Son tuyos estos papeles?
4. ¿Es tuya esta computadora?
5. ¿Son míos estos zapatos?

Ahora, haz cinco preguntas más que requieran el uso de los pronombres posesivos en las respuestas.

4-33 Más comparaciones.
Compara las cosas siguientes con un(a) compañero(a) de clase. Usen pronombres o adjetivos posesivos en las respuestas. ¿Tienen mucho en común?

Modelo dormitorio
—Mi dormitorio es muy pequeño.
—El mío es grande.

1. familia
2. comida favorita
3. coche (o bicicleta)
4. notas
5. zapatos

4-34 Mi familia... y ¿la tuya?
Con un compañero(a) háganse las siguientes preguntas sobre sus familias. Contesten usando adjetivos o pronombres posesivos. Después de la entrevista, escribe un resumen.

Modelo *—¿De dónde es tu familia?*
—La mía es de Utah.

1. ¿De dónde es tu familia?
2. ¿Quién es tu pariente favorito de la familia?
3. ¿A quién te pareces más?
4. ¿Están tus padres casados o divorciados?
5. ¿Viven tus abuelos cerca de tus padres?
6. ¿Celebran fechas importantes con sus tíos y primos?

Espacio literario

Vocabulario útil

Estudia estas palabras.

Verbos

acercarse	*to approach, to come near*
aguantar	*to put up with, to stand*
detener(se)	*to stop (oneself)*
devorar	*to devour, eat up*
habitar	*to inhabit, live in*
huir	*to flee*

Sustantivos

la boca	*mouth*
el bosque	*forest*
el brazo	*arm*
la cara	*face*
el casco	*helmet*
el dedo	*finger*
el desierto	*desert*
el diente	*tooth*
el hombro	*shoulder*
el lado	*side*
el lobo	*wolf*
el lunar	*mole*
el mentón	*chin*
la pezuña	*hoof*
la uña	*fingernail*

Adjetivos

salvaje	*wild, savage*

Otras palabras y expresiones

ese lado	*that way, over there*
hace dos años ya	*it's two years now*
no tener más remedio	*to have no choice*
tener ganas (de)	*to want (to)*

4-35 Para practicar. Completa el párrafo con la palabra o expresión entre paréntesis más lógica.

Mi abuela vive en un 1. (bosque / casco / lunar) donde viven muchos 2. (dedos / lados / lobos) 3. (salvajes / ganas / pelos). Hay que pasar por un 4. (diente / desierto / remedio) para llegar a su casa. 5. Hace un año (ya / uña / de) fuimos mis padres y yo a su casa a visitar. Mi abuelita tiene una boca y unos 6. (pelos / dientes / mentones) muy grandes. Siempre se pone cremas en la 7. (gana / cara / pezuña) para tener la piel suave. Ella tiene un lunar enorme y feo en el 8. (pelo / mentón / brazo) y siempre usa mangas largas *(long sleeves)* para esconderlo. Pues no tiene más 9. (ganas / remedio / bosque). Si no lo esconde, los niños pequeños tienen miedo de 10. (acercarse / devorar / huir).

Estrategias de lectura

- **OBSERVAR SIGNOS DE DIÁLOGO E IDENTIFICAR AL HABLANTE.** El guión de diálogo (—) sirve para diferenciar entre la parte narrativa y la parte dialogada. Este signo siempre va al comienzo de lo que dice cada personaje.
  —Hola, ¿qué tal?
  —Bien, ¿y tú?
  Si hay un comentario del narrador, este va entre guiones.
  —Estoy cansado —dijo José—. No dormí bien.
- **ANTICIPAR Y PREDECIR.** Muchas veces el título de una lectura nos ayuda a predecir el contenido. El título «Caperucita Roja» *(Red Riding Hood)*, por ejemplo, nos trae imágenes del cuento infantil que muchos conocemos. Nuestro conocimiento previo del cuento nos permite formar expectativas de los personajes y los eventos y nos ayuda a anticipar el final. Luego, durante la lectura, podemos confirmar o rechazar *(reject)* dichas predicciones.

4-36 ¿Quién lo ha dicho? Lee las siguientes oraciones e indica la parte hablada en cada caso y quién la ha dicho.

1. —Eres hermosa, hermosa —le gritaba indignada.
2. El lobo se acercó y preguntó —¿Qué tienes en la cesta (*basket*) que llevas?
3. —Claro —dije—, tiene los dientes muy grandes.
4. Le dijeron a Caperucita —¡Sal de aquí! —a gritos.
5. —¿Por qué me detienes? —le preguntó el hermano. Y el chico se fue.

4-37 ¿Qué pasará? El cuento «Caperucita Roja o Casco Rojo» es un cuento aleccionador *(cautionary)* casi universal y que tiene varias versiones desde su origen. Antes de leer el cuento, indica lo que va a pasar en el cuento según la versión que tú conoces. Escribe «sí» si la oración describe lo que ocurre en tu versión y «no» si no figura en tu versión. Si contestas «no», explica lo que tiene de incorrecto la oración. Después, lee el cuento e indica cómo habría respondido la autora.

	La opinión tuya	La versión de Guido
1. Caperucita rehúsa ir a la casa de la abuela.	____	____
2. Ella va a la casa de la abuelita en motoneta (*moped*).	____	____
3. Caperucita piensa que la abuelita es muy fea.	____	____
4. El lobo quiere devorar a la abuelita y a Caperucita.	____	____
5. Un leñador (*woodsman*) salva la vida de las dos mujeres.	____	____

Espacio literario

Caperucita Roja o Casco Rojo

escrito por Beatriz Guido

Shelly Perry/Vetta/Getty Images

Beatriz Guido (1924–1988) nació en Rosario, Argentina, en una familia intelectual distinguida. En este «cuento recontado» de Caperucita Roja como composición escolar, Guido ubica la acción en un área aislada de Argentina: el pueblo de Chos Malal en la provincia de Neuquén, cerca de los Andes, al oeste del país.

Composición: Tema Libre
Delmira Ramona Ortiz: 7° G°
Escuela No. 2 de Chos Malal, Provincia de Neuquén

Lo encontré en el camino, al día siguiente de la carrera del T.C.°, y desde entonces lo llevo puesto en la cabeza. Hace ya dos años; por esto me llaman «Casco Rojo o Caperuza° Roja»: pegué° al casco una tela°, también de color rojo, en forma de capa, que me llega hasta los hombros.

El pueblo está al final de un bosque de arrayanes°. Dicen que lo plantó un coronel o un general, no lo sé muy bien, durante la conquista del desierto. Un bosque de foresta oscura°, enmarañada°, habitada por lobos esteparios°. Me gusta escribir «esteparios». Olvidé decir que este general o coronel nos dejó por herencia estas fieras°. Las trajo al país en 1880, para colaborar con él en exterminar a los indios que habitaban esta región llamada de la Patagonia, sin pensar que lo primero que iban a hacer las fierecillas° era devorar toda una división de su cuerpo de caballería° una tarde de abril mientras dormían extenuados°, después de la batalla de Río Salado. Todavía, en venganza, estos lobos se esconden° y desaparecen°, los muy ladinos°, y ni el ejército, ni el mismo maravilloso general Guglielmelli, han podido exterminarlos. [. . .]

Por esto, los chicos de Chos Malal no tenemos más remedio que escuchar de padres y maestros todos los días del año el cuento de Caperucita Roja: «Cuando atraviesen° el bosque no se detengan a recoger fresas salvajes o a cazar° mariposas° o cuises° o benteveos°. Tampoco lechuzas°. ¡Cuidado con los varones° que juegan en el bosque al «médico y la enfermita» o a «la niña extraviada° y el cazador° que la consuela°»! No he dicho que, para peor de males°, mi abuela, mi abuelita, una vieja avara° con un lunar azul en el mentón de donde nace un pelo blanco muy largo, que no se corta por cábala° con las brujas°, quizá, vive del otro lado del bosque. Sola, por supuesto, ningún hijo pudo aguantarla.

Mi madre, los domingos, le prepara una canastilla° con sus platos predilectos°: pichones de tórtolas° rellenos° de aspic y corazón de faisanes°, hongos salvajes°, caracoles vivos° y flan de pitacchio°, incomibles de sólo verlos°.

—Caperucita, Caperucita, sé buena con ella, la pobrecita no vivirá mucho tiempo, acompáñala en esta tarde de lluvias triste de domingo. Y elige° el camino más corto hasta su casa. No te detengas en el camino. No olvides los ardides° del lobo. No respondas a las preguntas de los caminantes y los desconocidos°.

Pero la lluvia había cesado° y la humedad entibiado° el aire, y la madera de los árboles despedía° una fragancia inusitada°. Detuve mi motoneta° y me senté a comer la merienda° [. . .] que mi madre no olvidó prepararme.

De pronto° apareció frente a mí, detrás de un árbol, un deshollinador° junto a° su bicicleta, con la cara teñida° por el carbón°.

competition auto race
hood; I attached; cloth
myrtle trees
dark vegetation; tangled; steppe wolves
beasts
little beasts
cavalry corps
exhausted
they hide; disappear; wily ones
you cross; to hunt
butterflies; guinea pigs; king-birds; owls; boys
lost little girl
hunter; consoles her; to make matters worse
greedy
being in league with; witches
little basket; favorite; young turtledoves; stuffed; pheasant hearts; wild mushrooms; live snails; pistachio; inedible even to look at
choose
tricks
strangers
stopped; warmed
gave off; unaccustomed; moped
afternoon snack
Suddenly; chimney sweep
next to; stained; soot

Espacio literario

—¿Qué haces tan solita, hermosa niña de casco rojo?

—Voy a casa de mi abuelita a llevarle su merienda de los domingos. Me llaman Caperucita —contesté desobedeciendo°.

—¿En esta cesta° tan grande?

—Todo se lo devora en un santiamén°.

—¿Y dónde vive tu abuelita?

—Allí, entre los arrayanes y los eucaliptos. En el descampado° de las Ánimas... Muy cerca de aquí, en un pequeño valle°.

—Yo también voy para ese lado. ¿Deseas que le dé algún mensaje de tu parte? Te has detenido en el camino y llegarás al atardecer°... Descansa, hermosa niña. Yo anunciaré tu llegada.

Verdad: no tenía ningún apuro° en llegar. Me adormecí° y soñé que era Batman. [. . .]

Cuando llegué a la casa de mi abuela, golpeé° dos veces a su puerta. A la tercera vez, su horrible voz me respondió.

—Pasá nomás, Caperucita.

Estaba en la cama, toda vestida de encajes° con cofia de puntillas° y cintas de terciopelo°: le había desaparecido el lunar con el pelo largo y blanco del mentón. Algo más noble le hacía brillar la mirada° y decidí por primera vez, porque quizá me apiadé° al verla en la cama, mentirle° y halagarla°:

—¡Oh, abuela, cuánto me alegra verte! Lástima que° aquí no llegue la televisión; veríamos Caperucita Roja en ruso. ¿Te gustaría? Antes me daba impresión° acercarme a tu lado.

—Sí mi querida, ven, siéntate a mi lado hoy.

—¡Qué hermosa estás hoy, abuelita! ¡Y qué ojos tan hermosos tienes! Antes eran pequeños, lagañosos°.

—¿Cómo?

—Y qué boca tan roja —dije sin poder contener la risa—. ¿No quieres comer algo?

—No, hija, no tengo ganas... acércate.

—¿No tienes ganas de comer?... Quiero acercarme, hueles° a jazmín. Y me alegra no verte devorar, digo comer...

—¿Yo huelo a jazmín? ¿Qué dices, Caperuza? ¿Te has vuelto loca?°

—Eres una hermosa abuela, la más hermosa de todas. La casa está más limpia y todo parece más nuevo.

—¿Te has vuelto loca, niña absurda? No he limpiado la casa hoy.

—Nunca te he visto más hermosa. Antes me dabas asco°. Y has aprendido a reír... Quiero jugar contigo.

—Acércate y deja de decir insensateces°.

—Muéstrame° tus manos. ¡Qué preciosos guantes de encaje° tienes...! ¡Qué uñas y qué dientes, tan blancos, tan bellos!

disobeying
basket
jiffy
clearing
valley
sundown
rush; I dozed off
I knocked
laces; picot cap
velvet ribbons
made her eyes shine
I pitied her; to lie to her; to compliment her;
It's a pity that
Before it scared me
eyes with sleep in them
you smell
Have you gone crazy?
you made me sick
nonsense
Show me; lace gloves

—Debes decir todo lo contrario°. ¿No recuerdas el cuento?... No puedes cambiar la historia repetida en el tiempo por generaciones. Ya está escrito. Repite conmigo: «Qué ojos tan grandes tienes, qué uñas, pezuñas...», y cuando me digas «Qué boca tan grande tienes...» yo deberé decirte «para comerte mejor°», No cambies las escrituras° o te condenarás° Caperuza.

—Para decorar mejor, dirás... Mi madre, tu hija, se pasó cocinando todo el día de ayer y además... creer esa historia es ya desear ser asesinada°. Yo no quiero condenarme, por eso no creo en el infierno° ni en ese maldito° cuento: sólo en el cielo° y en la alegría. Hoy me pareces hermosa y tu boca es la más hermosa que he visto nunca. Y la que tenías el domingo pasado apestaba°, apestaba, sí.

—¡Oh, monstruo; oh, niña, oh, civilización impía°! —gritó mi abuela—. Repetí, obedecé —gritaba—: debo cumplir° mi destino°... No podré devorarte. Quiere, ama a tu abuela, repite lo que te enseñaron tus mayores°.

—Eres hermosa, hermosa —le gritaba indignada.

Sin poder contener los dolores y las náuseas que le habían provocado° mis palabras, retorciéndose°, logró°, en cuatro patas, bajar de la cama y huir por la ventana.

Alguien golpeó a la puerta.

Para mi desgracia°, era mi abuela.

just the opposite

the better to eat you with

writings; you're doomed

murdered

hell; cursed

heaven

stunk

godless

fulfill; fate

your parents

had caused

twisting around; he managed

unfortunately

4-38 Comprensión. Contesta las siguientes preguntas.

1. ¿Qué lleva la narradora en la cabeza y de dónde viene?
2. ¿Por qué vive sola la abuelita?
3. ¿Cómo es la primera descripción de la abuela?
4. ¿Qué actitud asume Caperucita hacia el lobo/la abuela?
5. ¿Qué quiere el lobo que haga Caperucita y por qué?
6. ¿Qué hizo el lobo al final?

4-39 Opiniones. Expresa tu opinión personal.

1. ¿Es completamente humorística esta historia? Explica tu respuesta.
2. ¿Te parece un cuento para niños? ¿Por qué sí o cuento y por qué no?
3. ¿Cuál es la mayor diferencia entre este cuento y el cuento tradicional?

4-40 A escribir. Escribe un párrafo sobre uno de los temas siguientes.

1. El mejor cuento de hadas *(fairy tale)*
2. La responsabilidad de cuidar a un pariente mayor
3. La relación entre abuelos y nietos

See Student Activities Manual *for this chapter's writing strategy:* **La opinión.**

Exploración

Heiner Heine /imagebroker / Alamy

Escribe un ensayo de comparación y contraste

El ensayo de comparación y contraste es un tipo de escritura en la cual se señalan las semejanzas *(similarities)* y las diferencias entre dos o más personas, objetos, situaciones o ideas.

A Escoge un tema.

Escoge uno de los siguientes temas para tu ensayo de comparación y contraste. Tu profesor(a) te dará tiempo para investigar por Internet o en la biblioteca.

- la celebración del Día del Niño en dos países hispanohablantes
- las guarderías *(daycares)* en un país hispanohablante y en los Estados Unidos
- una reunión familiar típica en un país hispanohablante y una reunión de tu familia
- el papel que hacen los padrinos en una familia hispana y en tu familia
- las madres que trabajan en un país hispanohablante y en los Estados Unidos

B Modelo.

Antes de empezar a escribir tu ensayo de comparación y contraste, lee el siguiente modelo. Fíjate en el uso de expresiones que señalan las semejanzas y las diferencias.

El compadrazgo en Paraguay

El compadrazgo es la relación que existe entre los padres de un niño o una niña y los padrinos°. En Paraguay, al igual que en otros países de América Latina, el compadrazgo hace un papel importante en la vida familiar y en las relaciones sociales. El grado° de importancia, sin embargo, varía entre poblaciones rurales y urbanas y entre clases sociales.

Hoy en día, en las ciudades y entre las clases altas, la institución del compadrazgo sirve principalmente para satisfacer los requisitos del bautismo católico. Los padrinos, por lo general, se seleccionan entre parientes y amigos de la misma clase social. Su única responsabilidad es ayudar a los padres con la educación cristiana. También se espera que los padrinos les den regalos a los ahijados° en su cumpleaños, en Navidad y en la graduación.

Entre la población rural, en cambio, los padrinos asumen° responsabilidades mayores. No solamente dan regalos en ocasiones especiales, sino que también ayudan con el costo de la escuela, de la ropa y a veces, a conseguir trabajo. Por lo tanto, entre las clases bajas, los padrinos son generalmente personas de mejor condición económica, ya sea un maestro, el patrón° o alguna autoridad política. A cambio° de la protección y ayuda del padrino, el compadre le es leal.

Tanto la población rural como la urbana, el vínculo° social entre las familias de los compadres es fuerte. Entre padrinos y ahijados se sigue la costumbre de *tupanoi*, que significa «la bendición» en guaraní. Antes de saludar, el ahijado coloca sus manos a modo de oración y dice: «la bendición, padrino (o madrina)». El padrino o la madrina mueve la mano derecha en forma de cruz y responde «Dios te bendiga».

padrinos: godparents
grado: degree
ahijados: godchildren
asumen: take on
patrón: boss
A cambio: In exchange
vínculo: tie

Exploración

C Enfoque geocultural.

El ensayo que leíste es sobre Paraguay. ¿Qué sabes sobre este país? Contesta las siguientes preguntas.

1. ¿Tiene Paraguay salida al océano?
2. ¿Cuál es su capital?
3. ¿Cómo se llama la moneda oficial?
4. ¿Es un país muy poblado?

Paraguay
Población: 6 500 000
Capital: Asunción
Moneda: guaraní (G)

D A ver.

¿Quieres saber más sobre Paraguay? Mira el video cultural en iLrn.

E ¡Manos a la obra!

Para escribir un ensayo de comparación y contraste, sigue estos pasos:

1. Introduce el tema.
2. Escoge entre una estructura de bloque o de mezcla.
   a. En una estructura de bloque, discute todos los puntos del primer tema y luego todos los puntos sobre el segundo tema.
   b. En una estructura de mezcla, explica primero todas las semejanzas y luego todas las diferencias (o a la inversa). Con esta estructura alternas continuamente entre los dos temas.
3. Incluye frases apropiadas para señalar semejanzas y diferencias.
   a. Para señalar semejanzas: **ambos, al igual que, como, comparte, del mismo modo, también, tan... como**
   b. Para señalar diferencias: **al contrario, a diferencia de, en cambio, en contraste, mientras que, sin embargo**
4. Concluye el ensayo, resumiendo los puntos más importantes.

F ¡Comparte!

Sube *(Post)* tu ensayo en la sección de *Share It!* en iLrn. Allí, lee los ensayos de dos o tres compañeros y deja comentarios.

Vocabulario

Verbos

acercarse *to approach, to come near*

adquirir (ie) *to acquire*

aguantar *to put up with, to stand*

cuidar *to take care of*

detener(se) *to stop (oneself)*

devorar *to devour, eat up*

extenderse (ie) *to extend, stretch*

habitar *to inhabit, live in*

huir *to flee*

relacionarse con *to be related to (but not in the sense of kinship)*

tratar de *to deal with, to try to*

Sustantivos

la boca *mouth*

el bosque *forest*

el brazo *arm*

la cara *face*

el casco *helmet*

el dedo *finger*

el desierto *desert*

el diente *tooth*

el hogar *home, hearth*

el hombro *shoulder*

el lado *side*

el lazo *tie*

el lobo *wolf*

el lunar *mole*

el mentón *chin*

la nuera *daughter-in-law*

los padrinos *godparents*

el (la) pariente *relative*

la perspectiva *prospect*

la pezuña *hoof*

la preocupación *concern, worry*

el sentido *sense*

la uña *fingernail*

el valor *value*

el yerno *son-in-law*

Adjetivos

menor *small, lesser, younger (with people)*

salvaje *wild, savage*

Otras palabras y expresiones

contra *against*

ese lado *that way, over there*

familiar *(adj.) family; (n.) family member*

hace dos años ya *it's two years now*

no tener más remedio *to have no choice*

tener ganas (de) *to want (to)*

Capítulo 5

Géneros y sociedad

Sarah Fix Photography Inc/Blend Images/Getty Images

Contenido

Enfoque cultural

Mujeres en política

Estructura

> El presente de subjuntivo

> El subjuntivo en cláusulas nominales

> El subjuntivo con expresiones impersonales

> Palabras afirmativas, indefinidas y negativas

Corto de cine

«Un juego absurdo»

Espacio literario

El conde Lucanor (fragmento), Don Juan Manuel

Exploración

Crea tu propio cómic

«En cuestiones de género no hay nada escrito»

Enfoque cultural

Vocabulario útil

Estudia estas palabras.

Verbos

convertirse	*to become*
encabezar	*to head, run*
mejorar	*to improve*
reinar	*to reign*

Sustantivos

el dominio	*control*
el partido	*(political) party*
el poder	*power*

Adjetivos

consciente	*conscious*
elegido(a)	*elected*
único(a)	*only, unique*

Otra palabra

actualmente	*nowadays*

5-1 Para practicar. Trabajen en parejas para hacer y contestar estas preguntas, usando el vocabulario de la lista.

1. ¿Crees que debes hacer algo para mejorar las relaciones entre los hombres y las mujeres, o crees que no existen tensiones entre géneros?
2. ¿Has sido elegido(a) alguna vez para algún cargo (por ejemplo, capitán o capitana del equipo, presidente o presidenta de la clase, etcétera)? ¿Tienes ese título actualmente?
3. ¿Conoces a alguien a quien le guste la política? ¿A qué partido pertenece esta persona?
4. Cuando sales con tus amigos, ¿te gusta o te molesta ser el único hombre o la única mujer del grupo? ¿Por qué?
5. ¿Hay mujeres que encabezan facultades *(colleges, schools)* en tu universidad? ¿Quiénes son?

Expansión de vocabulario

LA FORMACIÓN DE SUSTANTIVOS

Algunos sustantivos abstractos (aquellos que expresan ideas, cualidades o conceptos que no se pueden ver o tocar) se derivan de adjetivos. Estos sustantivos pueden formarse añadiendo las terminaciones **-dad** o **-eza** al adjetivo. Por ejemplo, **real → realidad; intenso → intensidad; torpe → torpeza; delicado → delicadeza**. Fíjate que a veces es necesario añadir o cambiar la vocal final del adjetivo.

5-2 Sustantivos terminados en -dad. Completa las oraciones formando sustantivos derivados de los adjetivos entre paréntesis.

Modelo (curioso) Juan no tiene mucha *curiosidad.*

1. (masculino) El machismo es una obsesión con la ______________.
2. (humano) La ______________ nunca es perfecta.
3. (actual) En la ______________ la situación de las mujeres está mejorando mucho.
4. (personal) Su ______________ es muy atractiva.
5. (igual) Todavía no hay ______________ entre los sexos.
6. (cruel) ¿Quiénes han reinado con ______________?

5-3 Sustantivos terminados en -eza. Forma sustantivos abstractos que terminen en -eza.

Modelo bello *belleza*

1. noble ______________
2. firme ______________
3. puro ______________
4. grande ______________
5. raro ______________

5-4 Repaso de sinónimos. Relaciona los sinónimos.

1. elegir
2. únicamente
3. tarea
4. famoso
5. conservar
6. destacado

a. trabajo
b. solo
c. distinguido
d. retener
e. ilustre
f. escoger

Enfoque cultural

Mujeres en política

Como en todo el mundo occidental, en la sociedad hispánica existe una larga tradición de orientación masculina. Tradicionalmente las mujeres estaban limitadas a las tareas domésticas, o si trabajaban, limitadas a los trabajos más sencillos. A pesar de *(In spite of)* esto, ha habido casos de mujeres que han destacado *(excelled)* en política.

Reinas y presidentas

A lo largo de la historia dos reinas° han reinado en España, aunque la más importante fue Isabel I la Católica, quien tuvo la visión de proveer fondos° para la expedición de Cristóbal Colón. Isabel I también consiguió mejorar el tratamiento de los indígenas en las colonias, insistiendo en que eran seres humanos y que no debían ser esclavos. La otra reina, Isabel II, ocupó el trono brevemente en el siglo XIX.

queens

to provide funds

La nueva constitución española, adoptada en 1978, mantiene la tradición de preferencia del hombre sobre la mujer como heredero° del trono. La esposa del rey es la reina, pero no tiene ningún poder oficial. Si muere el rey, el trono lo ocupa el primogénito°.

heir

first-born son

Con todo lo dicho sobre la dominación masculina, es interesante que los únicos ejemplos de presidentes femeninos[1] en el hemisferio occidental se encuentren en los países hispánicos.

Un ejemplo es la chilena Michelle Bachelet. Hija de un general que murió a resultado de la tortura de la dictadura de Pinochet, ella también fue detenida por la Dirección de Inteligencia Nacional o DINA, la agencia responsable por la represión bajo el gobierno de Pinochet. En 2002 Bachelet fue la primera mujer en ocupar el puesto de Ministra de Defensa. En 2006 fue elegida presidenta de Chile. Al ganar las elecciones se convirtió en la cuarta mujer elegida al puesto máximo en Hispanoamérica. Después de la presidencia, Bachelet trabaja como Directora Ejecutiva de la «ONU-Mujeres».

[1] **presidentes femeninos** *A female president may be designated as* la presidente *or* la presidenta.

5-5 Comprensión. Completa las siguientes oraciones según la lectura.

1. La reina más importante de España fue ____________________.
2. Desde 1978, la reina de España no ____________________.
3. La primera presidenta de Chile se llama ____________________.
4. La expresidenta chilena es ahora ____________________.

Enfoque cultural

PAULO WHITAKER/Reuters/Corbis

Argentinas en poder

Argentina ha tenido dos mujeres presidentes que subieron de primera dama a ocupar el cargo máximo. Fue elegida en 2007 y reelegida en 2011 Cristina Fernández de Kirchner, esposa del presidente previo, Néstor Kirchner. Durante el mandato° de su esposo, Cristina Fernández de Kirchner había llegado al senado. También conocida como Cristina Fernández, no es la primera presidenta argentina pero sí la primera elegida por su cuenta°.

term

on her own

En 1974 Isabel Perón subió a la presidencia de la República Argentina después de la muerte de su esposo, el presidente Juan Perón (1895–1974). Este había sido elegido presidente en 1946 y durante los seis primeros años de su mandato, su segunda esposa, Eva («Evita») Duarte lo ayudó a mantener su popularidad. Evita murió en 1952 y Perón fue derrocado° en 1955. Después de dieciocho años de exilio regresó triunfante a Argentina e insistió en que su tercera esposa, Isabel, fuera candidata para vicepresidenta. Al enfermarse Perón poco después de las elecciones, nombró a su esposa como presidente interino°. Isabel ocupó el puesto hasta 1976 cuando una junta militar la depuso°.

overthrown

interim

deposed

5-6 Comprensión. Completa las siguientes oraciones según la lectura.

1. ______________ fue la primera presidenta de Argentina, pero la primera presidenta de ese país elegida por su cuenta fue ____________________.
2. Antes de ser presidenta, Cristina Fernández era ______________ y ______________.

La lista es larga

La lista de mujeres en política es bastante larga. Violeta Barrios de Chamorro, que encabezó la oposición en contra de los revolucionarios sandinistas, ganó las elecciones de Nicaragua en 1990. En 1999 Mireya Moscoso fue elegida presidenta de Panamá, exactamente cuando se proyectaba devolver el control del canal a Panamá. En Honduras, Nora Gunera de Melgar fue candidata para la presidencia, tal como lo fue Cinthya Viteri en Ecuador, y Noemí Sanín e Íngrid Betancourt en Colombia. Sila María Calderón ocupó el puesto de gobernadora de Puerto Rico en 2001. En tiempos más recientes, Laura Chinchilla se convirtió en la primera presidenta de Costa Rica en 2010.

Jeffrey Arguedas/epa/Corbis

Así se ve que, aunque la sociedad hispánica ha favorecido siempre al hombre, también existen casos de mujeres ilustres°. Actualmente, la mujer hispánica es cada vez más consciente de que su situación social ha de cambiar.

° *famous*

5-7 Comprensión. Completa las siguientes oraciones según la lectura.

1. Laura Chinchilla, la primera mujer presidente de Costa Rica, asumió poder en ______________.
2. La primera mujer en la presidencia de Panamá fue ______________.
3. Violeta Barrios de Chamarro ganó las elecciones de 1990 en ______________.
4. En 2001, Sila María Calderón fue gobernadora de ______________.

5-8 Opiniones. Expresa tu opinión personal.

1. Los Estados Unidos tendrán una presidenta en _____.
2. No ha habido muchas mujeres en puestos políticos altos en los Estados Unidos porque _____.
3. Yo (no) tendría inconveniente en tener una mujer como presidente porque _____.

Estructura 1

Creación de las aves (1957)
Esta obra es de la pintora surrealista Remedios Varo. ¿Qué te parece? ¿Te sorprende que la figura sea una mujer-ave y que esta tenga poderes mágicos?

En el pie de foto, ¿puedes identificar los verbos en presente de subjuntivo?

Gianni Dagli Orti / The Art Archive at Art Resource, NY

Heinle Grammar Tutorial:
The present subjunctive

TALKING ABOUT UNDETERMINED SITUATIONS

The present subjunctive

In general, the indicative mood is used to relate or describe something that is definite, certain, or factual. In contrast, the subjunctive mood is used after certain verbs or expressions that indicate desire, doubt, emotion, necessity, or uncertainty.

A. Regular verbs

The present subjunctive of most verbs is formed by dropping the **-o** of the first person singular of the present indicative and adding the endings **-e, -es, -e, -emos, -éis, -en** to **-ar** verbs, and **-a, -as, -a, -amos, -áis, -an** to **-er** and **-ir** verbs.

hablar		comer		vivir	
habl**e**	habl**emos**	com**a**	com**amos**	viv**a**	viv**amos**
habl**es**	habl**éis**	com**as**	com**áis**	viv**as**	viv**áis**
habl**e**	habl**en**	com**a**	com**an**	viv**a**	viv**an**

B. Irregular verbs

1. Most verbs that are irregular in the present indicative are regular in the present subjunctive. Three examples are:

venir		traer		hacer	
venga	vengamos	traiga	traigamos	haga	hagamos
vengas	vengáis	traigas	traigáis	hagas	hagáis
venga	vengan	traiga	traigan	haga	hagan

2. The following six common verbs, which do not end in **-o** in the first person singular of the present indicative, are irregular in the present subjunctive.

dar		estar		haber	
dé	demos	esté	estemos	haya	hayamos
des	deis	estés	estéis	hayas	hayáis
dé	den	esté	estén	haya	hayan

ir		saber		ser	
vaya	vayamos	sepa	sepamos	sea	seamos
vayas	vayáis	sepas	sepáis	seas	seáis
vaya	vayan	sepa	sepan	sea	sean

C. Stem-changing verbs

1. The **-ar** and **-er** verbs that change **e** to **ie** or **o** to **ue** in the present indicative make the same stem changes in the present subjunctive. (Notice that again there are no stem changes in the first and second persons plural.)

entender		encontrar	
entienda	entendamos	encuentre	encontremos
entiendas	entendáis	encuentres	encontréis
entienda	entiendan	encuentre	encuentren

2. The **-ir** verbs that change **e** to **ie** or **o** to **ue** in the present indicative make the same stem changes in the present subjunctive; in addition, they change **e** to **i** or **o** to **u** in the first and second persons plural.

sentir		dormir	
sienta	sintamos	duerma	durmamos
sientas	sintáis	duermas	durmáis
sienta	sientan	duerma	duerman

3. The **-ir** verbs that change **e** to **i** in the present indicative make the same stem change in the present subjunctive; in addition they change **e** to **i** in the first and second persons plural.

servir		repetir	
sirva	sirvamos	repita	repitamos
sirvas	sirváis	repitas	repitáis
sirva	sirvan	repita	repitan

D. Spelling-change verbs

Verbs ending in **-car, -gar, -zar,** and **-guar** have spelling changes throughout the present subjunctive in order to preserve the pronunciation of the final consonant of the stem.

buscar: c to qu		llegar: g to gu	
busque	busquemos	llegue	lleguemos
busques	busquéis	llegues	lleguéis
busque	busquen	llegue	lleguen

abrazar: z to c		averiguar: gu to gü	
abrace	abracemos	averigüe	averigüemos
abraces	abracéis	averigües	averigüéis
abrace	abracen	averigüe	averigüen

E. Some uses of the subjunctive

1. The subjunctive is used after the expressions **tal vez, acaso,** and **quizás** (all meaning *perhaps, maybe*) when the idea expressed or described is indefinite or doubtful.

Tal vez llegue a tiempo, pero lo dudo.

Perhaps he will arrive on time, but I doubt it.

Quizás Juan conozca a Gloria, pero no es probable.

Perhaps Juan knows Gloria, but it's not likely.

Acaso Manuel sepa la respuesta, pero no lo creo.

Maybe Manuel knows the answer, but I don't think so.

However, when the idea expressed is definite or very probable, the indicative is used.

Tal vez salen temprano hoy como siempre.

Perhaps they're leaving early today as always.

Teresa está en el banco. Acaso está cobrando un cheque.

Teresa is in the bank. Maybe she's cashing a check.

Quizás podemos hacerlo; parece fácil.

Maybe we can do it; it looks easy.

2. The subjunctive is always used after **ojalá** (derived from the Arabic *May Allah grant that*). The **que** is optional after **ojalá.**

Ojalá (que) se den prisa.

I hope (that) they hurry.

Ojalá (que) no lleguemos tarde.

I hope (that) we don't arrive late.

PRÁCTICA

5-9 Actividades personales. Las personas siguientes quieren hacer ciertas cosas. Indica lo que ellas quizás hagan. Sigue el modelo.

Modelo Pablo quiere ganar el partido.
Quizás gane el partido.

1. María quiere levantarse temprano.
2. Mi hermano desea casarse pronto.

3. Tu novio quiere ir con nosotros al cine.
4. Su madre quiere ver una película fenomenal.
5. Enrique quiere pagar la cuenta.
6. José desea buscar otro empleo.
7. Los niños quieren hacer travesuras.
8. Ese idiota quiere darle todo su dinero.

5-10 Una cita. Tienes una cita esta noche y esperas que todo salga bien. Expresa tus deseos, usando la expresión **ojalá.** Sigue el modelo.

Modelo Vamos al cine esta noche.
Ojalá (que) vayamos al cine esta noche.

1. Yo llego temprano a la casa de mi novio(a).
2. Mi novio(a) está listo(a) para salir.
3. El padre de mi novio(a) no me hace muchas preguntas.
4. Él (Ella) quiere comer en un buen restaurante antes de ver la película.
5. Podemos encontrar una mesa desocupada.
6. La comida es buena y no cuesta mucho.
7. Encontramos asientos cerca de la pantalla al entrar al cine.
8. Él (Ella) se divierte bastante esta noche.

5-11 Tal vez. ¿Qué harán estas personas famosas hoy? Sé creativo(a) y al terminar, compara tus oraciones con las de tu compañero(a).

Modelo una chica Kardashian
Tal vez se case otra vez.

1. el presidente de los Estados Unidos
2. la princesa Kate
3. el beisbolista Albert Pujols
4. la activista Rigoberta Menchú
5. el actor Antonio Banderas
6. la actriz Salma Hayek
7. la escritora Isabel Allende
8. la cantante Shakira

5-12 Un futuro más prometedor. Con un(a) compañero(a) de clase, hagan un lista de cinco cambios que tal vez vayan a mejorar la situación de la mujer. Utilicen expresiones como **ojalá, quizás, tal vez.** Léanle su lista a la clase. Sus compañeros de clase van a compartir sus listas también. ¿Cuáles son los cambios más comunes?

EXPRESSING WISHES, EMOTIONS, AND REQUESTS

The subjunctive in noun clauses

A. Verbs requiring the subjunctive

1. The subjunctive is frequently used in dependent noun clauses in Spanish. A dependent noun clause is one that functions as the subject or object of a verb. Such clauses in Spanish are always introduced by **que,** but in English, *that* is often omitted or an infinitive is used in place of the noun clause.

Es dudoso que él sea rico.

It is doubtful that he is rich. (**"que él sea rico"** is a noun clause that functions as the subject of the verb **"es"**)

Esperamos que ellos vengan.

We hope (that) they will come. (**"que ellos vengan"** is a noun clause that functions as the object of the verb **"esperamos"**)

2. The subjunctive is generally used in a dependent noun clause when the verb in the main clause of the sentence expresses such things as advising, wishing, desiring, commanding, requesting, doubt, denial, disbelief, emotion, and the like, and when there is a change of subject in the dependent clause. If there is no change of subject, the infinitive follows these verbs.

Su mamá quiere que él estudie más.

His mother wants him to study more. (change of subject from "his mother" in the main clause to "he" in the dependent clause)

Él quiere estudiar más.

He wants to study more. (no change of subject)

3. Other examples of verbs requiring the subjunctive:

ADVICE	Le aconsejo que vote en las elecciones. *I advise him to vote in the elections.*
COMMAND	Me manda que venga con él. *He orders me to come with him.*
DESIRE	Quieren que recemos por él. *They want us to pray for him.*
WISH	Deseo que Ud. acepte la expresión de mi más profundo pésame. *I want you to accept the expression of my deepest sympathy.*
HOPE	Espero que Ud. no vacile en decírmelo. *I hope that you would not hesitate to tell me.*
INSISTENCE	Insisten en que tomemos una copa. *They insist we have a drink.*

EMOTION	Lamento mucho que perdamos. *I very much regret that we would lose.*
	Me alegro de que Uds. vengan. *I am glad that you would come.*
PREFERENCE	La familia prefiere que sus amigos vengan a las cuatro. *The family prefers that their friends come at four.*
REQUEST	Ella le pide que cambie de apellido. *She asks him to change his last name.*
DOUBT	Dudo que Paco ahorre su dinero. *I doubt that Paco would save his money.*
DENIAL	Manuel niega que don Mario sea un hombre generoso. *Manuel denies that Don Mario is a generous man.*
DISBELIEF	No creo que ella se atreva a venir. *I don't believe that she would dare to come.*

4. Verbs of communication (**decir, escribir,** etc.) require the subjunctive when the communication takes the form of an indirect command. When the verb of communication merely gives information, the indicative is used.

   Te digo que ganes más dinero.
   I'm telling you to earn more money. (command)

   Te digo que Juan gana más dinero.
   I'm telling you that Juan earns more money. (information)

   Nos escribe que vengamos a la boda de su hermana.
   He writes us to come to his sister's wedding. (command)

   Nos escribe que fue a la boda de su hermana.
   He writes us that he went to his sister's wedding. (information)

B. Infinitive instead of dependent noun clause

1. After certain verbs of ordering, forcing, permitting, and preventing, the infinitive is more common than a dependent noun clause. In this construction, an indirect object pronoun is used. Verbs that can take an infinitive include **mandar, ordenar, obligar a, prohibir, impedir, permitir, hacer, dejar, aconsejar.** (The infinitive is especially frequent after **dejar, hacer, mandar,** and **permitir.**) Note the following examples.

   Les aconsejo asistir a la conferencia. *I advise you to attend the conference.*

   Me mandó aprender los refranes. *He ordered me to learn the proverbs.*

   Nos permiten entrar en casa. *They permit us to enter the house.*

2. If the subject of the dependent verb is a noun, then the subjunctive is often used.

   Ella no permite que don Mario entre en la sala.
   She doesn't permit Don Mario to enter the living room.

C. Subjunctive or indicative with certain verbs

1. The verbs **creer** and **pensar** are normally followed by the indicative in affirmative sentences.

   Creo que él vendrá.
   I believe that he will come.

   Él piensa que lo tienen en la biblioteca.
   He thinks that they have it in the library.

2. When **creer** and **pensar** are used in interrogative or negative sentences expressing doubt, they require the subjunctive. If doubt is not implied, then the indicative may be used.

   No creo que él le deje nada.
   I don't believe that he would leave her anything.

   ¿Piensas que tu primo (tal vez) venga?
   Do you think that your cousin may come?

PRÁCTICA

5-13 Transformación. Haz oraciones nuevas, usando las palabras entre paréntesis.

Modelo Espero salir temprano. (que ellos)
Espero que ellos salgan temprano.

1. Él insiste en ir a la playa. (que ellos)
2. Ella prefiere hacer el viaje en avión. (que nosotros)
3. Queremos salir a comer esta semana. (que tú)
4. Desean probar los taquitos. (que Tomás)
5. Esperamos llegar a una decisión pronto. (que el jefe)
6. Temo tener mala suerte. (que él)
7. Nos alegramos de poder asistir a la fiesta. (que tú)
8. Yo siento mucho salir tan temprano. (que ellos)

5-14 La viuda Elena. El licenciado Mario Cabrera murió. Describe lo que pasa ahora.

1. Todos creen que doña Elena (ser) ______________ una mujer muy valiente.
2. El cura insiste en que ella (ir) ______________ a vivir con su familia.
3. Su familia y yo dudamos que ella (tener) ______________ mucho dinero.

4. Manuel quiere (mandarle) ______________ dinero a su madre.
5. La viuda desea (hacer) ______________ un viaje a Segovia con su prima.
6. La gente no cree que doña Elena (poder) ______________ sobrevivir la pérdida de su esposo.

5-15 Consejos. La gente siempre está pidiéndote consejos. Dales consejos a las siguientes personas. Sé original.

Modelo Carlos quiere ver una película buena.
Le aconsejo a Carlos que vea una película de Almodóvar.

1. Manuel quiere comprarle algo a su novia.
2. Susana quiere probar la comida mexicana.
3. Roberto quiere mirar una buena telenovela.
4. Mis padres quieren visitar un país hispanohablante.
5. Ustedes quieren leer una novela interesante.
6. Tú quieres hacer algo divertido esta noche.
7. Mis amigos quieren estudiar una lengua extranjera.
8. Rosario quiere salir temprano para llegar a las nueve.

5-16 Los pensamientos de los padres. ¿Son las ideas de los padres distintas para sus hijos y para sus hijas? Con un(a) compañero(a) de clase, hagan una lista de seis cosas que los padres esperan para sus hijas y seis cosas que esperan para sus hijos. Luego, comparen sus respuestas con las de otro grupo.

		nuestra hija	nuestro hijo
nos alegramos de	que		
esperamos			
insistimos en			
queremos			
sentimos			
preferimos			

Corto de cine

Fuse/Getty Images

Un juego absurdo

dirigido por Gastón Rothschild

En una fiesta de los años 1950, un joven enamorado describe científicamente el proceso para acercarse a la chica de sus sueños. (Argentina, 2009, 13 min.)

5-17 Anticipación. Antes de ver el corto, haz estas actividades.

A. Contesta estas preguntas.

1. ¿Recuerdas la primera vez que te enamoraste? ¿Qué edad tenías? ¿Cómo te sentías?
2. ¿Alguna vez hiciste algo para atraer a la persona de quien estabas enamorado(a)? ¿Tuviste éxito?
3. ¿Crees que los hombres y las mujeres actúan de manera distinta cuando están enamorados? Explica tu respuesta dando ejemplos.
4. ¿Cómo eran las fiestas de baile entre los adolescentes en la década de 1950? ¿Cómo han cambiado?

B. Completa los siguientes diálogos del corto con palabras y expresiones de la lista.

autoimpuesto(a) *self-imposed*	el escote *neckline*
boludeces *foolishness (Arg.)*	flaco(a), flacucho(a) *skinny*
boludo(a) *jerk (Arg.)*	huevos *balls (vulg.)*
el chaleco *vest*	ineducados *ill-mannered people*
el deseo *desire*	las minas *girls (Arg.)*
di bola *I paid attention (Arg.)*	la pulsión *drive*

1. «La intensidad de __________ es proporcional a la distancia a la que se encuentra el objeto deseado».
2. «Siempre existe un límite __________ porque la consumación es la enemiga del deseo».
3. «Me tendré que sacar __________».
4. «Vos sos hermoso, hijito. No sos __________».
5. «__________, eso es lo que necesito».
6. «No te voy a tratar como te tratarían estos __________, porque yo soy un joven sensible».
7. «¿Por qué no me gusta esa que se acaba de ir? ¿Por qué no le __________?»
8. «Sabe que le miro __________».
9. «Estoy cansado de todas estas __________».
10. «¿En serio pensás que soy una __________?»

5-18 Sin sonido. Mira «Un juego absurdo» sin sonido para concentrarte en el elemento visual. Contesta estas preguntas.

1. ¿Dónde tiene lugar la acción? ¿Cómo están vestidos los personajes?
2. ¿Cómo es el protagonista? ¿Qué edad tendrá? Describe su aspecto físico.
3. ¿Cómo es la chica a quien le gusta? ¿Le «da bola» esta chica?
4. ¿Quiénes serán los adultos con los cuales habla el protagonista? ¿Qué consejos le darían?
5. ¿Cómo termina el corto?

Corto de cine

5-19 **A ver.** Ahora mira el corto «Un juego absurdo» con sonido. ¿Por qué crees que se llama *un juego absurdo*?

5-20 **Fotogramas.** Observa los fotogramas extraídos del corto. Primero, ponlos en orden cronológico. Escribe los números del 1 al 4 en los cuadros *(squares)*. Después, en los espacios en blanco, escribe las letras de los diálogos que correspondan a los fotogramas.

☐ ___

☐ ___

☐ ___

☐ ___

Un juego absurdo directed by Gaston Rothschild, Instituto Nacional de Cine y Artes Audiovisuales.

a. «¿Te puedes ir, por favor?»
b. «Ella ahí y yo acá. Y entre nosotros, el deseo».
c. «Pero si fuera más fácil sería aburrido».
d. «¡Yo creo que me miró, me miró!»

5-21 **Comprensión.** Escoge la opción correcta para completar las siguientes oraciones.

1. El padre del protagonista...
   a. asiste a la misma fiesta que el protagonista.
   b. no ha bailado en muchos años.
   c. está en la imaginación del protagonista.
2. La madre del protagonista habla con él para...
   a. persuadirlo de que es guapo.
   b. disuadirlo de que hable con la chica.
   c. explicarle la ciencia detrás del deseo.

3. El protagonista no se quita el chaleco porque...
    a. cree que el chaleco lo hace verse menos flaco.
    b. tiene mucho frío.
    c. tiene la camisa sucia.
4. Cuando el protagonista se acerca finalmente a la chica, él...
    a. le canta una canción de amor.
    b. se pone nervioso y dice tonterías.
    c. la seduce con la elocuencia de sus palabras.
5. Para no bailar con el protagonista, la chica dice...
    a. que no le gusta la música.
    b. que ya tiene novio.
    c. que está cansada.
6. La chica cambia de actitud cuando el protagonista le dice...
    a. que es boluda pero que es linda.
    b. que es boluda y fea.
    c. que le gusta mucho su suéter de cachemir.

5-22 Opiniones. En grupos de tres o cuatro estudiantes, discutan las respuestas a estas preguntas.

1. Hacia el final del corto, el cantante dice: «Esto es así y siempre va a ser así». ¿A qué se refiere?
2. ¿Por qué creen que la historia ocurre en la década de 1950? ¿Creen que la historia habría funcionado también en la época contemporánea? Justifiquen su respuesta.
3. ¿Qué creen que va a suceder inmediatamente después de la fiesta? ¿Qué va a suceder el lunes en la escuela? ¿Creen que la relación vaya a durar *(last)*?
4. ¿Cómo terminarían ustedes esta oración: Las mujeres se sienten atraídas por los hombres que...?

5-23 Minidrama. Trabajando en parejas, imaginen una escena entre dos amigos(as) durante una fiesta. Uno(a) de ustedes se siente atraído(a) por un(a) chico(a) de la fiesta pero es muy tímido(a). El (La) otro(a) le da consejos —cómo actuar, qué decir, qué no decir— usando el subjuntivo, cuando sea necesario. Prepárense para representar la escena enfrente de la clase.

Estructura 2

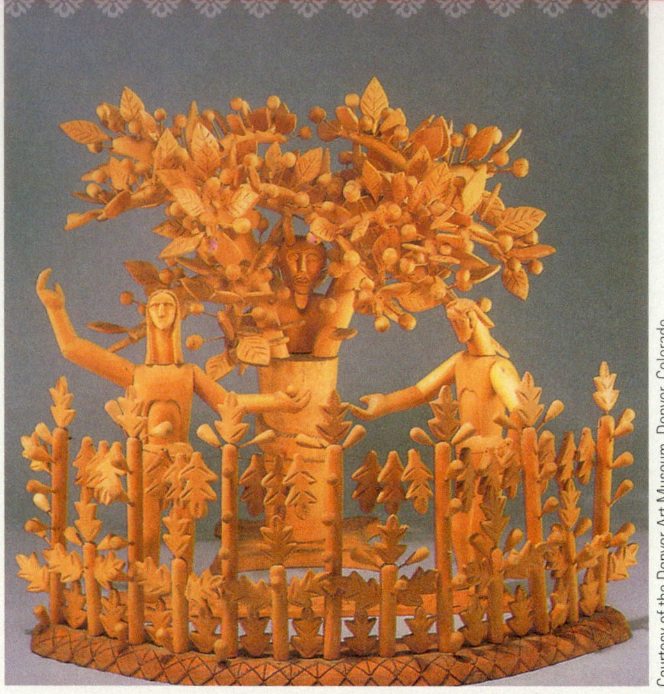

Courtesy of the Denver Art Museum, Denver, Colorado

Adán y Eva
Esta obra de madera, de George López (1900–1993), representa una escena religiosa. En ella, Eva le ofrece algo a Adán. ¿Sabes quiénes son Adán y Eva? ¡Es dudoso que haya alguien que no sepa!

En el pie de foto, ¿puedes identificar una expresión impersonal? ¿Puedes identificar dos palabras indefinidas?

EXPRESSING NECESSITY, JUDGMENT, AND PREDISPOSITION

The subjunctive after impersonal expressions

Heinle Grammar Tutorial: The present subjunctive in impersonal expressions

1. The subjunctive is regularly used after the following impersonal expressions when the dependent verb has an expressed subject. When there is no expressed subject, the infinitive is used instead.

Es necesario que (ellos) estudien. BUT Es necesario estudiar.
It is necessary for them to study. *It is necessary to study.*

es posible *it is possible*	es bueno *it is good*
es necesario *it is necessary*	es justo *it is just (right)*
es preciso *it is necessary*	es natural *it is natural*
es importante *it is important*	es triste *it is sad*
es fácil *it is likely*	conviene *it is advisable*
es difícil *it is unlikely*	importa *it matters, it is important*
es probable *it is probable*	es raro *it is odd*
es lamentable *it is lamentable*	es extraño *it is strange*
es imposible *it is impossible*	es dudoso *it is doubtful*
es (una) lástima *it is a pity*	es mejor *it is better*
más vale *it is better*	es de esperar *it is to be hoped, expected*
es preferible *it is preferable*	es ridículo *it is ridiculous*
es urgente *it is urgent*	es sorprendente *it is surprising*

Note that **Es fácil (difícil) que lo haga** *means* It is likely (unlikely) that he will do it. It is easy (difficult) for him to do it *is usually translated* **Le es fácil (difícil) hacerlo.**

2. The following impersonal expressions do not require the subjunctive unless they are used in a negative sentence.

es cierto *it is true*	es verdad *it is true*
es evidente *it is evident*	es seguro *it is certain*

¿Es cierto que ellos son ricos? *Is it true that they are rich?*

No es cierto que ellos sean ricos. *It is not true that they are rich.*

PRÁCTICA

5-24 El amor. Una pareja joven de México está planeando casarse. Describe esta situación, completando las oraciones con la forma correcta del verbo entre paréntesis.

1. Es evidente que los jóvenes (estar) enamorados.
2. No es cierto que el novio (querer) casarse pronto.
3. Es importante que la novia (empezar) a hacer planes para la boda.
4. Es necesario que (haber) dos ceremonias, una civil y otra religiosa.
5. Es urgente que el novio (encontrar) un buen trabajo pronto.
6. Es preciso que los novios (ahorrar) bastante dinero antes de casarse.

5-25 Planes para el futuro. Varias personas planean hacer las siguientes cosas. Para realizar sus planes indica si será necesario hacer o no hacer las actividades entre paréntesis. Luego, compara tus respuestas con las de un(a) compañero(a) de clase.

Modelo María quiere visitar Madrid. (ir a España)
Es necesario que María vaya a España.

1. César quiere casarse con Mariana. (pedirle la mano / darle un anillo de compromiso / hablar con los padres de Mariana / buscar trabajo)
2. Juan quiere trabajar para una compañía internacional. (aprender lenguas extranjeras / tomar un curso de negocios / viajar a muchos países / entender varias culturas)
3. Quiero hacer un viaje a América del Sur. (ir a una agencia de viajes / conseguir un pasaporte / comprar cheques de viajero / hacer mis maletas / viajar en avión)

5-26 Educar para la igualdad. Con un(a) compañero(a) de clase, díganse cinco cosas que es importante que los padres y los educadores hagan para que los niños y las niñas aprendan a respetarse desde jóvenes.

Modelo *Es importante que los educadores hagan actividades en clase para promover la igualdad de género.*

CONFIRMING AND REFUTING STATEMENTS

Affirmative, indefinite, and negative expressions

A. Forms

Negative expressions		Affirmative counterparts	
nada	*nothing, not anything*	**algo**	*something*
nadie	*no one, nobody, not anybody*	**alguien**	*someone, somebody, anyone, anybody*
ninguno	*no, no one, none, not any (anyone)*	**alguno**	*some(one), any, (pl.) some*
		siempre	*always*
nunca / **jamás**	*never, not ever*	**algún día**	*someday*
		alguna vez	*sometime, ever*
tampoco	*neither, not either*	**también**	*also*
ni... ni	*neither . . . nor*	**o . . . o**	*either . . . or*

B. Uses

1. Simple negation is achieved in Spanish by placing the word **no** directly before the verb or verb phrase.

No voy a la biblioteca esta tarde.

Pedro **no** ha empezado la tarea.

2. If one of the negative words listed above follows a verb, then **no** (or another negative word) must precede the verb; the result in Spanish is a double negative. However, if the negative word precedes the verb, the **no** is omitted.

No tengo nada.	BUT	Nada tengo.
I have nothing.		*(I don't have anything.)*
No voy nunca a la iglesia.	BUT	Nunca voy a la iglesia.
I never go to church.		*(I don't ever go to church.)*

3. The personal **a** is required with **alguien, nadie, alguno,** and **ninguno** when these forms are used as objects of a verb.

¿Conoces a alguien en Nueva York?	No, no conozco a nadie.
Do you know anyone in New York?	*No, I don't know anyone.*
¿Viste a alguno de tus amigos?	No, no vi a ninguno.
Did you see any of your friends?	*No, I didn't see any(one).*

4. Ninguno and **alguno** drop their final **-o** before masculine singular nouns to become **ningún** and **algún,** respectively.

Algún día voy a comprar una casa de campo.

Someday I am going to buy a country house.

5. **Alguno(a)** may be used in the singular or the plural, but **ninguno(a)** is almost always used in the singular.

¿Conoces a algunos de los músicos de la orquesta?

Do you know some of the musicians in the orchestra?

No hay ningún libro en esa mesa.

There are no books on that table.

6. **Nunca** and **jamás** both mean *never*. In a question, however, **jamás** means *ever* and anticipates a negative answer. To express *ever* when either an affirmative or a negative answer is possible, **alguna vez** is used.

¿Has oído jamás tal mentira?

Have you ever heard such a lie?

¿Has estado alguna vez en Europa?

Have you ever been in Europe?

PRÁCTICA

5-27 El movimiento feminista. Completa las oraciones con expresiones afirmativas y negativas, según sea necesario.

1. —¿Conoces bien ____________ de las poetas feministas del mundo hispano?
   —No, no conozco a ____________ de esas poetas.
2. —¿Conoces a ____________ que haya estado en una manifestación feminista?
   —No, no conozco a ____________ que haya estado en una.
3. —¿____________ votas por las candidatas feministas?
   —No, ____________ voto por ellas.

5-28 Una entrevista negativa. Hazle estas preguntas a un(a) compañero(a). Él (Ella) tiene que contestar de una manera negativa.

1. ¿Tienes algo para mí?
2. ¿Hablas con alguien por teléfono todas las noches?
3. ¿Siempre te vistes con algún traje nuevo?
4. ¿Quieres ir a la biblioteca o al café?
5. ¿Vas también a la fiesta de Mario?

5-29 Un programa de radio. Tienes un programa en la radio estudiantil. En el programa de hoy entrevistas a un(a) profesor(a) de Estudios de Género. Tu compañero(a) de clase hará el papel de profesor(a). Hablen durante dos minutos. Si quieren, usen los siguientes puntos de discusión.

1. ser aceptable en algún caso la discriminación de género
2. conocer a alguien afectado por la discriminación de género
3. creer también que las diferencias de género son irreconciliables

Espacio literario

Vocabulario útil

Estudia estas palabras.

Verbos

acontecer	*to happen*
arreglar	*to arrange*
asombrarse	*to be surprised*
despedazar	*to cut or tear to pieces*
enojarse	*to become angry; to get mad*

Sustantivos

el casamiento	*marriage*
el consejo	*piece of advice*
la espada	*sword*
el gallo	*rooster*
el mancebo	*youth*
la novia	*bride*
el novio	*groom*
el pedazo	*piece*
la pobreza	*poverty*
la saña	*wrath*
la suegra	*mother-in-law*
el suegro	*father-in-law*

Adjetivos

bravo(a)	*ill-tempered, ferocious*
ensangrentado(a)	*bloody*
grosero(a)	*coarse, rude*
honrado(a)	*honorable, of high rank*
sañudo(a)	*wrathful, angry*

5-30 Para practicar. Escribe las oraciones del diálogo siguiente otra vez, usando las formas correctas de las palabras del **Vocabulario útil** en lugar de las palabras en negrita.

PEPE ¿Qué le **pasó** al **joven**?

JULIA Pues, se casó con una mujer muy **feroz,** aunque su padre no quería que lo hiciera, aun si el **padre de la esposa** era rico.

PEPE Y entonces, ¿qué hizo?

JULIA Al estar solo con ella, fingió **irritarse** mucho. Luego usó su espada y **cortó en pedazos** a un perro. Cuando la mujer lo vio **cubierto de sangre**, tuvo mucho miedo.

PEPE ¿Y después?

JULIA Hombre, ¡tienes que leer el cuento para saberlo! ¡Vas a **sorprenderte**!

Estrategias de lectura

- **FORMULAR OPINIONES.** La literatura nos ofrece una ventana a tiempos pasados, a otras culturas y a otras formas de pensar. Al formular tu propia opinión sobre un tema antes de leer, podrás comparar la forma de pensar tuya con la del autor después de leer lo escrito.
- **PREDECIR SUCESOS.** Es más fácil leer un cuento o un ensayo si uno predice el tema principal de la obra. A veces ese tema aparece en los primeros párrafos de la obra.

5-31 **¿De acuerdo o no?** Da tu propia opinión sobre las siguientes afirmaciones. Escribe «sí» si estás de acuerdo *(if you agree)* y «no» si no estás de acuerdo con cada observación y explica por qué opinas así. Después, lee el cuento e indica cómo reaccionaría don Juan Manuel ante las siguientes afirmaciones y por qué reaccionaría así.

	La opinión tuya	La opinión de don Juan Manuel
1. Los jóvenes, y no los padres, deben decidir con quién se van a casar.		
2. Para que una pareja *(couple)* sea feliz, la mujer debe serle obediente a su marido después de casarse.		
3. Las parejas pueden cambiar su relación en cualquier momento de su vida.		

5-32 **En anticipación.** Lee los tres primeros párrafos de la lectura en la página 171. Después indica la mejor frase para completar cada oración.

1. En el caso del criado...
   a. la mujer con quien quiere casarse es más rica y honrada que él.
   b. él y la mujer con quien quiere casarse son de la misma clase social y económica.
2. La mujer con quien el criado quiere casarse es...
   a. muy feroz. b. muy tímida.
3. Patronio dice que si el criado es como el hijo del moro...
   a. no debe casarse con ella.
   b. debe casarse con ella.
4. Uno puede imaginarse que en su cuento, Patronio va a describir...
   a. las relaciones entre el moro joven y la mujer brava.
   b. las relaciones entre el moro joven y el Conde Lucanor.
5. Parece que el tema principal del cuento va a ser...
   a. los problemas políticos de la clase baja.
   b. lo que debe hacer el hombre para dominar a su mujer.

Espacio literario

dem10/Vetta/Getty Images

El Conde Lucanor

escrito por Don Juan Manuel

Don Juan Manuel (1282-1349?), sobrino del rey Alfonso X el Sabio, fue el primer prosista castellano que supo transformar lo tradicional y lo popular por medio de su arte. Aunque escribió varias obras, esa cualidad artística se nota más en *El Conde Lucanor o Libro de Patronio,* una colección de cuentos que contienen lecciones o moralejas.

De lo que aconteció a un mancebo que se casó con una mujer muy fuerte y muy brava

Otra vez hablaba el Conde Lucanor con Patronio y le dijo:

—Patronio, mi criado me ha dicho que piensan casarle con una mujer muy rica que es más honrada que él[1]. Sólo hay un problema y el problema es éste: le han dicho que ella es la cosa más brava y más fuerte del mundo. ¿Debo mandarle casarse con ella, sabiendo cómo es, o mandarle no hacerlo?

—Señor conde —dijo Patronio—, si él es como el hijo de un hombre bueno que era moro°, mándele casarse con ella; pero si no es como él, dígale que no se case° con ella.

Moor (from northern Africa); not to marry

El conde le pidió que se lo explicara.

Patronio le dijo que en un pueblito había un hombre que tenía el mejor hijo que se podía desear, pero por ser pobres, el hijo no podía emprender° las grandes hazañas° que tanto deseaba realizar. Y en el mismo pueblito había otro hombre que era más honrado y más rico que el padre del mancebo, y ese hombre sólo tenía una hija y ella era todo lo contrario del mancebo. Mientras él era de muy buenas maneras, las de ella eran malas y groseras. ¡Nadie quería casarse con aquel diablo!

undertake

deeds, feats

Y un día el buen mancebo vino a su padre y le dijo que en vez de vivir en la pobreza o salir de su pueblo, él preferiría casarse con alguna mujer rica. El padre estuvo de acuerdo°. Y entonces el hijo le propuso casarse con la hija mala de aquel hombre rico. Cuando el padre oyó esto, se asombró mucho y le dijo que no debía pensar en eso: que no había nadie, por pobre que fuese°, que quería casarse con ella. El hijo le pidió que, por favor, arreglase aquel casamiento. Y tanto insistió que por fin su padre consintió, aunque le parecía extraño.

agreed

no matter how poor he was

Y él fue a ver al buen hombre que era muy amigo suyo, y le dijo todo lo que había pasado entre él y su hijo y le rogó que pues su hijo se atrevía a casarse con su hija, que se la diese° para él. Y cuando el hombre bueno oyó esto, le dijo:

to give her to him

—Por Dios, amigo, si yo hago tal cosa seré amigo muy falso, porque Ud. tiene muy buen hijo y no debo permitir ni su mal° ni su muerte. Y estoy seguro de que si se casa con mi hija, o morirá o le parecerá mejor la muerte que la vida. Y no crea que se lo digo por no satisfacer su deseo: porque si Ud. lo quiere, se la daré a su hijo o a quienquiera que me la saque de casa.

harm to him

Y su amigo se lo agradeció mucho y como su hijo quería aquel casamiento, le pidió que lo arreglara.

Y el casamiento se efectuó° y llevaron a la novia a casa de su marido. Los moros tienen costumbre de preparar la cena a los novios y ponerles la mesa y dejarlos solos en su casa hasta el día siguiente. Así lo hicieron, pero los padres y los parientes del novio y de la novia temían que al día siguiente hallarían al novio muerto o muy maltrecho°.

took place

badly off, battered

Y luego que los jóvenes se quedaron solos en casa, se sentaron a la mesa, pero antes que ella dijera algo, el novio miró alrededor de la mesa y vio un perro y le dijo con enojo°:

anger

—¡Perro, danos agua para las manos!

Pero el perro no lo hizo. Y él comenzó a enojarse y le dijo más bravamente que les diese agua para las manos. Pero el perro no lo hizo. Y cuando vio que no lo iba a hacer, se levantó muy enojado de la mesa y sacó su espada y se dirigió al perro. Cuando el perro lo vio venir, huyó y los dos saltaban por la mesa y por el fuego hasta que el mancebo lo alcanzó y le cortó la cabeza y las piernas y le hizo pedazos y ensangrentó° toda la casa y toda la mesa y la ropa.

bloodied

Y así, muy enojado y todo ensangrentado, se sentó otra vez a la mesa y miró alrededor y vio un gato y le dijo que le diese agua para las manos. Y cuando no lo hizo, le dijo:

—¡Cómo, don falso traidor! ¿No viste lo que hice al perro porque no quiso hacer lo que le mandé yo? Prometo a Dios que si no haces lo que te mando, te haré lo mismo que al perro.

El gato no lo hizo porque no es costumbre ni de los perros ni de los gatos dar agua para las manos. Y ya que° no lo hizo, el mancebo se levantó y le tomó por las piernas y lo estrelló° contra la pared, rompiéndolo en más de cien pedazos y enojándose más con él que con el perro.

since

smashed

[. . .]

Y él, bravo, sañudo y ensangrentado, volvió a la mesa, jurando que si hubiera en casa mil caballos y hombres y mujeres que no le obedeciesen, que mataría a todos. Y se sentó y miró por todas partes, teniendo la espada ensangrentada en el regazo°. Y después que miró en una parte y otra y no vio cosa viva°, volvió los ojos a su mujer muy bravamente y le dijo con gran saña, con la espada en la mano:

lap; any living thing

—¡Levántate y dame agua para las manos!

La mujer, que estaba segura de que él la despedazaría, se levantó muy aprisa° y le dio agua para las manos. Y él le dijo:

fast

—¡Ah, cuánto agradezco a Dios que hiciste lo que te mandé, que si no, por el enojo que me dieron esos locos, te habría hecho igual que a ellos!

Y después le mandó que le diese de comer y ella lo hizo.

Y siempre que decía algo, se lo decía con tal tono que ella creía que le iba a cortar la cabeza.

[. . .]

Y de ahí en adelante° su mujer era muy obediente y vivieron muy felices. Pocos días después su suegro quiso hacer lo que había hecho el mancebo, y mató un gallo de la misma manera, pero su mujer le dijo:

from then on

—¡A la fe, don Fulano, lo hiciste demasiado tarde! Ya no te valdría nada aunque matares° cien caballos, porque ya nos conocemos[2].

even if you kill

—Y por eso —le dijo Patronio al conde—, si su criado quiere casarse con tal mujer, sólo lo debe hacer si es como aquel mancebo que sabía domar° a la mujer brava y gobernar en su casa.

to tame

El conde aceptó los consejos de Patronio y todo resultó bien.

Y a don Juan le gustó este ejemplo y lo incluyó en este libro. También compuso estos versos:

Si al comienzo no muestras quien eres, nunca podrás después, cuando quisieres.

"De lo que aconteció a un mancebo que se casó con una mujer muy fuerte y muy brava". From *El conde Lucanor*, by Don Juan Manuel.

Notas culturales

[1] La costumbre de arreglar los casamientos no solo era común entre los árabes, sino también entre los europeos de la época. El casamiento por amor o la idea de que los jóvenes y no los padres deben decidir con quienes se van a casar es algo relativamente moderno.

[2] Aunque el cuento refleja la actitud general de que el hombre debe gobernar en su casa y de que la mujer debe ser sumisa y obediente —actitud típica de algunos hombres de la Edad Media— don Juan Manuel, con ironía y tal vez con realismo, sugiere que esto no siempre es así.

5-33 Comprensión. Contesta las siguientes preguntas.

1. ¿Cuál es el problema que tiene un criado del Conde?
2. ¿Cómo piensa el mancebo escapar de la pobreza?
3. ¿Qué es lo que temen los padres y los parientes del novio y de la novia?
4. ¿Qué le manda hacer el joven al perro? ¿Qué hace cuando no obedece?
5. ¿Cómo cambia la novia como resultado de sus experiencias?

5-34 Opiniones. Expresa tu opinión personal.

1. ¿Crees que debe haber igualdad en un matrimonio? ¿Por qué?
2. La moraleja del cuento: ¿todavía es válida hoy día? ¿Por qué sí o por qué no?

5-35 A escribir. Escribe un párrafo sobre uno de los siguientes temas.

See Student Activities Manual *for this chapter's writing strategy:* ***La descripción de personas.***

1. ¿Cómo reaccionaría o qué haría una mujer moderna en la misma situación a la mujer del cuento? Incluye una descripción detallada de la mujer moderna.
2. Describe lo que pasa en el cuento desde el punto de vista de la joven. Incluye una descripción del mancebo (su esposo).
3. ¿Crees que exista «esa persona perfecta» para ti? Incluye una descripción de esa persona perfecta, según tus criterios.

Exploración

Jon Feingersh/Getty Images

Crea tu propio cómic

El cómic, o la historieta, es una serie de dibujos que narra una historia o hace una crítica social. Existen muchas herramientas en línea que te permiten crear cómics.

A Cómic colombiano.

¿Has visto alguna vez un cómic colombiano? A continuación hay uno creado por Vladimir Flórez, mejor conocido como Vladdo. Vladdo es un caricaturista *(cartoonist)* colombiano. En 1997 creó Aleida, un personaje que se ha vuelto muy popular entre el público femenino. Lee la descripción del personaje y el cómic. ¿Piensas que los temas que toca son universales?

Aleida

Aleida es una mujer colombiana, que tiene entre treinta y cuarenta años de edad; es una profesional divorciada y siempre está buscando el amor. Le gusta despotricar° de los hombres, las parejas y el amor. No se considera feminista sino «igualista»; es decir, no quiere que se discriminen a las mujeres por ser mujeres, pero que tampoco que se favorezcan°.

rant and rave; favor them

Vladimir Florez, La Historia Oficial por Vladdo, (www.aleidaonline.com <http://www.aleidaonline.com>)

Exploración

B Enfoque geocultural.

Tu cómic debe tener un personaje colombiano. Mira el mapa de Colombia y decide de qué región será tu personaje. ¿Será costeño (de la costa), bogotano (de la capital), paisa (de la zona cafetera)?

Colombia
Población: 45 250 000
Capital: Bogotá
Moneda: peso ($)

C A ver.

¿Quieres saber más sobre Colombia? Mira el video cultural en iLrn.

D ¡Manos a la obra!

Es hora de crear tu cómic. Para hacerlo, sigue estas instrucciones.

1. Inventa un personaje colombiano. Dale un nombre, una edad, una profesión y una personalidad. Escribe un párrafo para presentar a tu personaje; inclúyelo en tu presentación final.
2. Escoge uno de los siguientes temas: (1) el machismo, (2) el movimiento feminista, (3) las mujeres en política, (4) la violencia doméstica, (5) el matrimonio. Investiga sobre tu tema en relación a Colombia.
3. Piensa qué diría tu personaje sobre el tema que investigaste. Decide si el personaje le va a hablar directamente al público —como lo hace Aleida— o si habrá un diálogo con otro personaje.
4. Usa un sitio web gratuito *(free)* para crear tu caricatura, como por ejemplo, MakeBeliefsComix.com, www.pixton.com, www.toondoo.com o stripgenerator.com.

E ¡Comparte!

Sube tu cómic —y tu párrafo introductorio— a la sección de *Share It!* en iLrn. Allí podrás ver los cómics de tus compañeros y escribir comentarios.

Vocabulario

Verbos

acontecer *to happen*
arreglar *to arrange*
asombrarse *to be surprised*
convertirse *to become*
despedazar *to cut or tear to pieces*
encabezar *to head, run*
enojarse *to become angry; to get mad*
mejorar *to improve*
reinar *to reign*

Sustantivos

el casamiento *marriage*
el consejo *piece of advice*
el dominio *control*
la espada *sword*
el gallo *rooster*
el mancebo *youth*
la novia *bride*
el novio *groom*
el partido *(political) party*
el pedazo *piece*
la pobreza *poverty*
el poder *power*
la saña *wrath*
la suegra *mother-in-law*
el suegro *father-in-law*

Adjetivos

bravo(a) *ill-tempered, ferocious*
consciente *conscious*
elegido(a) *elected*
ensangrentado(a) *bloody*
grosero(a) *coarse, rude*
honrado(a) *honorable, of high rank*
sañudo(a) *wrathful, angry*
único(a) *only, unique*

Otra palabra

actualmente *nowadays*

Capítulo

6 Costumbres y creencias

John Miles/The Image Bang/Getty Images

Contenido

«Creo, luego existo»

Enfoque cultural

Vocabulario útil

Estudia estas palabras.

Verbos

colocar	*to place*
consolar (ue)	*to console*
enterrar (ie)	*to bury*
morir(se) (ue)	*to die*
reflejar	*to reflect*

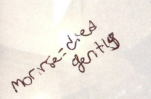

Sustantivos

el ataúd	*coffin*
la creencia	*belief*
el (la) difunto(a)	*deceased person*
el entierro	*funeral; burial*
el fantasma	*ghost*
la leyenda	*legend*
el miedo	*fear*
dar miedo	*to cause fear*
la muerte	*death*
el paraíso	*paradise*

Adjetivos

muerto(a)	*dead*
semejante	*similar*

6-1 Para practicar. Trabajen en parejas para hacer y contestar estas preguntas, usando el vocabulario de la lista.

1. ¿Crees en los fantasmas? ¿Te dan miedo? ¿Te da miedo la muerte o te ríes de ella?
2. ¿Quieres que te entierren después de morir? ¿Puedes imaginar dónde? ¿Quieres un entierro lujoso y un ataúd grande?
3. ¿Conoces alguna leyenda sobre la muerte o sobre los muertos? ¿Qué creencia refleja la leyenda?

6-2 Definiciones. Lee las definiciones e identifica las palabras del **Vocabulario útil** que correspondan a cada una.

1. Es una persona muerta.
2. Es la caja donde se pone el cadáver.
3. Es poner a alguien o algo en su lugar.
4. Es el acto de poner a un muerto bajo tierra.
5. Es un cuento sobre eventos extraordinarios.

Estrategias de vocabulario

LOS MODISMOS

Los modismos (*idioms*) son expresiones hechas. El significado de un modismo no siempre se puede deducir de las palabras que lo forman. Por ejemplo, **de mala muerte** no significa literalmente «*of bad death*» sino «*cheap, nasty*»; o sea, un hotel de mala muerte es un hotel malo. A continuación se incluyen algunos modismos de uso común:

a duras penas = con dificultad
a gusto = cómodamente, sin problemas
a toda prisa = rápidamente
al fin y al cabo = al final
dar a (la) luz = parir; *to give birth*
de segunda mano = usado(a)
echar de menos = notar la falta de alguien o algo; *to miss*
en mi vida = nunca, jamás
media naranja = novio(a) o esposo(a)
muerto(a) de hambre = persona muy pobre
por lo visto = según parece, evidentemente
un ojo de la cara = una fortuna

6-3 Modismos. Reemplaza las palabras en negrita con uno de los modismos de la lista anterior.

1. Ayer fuimos al velorio de don Orlando; **jamás** había visto tanta comida y tantas flores.
2. El ataúd ha debido costar **una fortuna**.
3. La viuda dice que no duerme **cómodamente** en una cama grande y vacía.
4. **Evidentemente**, la señora quiere mudarse de casa.
5. Sus hijas no quieren que venda la casa pero **al final**, no es decisión de ellas.

6-4 El cuento de Juan Ramón. Completa el párrafo siguiente con las palabras y frases apropiadas.

Juan Ramón era un 1. __muerto__ de hambre. Su ropa era de segunda 2. __mano__. Vivía en una casa hecha de cajas de cartón. A duras 3. __penas__ compraba pan para su esposa. Su media 4. __naranja__ se llamaba Antonia y por 5. __lo visto__ se querían mucho. Un día, ella dio 6. __a la luz__ a un bebé. En mi 7. __vida__ había visto un bebé tan hermoso. Juan Ramón fue a toda 8. __prisa__ al pueblo para comprarle una cobija. Le costó un ojo 9. __de la cara__. Envuelto en la nueva cobija, el bebé durmió a 10. __gusto__.

Enfoque cultural

Actitudes hacia la muerte

Es probable que no haya tema tan fascinante para la imaginación del ser humano como el de la muerte. Tanto en las tribus primitivas como en las sociedades más complejas se hallan explicaciones y teorías sobre el significado del fin de la vida. Los ritos, las costumbres y las prácticas que se asocian con la muerte son innumerables.

Las actitudes hispánicas hacia la muerte

El anglosajón que visita un país hispánico se sorprende ante la importancia que se le da a la muerte. En vez de ser una cosa secreta, la muerte es una preocupación constante del pueblo hispánico. La gente hispánica parece vivir pensando en la muerte: en los familiares y amigos difuntos° (¡que en paz descansen![1]), en los entierros, en los asesinatos°, accidentes, enfermedades y todas las tragedias del mundo moderno.

deceased
murders

En la sociedad hispánica moderna la muerte fascina, intriga y, aun más, desafía° al hombre. Octavio Paz sugiere que la propensión del mexicano hacia la pelea violenta con navajas° o pistolas durante las fiestas y el uso excesivo de las bebidas alcohólicas reflejan esta misma actitud. Aunque Paz habla del mexicano, su idea es válida en muchos lugares de Hispanoamérica: «*Para el habitante de Nueva York, París o Londres, la muerte es la palabra que jamás se pronuncia porque quema° los labios. El mexicano, en cambio, la frecuenta, la burla, la acaricia°, duerme con ella, la festeja, es uno de sus juguetes favoritos y su amor más permanente*». Paz dice que la muerte no le da miedo al mexicano porque «la vida le ha curado de espantos»[2]. Los estudios psicológicos revelan la presencia de la muerte con más frecuencia en los sueños de la gente hispánica.

challenges
pocket knives
it burns
caress

[1] **¡Que en paz descansen!** *May they rest in peace! This expression is typically used whenever mention is made of a dead person, especially a relative or friend. Others are:* ***Dios lo guarde.*** *God keep him.* ***Que descanse con Dios.*** *May he rest with God.*

[2] **«la vida le ha curado de espantos»** *"life has cured him of shocks"; that is, he has suffered every possible misfortune in life so death cannot be anything worse.*

6-5 Comprensión. Escoge la frase más apropiada para completar la oración.

1. Para muchos hispánicos, la muerte...
   a. es una preocupación constante.
   b. es una cosa secreta.
   c. les da mucho miedo.
2. El dicho «La vida le ha curado de espantos» sugiere...
   a. que los pobres mueren temprano.
   b. que no eres nadie cuando estás muerto.
   c. que la vida es muy difícil.
3. Octavio Paz dice que en muchos lugares la palabra muerte...
   a. no se entiende.
   b. nunca se menciona.
   c. no tiene significado.

Enfoque cultural

Kenneth Garrett/National Geographic/Getty Images

Las actitudes indígenas hacia la muerte

Los incas del Perú tenían un concepto de la muerte muy semejante al europeo. Creían que después de la existencia terrenal° había otra vida eterna. Si uno había vivido bien, terminaba en el cielo, y si no, iba al infierno°.

Los antiguos mayas sentían gran tristeza ante la muerte. Enterraban a la gente común debajo del piso de su casa, la cual abandonaban después. A los nobles los enterraban con más cuidado, colocando las cenizas° en el centro de las pirámides.

Los aztecas concebían° la existencia como un círculo: el nacimiento y la muerte eran solo dos puntos en ese círculo. Lo que determinaba el lugar del alma° era el tipo de muerte y la ocupación en vida. Los guerreros° muertos en batalla iban al paraíso oriental, donde vivían en jardines llenos de flores. Después de cuatro años volvían a la tierra en forma de colibríes°. Las mujeres que morían en el parto° iban al paraíso occidental. Al bajar a la tierra, lo hacían de noche como fantasmas. Esta tradición, junto con algunas historias españolas del mismo tipo, han sido conservadas en la leyenda de «La Llorona», una mujer que camina por la tierra de noche, llorando y amenazando a las mujeres y a los niños.

earthly; *hell*; *ashes*; *conceived of*; *soul; warriors*; *hummingbirds*; *childbirth*

6-6 Comprensión. Completa las oraciones según el texto.

1. Los incas tenían un concepto de la muerte...
2. Los mayas enterraban a la gente común...
3. Según la creencia de los aztecas, los guerreros volvían a la tierra en forma...
4. Según los aztecas, las mujeres que morían en el parto iban al...

Presencia de la muerte

David Mercado/Reuters/Corbis

Una de las prácticas relacionadas con la muerte es el velorio° con el ataúd, una vigilia° para honrar al difunto y consolar a los familiares. Otra costumbre importante es la de publicar un anuncio en el periódico. Estos anuncios o «esquelas de defunción°» son semejantes a los obituarios en los Estados Unidos pero son mucho más evidentes.

wake; vigil; death notices

Otra costumbre popular es la de celebrar el «Día de los Muertos», el 2 de noviembre. En algunos sitios, como en México, se hacen dulces y panes en forma de calaveras° y esqueletos°. En los pueblos pequeños hispánicos, la gente pasa el día en el cementerio, donde limpian las tumbas° de los familiares y colocan flores frescas.

skulls; skeletons

graves

Los psicólogos contemporáneos sugieren que la tendencia anglosajona a clasificar la muerte como un tabú para los niños crea efectos negativos en el adulto, ya que este no aprende a vivir con la muerte y no sabe enfrentarla° cuando se presenta. Este problema no existe para el niño hispánico.

to face it

6-7 Comprensión. Contesta según el texto.

1. ¿Qué es una esquela de defunción? death notice
2. ¿Qué se celebra el 2 de noviembre? Día de los muertos
3. ¿Qué efecto negativo tiene la tendencia de clasificar la muerte como tabú? No saber enfrentarla cuando se presenta

6-8 Opiniones. Expresa tu opinión personal.

1. ¿Qué actitud hacia la muerte es más saludable: la hispánica o la anglosajona? Explica. hispánica
2. ¿Cómo se compara el día festivo de Halloween con el Día de los Muertos?
3. ¿Crees que los niños no deban tener contacto con la muerte si es posible evitarlo? Explica.

Creo que es importante a normalizar la muerte

Estructura 1

Barriletes gigantes de Sumpango
Por más de cien años, los mayas guatemaltecos han volando barriletes (kites) *para celebrar el Día de los Muertos. En tiempos coloniales, volar barriletes había sido una forma de acercarse a los espíritus. Hoy día, es una manera de mantener las tradiciones y de expresarse artísticamente.*

En el pie de foto, ¿puedes identificar el presente perfecto del indicativo? ¿el pasado perfecto del indicativo?

© guatebrian / Alamy

TALKING ABOUT PAST, CONTINUOUS, AND FUTURE ACTIONS

The perfect indicative tenses

A. The past participle

1. The past participle of regular verbs is formed by dropping the infinitive ending and adding -**ado** to -**ar** verbs and -**ido** to -**er** and -**ir** verbs.

hablar:	**hablado**	*spoken*
comer:	**comido**	*eaten*
vivir:	**vivido**	*lived*

2. Some common verbs have irregular past participles.

abrir:	**abierto**	hacer:	**hecho**
cubrir:	**cubierto**	morir:	**muerto**
decir:	**dicho**	poner:	**puesto**
descubrir:	**descubierto**	resolver:	**resuelto**
devolver:	**devuelto**	romper:	**roto**
envolver:	**envuelto**	ver:	**visto**
escribir:	**escrito**	volver:	**vuelto**

3. Some forms carry a written accent. This occurs when the stem ends in a vowel.

caer:	**caído**	oír:	**oído**
creer:	**creído**	reír:	**reído**
leer:	**leído**	traer:	**traído**

4. The past participle in Spanish is used with the auxiliary verb **haber** to form the perfect tenses. It can also be used as an adjective to modify nouns with **ser** or **estar,** or it can modify nouns directly. When used as an adjective, it must agree in gender and number with the noun.

La puerta está cerrada.

The door is closed.

El tío Paco está aburrido porque la película es aburrida.

Uncle Paco is bored because the movie is boring.

Tenemos que memorizar las palabas escritas en la pizarra.

We have to memorize the words written on the chalkboard.

The past participle may also be used with a form of **estar** to describe the resultant condition of a previous action.

Juan escribió las actividades. Ahora las actividades están escritas.

Juan wrote the activities. Now the activities are written.

Su madre cerró la ventana. Ahora la ventana está cerrada.

His mother closed the window. Now the window is closed.

B. The present perfect tense

Heinle Grammar Tutorial:
The present perfect tense

1. The present perfect is formed with the present tense of **haber** plus a past participle.

he has ha hemos habéis han	}	hablado	*I have spoken, etc.*
		comido	*I have eaten, etc.*
		vivido	*I have lived, etc.*

2. The present perfect is used to report an action or event that has recently taken place and whose effects are continuing up to the present.

Ellos han encontrado varios obstáculos.

They have encountered several obstacles.

Esta semana he pensado mucho en ver esa película.

This week I have thought a lot about seeing that movie.

3. The parts of the present perfect construction are never separated and the past participles do not agree with the subject in gender or number. They always end in **-o.**

¿Lo ha probado María? — *Has María tasted it?*

Han visto una película italiana. — *They have seen an Italian movie.*

4. Acabar de plus an infinitive is used idiomatically in the present tense to express *to have just + past participle.* The present perfect tense is not used in this construction.

Ella acaba de preparar la comida.

She has just prepared the meal.

Heinle Grammar Tutorial:
The pluperfect tense

C. The pluperfect tense

1. The past perfect tense, also called the pluperfect, is formed with the imperfect tense of **haber** plus a past participle.

*The preterite of **haber** plus a past participle forms the preterite perfect, which is generally a literary tense.*

había habías había habíamos habíais habían	}	hablado	*I had spoken, etc.*
		comido	*I had eaten, etc.*
		vivido	*I had lived, etc.*

2. The past perfect is used to indicate an action that preceded another action in the past.

Cuando llamé, ya habían salido.
When I called, they had already left.
Dijo que ya había ido al cine.
He said that he had already gone to the movies.

3. Negative words and pronouns precede the auxiliary verb form of **haber.**

No ha probado bocado.
He hasn't eaten anything.

Heinle Grammar Tutorial:
The future perfect

D. The future perfect

1. The future perfect tense is formed with the future tense of the verb **haber** plus a past participle.

habré habrás habrá habremos habréis habrán	}	hablado	*I will have spoken, etc.*
		comido	*I will have eaten, etc.*
		salido	*I will have left, etc.*

2. It expresses a future action that will have taken place by some future time.

Habrán salido a eso de las diez.
They will have left by ten.
Habrá terminado la lección antes de comer.
He will have finished the lesson before eating.

3. It may also be used to express probability.

¿Habrá terminado su trabajo a tiempo?
I wonder if he has finished his work on time.
Habrán llegado a las ocho.
They must have arrived at eight.

E. The conditional perfect

Heinle Grammar Tutorial: *The conditional perfect*

1. The conditional perfect is formed with the conditional tense of **haber** plus a past participle.

habría habrías habría habríamos habríais habrían	}	hablado	*I would have spoken, etc.*
		comido	*I would have eaten, etc.*
		salido	*I would have left, etc.*

2. This tense is used to express something that would have taken place.

   Yo habría estudiado en vez de ir al cine.
   I would have studied instead of going to the movies.
   ¿Qué habrías contestado tú?
   What would you have answered?

3. The conditional perfect may be used to express probability in the past.

   ¿Habría terminado su trabajo a tiempo?
   I wonder if he had finished his work on time.
   Habrían llegado a las ocho.
   They had probably arrived at eight.

PRÁCTICA

6-9 El resultado de sus acciones. Ayer muchos de los miembros de tu familia hicieron varias cosas. Di lo que hicieron y usa los verbos a continuación para indicar tales resultados. Sigue el modelo y sé creativo(a).

Modelo preparar
Mi abuela preparó tamales. Ahora los tamales están preparados.

1. romper
2. hacer
3. arreglar
4. escribir
5. lavar
6. recoger

6-10 No quiere hacerlo. Di por qué las personas siguientes no quieren hacer las cosas indicadas. Usa el presente perfecto.

Modelo Carla no quiere ver esta película porque ______________.
Carla no quiere ver esta película porque ya la ha visto.

1. Susana no va a leer esta revista porque ______________.
2. Carlos y Elena no quieren probar el arroz porque ______________.
3. Nosotros no vamos a oír el podcast porque ______________.

4. Tú no vas a escribir el correo electrónico porque _______________.
5. Yo no pienso pagar la cuenta porque _______________.
6. Enrique no va a devolver el regalo porque _______________.

6-11 Ya habíamos hecho eso. Di lo que las personas siguientes ya habían hecho antes de hacer las cosas indicadas. Usa el pasado perfecto.

Modelo Antes de ir al cine ya (ellos / comprar las entradas).
Antes de ir al cine ya habían comprado las entradas.

1. Antes de asistir al teatro ya (yo / cenar).
2. Antes de entrar a la cocina ya (ellos / lavarse las manos).
3. Antes de salir de la casa ya (ella / hacer la comida).
4. Antes de hablar con tus padres ya (tú / resolver el problema).
5. Antes de ir a la biblioteca ya (nosotros / escribir la composición).
6. Antes de nuestra llegada ya (ellos / volver).

6-12 El entierro. Tú vas al entierro de tu vecino, don José. Di lo que los familiares de don José ya habrán hecho, probablemente, antes de tu llegada.

Modelo ellos / llegar a la iglesia
Ellos ya habrán llegado a la iglesia.

1. Xavier / estacionar el coche
2. el cura / consolar a la viuda
3. los hijos / traer el ataúd
4. Celia / colocar flores junto al ataúd
5. tú / encender las velas
6. ellos / rezar el rosario

6-13 Decisiones difíciles. ¿Qué habrías hecho en las situaciones siguientes? Con un(a) compañero(a) de clase, lean las situaciones siguientes. Luego háganse la pregunta y contéstela con lo que habrías hecho.

Modelo Mi amigo encontró una billetera *(wallet)* en la calle y se la devolvió al dueño.
—¿Qué habrías hecho tú?
—Yo se la habría devuelto al dueño también. ¿Y tú?
—Yo...

1. Ricardo se ganó un millón de dólares en la lotería y luego hizo un viaje alrededor del mundo.

2. Los estudiantes recibieron malas notas en el examen, pero luego decidieron estudiar más.
3. Era el cumpleaños de su novio(a), y le compró muchos regalos.
4. Alguien me invitó a cenar en un restaurante elegante, pero no acepté su invitación.
5. El cocinero nos ofreció un bocado de carne asada, pero no lo aceptamos porque no teníamos hambre.

6-14 Antes de la clase. Comparte con un(a) compañero(a) de clase cinco cosas que has hecho para prepararte para la clase. ¿Cuántas cosas que ustedes han hecho son iguales?

Modelo *Para prepararme para la clase, hoy yo he estudiado todos los verbos.*

6-15 Antes de acostarse. Con un(a) compañero(a) de clase, describan cinco cosas que ustedes habían hecho antes de acostarse anoche. ¿Hicieron algunas de las mismas cosas?

Modelo *Yo había hablado por Skype con un(a) amigo(a) antes de acostarme anoche.*

6-16 Creencias. Hagan una encuesta *(survey)* sobre las creencias religiosas de los estudiantes en la clase de español. Su profesor(a) nombrará a cuatro entrevistadores *(interviewers)*. Los demás son los entrevistados *(interviewees)*. Utilicen la siguiente tabla para anotar las respuestas. Al final de la encuesta, reúnan los datos y creen un gráfico. ¿Es la clase en general religiosa o no? **¡Ojo!** Tienen que cambiar los infinitivos al presente perfecto en sus preguntas y respuestas.

Modelo ser bautizado(a)

—Nick, ¿has sido bautizado?

—No, nunca he sido bautizado.

	Estudiante 1	Estudiante 2	Estudiante 3
1. ser bautizado(a)			
2. asistir a un lugar de culto (*workship*) este mes			
3. rezar en casa esta semana			
4. participar alguna vez en una procesión religiosa			
5. leer literatura religiosa en el último año			

Corto de cine

Juanito bajo el naranjo

dirigido por Juan Carlos Villamizar

Nick White/Digital Vision/Getty Images

Juanito, el hijo menor de una familia campesina de Colombia, desobedece a su padre al comerse una naranja. Según la creencia, al que se come semillas, le crece un árbol en el estómago y le salen ramas por las orejas. (Colombia, 2007, 10 min.)

6-17 **Anticipación.** Antes de ver «Juanito bajo el naranjo», haz estas actividades.

A. Contesta estas preguntas.

1. ¿Cómo crees que es la vida de los campesinos de Colombia?
2. ¿Cuál es la fruta más cara donde vives?
3. ¿De qué tenías miedo cuando eras pequeño(a)?
4. ¿Eran tus miedos irracionales? Explica.
5. ¿Qué hacían o decían tus padres para que obedecieras de niño(a)?

B. Lee esta lista de vocabulario. Luego escoge la opción que mejor describa cada una de las situaciones siguientes.

el antojo *craving*	mimar *to pamper*
castigado(a) *punished*	ordeñar *to milk*
colgar *to hang*	pegar *to hit*
el embarazo *pregnancy*	la semilla *seed*
la mata *plant, shrub*	el trompo *spinning top*

1. El padre le da a la madre todo lo que ella quiera.
   a. la pega b. la mima
2. Tener muchas ganas de comerse algo muy específico, como una naranja.
   a. el antojo b. el embarazo
3. Sacar la leche de una vaca.
   a. colgar b. ordeñar
4. Parte de una fruta que contiene el germen de una nueva planta.
   a. la mata b. la semilla
5. Poner una cosa o a una persona de manera que no toque el suelo.
   a. colgar b. pegar
6. Una persona está sancionada duramente como retribución por un acto negativo.
   a. está castigada b. está colgada

6-18 **A ver.** Mira el corto «Juanito bajo el naranjo». ¿Qué costumbres y creencias ves representadas en el corto?

Corto de cine

6-19 Fotogramas. ¿Quién dice los siguientes diálogos? Escribe las letras de los diálogos (a-d) debajo del fotograma que corresponda.

a. «Si se comieron las semillas les van a salir matas por las orejas».

b. «Tranquilo, que yo hablo con su papá».

c. «Se llevan a los hombres, les pegan a las mujeres y algunas veces se llevan a un niño».

d. «No vamos a tener más hambre».

____

____

____

____

Juanito bajo el naranjo directed by Juan Carlos Villamizar, Lola Amapola Producciones.

6-20 ¿Verdadero o falso? Di si las siguientes oraciones sobre el corto son **verdaderas** o **falsas**.

1. El padre le lleva las naranjas a la madre porque ella acaba de tener un bebé. V  F
2. La madre de Juanito no quiere que el bebé vea a Juanito porque piensa que va a llorar. V 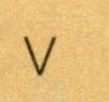  F
3. Los villanos se llevan al padre de Juanito y a sus hermanos, pero no a Juanito ni al bebé porque están escondidos.  V 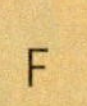 F
4. Cuando las personas del pueblo ven a Juanito, lo persiguen porque quieren las naranjas que tiene en la cabeza. 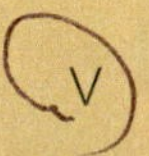 V F
5. Al final de la historia sabemos que el padre y los hermanos se escaparon mientras Juanito dormía.  V  F

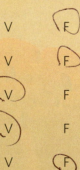

Baris Simsek/Shutterstock.com

6-21 Comprensión. Contesta las preguntas y completa las oraciones, escogiendo la opción correcta.

1. ¿Por qué solo la madre puede comerse las naranjas?
   a. porque los hijos están castigados
   b. porque es el cumpleaños de la madre
   c. porque la madre está embarazada y tiene antojo
2. ¿Cómo es la relación entre Juanito y su madre?
   a. Juanito le tiene mucho miedo.
   b. Se quieren y se defienden.
   c. La madre les da preferencia a sus hermanos mayores.
3. ¿Por qué la madre de Juanito no le corta las ramas que le salen por las orejas?
   a. porque forman parte del cuerpo de Juanito y le duelen
   b. porque la madre de Juanito quiere darle una lección
   c. porque Juanito quiere cargar la culpa *(guilt)* sobre la cabeza
4. ¿Por qué está Juanito solo en casa con su hermanita y su madre?
   a. porque los hombres malos se llevaron a su padre y a sus hermanos
   b. porque su madre y el bebé son las únicas personas que no le tienen miedo
   c. porque Juanito tiene que alimentar a las mujeres de la familia
5. En realidad, el naranjo fue...
   a. el mejor castigo.
   b. solo un sueño.
   c. la salvación de la familia.

6-22 Opiniones. En grupos de tres o cuatro estudiantes, comenten estas preguntas.

1. Piensen en los créditos iniciales del corto y el tipo de música. ¿Qué relación hay entre el tipo de música, las imágenes y la historia del corto?
2. ¿Por qué serán las naranjas un lujo *(luxury)* en el corto?
3. ¿Por qué Juanito decidió confesar que él se había comido la naranja?
4. ¿Creen que los elementos de la fantasía de Juanito son distintos a los elementos de la fantasía de, por ejemplo, un niño que vive en una ciudad grande? Expliquen.
5. ¿Creen que es bueno que los padres amenacen *(threaten)* a los hijos con supersticiones? Expliquen.

6-23 Minidrama. Al final de «Juanito bajo el naranjo», la madre de Juanito le dice que ella hablará con el papá. Trabajando en parejas, imagínense esa conversación. ¿Cómo defiende la mamá a Juanito? ¿Cómo quiere castigar el papá a Juanito? Estén listos para dramatizar la escena enfrente de la clase.

Estructura 2

JPFotografie/Shutterstock.com

Las doce uvas de la felicidad
Es posible que esta foto se haya tomado en España, el 31 de diciembre. A la chica le aconsejaron que comiera doce uvas a la medianoche para tener doce meses de buena suerte durante el nuevo año.

En el pie de foto, ¿puedes identificar el imperfecto del subjuntivo? ¿el presente perfecto del subjuntivo?

TALKING ABOUT UNDETERMINED SITUATIONS IN THE PAST

The imperfect, present perfect, and past perfect subjunctive

Heinle Grammar Tutorial:
The imperfect subjunctive

A. The imperfect subjunctive

1. The imperfect (past) subjunctive is formed by dropping the **-ron** of the third person plural preterite indicative and adding one of the following sets of endings: **-ra, -ras, -ra, -(´)ramos, -rais, -ran** or **-se, -ses, -se, -(´)semos, -seis, -sen.** The same endings are used for all three conjugations.

Preterite	Imperfect subjunctive
hablaron	**hablara —hablase**
comieron	**comiera —comiese**
vivieron	**viviera —viviese**

2. The two sets of endings are interchangeable in most cases; however, the **-ra** endings are more common in Latin America and will be used in this text.

hablar		comer		vivir	
habla**ra** (habla**se**)	hablá**ramos** (hablá**semos**)	comie**ra** (comie**se**)	comié**ramos** (comié**semos**)	vivie**ra** (vivie**se**)	vivié**ramos** (vivié**semos**)
habla**ras** (habla**ses**)	habla**rais** (habla**seis**)	comie**ras** (comie**ses**)	comie**rais** (comie**seis**)	vivie**ras** (vivie**ses**)	vivie**rais** (vivie**seis**)
habla**ra** (habla**se**)	habla**ran** (habla**sen**)	comie**ra** (comie**se**)	comie**ran** (comie**sen**)	vivie**ra** (vivie**se**)	vivie**ran** (vivie**sen**)

Note that all verbs—regular, irregular, stem-changing, and spelling-changing in the third person of the predicate indicative—follow the same pattern of conjugation in the imperfect subjunctive.

Infinitive	Third person plural preterite	Imperfect subjunctive
construir	construyeron	construyera (construyese)
creer	creyeron	creyera (creyese)
decir	dijeron	dijera (dijese)
dormir	durmieron	durmiera (durmiese)
haber	hubieron	hubiera (hubiese)
hacer	hicieron	hiciera (hiciese)
leer	leyeron	leyera (leyese)

3. The imperfect subjunctive is used just like the present subjunctive, but the situations occurred in the past.

Me alegré mucho que vinieras a la fiesta.

I was very glad that you came to the party.

Era lamentable que muriera tan joven.

It was a shame that he died so young.

B. The present perfect subjunctive

Heinle Grammar Tutorial: *The present perfect and past perfect subjunctive*

1. The present perfect subjunctive is formed with the present subjunctive of the auxiliary verb **haber** and a past participle.

haya hayas	}	hablado
haya hayamos	}	comido
hayáis hayan	}	vivido

2. The present perfect subjunctive is generally used to indicate an action that has recently taken place.

Espero que no te hayas olvidado de mi cumpleaños.

I hope you haven't forgotten my birthday.

Es una lástima que no hayan visto la película.

It's a shame that they haven't seen the movie.

C. The past perfect subjunctive

1. The past perfect subjunctive is formed with the imperfect subjunctive of **haber** and a past participle.

hubiera (hubiese) hubieras (hubieses)	pagado
hubiera (hubiese) hubiéramos (hubiésemos)	bebido
hubierais (hubieseis) hubieran (hubiesen)	salido

2. The past perfect subjunctive is generally used to indicate that the event preceded the action expressed in the main clause.

Ellos dudaban que yo hubiera gastado todo el dinero.
They doubted that I had spent all the money.

Nos creíamos que tú lo hubieras hecho.
We didn't believe that you had done it.

PRÁCTICA

6-24 **Un velorio.** El licenciado Mario Cabrera murió y tú asististe al velorio. Describe lo que tuvo lugar el día del velorio, completando las oraciones con el imperfecto del subjuntivo.

1. La viuda esperaba que la gente (llegar) ______________ a tiempo.
2. Sentían que don Mario no le (haber) ______________ dejado mucho dinero a su esposa.
3. Al principio la gente temía que doña Elena no (querer) ______________ velarlo.
4. Sus amigos negaban que él (ser) ______________ medio tacaño.
5. César insistió en que Manuel le (expresar) ______________ sus sentimientos de pésame a la viuda.
6. Alicia prefería que los niños no (mirar) ______________ el cuerpo del difunto.
7. La gente no pensaba que doña Elena (poder) ______________ sobrevivir la pérdida de su esposo.
8. El cura insistió en que ella (ir) ______________ a vivir con su familia.

6-25 Una fiesta. La familia Gómez está planeando una fiesta de Nochevieja. La Sra. Gómez exclama nerviosamente que espera que todo salga bien *(turn out well)*. Después de leer sobre sus inquietudes, cuenta la situación otra vez, usando los sujetos entre paréntesis.

1. ¡Ojalá tu padre me ayudara con los planes! (María, Uds., tú)
2. ¡Ojalá todos hayan recibido las invitaciones! (Pepe, tú, Luisa y yo)
3. ¡Ojalá todos pudieran venir! (Juan y él, tú, nosotros)
4. ¡Ojalá hubiéramos planeado la fiesta más temprano! (Julia, mis parientes, yo)
5. ¡Ojalá Rosa haya comprado las uvas para la celebración de las doce uvas de la felicidad! (Mario y Alicia, Ud., tú)

6-26 Reacciones. Tus amigos te cuentan las cosas siguientes. Para cada noticia, reacciona con una expresión de la lista. Sigue el modelo.

Modelo Antes de llegar a clase hoy, ya había terminado toda la tarea.
Me alegro que hubieras terminado toda la tarea.

Me alegro	No creo	Es sorprendente
Dudo	Lamento mucho	Es bueno

1. Nunca antes había visto nieve.
2. Antes de acostarme anoche, había hecho cien sándwiches.
3. Mi mamá me llamó y me contó que mi perro se había muerto.
4. Antes de venir a la universidad, mis abuelos me habían regalado un coche.
5. Antes de graduarme del colegio, yo ya había ahorrado doce mil dólares.
6. Antes de estudiar español, no había oído de los Reyes Magos.

6-27 Vida nueva. ¿Es la transición a la vida de la universidad —vida nueva, relaciones nuevas— difícil? Escribe sobre tu experiencia personal en relación a los siguientes puntos utilizando oraciones completas. Después encuentra a compañeros(as) de clase con respuestas similares. Escribe sus iniciales al lado de cada respuesta.

1. Tres cosas que fue necesario que trajeras a la universidad
2. Tres actividades que fue importante que hicieras durante las sesiones de orientación
3. Dos cosas que los profesores esperaban que hicieras la primera semana de clases
4. Dos cosas que tu compañero(a) te pidió que hicieras las primeras semanas de convivir *(living together)*

RECOUNTING EVENTS IN A TIMELINE

Sequence of tenses

The use of either the present or the imperfect subjunctive in the dependent clause is usually determined by the tense of the verb in the main clause.

1. If the verb in the main clause is in the present, present perfect, or future tense, or is a command, the present or present perfect subjunctive is regularly used in the dependent clause.

Main clause—indicative	Dependent clause—subjunctive
present present progressive present perfect future future perfect command	present subjunctive present perfect subjunctive

2. If one of the past tenses or the conditional is used in the main clause, either the imperfect or the past perfect subjunctive regularly follows in the dependent clause.

Main clause—indicative	Dependent clause—subjunctive
imperfect preterite past progressive pluperfect conditional conditional perfect	imperfect subjunctive past perfect subjunctive

PRÁCTICA

6-28 El Día de los Muertos. Gabriel fue a México durante la celebración del Día de los Muertos. Ahora te está contando sobre sus experiencias. Escoge los verbos entre paréntesis correctos para completar las oraciones.

1. Me habían aconsejado que (vaya / fuera) a San Andrés Mixquic.
2. En ese pueblo, es fácil que los turistas (vean / hubieran visto) muchos rituales.
3. Es sorprendente que (hayan decorado / hubieran decorado) el barrio con tantas flores.
4. Me alegró que me (dejen / dejaran) tomar fotos de los altares.
5. A mí me habría encantado que tú me (hayas acompañado / hubieras acompañado) en este viaje increíble.
6. El próximo año querré que tú (hagas / hicieras) el viaje conmigo.

6-29 Los días festivos.

Escogiendo de la lista de verbos siguiente, indica lo que piensas que pasará en cada uno de los días festivos. Luego, compara tus respuestas con las de un(a) compañero(a) de clase.

Modelo esperar / el día de los Reyes Magos
Espero que los Reyes Magos me traigan un iPad nuevo.

A	B
esperar	la Navidad
sentir	la Nochebuena
creer	el Año Nuevo
temer	la Nochevieja
dudar	el día de San Valentín
preferir	el Día de Independencia
querer	mi cumpleaños
insistir en	

6-30 Deseos del pasado.

Expresa lo que esperabas el año pasado que hubiera pasado, completando las oraciones siguientes con tus propias ideas. ¡Sé original! Luego, compara tus ideas con las de un(a) compañero(a) de clase. ¿Están ustedes de acuerdo o hay grandes diferencias? ¿Cuáles son?

1. Esperaba que los científicos...
2. Quería que mi familia...
3. Deseaba que mis amigos...
4. Dudaba que el presidente...
5. No creía que nosotros...
6. Lamenté que mis amigos y yo...

6-31 Historias para recordar.

Trabaja con un(a) compañero(a) de clase. Observen con atención las personas y los diferentes elementos que aparecen en la foto, tomada el Día de los Muertos, en Oaxaca, México. Preparen una narración imaginaria que describa la escena. Utilicen las siguientes preguntas como guía:

1. ¿Cuál era la relación entre los personajes y a qué habían venido al cementerio?
2. ¿Por qué estaban solos? ¿Qué había pasado con el resto de la familia?
3. ¿Cómo era el altar? ¿A quién estaba dedicado?
4. ¿Qué deseaban los personajes de la historia?
5. ¿De qué se alegraban y de qué se lamentaban los personajes de la historia?

Monica Rodriguez/Taxi/Getty Images

Espacio literario

Vocabulario útil

Estudia estas palabras.

Verbos

amenazar	*to threaten*
cazar	*to hunt*
degollar	*to slit his/her throat*
derrotar	*to defeat*
engendrar	*to father*
herir	*to wound*
matar	*to kill*
salvar	*to save*

Sustantivos

el chirrión	*whip (Mex.)*
el (la) hacendado(a)	*landowner*
la inundación	*flood*
la lágrima	*tear*
el llanto	*crying, weeping*
la maldición	*curse*
el pensamiento	*thought*
la pericia	*skill*
la pesadilla	*nightmare*
la sequía	*drought*
el (la) sobreviviente	*survivor*
el vástago	*offspring*

Adjetivos

sabio(a)	*wise*
sangriento(a)	*bloody*

6-32 Para practicar. Completa las oraciones con las formas correctas de las palabras del **Vocabulario útil**.

1. La pareja tardó siete años en ______________ un vástago.
2. El niño se despertó a llantos porque tenía una ______________.
3. El exceso de lluvia produce ______________ y la falta de lluvia produce ______________.
4. El cazador hirió al lobo pero no lo ______________.
5. El pueblo lo celebró cuando los soldados ______________ a las tropas invasoras.

Estrategias de lectura

- **VISTA PRELIMINAR.** Antes de leer un texto, examínalo brevemente. Considera el título, las ilustraciones y las palabras que se destacan. Esto te ayudará a saber de qué trata la lectura y cuál es su tema principal.
- **FORMULAR PREGUNTAS.** Para ser un(a) lector(a) activo(a), formula preguntas continuamente: antes, durante y después de la lectura. Siempre hazte estas tres preguntas: ¿Qué sé? ¿Qué quiero saber? ¿Qué aprendí?

6-33 En anticipación. Trabajando en parejas, examinen la lectura y completen el siguiente párrafo.

El Maizo es una novela gráfica escrita por 1. ______________. Las tres páginas son el 2. ______________ del capítulo «La maldición del vástago». La historia de fantasía tiene lugar en el pueblo mexicano de 3. ______________. Las figuras en forma de esqueleto con ojos rojos son las 4. ______________. Parece que El Maizo 5. ______________ al vástago y luego tiene que pelear *(fight)* contra unas 6. ______________ salvajes.

6-34 Las tres preguntas. Antes de leer *El Maizo*, piensa en los personajes y en la leyenda de La Llorona. Contesta las primeras dos preguntas. Después de la lectura, completa la última pregunta. Comparte tus respuestas con dos o tres compañeros de clase.

¿Qué sé?	¿Qué quiero saber?	¿Qué aprendí?

Espacio literario

EL PUEBLO DEL TLACOLOL SE ENCONTRABA EN LA DECADENCIA DEBIDO A UNA LARGA SEQUÍA PROVOCADA POR UN EVENTO INUSITADO DENTRO DE LA VIDA DE LOS DIOSES.

LAS LLORONAS ERAN MUJERES QUE HABÍAN MUERTO EN EL PARTO Y A SU MUERTE SE HABÍAN TRANSFORMADO EN DIOSAS, QUE VENIAN PENANDO Y DERRAMANDO LÁGRIMAS. SU LLANTO CAÍA DESDE LOS CIELOS ALIMENTANDO A LAS NUBES PARA QUE LLOVIERA.

PERO EL DEMONIO PUDO ENGENDRAR EN UNA DE ELLAS A UN VÁSTAGO. UN HIJO QUE TRAJO FELICIDAD A LAS LLORONAS.

MADRECITA, LA GENTE DE MI TIERRA SE ANDA MURIENDO.
LAS TIERRAS DEL TLACOLOL YA NO NOS DAN NADA.
NI UN MAIZ

AL VERSE SIN LLUVIA, EL MAIZO, UN IMPORTANTE HACENDADO Y PRINCIPAL BENEFACTOR DEL PUEBLO DEL TLACOLOL, AL VER A SU GENTE Y A SU FAMILIA MURIENDO DE SED, HAMBRE, ENFERMEDADES Y EPIDEMIAS POR LA SEQUÍA, FUE A REZARLE A LA DIOSA MADRE "LA REINA DE LAS NUBES" PARA QUE ESTA HICIERA QUE LLOVIERA DE NUEVO. PERO AL SER IGNORADOS SUS REZOS, EL MAIZO DECIDIÓ MATAR AL VÁSTAGO PARA QUE LAS LLORONAS VOLVIERAN A LLORAR.

EL MAIZO DEGOLLÓ AL VÁSTAGO.

DESDE ESTE MOMENTO LOS TLACOLOLEROS DARÁN VIDA A SUS PROPIAS PESADILLAS
A SUS MÁS TERRIBLES MIEDOS QUE SE TRANSFORMARÁN EN NUBES.

LA REINA DE LAS NUBES, QUE ERA LA PATRONA DE LAS LLORONAS, AL ENTERARSE DE ESTO, ENVIÓ ESTA MALDICIÓN AL MAIZO: *"CADA QUE EL MAIZO TENGA UN PENSAMIENTO PODEROSO, ESTE PENSAMIENTO SE TRANSFORMARÁ EN UNA NUBE SALVAJE QUE SERÁ LA DESTRUCCIÓN DE SU PROPIO PUEBLO".*

EL MAIZO TIENE UN PENSAMIENTO DE TERROR EL CUAL SE TRANSFORMA INMEDIATAMENTE EN UNA NUBE SALVAJE EN FORMA DE TIGRE.

ESTA NUBE SE SALE DE CONTROL Y REGRESA AL PUEBLO DEL TLACOLOL A CAUSAR UNA CATÁSTROFE, MUERTES Y VARIAS INUNDACIONES.

EL MAIZO SALIÓ EN BUSCA DE EHECATL Y LOS COTLATLATZIN.
¡TRA

ESTO HACE QUE EL GOBERNADOR DEL PUEBLO MANDE UNA ORDEN DE ARRESTO CONTRA EL MAIZO, EL CAUSANTE DE TODA ESTA CATÁSTROFE, PERO EL MAIZO ESCAPA A BUSCAR A LOS COTLATLAZTIN, QUE SON HOMBRES SABIOS, PARA QUE ELLOS LE DIGAN COMO CAZAR A LA NUBE QUE AUN SIGUE VIVA Y QUE AMENAZA CON REGRESAR AL PUEBLO.

¡NO PERMITAN QUE ENTRE NINGUNA AL PUEBLO!
¡NO LAS DEJEN PASAR!

MIENTRAS EL MAIZO ESTÁ FUERA DEL PUEBLO, LAS LLORONAS APROVECHAN PARA LLEGAR A ATACAR A LOS NIÑOS DEL PUEBLO DEL TLACOLOL PARA VENGARSE. PERO QUIAH LA ESPOSA DEL MAIZO Y SALVADOR, EL CAPORAL DE LA HACIENDA JUNTO CON SUS HOMBRES LOS TLACOLOLEROS DEFIENDEN LA ENTRADA DEL PUEBLO EN UNA SANGRIENTA LUCHA.

AL FINAL, LAS LLORONAS SON DERROTADAS Y EXPULSADAS DEL PUEBLO DEL TLACOLOL, MIENTRAS TANTO, EL MAIZO TIENE QUE ENFRENTAR TAMBIÉN A UNAS LLORONAS QUE SE ENCUENTRA EN SU CAMINO DE REGRESO Y QUE ESTÁN A PUNTO DE QUITARLE LA VIDA, SIN EMBARGO SU PERICIA LO SALVA Y LOGRA DERROTARLAS Y REGRESAR A SU PUEBLO, CON LA RESPUESTA QUE BUSCABA: EL ARMA PARA DERROTAR A LA NUBE TIENE QUE ESTAR HECHO DE CABELLO DE LLORONA YA QUE ESTE VALIOSO MATERIAL ES EL ÚNICO QUE PUEDE DAÑAR A ESTE MONSTRUO SEGÚN UNA LEYENDA.

YA EN EL PUEBLO, EL MAIZO, REÚNE A SU GRUPO DE TLACOLOLEROS Y LES DICE QUE HAY QUE IR A ENFRENTARSE CON LA NUBE SALVAJE PARA QUE NO SIGA DESTRUYENDO EL PUEBLO. TODOS SABEN QUE LA LUCHA SERÁ SANGRIENTA. CADA TLACOLOLERO RECIBE UN CHIRRIÓN HECHO DE CABELLO DE LLORONA. LUEGO, SE ENFILAN AL CIELO PARA PELEAR CON LA NUBE.

EN EL CIELO SE LIBRA UNA GRAN BATALLA DONDE MUEREN CASI TODOS LOS TLACOLOLEROS. SALVADOR ES HERIDO GRAVEMENTE Y SÓLO QUEDAN VIVOS DOS TLACOLOLEROS Y LA PERRA MARAVILLA. EL MAIZO EN UN ACTO DE SACRIFICIO POR SU GENTE, TOMA A LA NUBE TIGRE DEL CUELLO Y SE PIERDE CON ÉL EN EL HORIZONTE.

LOS TLACOLOLEROS REGRESAN SIN SU LIDER, NO SABEN QUE PASÓ CON ÉL, SI HA MUERTO O SIGUE VIVO EN ALGÚN LUGAR, EL PUEBLO RECIBE A LOS CUATRO HÉROES SOBREVIVIENTES (SALVADOR, LOS DOS TLACOLOLEROS Y LA PERRA MARAVILLA) CON UNA FIESTA Y EL GOBERNADOR DEL PUEBLO PROMETE BUSCAR AL MAIZO HASTA ENCONTRARLO VIVO O MUERTO.

FIN.

Nota cultural

El Maizo se basa en la «Danza de los Tlacololeros», una danza tradicional del estado de Guerrero, al suroeste de México. La danza representa un ritual para pedirle lluvia a los dioses. «El Maizo» es el nombre del líder del grupo, y los tlacololeros son agricultores que protegen los cultivos de animales salvajes.

6-35 Comprensión. Contesta las siguientes preguntas.

1. ¿Quiénes eran las Lloronas? ¿Por qué dejaron de llorar?
2. ¿Cuál fue el resultado de la felicidad de las Lloronas?
3. ¿Qué hizo El Maizo para que volviera a llover?
4. ¿Qué maldición le envió la Reina de las Nubes?
5. ¿Por qué el gobernador mandó una orden de arresto contra El Maizo?
6. Al final, ¿cómo derrotó El Maizo la nube salvaje?

6-36 Opiniones. Expresa tu opinión personal.

1. ¿Crees que la novela gráfica es literatura también? Justifica tu respuesta.
2. ¿Cómo es el héroe de *El Maizo*? ¿Es un héroe típico? Explica.
3. Si fueras El Maizo, ¿cómo ayudarías a tu pueblo con la sequía?
4. ¿Cuáles son algunos de los asuntos *(topics)* tratados en *El Maizo*?
5. ¿Qué crees que ocurre en el segundo capítulo llamado «El milagro»?

6-37 A escribir. Escribe un párrafo sobre uno de los siguientes temas.

See Student Activities Manual *for this chapter's writing strategy:* ***La descripción de paisajes y objetos****.*

1. Tu amigo Rodrigo es ciego *(blind)*. Descríbele las ilustraciones de *El Maizo,* usando palabras vívidas.
2. El teatro de la universidad presentará *El Maizo* y te pidió ayuda con el escenario. Escribe un párrafo para describir el escenario de Tlacolol.
3. En lugar de matar al vástago de las Lloronas, decides escribirles una carta para pedirles que lloren. Para convencerlas, incluye una descripción detallada de los efectos de la sequía.

Exploración

jiguisado/Flickr/Getty Images

Haz una encuesta

La encuesta, por medio de un cuestionario, recoge información específica entre un grupo de personas para luego inferir y generar conclusiones con respecto a la población general.

A Una celebración hispánica. Primero, escoge una de las siguientes celebraciones para tu encuesta.

- el Día de los Reyes
- el Año Nuevo
- el Día de la Independencia
- el Día de las Madres
- el Carnaval
- la Semana Santa

B Modelo. Antes de empezar tu proyecto, lee parte de una encuesta sobre la celebración de la Navidad. ¿Qué generalizaciones puedes hacer sobre las costumbres en Chile, España y Puerto Rico?

¿Cómo celebran la Navidad?

GONZALO, Chile

Bueno, la noche del 24 de diciembre, nos juntamos° en la casa de mi abuela —todos los primos, todos los tíos— y hacemos una comida bien rica, por lo general, pavo° o pollo. En la noche misma abrimos los regalos de la familia. Al día siguiente por la mañana, uno se despierta y están los regalos del Viejito Pascuero° en la cama. Son como dos celebraciones distintas.

MACARENA, Chile

En Chile se acostumbra celebrar más el veinticuatro en la noche: una comida muy grande con toda la familia. En Chile en la época de Navidad es verano, entonces las comidas son afuera, en el patio, con muchas cosas frías —ensaladas, mariscos°. En mi familia, abrimos los regalos el día veinticuatro. También vamos a misa°.

MADDIE, Puerto Rico

En Puerto Rico, la noche del veinticuatro es la noche que tenemos la gran fiesta con todos los amigos, con todos los familiares. Comemos hasta las dos, tres de la mañana y esa es la fiesta súper viva°, bien intensa, mientras que la Navidad, durante el día cuando tal vez hemos comido y bebido un poco demasiado, es un día más tranquilo.

ANA, España

En mi caso no celebro la Navidad. Nosotros en casa, en diciembre, celebramos Januca que también se conoce como la Fiesta de las Luces. Es una celebración judía que dura ocho días. Todos los primos nos reunimos en casa del abuelo y la abuela y encendemos el candelabro de ocho brazos. Cantamos canciones en ladino como «Ocho kandelikas» y comemos buñuelos° fritos en aceite y cubiertos en miel: ¡riquísimos!

get together

turkey; very lively

Santa Claus

seafood

fritter

Mass

Exploración

C Enfoque geocultural. Una de las entrevistadas, Maddie, es de Puerto Rico. ¿Qué aprendiste sobre Puerto Rico en el capítulo 3? ¿Qué significa ser un estado libre asociado?

Puerto Rico
Población: 4 000 000
Capital: San Juan
Moneda: dólar ($)

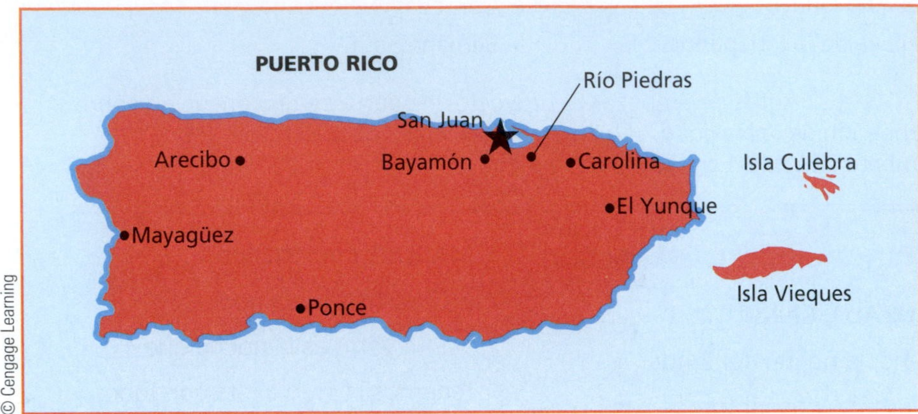

D A ver. Para saber más sobre Puerto Rico, mira el video cultural en iLrn.

E ¡Manos a la obra! Es hora de hacer la encuesta. Sigue estos pasos:

1. Prepara una lista de tres preguntas relacionadas con la celebración que escogiste. Por ejemplo, puedes preguntar cuándo y cómo se celebra, qué comidas se preparan, qué adornos se usan, etcétera.
2. Busca entre dos y cuatro personas originarias de diversos países hispanos para entrevistarlas. Pueden ser estudiantes, profesores, empleados de la universidad o personas en tu comunidad.
3. Entrevista a las personas, ya sea en persona, por teléfono o por Internet.
4. Anota las respuestas. Si quieres, graba las entrevistas por video. Asegúrate de pedir permiso antes de filmar.
5. Escribe los resultados de la encuesta. Incluye una pequeña introducción y una conclusión en la que compartas lo que aprendiste.

F ¡Comparte! Sube *(Post)* el resultado de tu encuesta en la sección de *Share It!* en iLrn. También puedes subir fotos, audio y video. No te olvides de ver las encuestas de tus compañeros y dejar comentarios positivos.

Vocabulario

Verbos

amenazar *to threaten*
cazar *to hunt*
colocar *to place*
consolar (ue) *to console*
degollar *to slit his/her throat*
derrotar *to defeat*
engendrar *to father*
enterrar (ie) *to bury*
herir *to wound*
matar *to kill*
morir(se) (ue) *to die*
reflejar *to reflect*
salvar *to save*

Sustantivos

el ataúd *coffin*
el chirrión *whip (Mex.)*
la creencia *belief*
el (la) difunto(a) *deceased person*
el entierro *funeral; burial*
el fantasma *ghost*
el (la) hacendado(a) *landowner*
la inundación *flood*
la lágrima *tear*
la leyenda *legend*
el llanto *crying, weeping*
la maldición *curse*
el miedo *fear*
  dar miedo *to cause fear*
la muerte *death*
el paraíso *paradise*
el pensamiento *thought*
la pericia *skill*
la pesadilla *nightmare*
la sequía *drought*
el (la) sobreviviente *survivor*
el vástago *offspring*

Adjetivos

muerto(a) *dead*
sabio(a) *wise*
sangriento(a) *bloody*
semejante *similar*

Capítulo 7

Temas económicos

Jon Feingersh/Blend Images/Corbis

Contenido

«Trabajar dignifica al ser humano»

Enfoque cultural

Vocabulario útil

Estudia estas palabras.

Verbos

aumentar	*to increase*
crecer	*to grow (in size)*
estimular	*to stimulate*
exigir	*to demand*

Sustantivos

el comercio	*trade*
el desempleo	*unemployment*
la desigualdad	*inequality*
el (la) extranjero(a)	*foreigner*
el ingreso, los ingresos	*income*
el intercambio	*interchange, trade*
la inversión	*investment*
la pobreza	*poverty*
el promedio	*average*
el (la) propietario(a)	*property owner*
la teoría	*theory*
la venta	*sale*

Adjetivos

actual	*current*
interno(a)	*internal*

7-1 Para practicar. Trabajen en parejas para hacer y contestar estas preguntas, usando el vocabulario de la lista.

1. ¿Piensas seguir una carrera en el mundo de los negocios? ¿Qué tipo de negocios te interesa más? ¿Te atrae trabajar como agente de ventas?
2. ¿Te interesa la idea de ser propietario(a) de tu propia empresa *(company)*? ¿Qué tipo de empresa?
3. ¿Quieres que tu futuro trabajo te ofrezca la oportunidad de viajar? ¿Quieres viajar al extranjero? ¿Te atrae trabajar en el área de comercio internacional?
4. ¿Te preocupa el desempleo? ¿Cómo crees que el gobierno pueda estimular la economía del país? ¿En qué áreas debe hacer más inversiones?

Estrategias de vocabulario

LOS REGIONALISMOS

Los regionalismos son palabras y expresiones que solo se usan en una región. Muchos regionalismos son incomprensibles para las personas de otras regiones; otros se han difundido a través de la televisión, como por ejemplo, «chévere» (venezolanismo) y «qué padre» (mexicanismo). Los regionalismos se usan mucho en las conversaciones familiares así como en cuentos y novelas. ¿Cuáles de los siguientes regionalismos reconoces?

Niño =		**Banana =**	
pibe	Argentina	cambur	Venezuela
chamaco	México	guineo	República Dominicana
güila	Costa Rica	plátano	Perú
botija	Uruguay	banano	Colombia
Autobús =		**Cometa =**	
camión	México	barrilete	Guatemala
colectivo	Argentina	papalote	México
guagua	Puerto Rico	papagayo	Venezuela
ómnibus	Paraguay	volantín	Chile

7-2 ¿De qué país es el autor que lo escribió? Identifica los regionalismos en las oraciones siguientes. Di en qué país se usa y cuál es el equivalente en el español internacional.

Modelo El chamaco estaba envuelto como tamal. (Juan Rulfo)
«Chamaco» es un regionalismo de México. Significa «niño».

1. Subió... arrastrando la cola de un barrilete... (Miguel Ángel Asturias)
2. El estómago le giraba como un papalote... (Laura Esquivel)
3. Botija aunque tengas pocos años. (Mario Benedetti)
4. Pasa un convoy de camiones. (Octavio Paz)
5. ...mientras yo viajara en la guagua... (Esmeralda Santiago)
6. Esta señora trae una canastota de guineos... (Julia Álvarez)
7. ...parece mentira en un pibe de esa edad... (Julio Cortázar)

Enfoque cultural

Robert Frerck/Stone/Getty Images

Negocios locales, economías globales

Una de las mayores preocupaciones políticas y sociales de los gobiernos de Hispanoamérica ha sido el desarrollo económico. Aunque sus suelos son ricos en materia prima *(raw materials)*, mucha gente vive en situación de pobreza. El problema fundamental es el grado de desigualdad entre ricos y pobres. Este problema tiene sus raíces en la historia económica de cada región.

Los antecedentes históricos

En la conquista de América, lo primero que atrajo la atención de los agentes de los monarcas españoles fue la gran riqueza mineral. Casi inmediatamente se comenzó a desarrollar una gran industria minera. En la ciudad de Potosí, en lo que hoy es Bolivia, se descubrió en 1545 una verdadera montaña de oro y plata. Todavía hoy se dice en español que algo de gran valor «vale un potosí».

El desarrollo se vio obstaculizado° por las teorías económicas de esa época. El monarca español veía las colonias como posesión personal y prohibió el comercio con otros países. También se pensaba que la riqueza nacional consistía en la acumulación, más que en la venta de productos.

hindered

Además de esas teorías, era la práctica premiar° a los que servían bien a la monarquía con grandes parcelas de tierra. Este sistema, llamado «la encomienda», también exigía que los indígenas trabajaran para el encomendero, quien vivía cómodamente de sus ingresos. Esto dio como resultado una clase social de «criollos», que poseía casi toda la tierra a fines de la época colonial.

to reward

Cuando se independizaron de España, casi todas las naciones nuevas dependían de los minerales o de un cultivo°. Los gobiernos necesitaban urgentemente mercados para sus productos para pagar la importación de artículos manufacturados. Como resultado no hubo nunca mucho intercambio económico con los países vecinos. Cada país llegó a tener dos economías: una internacional en la que participaban principalmente los ricos y otra interna de intercambio de mercancías° básicas.

crop

merchandise

7-3 Comprensión. ¿Son **verdaderas** o **falsas** estas oraciones? Corrige las falsas.

1. Potosí era una montaña de minerales preciosos.
2. «La encomienda» era el sistema de enviar productos agrícolas a España.
3. El monarca español estimulaba el comercio entre las varias colonias.

Enfoque cultural

Chlaus Lotscher/Peter Arnold/Getty Images

Soluciones modernas

El siglo XX en Hispanoamérica se caracterizó por la idea del desarrollo económico. Había tres necesidades primarias para efectuar el desarrollo y la modernización económica.

La primera necesidad era la de estimular la industrialización interna para reducir la dependencia de la importación de artículos manufacturados. El problema es que esto exige la inversión de grandes cantidades de capital para construir fábricas y crear una infraestructura de caminos, ferrocarriles°, bancos, electricidad, etcétera. Esto aumenta la deuda externa°.

railroads
foreign debt

Otro elemento necesario en muchos de los países era una campaña de «reforma agraria». Esto significa la redistribución de la tierra con el propósito de disminuir el poder de la oligarquía tradicional y de eliminar o reducir la concentración de tierra en las manos de unas pocas familias.

La tercera necesidad era la de crear alianzas o uniones aduaneras entre los varios países para estimular el intercambio regional. Desafortunadamente la tradición de competencia° por los mismos mercados ha creado frecuentemente un ambiente de desconfianza° entre los países.

competition
mistrust

7-4 Comprensión. ¿Son **verdaderas o falsas** estas oraciones? Corrige las falsas.

1. Era importante estimular la industrialización interna.
2. La «reforma agraria» significa modernización de las prácticas agrícolas.
3. Un propósito de la distribución de la tierra era reducir el poder de la oligarquía.
4. Hispanoamérica siempre ha demostrado mucha cooperación económica entre sus países integrantes.

La situación actual

Al entrar en el siglo XXI es notable que varios países se encuentren económicamente estables. La economía de Panamá, por ejemplo, crece° a un ritmo anual de un 8%. Perú, también, crece a un promedio del 7%, y Colombia y Chile 6%.

Estos países siguieron una política de privatizar° los varios monopolios públicos. Tomaron una posición firme contra la inflación y la devaluación de la moneda° y atrajeron° la inversión extranjera. También firmaron varios acuerdos° de libre comercio° con los Estados Unidos, la Unión Europea y China. Ejemplos de estos acuerdos son el Tratado de Libre Comercio entre los Estados Unidos, Centroamérica y República Dominicana (DR-CAFTA), firmado en 2006 y el Tratado de Libre Comercio entre Colombia y los Estados Unidos, firmado en 2011.

Peter Adams/Corbis

Sin embargo, el nivel de pobreza en los países hispanoamericanos sigue siendo alto y es evidente que queda mucho por hacer.

grows

privatizing

currency; attracted

agreements; free trade

7-5 Comprensión. ¿Son **verdaderas o falsas** estas oraciones? Corrige las falsas.

1. Panamá y Colombia tienen economías estables.
2. Chile tiene una política de imponer obstáculos a la inversión.
3. DR-CAFTA es un acuerdo de libre comercio entre los Estados Unidos y México.
4. En el siglo XXI es notable que el nivel de pobreza sea bajo.

7-6 Opiniones. Expresa tu opinión personal.

1. ¿Crees que es mejor que las compañías que proporcionan los servicios básicos de agua, electricidad y teléfono sean privadas o públicas? Explica.
2. ¿En tu opinión la globalización es positiva o negativa? Explica.
3. ¿Debe el gobierno de los Estados Unidos ayudar a las economías hispanoamericanas? ¿Por qué sí o por qué no?

Estructura 1

Manos de la protesta (1968)
Esta obra es del pintor ecuatoriano Oswaldo Guayasamín, quien entendía muy bien la pobreza y la injusticia social. El hombre del cuadro, cuyas manos son imposibles de ignorar, es un solo sujeto pero representa a toda la humanidad. ¿Has visto alguna vez a alguien que exprese tanta angustia como el de la pintura?

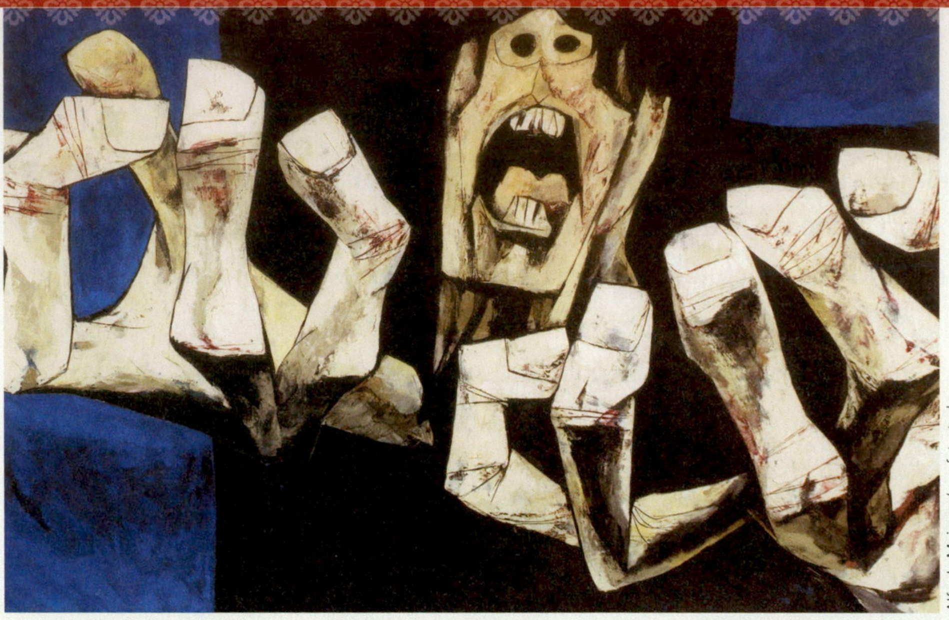
Alfredo Maiquez/age fotostock

En el pie de foto, ¿puedes identificar los pronombres relativos? ¿Puedes identificar el subjuntivo en una cláusula adjetival?

Heinle Grammar Tutorial: *Relative clauses*

MAKING CONNECTIONS

Relative pronouns

A. Uses of *que*

1. The most commonly used relative pronoun is **que** *(that, which, who).* It can refer to persons, places, or things, and is never omitted in Spanish.

   Manuel es el muchacho **que** trabaja en esa tienda.

   Manuel is the boy who works in that store.

   La película **que** vieron anoche es francesa.

   The movie (that) they saw last night is French.

   Cuernavaca es una ciudad **que** está cerca de la capital.

   Cuernavaca is a city (that is) near the capital.

2. After most prepositions of one syllable such as **a, con, de,** and **en,** the relative pronoun **que** is only used to refer to things.

   Las películas de **que** hablan son de España.

   The movies they are talking about are from Spain.

   El dinero con **que** compró el coche era de su madre.

   The money he bought the car with was his mother's.

B. Uses of *quien(es)*

1. **Quien(es)** *(who, whom)* refers only to people. It is most commonly used after prepositions of one syllable **(a, con, de)** or to introduce a clause that is set off by commas.

   La señora con **quien** están hablando es traductora.

   The woman they are talking to is a translator.

   Aquel hombre, **quien** vino a mi casa ayer, es el presidente.

   That man, who came to my house yesterday, is the president.

2. Quien(es) is also used to mean *he who, those who, the ones who,* and so forth.

Quien estudia, aprende. **Quienes** comen mucho, engordan.

He who studies, learns. Those who eat a lot, get fat.

3. Que is preferred to **quien** as a direct object. It does not require the personal **a.**

El hombre **que (a quien)** vi es su tío.

The man (whom) I saw is his uncle.

C. Uses of *el cual* and *el que*

El que (la que, los que, las que) and **el cual (la cual, los cuales, las cuales)** are used instead of **que** or **quien** in the following situations:

1. For clarification and emphasis when there is more than one person or thing mentioned in the antecedent.

La amiga de Carlos, **la cual (la que)** vive en Nueva York, va a México.

Carlos's friend, who lives in New York, is going to Mexico.

El tío de María, **el cual (el que)** es muy viejo, no sale mucho de casa.

María's uncle, who is very old, doesn't leave the house much.

2. After the prepositions **por** and **sin** and after prepositions of two or more syllables.

Se me olvidó la llave, sin **la cual (la que)** no podía entrar.

I forgot the key, without which I couldn't get in.

Vieron a sus amigas, detrás de **las cuales (las que)** había dos butacas juntas.

They saw their friends, behind whom there were two seats together.

3. In addition, **el que (la que, los que, las que)** is used to translate *the one who, he who, those who, the ones who,* and works as subject of the sentence. (**El cual** is not used in this construction.)

El que estudia, tiene éxito.

He who studies will be successful.

Esos actores y **los que** están en esta telenovela son muy famosos.

Those actors and the ones who are in this soap opera are celebrities.

D. Uses of *lo cual* and *lo que*

1. Lo cual and **lo que** are neuter forms; both are used to express *which* when the antecedent referred to is not a specific noun but rather a statement, a situation, or an idea.

Felipe dijo que no vendría, **lo cual** nos sorprendió.

Felipe said he wouldn't come, which surprised us.

Vi una sombra en la pared, **lo que** me asustó.

I saw a shadow on the wall, which frightened me.

2. In addition, **lo que** (but not **lo cual**) means *what* when the antecedent is not stated.

Lo que dijo Juan les parecía posible.

What Juan said seemed possible to them.

No sé **lo que** quieres.

I don't know what you want.

E. Use of *cuyo(a, os, as)*

In a question, whose *is expressed as* ***¿de quién(es)?: ¿De quién es este boleto?***

Cuyo *(whose, of whom, of which)*, which denotes possession, is used before a noun and agrees with it in gender and number.

La chica **cuya** madre es profesora se llama Esmeralda.

The girl whose mother is a professor is named Esmeralda.

Ese árbol, **cuyas** hojas son pequeñas, es un roble.

That tree, the leaves of which are small, is an oak.

PRÁCTICA

7-7 Los pronombres relativos. Haz los cambios necesarios en estas oraciones, según las palabras entre paréntesis.

Modelo Ese es el *economista* de quien hablo. (presidente / mujeres / trabajadores)

Ese es el presidente de quien hablo. Esas son las mujeres de quienes hablo. Esos son los trabajadores de quienes hablo.

1. Esa es la *tienda* cuyo nombre no recuerdo. (propietarios / vendedoras / gerente)
2. Ese mercado, cuyo *ambiente* me encanta, es el más antiguo de Lima. (frutas / precios / artesanía)
3. Esos *señores,* con quienes hablamos, son de Argentina. (profesora / estudiantes / hombre)

7-8 A escoger. Escoge el pronombre relativo correcto de las formas entre paréntesis.

1. Ellos salieron del trabajo temprano, (quien, lo cual) le molestó a la gerente.
2. La señorita de (quien, que) hablan es propietaria del negocio.
3. Al jefe no le importa (lo que, el que) ellos hacen.
4. Esta teoría, (que, cuyo) argumento es bastante sencillo, es mi teoría favorita.
5. Ella vive en aquella casa detrás de (que, la cual) hay un mercado pequeño.
6. Les gustó la presentación (que, la que) vieron anoche.
7. Estas chicas y (quienes, las que) están allí son sus compañeras de trabajo.
8. Quiero prestarte este libro (cuyo, cuya) influencia en mi trabajo ha sido grande.

7-9 Observaciones generales. Completa estas oraciones con la forma correcta de un pronombre relativo.

1. La película ______________ dan en el Cine Colorado es muy buena.
2. ______________ hablan mucho, poco aprenden.
3. La mujer con ______________ hablan es abogada.
4. El restaurante al ______________ entran es muy caro.
5. Ese hombre, ______________ está hablando ahora con Paco, es el tío de Mirabel.
6. Jacinta siempre hace ______________ ella quiere.
7. El chico ______________ novia quiere ir al partido de jai alai se llama Francisco.
8. La telenovela ______________ a ella le gusta se llama «El Talismán».

7-10 Los pronombres relativos. Completa estas oraciones con **que, quien(es), el que, lo que** o **lo cual**. Luego, comparte tus respuestas con tu compañero(a) de clase y justifica tus respuestas.

1. «Juan Valdéz» es el café ______________ más me gusta.
2. El tío de Carlos, ______________ vive en Medellín, tiene una finca de café.
3. Esos son los agricultores de ______________ te hablé.
4. Él estudió agronomía, ______________ me sorprendió.
5. Quiero que sepas ______________ está ocurriendo en Colombia.

7-11 Omitiendo la repetición. Trabajando en parejas, junten las oraciones siguientes, omitiendo las repeticiones que no sean necesarias. Pongan una preposición delante del pronombre relativo cuando sea necesario. Sigan el modelo.

Modelo Ese es el banquero español. Ellos hablan mucho de él.
Ese es el banquero español de quien ellos hablan mucho.

1. Esta es la Ministra de Economía. Escribí una carta a la Ministra de Economía.
2. Vamos a la casa de mis primos. El Banco Central está cerca de la casa de mis primos.
3. Vimos una película dramática sobre la pobreza. La película nos gustó mucho.
4. Su tío invirtió mucho dinero en Panamá. Esto le sorprendió mucho.
5. Mi prima tiene un negocio. El negocio está en Ciudad Juárez.

7-12 Asesoría financiera. Patricia González es una estudiante venezolana que va a empezar en la universidad y vivir en el campus. Trabajando en parejas, preparen una lista de cinco consejos que le darían sobre cómo administrar sus finanzas. Usen en cada uno de los consejos un pronombre relativo de la lista siguiente.

cuyo(a)	quien	que
el (la) que	lo que	

Modelo *Te aconsejamos que abras una cuenta de cheques* ***que*** *no penalice un balance bajo.*

Heinle Grammar Tutorial: *The subjunctive in adjective clauses*

DESCRIBING UNKNOWN OR DESIRED CHARACTERISTICS

The subjunctive in adjective clauses

1. An adjective clause modifies a noun or pronoun (referred to as the antecedent) in the main clause of the sentence. Adjective clauses are always introduced by **que.**

Vive en una casa **grande**. (simple adjective modifying **casa**)

Vive en una casa **de ladrillo**. (adjective phrase modifying **casa**)

Quiere vivir en una casa **que tenga muchos cuartos**. (adjective clause modifying **casa**)

2. If the adjective clause modifies an indefinite or negative antecedent, the subjunctive is used in the adjective clause. If the antecedent being described is something or someone certain or definite, the indicative is used.

Aquí no hay nada que valga la pena. (negative antecedent)

There is nothing here that is worthwhile.

Debes tener un médico que sepa lo que hace. (indefinite antecedent)

You ought to have a doctor who knows what he is doing.

Buscaba un hospital que tuviera instalaciones modernas. (indefinite antecedent)

He was looking for a hospital that had modern facilities.

Haré lo que diga el jefe. (indefinite antecedent)

I'll do what(ever) the boss says.

No hay nadie que sepa la respuesta. (negative antecedent)

There is no one who knows the answer.

BUT

Aquí hay algo que vale la pena. (definite antecedent)

There is something here that is worthwhile.

Tiene un médico que sabe lo que hace. (definite antecedent)

He has a doctor who knows what he is doing.

Ha encontrado un trabajo que tiene muchas ventajas. (definite antecedent)

She has found a job that has many advantages.

3. The personal **a** is not used when the object of the verb in the main clause does not refer to a specific person or persons; however, it is used before **nadie, alguien,** and forms of **ninguno** and **alguno** when they refer to a person who is the direct object of the verb.

Busca un médico que sepa lo que hace.

He is looking for a doctor who knows what he is doing.

No he visto **a** nadie que pueda hacerlo.

I have not seen anyone who can do it.

¿Conoce Ud. **a** algún hombre que quiera comprar la finca?

Do you know a (any) man who wants to buy the farm?

PRÁCTICA

7-13 Observaciones generales. Completa estas oraciones, usando el subjuntivo o el indicativo de los verbos entre paréntesis, según convenga *(as needed)*.

1. Busco un trabajo que me (gustar) ______________ .
2. Necesita un hombre que (poder) ______________ servir de guardia.
3. Su esposo quiere mudarse a una ciudad que (conocer) ______________ .
4. Tengo un puesto que (pagar) ______________ más que ese.
5. Han encontrado un artículo que les (dar) ______________ más información.
6. No había ninguna persona que (creer) ______________ su historia.
7. Conoce a un mecánico muy bueno que (arreglar) ______________ bicicletas.
8. Buscan un apartamento que no (costar) ______________ mucho.

7-14 Se mudaron a la ciudad. La familia Souza acaba de mudarse a una ciudad nueva y los padres buscan una casa y una buena escuela para sus hijos. Describe el tipo de casa y escuela que buscan formando oraciones con las expresiones indicadas.

Modelo Buscan una casa que: tener tres habitaciones.
Buscan una casa que tenga tres habitaciones.

1. Buscan una casa que: estar cerca de su parque / ser bastante grande / tener tres dormitorios y cuatro baños / no costar más de cien mil pesos

   Ahora menciona otras características que tú buscarías.
2. Quieren mandar a sus hijos a una escuela que: ser pública / tener buenos maestros / ofrecer una variedad de cursos / preparar bien a sus graduados / estar cerca de su casa

   Ahora menciona dos o tres cosas más que tú esperarías que la escuela ofreciera.

7-15 Opiniones personales. Expresa tus opiniones personales, completando estas oraciones con tus propias ideas. Luego compara tus opiniones con las de otro(a) estudiante.

1. Deseo conocer a gente que ___.
2. Quiero seguir una carrera que ___.
3. Quiero encontrar un trabajo que ___.
4. Me gustaría mudarme a una ciudad que ___.
5. Necesito comprar un coche que ___.
6. Quiero vivir en un país que ___.

7-16 Un anuncio. Están pensando abrir un café cerca del campus y necesitan emplear un(a) camarero(a). Con tu compañero(a) de clase completen este anuncio para el periódico de la universidad.

¡Gran apertura del café Tertulia! Se requiere un(a) camarero(a) que:

- se relacione bien con la gente
- tenga experiencia
- ______________________
- ______________________
- ______________________
- ______________________

Corto de cine

Medalla al empeño

dirigido por Flavio González Mello

Morgan Lane Photography/Shutterstock.com

Un anciano va a una casa de empeño *(pawn shop)* con una medalla olímpica de oro. Su magnífica historia acerca de la medalla conmueve *(moves)* al empleado.

(México, 2004, 9 min.)

7-17 Anticipación. Antes de ver «Medalla al empeño», haz estas actividades.

A. Contesta estas preguntas.

1. ¿Por qué van las personas a las casas de empeño *(pawn shops)*?
2. ¿Alguna vez has vendido algo tuyo para obtener dinero en efectivo *(cash)*? ¿Qué vendiste?
3. ¿Hay algo que tienes que nunca venderías o empeñarías *(would pawn)*? ¿Qué cosa? ¿Por qué no la venderías? ¿Qué haces para ganar dinero cuando no lo tienes?

B. Completa el párrafo acerca del protagonista del corto con la forma correcta de las palabras de la lista.

arrepentirse *to regret, to change one's mind*	los finlandeses *Finnish*
el avalúo *appraisal*	la hazaña *heroic deed*
la batidora *electric mixer*	la meta *finishing line*
la competencia *competition*	rebasar *to pass (Mexico)*
chiflar *to whistle*	el repartidor de leche *milkman*
emparejar *to tie*	romper la marca *to break a (sports) record*
envenenar *to poison*	

Antes de ser ciclista, el señor mexicano era **1.** ______________ de leche. Dice que participó en los Juegos Olímpicos de 1952, en Helsinki. El favorito de la **2.** ______________ de ciclismo era el finlandés Blinktmann, al cual le decían «la **3.** ______________» por su forma de pedalear. Según se cuenta, los finlandeses **4.** ______________ la cena del equipo mexicano y estos amanecieron con diarrea. Aún así, el mexicano pedaleó fuerte. La gente gritaba y **5.** ______________. Primero el señor **6.** ______________ con los italianos y luego alcanzó a Blinktmann. Cuando faltaban cincuenta metros para llegar a la **7.** ______________, el mexicano **8.** ______________ a Blinktmann. Sus compañeros le gritaban como locos: «¡Les rompiste la **9.** ______________!». De regreso a México, el presidente le dijo que el país quería recompensarle por su **10.** ______________.

7-18 A ver. Mira el corto «Medalla al empeño». ¿Crees que es un drama o una comedia?

7-19 **Fotogramas.** ¿Quién dice las siguientes líneas en el corto? Escribe la letra del diálogo debajo del personaje quien lo dijo.

____

____

____ ____

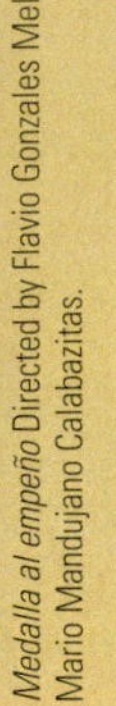

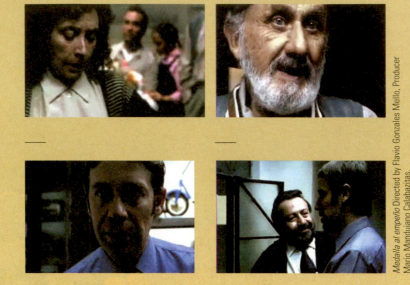

Medalla al empeño Directed by Flavio Gonzales Mello, Producer Mario Mandujano Calabazitas.

a. «Es un avalúo, ¿no?»
b. «Me la regaló mi hijo en Navidad».
c. «Yo no quiero nada, ya con haber ganado es suficiente».
d. «¿Cómo es posible que no le hayan dejado nada?»

7-20 **Comprensión.** ¿Entendiste el corto? Escoge la mejor opción para contestar las preguntas y completar las oraciones.

1. Según el anciano, ¿dónde consiguió la medalla de oro?
   a. Se la regaló su hijo en Navidad.
   b. El presidente se la dio por su valentía.
   c. La ganó en los Juegos Olímpicos de Helsinki.
   d. «La batidora» Blinktmann se la regaló en 1952.
2. ¿Quiénes participaron en la competencia en Finlandia?
   a. repartidores de leche c. natadores
   b. ciclistas d. el rey finlandés
3. ¿Qué le dio el gobierno mexicano al protagonista por su hazaña?
   a. una medalla de oro c. una casa y un coche
   b. un parque deportivo d. nada

Baris Simsek/Shutterstock.com

4. Blinktmann es en realidad el nombre...
   a. de un aparato de cocina.
   b. del mejor ciclista del mundo.
   c. del rey de Finlandia.
   d. del anciano.
5. Se puede decir que el anciano es muy astuto *(clever)* porque...
   a. consiguió que el gobierno construyera un parque deportivo.
   b. logró ganarle a «la batidora» Blinktmann.
   c. engañó *(fooled)* al empleado.
   d. nunca tuvo que repartir leche.

7-21 Más a fondo. En parejas, contesten estas preguntas acerca del corto.

1. ¿Cómo trata el empleado a las personas que quieren empeñar sus pertenencias? ¿Cómo trata el empleado inicialmente al protagonista y cómo cambia su actitud? ¿Por qué cambia su actitud?
2. Describan al protagonista. ¿Qué edad tendrá? ¿Cómo va vestido? ¿Cómo es su personalidad?
3. Usen la imaginación para contar la verdadera historia del protagonista. ¿Cuál es su origen social y económico? ¿Cuál es su pasado deportivo? ¿Dónde vive y con quién? ¿Cómo obtuvo la medalla? ¿Qué va a hacer con el dinero que le dio el empleado? ¿Qué va a hacer con la medalla?

7-22 Opiniones. En grupos de tres o cuatro estudiantes, comenten estas preguntas.

1. ¿Creyeron la historia del anciano? ¿Cuándo se dieron cuenta que era ficticia? ¿Creen que hay partes que eran verdaderas? Expliquen.
2. ¿Cómo representa el corto las casas de empeño? Y ustedes, ¿qué piensan de las casas de empeño?
3. ¿Creen que el anciano merecía *(deserved)* los cinco mil pesos que el empleado le dio? Expliquen.

7-23 Minidrama. Trabajando en parejas, imaginen una de las siguientes escenas. Escriban un guión *(script)* y estén preparados para representar la escena enfrente de la clase.

1. El empleado de la casa de empeño le cuenta a su esposa lo que ocurrió.
2. El protagonista y el empleado se encuentran en la calle.
3. El protagonista lleva la medalla a otra casa de empeño y habla con el (la) empleado(a).

Estructura 2

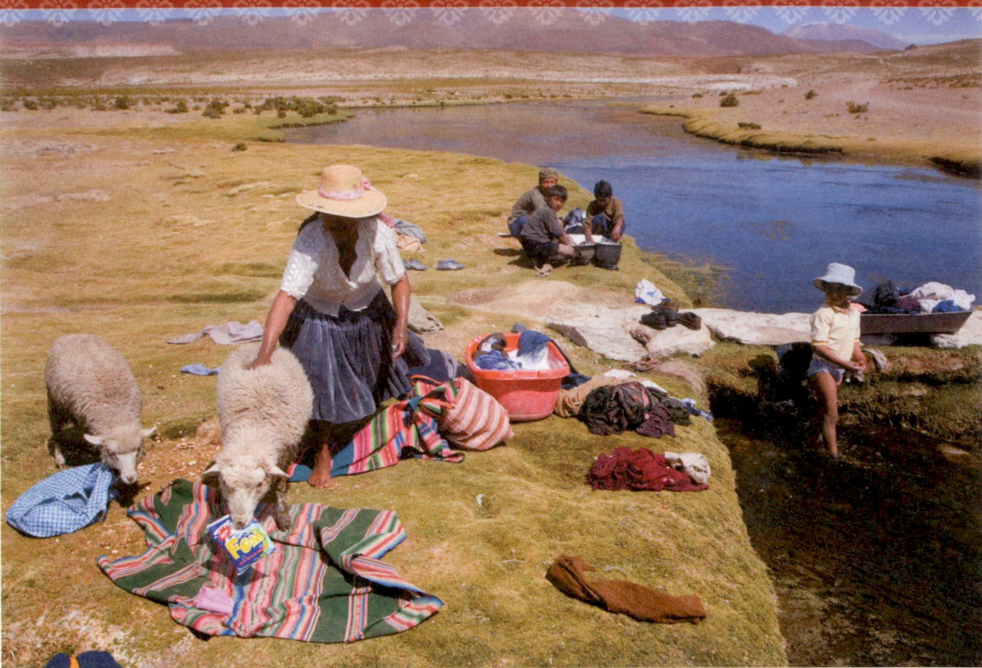

George Steinmetz/Corbis

Río Villa Alota, Bolivia
Adondequiera que vayas en Latinoamérica, hay algunas comunidades pobres en donde las familias llevan la ropa a ríos o lagos para lavarla. Esta familia boliviana lava la ropa en el río dos veces por semana.

*En el pie de foto, ¿puedes identificar el subjuntivo con una expresión indefinida? ¿Puedes identificar el uso de **para**? ¿Y de **por**?*

TALKING ABOUT UNCERTAIN AND DEFINITE SITUATIONS

Subjunctive vs. indicative after indefinite expressions

A. The subjunctive after indefinite expressions

The subjunctive is used after the following expressions when they refer to an indefinite or uncertain time, condition, person, place, or thing.

1. Relative pronouns, adjectives, or adverbs attached to **-quiera:**

adondequiera *(to) wherever*	quienquiera *whoever*
dondequiera *wherever*	cualquier(a) *whatever, whichever*
cuandoquiera *whenever*	comoquiera *however*

Examples:

Adondequiera que vayas, encontrarás campesinos oprimidos.
Wherever you (may) go, you will find oppressed peasants.
Dondequiera que esté, lo encontraré.
Wherever it is, I'll find it.
Cuandoquiera que lleguen, comeremos.
We will eat whenever they arrive.
Quienquiera que encuentre la pintura, recibirá una recompensa.
Whoever finds the painting will receive a reward.

Note: **Quien** plus the subjunctive is more common in conversation: **Quien encuentre la pintura, recibirá una recompensa.**

A pesar de cualquier disculpa que ofrezca, tendrá que pagar la multa.

(In spite of) Whatever excuse he may offer, he will have to pay the fine.

Comoquiera que lo intenten, no podrán solucionar el problema.

However they may try to do it, they will not be able to solve the problem.

Le creeré cualquier cosa que diga.

I will believe whatever he says.

Note that the plurals of ***quienquiera*** *and* ***cualquiera*** *are* ***quienesquiera*** *and* ***cualesquiera,*** *respectively.* ***Cualquiera*** *drops the final* ***a*** *before any singular noun.*

2. Por + adjective or adverb **+ que** *(however, no matter how):*

Por difícil que sea, lo haré.

No matter how difficult it may be, I will do it.

Por mucho que digas, no la convencerás.

No matter how much you say, you will not convince her.

B. The indicative after indefinite expressions

When the expressions presented in Section A refer to a definite time, place, condition, person, or thing, or to a present or past action that is considered to be habitual, then the indicative is used.

Adondequiera que íbamos, encontrábamos campesinos oprimidos.

Wherever we went, we found oppressed peasants.

Cuandoquiera que nos veían, nos saludaban.

Whenever they saw us, they would greet us.

Por más que lo intento, nunca gano.

No matter how hard I try, I never win.

PRÁCTICA

7-24 Opiniones personales. Completa estas oraciones con el subjuntivo o el indicativo de los verbos entre paréntesis, según convenga.

1. Adondequiera que ellos (mudarse) ______________, tendrán que empezar de cero.
2. Dondequiera que él (estar) ______________, siempre se divierte.
3. Cuandoquiera que nosotros lo (ver) ______________, le daremos su regalo.
4. Por pobres que (ser) ______________, ellos nunca se van a quejar de nada.
5. Quienquiera que (buscar) ______________ una vida mejor, tendrá que obtener una buena educación.
6. Ellos creen cualquier cosa que yo (decir) ______________.

7-25 Situaciones indefinidas. Con otro(a) estudiante completen estas oraciones con una expresión indefinida.

adondequiera	dondequiera	cuandoquiera	quienquiera
cualquiera	comoquiera	por más que	

1. Empezaremos a estudiar _____________ que lleguemos a casa.
2. _____________ ella está cansada, siempre quiere salir con sus amigos.
3. Lo encontraremos _____________ que esté.
4. _____________ que ellos recibían una carta de sus amigos, me permitían leerla.
5. _____________ que hizo ese comentario no había entendido la lección.
6. Creeremos _____________ razón que tú des.
7. Encontraremos interesante _____________ libro que escojas.
8. Ellos dicen que le seguirán _____________ que él vaya.

7-26 Tu futuro. Escribe cuatro oraciones sobre tu futuro profesional, usando las expresiones indefinidas que siguen. Compara tus ideas con las de tu compañero(a) de clase. ¿Son parecidas o diferentes? ¿Son tus ideas y las de tu compañero(a) optimistas o pesimistas? ¿Por qué?

adondequiera cuandoquiera quienquiera cualquiera

Heinle Grammar Tutorial:
Por vs para

EXPRESSING MOTION, MOTIVE, MANNER, PURPOSE, TIME

Uses of *por* and *para*

A. Uses of *por*

1. To translate *through*, *by*, *along*, or *around* after verbs of motion

Pedro entró **por** la puerta de su choza.

Pedro entered through the door of his hut.

Andaba **por** la senda junto al río.

He was walking along the path by the river.

Le gusta pasearse **por** la ciudad.

She likes to walk around the city.

2. To express the motive or reason for a situation or an action *(because, for the sake of, on account of)*

No quiero que sufras **por** la ausencia de Roberto.

I don't want you to suffer because Roberto is gone.

Lo hace **por** amor a sus hijos.

She does it because of (out of) love for her children.

3. To indicate lapse or duration of time *(for)*

Trabajó la tierra seca **por** tres años.
He worked the dry land for three years.
Irán a la ciudad **por** seis meses.
They will go to the city for six months.

4. To indicate *in exchange for*

Compró el machete **por** 20 pesos.
He bought the machete for twenty pesos.

5. To mean *for* in the sense of *in search of* after **ir, venir, llamar, mandar,** etc.

Fue al pueblo **por** la partera.
He went to town for (looking for) the midwife.
Fueron a la librería **por** un libro.
They went to the bookstore for a book.
Vinieron aquí **por** una vida mejor.
They came here for (looking for) a better life.

6. To indicate *frequency, number, rate,* or *velocity*

Va al pueblo tres veces **por** semana.
He goes to town three times a week.
¿Cuánto ganas **por** hora?
How much do you earn per hour?
El límite de velocidad es ochenta kilómetros **por** hora.
The speed limit is eighty kilometers an hour.

7. To express the manner or means by which something is done *(by)*

Lo mandaron **por** correo.
They sent it by mail.

8. To express *on behalf of, in favor of, in place of*

Ayer trabajé **por** mi hermano.
Yesterday I worked for (in place of) my brother.
El abogado habló **por** su cliente.
The lawyer spoke for (on behalf of) his client.
Votará **por** el Sr. Sánchez.
He will vote for (in favor of) Mr. Sánchez.

9. In the passive voice construction to introduce the agent of the verb

Los frijoles fueron cultivados **por** el agricultor.

The beans were grown by the farmer.

10. To express the idea of something yet to be furnished or accomplished

Me quedan tres páginas **por** leer.

I have three pages left to read.

La casa está **por** terminar.

The house is yet to be built.

11. To translate the phrases *in the morning (in the afternoon,* etc.*)* when no specific time is given

Siempre doy un paseo **por** la tarde.

I always take a walk in the afternoon.

12. In cases of mistaken identity

Me tomó **por** su primo.

He mistook me for his cousin.

B. Uses of *para*

*The prepositions **por** and **para** are not interchangeable, although both are often translated as* for *in English. Each has its own specific uses in Spanish.*

1. To indicate a purpose or goal *(in order to, to, to be)*

Es necesario estudiar **para** entender la lección.

It is necessary to study (in order) to understand the lesson.

Paco debe salir temprano de casa **para** llegar a tiempo al trabajo.

Paco should leave home early in order to arrive to work on time.

Trabajará horas extra **para** ganar más dinero.

He will work overtime in order to earn more money.

María estudia **para** ser médica.

María is studying to be a doctor.

2. To express destination *(for)*

Salen mañana **para** la capital.

They leave tomorrow for the capital.

El regalo es **para** mi novia.

The gift is for my fiancée.

3. To denote what something is used for or intended for *(for)*

Compré una jarra **para** leche.

I bought a jar for milk.

Ha de haber escuelas buenas **para** Panchito.

There must be good schools for Panchito.

Es un estante **para** libros.

It's a bookcase.

4. To express *by* or *for* a certain time

Esta lección es **para** mañana.

This lesson is for tomorrow.

Hará la tarea **para** el jueves.

She will do the homework by Thursday.

5. To indicate a comparison of inequality

Para una chica de seis años, toca bien el piano.

For a six year old, she plays the piano well.

6. With the verb **estar** to express something that is about to happen

La clase está **para** empezar.

The class is about to begin.

This usage is not universal. In a number of Spanish-speaking countries you would say ***está por empezar****.*

PRÁCTICA

7-27 Observaciones generales. Completa estas oraciones con **por** o **para**.

1. Ana estudia ______________ ser veterinaria.
2. Hemos estado en este barrio ______________ dos días.
3. ______________ llegar a mi oficina es necesario pasar ______________ un parque.
4. La casa fue construida ______________ su abuelo.
5. Hay que terminar la tarea ______________ las nueve de la noche.
6. Fueron a la cantina ______________ comer.
7. Tengo un cuaderno ______________ mis apuntes.
8. ______________ un chico que habla tanto, no dice gran cosa de importancia.
9. Estas uvas son ______________ ti.
10. Se cayeron ______________ no tener cuidado.
11. Debe dejar el coche en el garaje ______________ una semana.
12. Recibí las noticias ______________ correo electrónico.
13. No hay suficiente tiempo ______________ terminar el trabajo.
14. Hice la presentación ______________ el jefe porque él no podía venir.
15. La choza todavía está ______________ construir.
16. No puedo encontrar nada ______________ aquí.
17. Nos tomaron ______________ españoles, pero somos de Italia.
18. Salieron de casa ______________ la noche.

7-28 **Los estudios en el extranjero.** Piensas pasar un año estudiando en España y viajando por el país. Usa **por** o **para** para completar la descripción de tus planes.

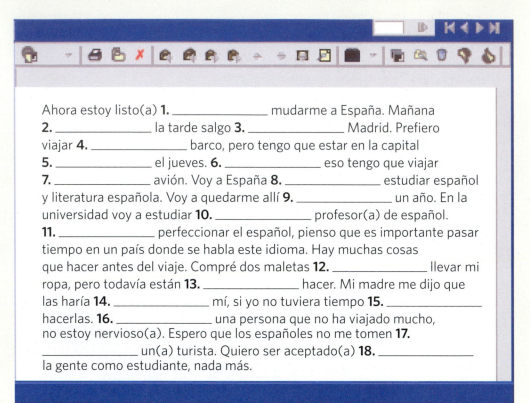

Ahora estoy listo(a) **1.** ______________ mudarme a España. Mañana **2.** ______________ la tarde salgo **3.** ______________ Madrid. Prefiero viajar **4.** ______________ barco, pero tengo que estar en la capital **5.** ______________ el jueves. **6.** ______________ eso tengo que viajar **7.** ______________ avión. Voy a España **8.** ______________ estudiar español y literatura española. Voy a quedarme allí **9.** ______________ un año. En la universidad voy a estudiar **10.** ______________ profesor(a) de español. **11.** ______________ perfeccionar el español, pienso que es importante pasar tiempo en un país donde se habla este idioma. Hay muchas cosas que hacer antes del viaje. Compré dos maletas **12.** ______________ llevar mi ropa, pero todavía están **13.** ______________ hacer. Mi madre me dijo que las haría **14.** ______________ mí, si yo no tuviera tiempo **15.** ______________ hacerlas. **16.** ______________ una persona que no ha viajado mucho, no estoy nervioso(a). Espero que los españoles no me tomen **17.** ______________ un(a) turista. Quiero ser aceptado(a) **18.** ______________ la gente como estudiante, nada más.

shutterstock.com

El aeropuerto internacional de Madrid-Barajas tiene cuatro terminales.

7-29 Un viaje a México. Completa la historia de Manuel, que está planeando mudarse a la Ciudad de México. Usa **por** o **para** en las oraciones. Luego, compara tus respuestas con las de tu compañero(a) de clase. Si no están de acuerdo, justifiquen sus respuestas.

1. Manuel ha decidido salir ____________ la capital ____________ buscar empleo.
2. ____________ una persona pobre sin trabajo, él es optimista.
3. Él está ____________ salir porque tiene que estar allí ____________ el sábado.
4. Él va a viajar ____________ camión ____________ la costa y ____________ las montañas antes de llegar a la capital.
5. Ayer compró un billete de tren ____________ 20 pesos.
6. Su esposa fue al mercado ____________ comestibles ____________ prepararle una comida especial antes de su salida.
7. Se quedará en la capital ____________ dos meses.
8. Él trabajará en una tienda o en una fábrica, si hay un puesto ____________ él.
9. Él cree que habrá más oportunidades ____________ su familia en la ciudad.
10. Las páginas finales de este cuento de Manuel están ____________ escribirse.

7-30 Una entrevista. Hagan una encuesta (*survey*) para tener el perfil del típico estudiante universitario. Utilicen la siguiente tabla para anotar las respuestas. Al final de la encuesta, reúnan los datos y creen un gráfico. ¿Cómo es el típico estudiante de su clase? ¡Ojo! Tienen que hacer preguntas con **por** o **para**.

Modelo el motivo para estar en esta clase de español

—Tamara, ¿**por** qué estás en esta clase de español?

—Estoy en esta clase **para** satisfacer los requisitos (*requirements*) de mi carrera.

	Estudiante 1	Estudiante 2	Estudiante 3
1. el motivo para estar en esta clase de español			
2. el propósito de estudiar en la universidad			
3. el periodo de tiempo que tendrá que estudiar para terminar esa carrera			
4. si trabaja con el fin de pagar sus gastos			
5. la frecuencia que asiste a clases en una semana			

Espacio literario

Vocabulario útil

Estudia estas palabras.

Verbos

abrazar	*to embrace, to hug*
entretenerse	*to entertain oneself*
llevarse	*to carry away, to carry off*
regalar	*to give (a present)*

Sustantivos

la cuenta	*account*
el cuerno	*horn (of an animal)*
la gallina	*hen*
la inundación	*flood*
la madrugada	*dawn*
la oreja	*ear*
la orilla	*bank (of a river, sea)*
la pata	*foot (of an animal)*
la raíz	*root*
el ruido	*noise*
el seno	*breast*
el sueño	*sleep*

Otras palabras y expresiones

cumplir... años	*to turn . . . (years old)*
darse cuenta de	*to realize*
de repente	*suddenly*
poco a poco	*little by little*

7-31 Para practicar. Completa el siguiente diálogo, usando la forma correcta de las palabras del **Vocabulario útil.**

PEPE ¿Y cuándo supiste que hubo una inundación?

TACHA Acababa de **1.** ____________ diez años. Muy temprano por la mañana, de **2.** ____________, algo me despertó.

PEPE ¿Qué te despertó?

TACHA Era el **3.** ____________ del agua del río. Mi hermano y yo **4.** ____________ que no era el sonido de siempre.

PEPE ¿Qué hicieron Uds.?

TACHA Saltamos de la cama y nos fuimos a la **5.** ____________ del río. Allí vi las **6.** ____________ de un animal que se llevaba la corriente. No le vi los **7.** ____________ ni las **8.** ____________ ni ninguna otra parte de la cabeza. Mañana **9.** ____________ doce años y creo que mi padre me va a **10.** ____________ una vaca. ¡Ojalá que a ella no le pase lo mismo!

Estrategias de lectura

- **RECONOCER LA ORACIÓN PRINCIPAL.** La oración principal de un párrafo expresa el tema; las otras oraciones añaden detalles sobre ese tema.
- **ANTICIPAR DETALLES.** Para saber a qué detalles tienes que prestar atención en un texto, lee las preguntas antes de la lectura.

7-32 La estructura de los párrafos. Lee el primer párrafo del cuento en la página 241 y completa los siguientes espacios en blanco. No tienes que escribir oraciones completas, ni tienes que usar citas del texto. Puedes expresarte simplemente con frases.

1. El tema principal: ______________
2. Una ilustración del tema: ______________
3. Un resultado de los acontecimientos: ______________
4. Una reacción ante los acontecimientos relatados: ______________

7-33 En anticipación. Anticipa el contenido del cuento, completando la oración y contestando las preguntas. Vuelve a esta actividad después de terminar la lectura para ver si necesitas cambiar alguna respuesta.

1. La relación de los pobres con la naturaleza se caracteriza por...
2. La reacción típica del pobre hispano ¿es la rebelión o la resignación?
3. ¿Por qué será tan importante la pérdida de la vaca de Tacha, quien acaba de cumplir los doce años?

7-34 El orden de acontecimientos. En el siguiente párrafo las palabras en negrita indican el orden de los acontecimientos. Sin entender lo que significan esas palabras, sería difícil comprender correctamente lo que pasa. Lee el párrafo y después, usando la lista que se presenta a continuación, sustituye con un sinónimo cada palabra o frase en negrita.

de pronto	luego	primero
después	mientras	un rato después
finalmente	por un rato	tan pronto como
inmediatamente		

Me desperté a las cinco de la mañana. **Unos minutos después**[1] salí a la calle. Estaba oscuro; no se veía nada. **Luego que**[2] se me acostumbraron los ojos a la oscuridad, vi a algunos hombres que parecían buscar algo. **Al mismo tiempo que**[3] los miraba, me di cuenta de que alguien me hablaba. Reconocí la voz **en seguida**[4]: era mi hermana. Me dijo que había desaparecido la vaca que mi padre le había regalado para su cumpleaños. **Al comienzo**[5], no sabíamos qué hacer. **Entonces**[6] empezamos a buscarla por todas partes. **Por último**[7] llegamos a la orilla del río. **De repente**[8] mi hermana se puso a gritar: había visto la vaca en las aguas del río. Estaba muerta. **Por algún tiempo**[9] nos quedamos allí, abrazados, mirando las aguas sucias. **Más tarde**[10] volvimos a casa.

Espacio literario

Es que somos muy pobres

escrito por Juan Rulfo

Hutch Axilrod/Photographer's Choice/Getty Images

Juan Rulfo (1918-1986) nació durante la Revolución Mexicana, y de niño vivió en el pueblo de San Gabriel, estado de Jalisco. Jalisco, con todo su calor, aridez y soledad, es el escenario del cuento a continuación. Los personajes son la gente que recuerda Rulfo de su niñez, gente que conocía el sufrimiento, el amor, la violencia y la pobreza.

Aquí todo va de mal en peor°. La semana pasada se murió mi tía Jacinta, y el sábado, cuando ya la habíamos enterrado y comenzaba a bajársenos la tristeza, comenzó a llover° como nunca. A mi papá eso le dio coraje°, porque toda la cosecha de cebada estaba asoleándose en el solar. Y el aguacero llegó de repente, en grandes olas de agua, sin darnos tiempo ni siquiera a esconder aunque fuera un manojo°; lo único que pudimos hacer, todos los de mi casa, fue estarnos arrimados° debajo del tejabán°, viendo cómo el agua fría que caía del cielo quemaba aquella cebada amarilla tan recién cortada.

from bad to worse

to rain; made him mad

even a handful

take shelter together; roof

Y apenas ayer, cuando mi hermana Tacha acababa de cumplir doce años, supimos que la vaca que mi papá le regaló para el día de su santo° se la había llevado el río.

saint's day

El río comenzó a crecer° hace tres noches, a eso de la madrugada. Yo estaba muy dormido y, sin embargo, el estruendo° que traía el río al arrastrarse° me hizo despertar en seguida y pegar el brinco° de la cama con mi cobija° en la mano, como si hubiera creído que se estaba derrumbando° el techo de mi casa. Pero después me volví a dormir, porque reconocí el sonido del río y porque ese sonido se fue haciendo igual hasta traerme otra vez el sueño.

to rise

clamor; as it dragged by

jump; blanket

falling in

Cuando me levanté, la mañana estaba llena de nublazones° y parecía que había seguido lloviendo sin parar. Se notaba en que el ruido del río era más fuerte y se oía más cerca. Se olía, como se huele una quemazón°, el olor a podrido° del agua revuelta°.

big, dark clouds

fire

the rotten smell; stirred up

A la hora en que me fui a asomar°, el río ya había perdido sus orillas°. Iba subiendo poco a poco por la calle real°, y estaba metiéndose a toda prisa en la casa de esa mujer que le dicen *La Tambora*°. El chapaleo° del agua se oía al entrar por el corral y al salir en grandes chorros° por la puerta. *La Tambora* iba y venía caminando por lo que era ya un pedazo de río, echando a la calle sus gallinas para que se fueran a esconder a algún lugar donde no les llegara la corriente.

take a look; overflowed its banks

main

Bass Drum; splashing

streams

Y por el otro lado, por donde está el recodo°, el río se debía de haber llevado, quién sabe desde cuándo, el tamarindo° que estaba en el solar de mi tía Jacinta, porque ahora ya no se ve ningún tamarindo. Era el único que había en el pueblo, y por eso nomás° la gente se da cuenta de que la creciente esta° que vemos es la más grande de todas las que ha bajado el río en muchos años.

bend

tamarind tree

from that alone; this flood

Mi hermana y yo volvimos a ir por la tarde a mirar aquel amontonadero° de agua que cada vez se hace más espesa° y oscura y que pasa ya muy por encima de donde debe estar el puente. Allí nos estuvimos horas y horas sin cansarnos viendo la cosa aquella. Después nos subimos por la barranca°,

giant pile

thick

ravine

porque queríamos oír bien lo que decía la gente, pues abajo, junto al río, hay un gran ruidazal° y sólo se ven las bocas de muchos que se abren y se cierran y como que quieren decir algo; pero no se oye nada. Por eso nos subimos por la barranca, donde también hay gente mirando el río y contando los perjuicios° que ha hecho. Allí fue donde supimos que el río se había llevado a *la Serpentina,* la vaca esa que era de mi hermana Tacha porque mi papá se la regaló para el día de su cumpleaños y que tenía una oreja blanca y otra colorada y muy bonitos ojos.

No acabo de saber° por qué se le ocurriría a *la Serpentina* pasar el río este, cuando sabía que no era el mismo río que ella conocía de a diario°. *La Serpentina* nunca fue tan atarantada°. Lo más seguro es que ha de haber venido dormida para dejarse matar así nomás° por nomás. A mí muchas veces me tocó despertarla cuando le abría la puerta del corral, porque si no, de su cuenta°, allí se hubiera estado el día entero con los ojos cerrados, bien quieta° y suspirando°, como se oye suspirar a las vacas cuando duermen.

Y aquí ha de haber sucedido eso de que se durmió. Tal vez se le ocurrió despertar al sentir que el agua pesada le golpeaba las costillas°. Tal vez entonces se asustó° y trató de regresar; pero al volverse se encontró entreverada y acalambrada° entre aquella agua negra y dura como tierra corrediza°. Tal vez bramó° pidiendo que la ayudaran. Bramó como sólo Dios sabe cómo.

Yo le pregunté a un señor que vio cuando la arrastraba el río si no había visto también al becerrito° que andaba con ella. Pero el hombre dijo que no sabía si lo había visto. Sólo dijo que la vaca manchada° pasó patas arriba muy cerquita de donde él estaba y que allí dio una voltereta° y luego no volvió a ver ni los cuernos ni las patas ni ninguna señal de vaca. Por el río rodaban° muchos troncos de árboles con todo y raíces y él estaba muy ocupado en sacar leña°, de modo que no podía fijarse si eran animales o troncos los que arrastraba.

Nomás por eso°, no sabemos si el becerro está vivo, o si se fue detrás de su madre río abajo. Si así fue, que Dios los ampare° a los dos.

La apuración° que tienen en mi casa es lo que pueda suceder el día de mañana, ahora que mi hermana Tacha se quedó sin nada. Porque mi papá con muchos trabajos había conseguido a *la Serpentina,* desde que era una vaquilla°, para dársela a mi hermana, con el fin de que ella tuviera un capitalito° y no se fuera a ir de piruja° como lo hicieron mis otras dos hermanas las más grandes.

roaring
damage
I still don't know
every day
silly
just like that
on her own
still; sighing
ribs
she got scared
bogged down and cramped
sliding; she bellowed
little calf
spotted
turned over
rolled
firewood
Just for that reason
protect
concern
heifer
a little money; prostitute

Según mi papá, ellas se habían echado a perder° porque éramos muy pobres en mi casa y ellas eran muy retobadas°. Desde chiquillas ya eran rezongonas°. Y tan luego que crecieron les dio por andar° con hombres de lo peor, que les enseñaron cosas malas. Ellas aprendieron pronto y entendían muy bien los chiflidos°, cuando las llamaban a altas° horas de la noche. Después salían hasta de día. Iban cada rato por agua al río y a veces, cuando uno menos se lo esperaba, allí estaban en el corral, revolcándose° en el suelo, todas encueradas° y cada una con un hombre trepado encima°.

were ruined
wild; sassy
they took to going around
whistles; late
rolling
nude; mounted on top

Entonces mi papá las corrió° a las dos. Primero les aguantó todo lo que pudo; pero más tarde ya no pudo aguantarlas más y les dio carrera para la calle°. Ellas se fueron para Ayutla o no sé para dónde; pero andan de° pirujas.

chased them away
chased them down the street
they are

Por eso le entra la mortificación a mi papá, ahora por la Tacha, que no quiere que vaya a resultar como sus otras dos hermanas, al sentir que se quedó muy pobre viendo la falta de su vaca, viendo que ya no va a tener con qué entretenerse mientras le da por crecer° y pueda casarse con un hombre bueno, que la pueda querer para siempre. Y eso ahora va a estar difícil. Con la vaca era distinto, pues no hubiera faltado quién se hiciera el ánimo de° casarse con ella, sólo por llevarse también aquella vaca tan bonita.

anything to occupy herself with while she grows up
would be willing to

La única esperanza que nos queda es que el becerro esté todavía vivo. Ojalá no se le haya ocurrido pasar el río detrás de su madre. Porque si así fue, mi hermana Tacha está tantito así de retirado° de hacerse piruja. Y mamá no quiere.

just this far away

Mi mamá no sabe por qué Dios la ha castigado° tanto al darle unas hijas de ese modo, cuando en su familia, desde su abuela para acá, nunca ha habido gente mala. Todos fueron criados en el temor de Dios y eran muy obedientes y no le cometían irreverencias a nadie. Todos fueron por el estilo°. Quién sabe de dónde les vendría a ese par de hijas suyas aquel mal ejemplo. Ella no se acuerda. Le da vuelta a° todos sus recuerdos y no ve claro dónde estuvo su mal o el pecado de nacerle una hija tras otra con la misma mala costumbre. No se acuerda. Y cada vez que piensa en ellas, llora y dice: «Que Dios las ampare a las dos».

punished
that way
She turns over

Pero mi papá alega° que aquello ya no tiene remedio. La peligrosa es la que queda aquí, la Tacha, que va como palo de ocote crece y crece° y que ya tiene unos comienzos de senos que prometen ser como los de sus hermanas: puntiagudos° y altos y medio alborotados° para llamar la atención.

claims
keeps right on growing like a pine tree
pointed; stirred up

—Sí —dice—, llenará los ojos a cualquiera donde quiera que la vean. Y acabará° mal; como que estoy viendo que acabará mal.

she'll wind up

Ésa es la mortificación de mi papá.

Y Tacha llora al sentir que su vaca no volverá porque se la ha matado el río. Está aquí, a mi lado, con su vestido color de rosa, mirando el río desde la barranca y sin dejar de llorar. Por su cara corren chorretes° de agua sucia como si el río se hubiera metido° dentro de ella.

Yo la abrazo tratando de consolarla, pero ella no entiende. Llora con más ganas. De su boca sale un ruido semejante al que se arrastra° por las orillas del río, que la hace temblar y sacudirse todita°, y, mientras, la creciente sigue subiendo. El sabor a podrido° que viene de allá salpica° la cara mojada° de Tacha y los dos pechitos de ella se mueven de arriba abajo, sin parar, como si de repente comenzaran a hincharse° para empezar a trabajar por su perdición.

little streams
entered
similar to the sound that drags
shake all over
rotten taste; splashes; wet
swell up

"Es que somos muy pobres" Juan Rulfo, *El llano en llamas,* © Juan Rulfo, herederos de Juan Rulfo, 1953

7-35 Comprensión. Contesta las siguientes preguntas.

1. ¿Cuántos años tiene Tacha? ¿Cómo llegó a recibir la vaca? ¿Qué le pasó a la vaca?
2. ¿De qué tiene miedo el padre ahora que se ha perdido la vaca? ¿Por qué?
3. Al comentar la pérdida de la vaca y su becerro, dice el narrador: «Si así fue, que Dios los ampare a los dos». ¿Quién repite casi la misma expresión?
4. El río arrastra los animales. ¿Qué arrastra a las hermanas?
5. Al final del cuento, ¿cómo se unen la descripción de Tacha y la de la naturaleza?
6. Aunque este cuento trata de una situación regionalista, ¿tiene aspectos o ideas universales? ¿Cuáles son?

See Student Activities Manual *for this chapter's writing strategy:* **La narración.**

7-36 A escribir. Escribe una narración de tres párrafos sobre el tema de la pobreza. Algunos temas podrían ser:

1. Tacha y su familia: diez años después de la pérdida de la vaca.
2. Tacha y su familia están discutiendo la pérdida de la vaca cuando llega un tío de Tacha con buenas noticias: ¡el padre de Tacha ha ganado la lotería!
3. Un estudiante universitario se describe como pobre pero se da cuenta que su pobreza es diferente a la de la familia de Tacha.

Exploración

Richard Maschmeyer/Robert Harding World Imagery/Getty Images

Crea un folleto turístico

El propósito del folleto turístico es atraer el interés de turistas hacia una región específica. Para lograr esto, el folleto debe informar, describir y persuadir. También es importante que esté bien diseñado e incluya mapas y fotos.

Exploración

A Folleto sobre el etnoturismo.

Antes de crear tu folleto turístico, mira el siguiente modelo. Después de leerlo, ¿te gustaría hacer etnoturismo? ¿Por qué sí, o por qué no?

El etnoturismo en Panamá

¿Le gusta viajar para conocer otras culturas? ¿Le gustaría hospedarse en una aldea indígena? ¿aprender sobre tradiciones ancestrales? ¿comprar artesanías directamente del artesano? ¡Lo invitamos a hacer etnoturismo en Panamá!

Panamá cuenta con siete etnias indígenas: Kunas, Emberá, Wounaan, Bokotá, Teribe, Bri Bri y Ngöbe Buglé. Estos pueblos indígenas representan el 10% de la población nacional. Muchos viven en comarcas —territorios autónomos donde mantienen su propia forma de autogobierno— y se dedican a la pesca, la caza° o la agricultura.

Bettmann/Corbis

Kuna Yala

La comarca de Kuna Yala, en el archipiélago de San Blas, es la pionera del etnoturismo. Desde hace décadas recibe a miles de turistas, generando de esta actividad unos 80 mil dólares al año. Según el reglamento° de la comarca, cada visitante debe pagar dos dólares al desembarcar y también debe comportarse° según el reglamento: no puede andar en traje de baño por las áreas habitadas ni puede sacar fotos sin permiso de los habitantes.

Emberá-Wounaan

Cerca de la frontera con Colombia está la comarca de Emberá-Wounaan. Los visitantes llegan a esta área remota en piragua° e

Jane Sweeney/AWL Images/Getty Images

rules
behave
hunting
canoe

inmediatamente los reciben con música y danza tradicionales. Después de un baño refrescante en el río, degustan un almuerzo típico: plátano y tilapia envueltos° en hojas de banano. Después de pasar un tiempo con los indígenas, el visitante aprecia su lucha por conservar la cultura, el bosque y el mar.

San Cristóbal

En la isla de San Cristóbal, al norte del país cerca de Costa Rica, un grupo de mujeres ngöbes también desarrollan el etnoturismo. Aquí, los visitantes ven como se trabaja la hoja de una planta llamada pita para obtener fibra y observan como se confeccionan° chácaras, bolsas tejidas de pita. Esta artesanía forma parte del ritual de la primera menstruación, en la cual la niña se retira a un lugar lejos del pueblo y confecciona la chácara.

envueltos: wrapped
confeccionan: make

Rob Crandall/Alamy

B Enfoque geocultural.

Tu folleto turístico atraerá el interés de turistas hacia Panamá. ¿Qué sabes sobre Panamá? Contesta las siguientes preguntas.

1. ¿Entre qué países está Panamá? ¿Entre qué océanos se encuentra situado?
2. ¿Cuál es la capital de Panamá? ¿Cómo será el clima?

Panamá

Población: 3 500 000
Capital: Ciudad de Panamá
Moneda: balboa (B./) y dólar (US$)

C A ver.

¿Quieres saber más sobre Panamá? Mira el video cultural en iLrn.

D Escojan un tema.

Trabaja con un(a) compañero(a) para elaborar el folleto. Primero, escojan un tipo de turismo de la lista siguiente:

- el ecoturismo
- el turismo científico
- el turismo médico
- el turismo de compras
- el turismo de aventura
- el turismo de negocios

E ¡Manos a la obra!

Con tu compañero(a), sigan estos pasos para crear su folleto turístico.

1. Busquen información en Internet, en la biblioteca o en una agencia de viajes.
2. Hagan una lista de 4 a 6 motivos principales para hacer ese tipo de turismo.
3. Escriban datos relevantes, como por ejemplo, ubicación, sitios de interés, actividades, precio, alojamiento, etcétera.
4. Seleccionen fotos, mapas u otros elementos gráficos.
5. Diseñen el folleto para que la información esté bien distribuida.
6. Guarden *(Save)* el folleto en formato pdf.

F ¡Compartan!

Suban su folleto turístico en la sección de *Share It!* en iLrn. También vean los folletos de sus compañeros y ofrezcan comentarios.

Vocabulario

Verbos

abrazar *to embrace, to hug*
aumentar *to increase*
crecer *to grow (in size)*
entretenerse *to entertain oneself*
estimular *to stimulate*
exigir *to demand*
llevarse *to carry away, to carry off*
regalar *to give (a present)*

Sustantivos

el comercio *trade*
la cuenta *account*
el cuerno *horn (of an animal)*
el desempleo *unemployment*
la desigualdad *inequality*
el (la) extranjero(a) *foreigner*
la gallina *hen*
el ingreso, los ingresos *income*
el intercambio *interchange, trade*
la inundación *flood*
la inversión *investment*
la madrugada *dawn*
la oreja *ear*
la orilla *bank (of a river, sea)*
la pata *foot (of an animal)*
la pobreza *poverty*
el promedio *average*
el (la) propietario(a) *property owner*
la raíz *root*
el ruido *noise*
el seno *breast*
el sueño *sleep*
la teoría *theory*
la venta *sale*

Adjetivos

actual *current*
interno(a) *internal*

Otras palabras y expresiones

cumplir... años *to turn . . . (years old)*
darse cuenta de *to realize*
de repente *suddenly*
poco a poco *little by little*

Capítulo

8 Revoluciones y protestas

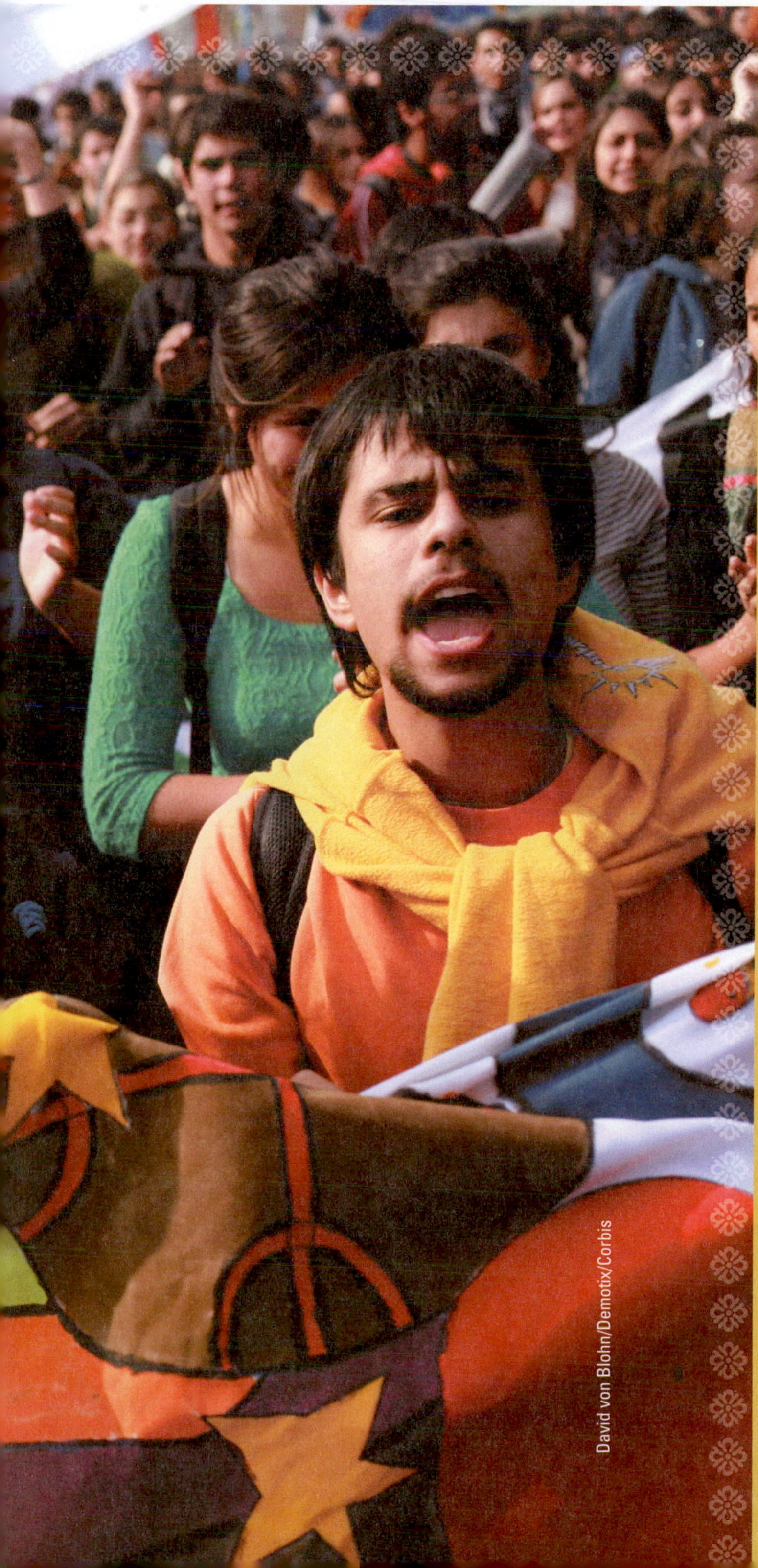

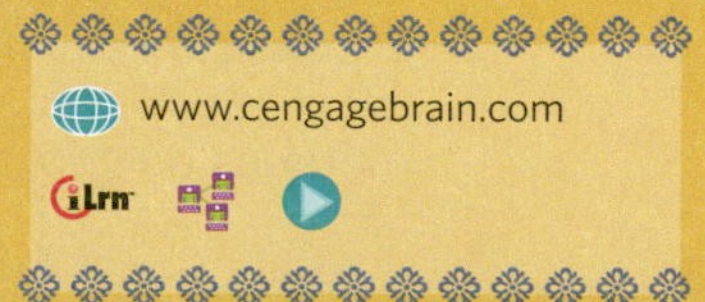

David von Blohn/Demotix/Corbis

Contenido

Enfoque cultural
Los movimientos revolucionarios

Estructura
> El subjuntivo en cláusulas adverbiales (1)
> Los pronombres recíprocos
> La voz pasiva
> El uso reflexivo para eventos inesperados

Corto de cine
«BOOK»

Espacio literario
«Un día de éstos», Gabriel García Márquez

Exploración
Haz una presentación en PowerPoint™

www.cengagebrain.com

«Como en Fuenteovejuna, todos a una»

Enfoque cultural

Vocabulario útil

Estudia estas palabras.

Verbos

efectuar	*to cause, to occur*
ejercer	*to exercise*
modificar	*to modify, to change*
pertenecer a	*to belong*

Sustantivos

el apoyo	*support*
la dictadura	*dictatorship*
el ejército	*army*
el éxito	*success*
tener éxito	*to succeed*
la fuerza	*force*
la ideología	*ideology, political belief*
el poder	*power*
el (la) rebelde	*rebel*
el secuestro	*kidnapping*

Adjetivos

autocrático(a)	*autocratic, dictatorial*
poderoso(a)	*powerful*

8-1 Para practicar. Trabajen en parejas para hacer y contestar estas preguntas, usando el vocabulario de la lista.

1. ¿Tienes una ideología política clara? ¿Puedes describirla? ¿Sabes a quién vas a apoyar en las próximas elecciones? ¿Perteneces a algún partido u organización política? ¿A cuál?
2. ¿Has participado en alguna manifestación o demostración? ¿Contra qué protestaba la gente? ¿Tuvo éxito?
3. ¿Conoces a alguien que ha vivido en una dictadura? ¿Cómo describe su experiencia?
4. ¿Conoces a alguien que le teme a los secuestros? ¿En qué países es una amenaza *(threat)*?
5. ¿Crees que está justificado efectuar cambios por la fuerza a veces? ¿Cuándo? ¿O siempre se puede modificar el gobierno y eliminar la injusticia, usando métodos pacíficos? Explica tu posición.

Estrategias de vocabulario

LOS SUFIJOS

Los sufijos son grupos de letras que se añaden al final de una palabra con el propósito de modificar el significado. Por ejemplo, se puede añadir el sufijo **-mente** a un adjetivo para obtener un adverbio: **terrible + mente = terriblemente**. Estudia estos sufijos de uso común.

SUFIJO	SIGNIFICADO	EJEMPLO
-ero(a)	oficio o profesión	zapatero
-oso(a)	cualidad o abundancia	furioso
-ense	gentilicio	costarricense
-nte	que hace la acción	hablante
-ario(a)	relativo a	legionario

8-2 Definiciones. Escribe la palabra que corresponde a la definición.

1. miembro de la guerrilla
2. lleno de poder
3. de Nicaragua
4. que ama
5. relativo a la revolución

8-3 Formar palabras con sufijos. Completa según los modelos.

Modelo pistola *pistolero*

1. mensaje ____________
2. camión ____________
3. mina ____________

Modelo bondad *bondadoso*

4. éxito ____________
5. peligro ____________
6. desastre ____________

Modelo voluntad *voluntario*

7. partido ____________
8. propiedad ____________
9. minoría ____________

Enfoque cultural

Jean Louis Atlan/Sygma/Corbis

Los movimientos revolucionarios

La pobreza y la escasez de oportunidades económicas, los gobiernos totalitarios y otros factores han favorecido, en ciertas épocas y en ciertos países, la creación de movimientos revolucionarios o guerrillas. Veamos a continuación algunos casos de revoluciones o insurrecciones ocurridas a lo largo del siglo xx.

Revolución y «golpe de estado»

Durante el siglo XX, en casi todos los países hispanoamericanos se efectuaron más cambios de gobierno por la fuerza que por vía democrática. Sin embargo, estos cambios, que raramente tienen las características de revoluciones, son simples golpes de estado°. Estos se pueden definir como cambios que solo sustituyen un elemento por otro, sin que se modifiquen los verdaderos poderes socioeconómicos. El cambio es de una fuerza militar a otra, de un grupo económico poderoso a otro grupo semejante, o de un partido autocrático a otro de tendencias similares. Lo esencial es que las verdaderas bases del poder no cambian, sino solo los individuos que lo ejercen.

coups d'état

Las verdaderas revoluciones implican cambios mucho más profundos en la distribución del poder. Ocurren de una clase social a otra, de los propietarios a los empleados, o de los oficiales a los soldados rasos° del mismo ejército. Según la mayoría de los especialistas en política hispanoamericana, hubo solo tres revoluciones en el siglo XX: la de México de 1910, la boliviana de 1952 y la cubana de 1959. Esto significa que en los tres casos se efectuó una modificación radical° en la organización de los elementos del poder.

common soldiers

basic

8-4 Comprensión. Escoge la respuesta que mejor complete las siguientes oraciones.

1. En Hispanoamérica se han efectuado más cambios de gobiernos por medio de…
   a. revoluciones.
   b. elecciones democráticas.
   c. golpes de estado.
2. El golpe de estado solo cambia… que ocupan el poder.
   a. a los individuos
   b. las bases
   c. el ejército
3. Las verdaderas revoluciones implican un cambio en la distribución del…
   a. ejército.
   b. poder.
   c. estado.

Enfoque cultural

DEA / G. DAGLI ORTI/De Agostini/Getty Images

La Revolución Mexicana de 1910

Después de un largo período de dictadura, un pequeño ejército formado principalmente por hombres del norte de México, se levantó violentamente produciendo en el año 1910 una revolución en el país. La guerra duró varios años y terminó con una nueva constitución nacional en 1917. Como ocurre en muchos movimientos violentos, la ideología se creó después de la guerra. Pancho Villa y Emiliano Zapata, que luchaban al frente de ejércitos desorganizados y populares, se convirtieron en héroes nacionales. Los soldados respondían al carisma de los líderes sin saber mucho ni de ideologías ni de teorías políticas.

La constitución de 1917, todavía en rigor° en México, incluye varios artículos dedicados a la justicia social. Permitió por primera vez la formación de sindicatos, y se estableció un sistema de enseñanza pública para todo el pueblo. Además, se declaró que el suelo° mexicano, incluso° los minerales del subsuelo, pertenecía al pueblo.

still in effect

soil; including

Aunque no ha sido perfecta la Revolución, no se puede negar que ha llegado a crear un orgullo de ser mexicano entre el pueblo de ese país.

8-5 Comprensión. Responde según el texto.

1. ¿Por qué siguieron los soldados a hombres como Villa y Zapata?
2. ¿Qué documento resultó de la Revolución de 1910?
3. ¿Qué cambios trajo la Revolución Mexicana?

Los guerrilleros

Anna Mockford/Eye Ubiquitous/Corbis

Uno de los héroes del movimiento revolucionario en Cuba fue el argentino Ernesto «Che» Guevara (1928–1967), prototipo del guerrillero hispanoamericano. «Che» Guevara sirvió en esa época como maestro en los métodos de la guerra de guerrillas, cuya base es el ejército popular, secreto y móvil, que cuenta con° el apoyo del pueblo para obtener provisiones. Guevara, en su manual sobre la organización de los guerrilleros, dice que la guerrilla no puede funcionar sin el apoyo del pueblo ni puede funcionar contra un gobierno que mantenga la apariencia de libertad.

depends on

Muchos países tienen o han tenido grupos rebeldes. La mayoría de ellos practican el secuestro como método de financiación. El Sendero Luminoso de Perú y las Fuerzas Armadas Revolucionarias de Colombia son dos ejemplos recientes. Pero la vuelta a la democracia ha causado una disminución° de su apoyo popular, sin la cual no pueden tener éxito.

waning

8-6 Comprensión. Responde según el texto.

1. ¿Sobre qué es el manual que escribió «Che» Guevara?
2. ¿Por qué ha disminuido el apoyo popular a los grupos rebeldes en Hispanoamérica?

8-7 Opiniones. Expresa tu opinión personal.

1. ¿En qué condiciones te harías revolucionario(a)?
2. ¿Bajo qué condiciones se justifica una revolución en vez de un cambio de gobierno por métodos pacíficos?
3. ¿Crees que es posible que un movimiento guerrillero se mantenga íntegro e idealista? ¿Por qué sí o por qué no?

Estructura 1

Schalkwijk / Art Resource, NY

La muerte del campesino (1926–1927)
En este mural de Diego Rivera, unos campesinos se reúnen para velar a un joven revolucionario. Vemos que después que murió, el árbol floreció. Es decir, el sacrificio del joven liberó la tierra de sus opresores.

En el pie de foto, ¿puedes identificar la cláusula adverbial? ¿Puedes identificar el pronombre recíproco?

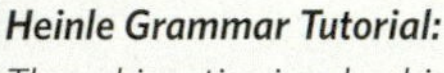

Heinle Grammar Tutorial:
The subjunctive in adverbial clauses

NARRATING SEQUENCED EVENTS

The subjunctive in adverbial clauses (1)

A. Adverbial clauses

An adverbial clause is a dependent clause that modifies the verb of the main clause, and, as an adverb, expresses time, manner, place, purpose, or concession. An adverbial clause is introduced by an adverb, a preposition, or a conjunction.

Adverbial clause denoting time:

El padre hablará con su hijo tan pronto como llegue de la escuela.
The father will speak with his son as soon as he arrives from school.

Adverbial clause denoting manner:

Salió sin que nosotros lo viéramos.
He left without our seeing him.

Adverbial clause denoting place:

Nos encontraremos donde quieras.
We will meet wherever you wish.

Adverbial clause denoting purpose:

Fueron a la oficina para que ella pudiera hablar con el jefe.
They went to the office so that she could speak with the boss.

Adverbial clause denoting concession:

Debes ir a la clínica aunque no quieras.
You should go to the clinic even though you don't want to.

In this unit, only adverbial clauses introduced by adverbs of time will be discussed.

B. Subjunctive and indicative in adverbial time clauses

1. The subjunctive is used in adverbial time clauses when the time referred to in the main clause is in the future or when there is uncertainty or doubt. The following adverbs usually introduce such adverbial clauses:

antes (de) que *before*	hasta que *until*
cuando *when*	mientras (que) *while*
después (de) que *after*	para cuando *by the time*
en cuanto *as soon as*	tan pronto como *as soon as*

***Antes (de) que** is always followed by the subjunctive because its meaning* (before) *assures that the action in the adverbial clause is in the future.*

Examples:

Van a discutirlo antes de que él salga.
They are going to discuss it before he leaves.
Cuando me muera, lo tendrás todo.
When I die you will have everything.
Después que venzamos, habrá justicia.
After we win there will be justice.
Estaremos tranquilos en cuanto tengamos noticias suyas.
We'll stop worrying as soon as we hear from her.
Los secuestros van a continuar hasta que la policía haga algo.
The kidnappings are going to continue until the police do something.
Hablaré con los periodistas mientras estén en la oficina.
I will speak with the journalists while they are in the office.
Ya habrá regresado para cuando su hija se despierte.
He will have already returned by the time his daughter wakes up.
Dijo que me llamaría cuando él llegara.
He said he would call me when he arrived.
Me avisó que lo haría en cuanto pudiera.
He advised me that he'd do it as soon as he could.

2. If the adverbial time clause refers to a fact, a definite event, or to something that has already occurred, is presently occurring, or usually occurs, then the indicative is used. The present indicative or one of the past indicative tenses usually appears in the main clause.

Llegaron después que la policía rodeó la casa.
They arrived after the police surrounded the house.
Lee el periódico mientras desayuna.
She is reading the newspaper while she eats breakfast.
Siempre compraba una revista cuando pasaba por el quiosco.
He always used to buy a magazine when he passed by the newsstand.

PRÁCTICA

8-8 Cierto o incierto. Cambia las palabras escritas en letra cursiva por las palabras entre paréntesis y vuelve a escribir las oraciones, haciendo los cambios necesarios.

1. Emilio no *dice* nada cuando su padre entra. (dirá)
2. En cuanto habla su padre, él no *escucha* más. (escuchará)
3. El enfermero *se queda* en el cuarto hasta que el paciente se duerme. (se quedará)
4. Ellos *hablan* con su profesor después de que entra a la clase. (hablarán)
5. Ella *trabaja* en la fábrica mientras sus hijos están en la escuela. (trabajará)
6. El periodista *buscó* a los guerrilleros hasta que los encontró. (buscará)
7. Tan pronto como llegó su hijo, *discutieron* los secuestros. (discutirán)
8. Ella *había salido* cuando nosotras llegamos. (habrá salido)

8-9 Un correo electrónico de México. Carmen y Daniel acaban de llegar de Oaxaca a la Ciudad de México. Traduce al español este correo electrónico escrito por Carmen. Luego, compara tu traducción con la de un(a) compañero(a) de clase. ¿Están de acuerdo con la traducción?

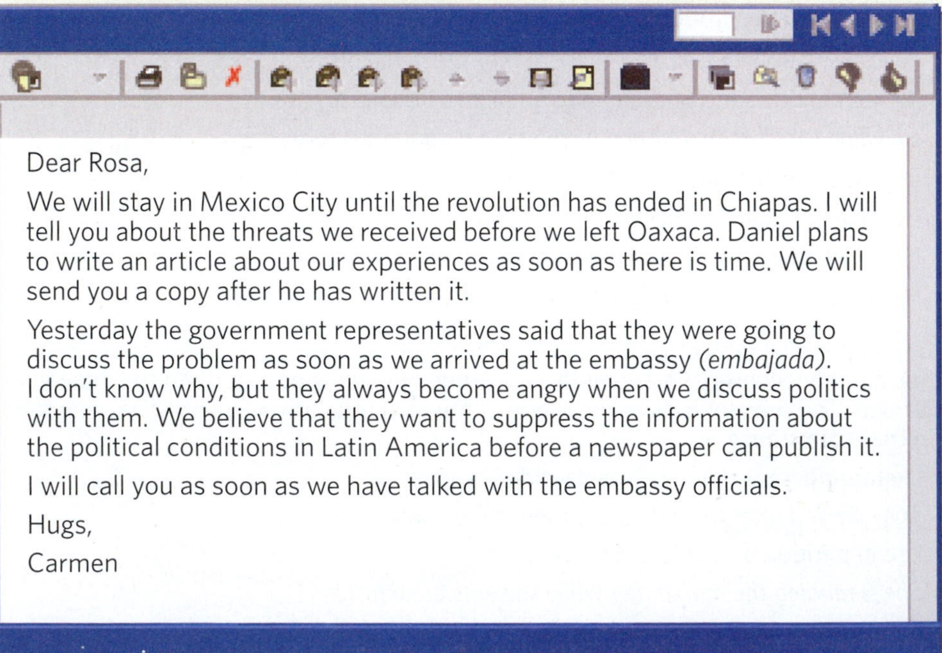

Dear Rosa,

We will stay in Mexico City until the revolution has ended in Chiapas. I will tell you about the threats we received before we left Oaxaca. Daniel plans to write an article about our experiences as soon as there is time. We will send you a copy after he has written it.

Yesterday the government representatives said that they were going to discuss the problem as soon as we arrived at the embassy *(embajada)*. I don't know why, but they always become angry when we discuss politics with them. We believe that they want to suppress the information about the political conditions in Latin America before a newspaper can publish it.

I will call you as soon as we have talked with the embassy officials.

Hugs,

Carmen

8-10 Opiniones personales. Con un(a) compañero(a) de clase, expresen sus opiniones acerca de los temas siguientes. ¿Hay más semejanzas o diferencias en sus opiniones?

1. No voy a afiliarme *(join)* a un partido político hasta que ___.
2. Votaré en las elecciones a presidente cuando ___.
3. Habrá paz en el mundo tan pronto como ___.
4. Nuestro gobierno apoyará los movimientos revolucionarios cuando ___.
5. La democracia sobrevivirá después de que ___.
6. Seguirá habiendo pobreza en el mundo hasta que ___.
7. Habrá menos revoluciones cuando ___.
8. Los cambios políticos continuarán hasta que ___.

8-11 Las elecciones nacionales. Es temporada de elecciones nacionales. ¿Quiénes crees que van a ganar, los demócratas o los republicanos? Expresa tus opiniones sobre estas elecciones, usando las expresiones siguientes. Tu compañero(a) de clase hará el papel de representante de un partido político y tú harás el papel de representante del otro. Después cambien los papeles.

Modelo cuando

Los republicanos van a ganar las elecciones cuando consigan el voto latino.

cuando antes de que
después de que tan pronto como

8-12 El senado estudiantil. Ustedes quieren presentarse como candidatos(as) al senado estudiantil. Circulen por la clase y pregunten a cuatro compañeros(as) de clase cuáles son sus tres prioridades en la agenda educativa de la universidad. Basándose en las respuestas, escriban cinco promesas que cumplirán cuando estén en el Senado. Utilicen las siguientes expresiones:

aunque sin que hasta que
después (de) que tan pronto como

Agenda académica	Estudiante 1	Estudiante 2	Estudiante 3	Estudiante 4
Prioridad primera				
Prioridad segunda				
Prioridad tercera				

Modelo *Lucharé hasta que la universidad reduzca el precio de la matrícula.*

TALKING ABOUT RECIPROCAL ACTIONS

The reciprocal construction

Heinle Grammar Tutorial: *Other uses of* ***se***

1. The reflexive pronouns **nos** and **se** are used to express a reciprocal or mutual action. When used in this manner, they convey the meaning of *each other* or *one another*.

   Nos escribimos todos los días.

   We write one another every day.

   No se entienden.

   They do not understand each other.

Note: The use of the definite article is optional with these clarifying phrases: ***Ellas se escriben una a otra*** *or* ***Ellas se escriben la una a la otra****. Note that the masculine forms of these clarifying phrases are always used unless both subjects are feminine.*

2. Occasionally it is necessary to clarify that this construction has a reciprocal rather than a reflexive meaning. This is done by using an appropriate form of **uno... otro (uno a otro, la una a la otra, los unos a los otros,** etc.).

   Nosotros nos engañamos.

   We deceived ourselves.

   Nosotros nos engañamos el uno al otro.

   We deceived each other.

   Ellos se mataron.

   They killed themselves.

   Ellos se mataron los unos a los otros.

   They killed one another.

3. When *each other* (or *one another*) is the object of a preposition, the reflexive pronoun is not used unless the verb is reflexive to begin with. Instead, the **uno... otro** formula is used with the appropriate preposition.

   Suelen hablar bien el uno del otro.

   They generally speak well of each other.

   Los vi pelear los unos contra los otros.

   I saw them fighting (against) each other.

   BUT

   Se quejaron los unos de los otros.

   They complained about each other.

PRÁCTICA

8-13 Buenos amigos. Tú tienes muy buenos amigos. Describe tu relación con ellos, siguiendo el modelo.

Modelo ayudar / con nuestros estudios

Nos ayudamos con nuestros estudios.

1. ver / después de clase todos los días
2. encontrar / todas las tardes en un café para charlar

3. prestar / dinero
4. llamar por teléfono / los fines de semana
5. mandar mensajes de texto / con frecuencia
6. intercambiar / regalos

8-14 Pidiendo información. Hazle estas preguntas a un(a) compañero(a) de clase. Él (Ella) va a contestar con una oración completa.

1. ¿Se ayudan siempre tus amigos?
2. ¿Se conocieron ustedes hace mucho tiempo?
3. ¿Se escriben Uds. con frecuencia?
4. ¿Nos encontraremos en el café esta tarde?
5. ¿Nos vemos el sábado en el centro?

8-15 Una reunión política. Has asistido a una reunión política en el Zócalo en la Ciudad de México con un amigo(a) mexicano(a), quien es político(a). Estás explicándole lo que pasó durante la reunión a otro(a) amigo(a) que no pudo asistir. Tu amigo(a) de México no está de acuerdo con tu narración de lo que pasó. Representa *(Act out)* esta situación con un(a) compañero(a) de clase que va a hacer el papel de tu amigo(a) mexicano(a). Usa las palabras de la lista en la conversación.

Modelo gritar

Estudiante 1: *Tom, los políticos se gritaron todo el tiempo.*
Estudiante 2: *¡Mentira! Nosotros no nos gritamos.*

mirar con desdén	insultar
tirar piedras	pelear

8-16 Relaciones personales. Usando pronombres recíprocos describe tu relación con las personas indicadas. Tu compañero(a) de clase va a hacer la misma cosa.

Modelo los primos de mi familia
Los primos de mi familia se admiran.

tus padres	tu consejero académico y tú
tus amigos	otros parientes
tus hermanos o hermanas	tus compañeros(as) de cuarto o de trabajo

Corto de cine

Boris Zatserkovnyy/Shutterstock.com

BOOK

dirigido por Enrique Collado Peralta

Este video fue un proyecto de PopularLibros.com con el objetivo de promover la literatura en la Red. Es un anuncio que presenta el libro como una innovación tecnológica revolucionaria. (España, 2010, 4 min.)

8-17 Anticipación. Antes de ver «BOOK», haz estas actividades.

A. Contesta estas preguntas.

1. ¿Lees publicaciones impresas *(print)*? ¿Libros, revistas, periódicos? ¿Por qué sí o por qué no?
2. ¿Había enciclopedias en tu escuela? ¿Cuántos tomos tenían las enciclopedias?
3. Cuando tienes que hacer una investigación, ¿prefieres ir a la biblioteca o usar Internet? Explica por qué.
4. ¿Qué ventajas tienen los libros electrónicos? ¿Qué desventajas tienen?
5. ¿Crees que los libros impresos desaparecerán algún día? Justifica tu respuesta.

B. Lee esta lista de vocabulario. Luego escoge la palabra o frase que mejor complete cada oración sobre el producto BOOK.

almacenar *to store*	el lapicero *mechanical pencil*
asequible *attainable, affordable*	el marcapáginas *bookmark*
el atril *bookstand*	portátil *portable*
carecer *to lack*	la ruptura *breaking*
el dispositivo *device*	la sacudida *shake*
la herramienta *tool*	la toma de corriente *electrical outlet*

1. BOOK es una revolucionaria __________ tecnológica porque no tiene circuitos eléctricos.
2. BOOK es un dispositiva de conocimiento y de entretenimiento.
3. BOOK también es asequible: se vende a precios razonables.
4. Al carecer de batería eléctrica, BOOK puede utilizarse en un lugar donde no haya una toma de corriente
5. BOOK puede almacenar tanta información como una tarjeta de memoria flash.
6. BOOK puede ser utilizado en cualquier lugar porque es compacto y Portátil.
7. BOOK puede abrirse en el punto exacto en el que fue dejado si se usa un marcapágina.
8. Para pasar la página, solamente se necesita una simple sacudida de dedo.

8-18 **A ver.** Mira el corto «BOOK». ¿Te pareció efectivo el uso de la sátira?

Corto de cine

8-19 Fotogramas. ¿Puedes identificar los diversos accesorios y dispositivos del BOOK? Escribe las letras de las descripciones debajo del fotograma que corresponda.

a. Es un dispositivo llamado carpeta.

b. Es un dispositivo manos libres que permite la lectura cómoda.

c. Es un accesorio opcional que permite la búsqueda fácil.

d. Es una sencilla herramienta de programación para hacer notas personales.

8-20 ¿Cierto o falso? Di si las siguientes oraciones sobre el corto son **verdaderas** o **falsas**.

1. El narrador dice que BOOK es la forma clásica de obtener información. V F 
2. El narrador dice que la información se escanea con una simple sacudida de dedos. V  F 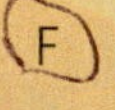
3. El narrador dice que la información puede duplicarse, gracias a la tecnología de papel opaco. V  F 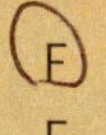
4. El dispositivo «manos libres» es también conocido como «atril». V F
5. Según el anuncio, BOOK transformará la manera de almacenar información. V  F

8-21 Comprensión. Contesta las preguntas y completa las oraciones, escogiendo la opción correcta.

1. Las primeras ventajas que el narrador menciona tienen que ver con...
   a. el hecho de que puede almacenar miles de bits de información.
   b. el hecho de que está fabricado de materiales reciclables.
   c. el hecho de que no requiere energía eléctrica.
2. ¿Cuál es una ventaja de los marcapáginas?
   a. Mantienen las páginas en el orden correcto.
   b. Permiten leer los BOOKs sin necesidad de usar las manos.
   c. Se pueden usar con BOOKs de diferentes países.
3. Entre otras cosas, BOOK es...
   a. reciclable y portátil.
   b. recargable y asequible.
   c. tradicional y complicado.
4. ¿Cuál es el propósito del anuncio?
   a. vender más inventos tecnológicos
   b. promover la compra de libros
   c. denunciar los libros

8-22 Opiniones. En grupos de tres o cuatro estudiantes, comenten estas preguntas.

1. ¿Cuál es el tono general del narrador?
2. ¿Les recuerda el corto a los anuncios *(ads)* de algún otro producto que ahora está en el mercado? ¿Qué producto?
3. ¿Creen que la intención del corto es la de elevar los libros o creen que es solo una burla *(mockery)* de los dispositivos electrónicos modernos? Justifiquen su respuesta.

8-23 Anuncio comercial. Con un(a) compañero(a) de clase, piensen en un producto de la vida diaria que pueda ser descrito como BOOK. Por ejemplo, un utensilio doméstico (como una escoba *[broom]*), un medio de transporte mecánico (como una bicicleta) o un producto de uso personal (como una botella de agua). Escriban un anuncio comercial parecido al del corto, presentando el producto como innovador y revolucionario. Presenten su anuncio comercial enfrente de la clase.

Estructura 2

Schalkwijk / Art Resource, NY

La trinchera (1923–1926)
Este mural fue pintado por José Clemente Orozco. En él, el artista retrata la muerte de manera directa y austera. Por medio de sus obras, no se nos olvidará la crueldad de la Revolución Mexicana.

*En el pie de foto, ¿puedes identificar el uso de **se** para eventos inesperados? ¿Puedes identificar la voz pasiva?*

TALKING ABOUT ACCIDENTAL OR UNPLANNED EVENTS

The reflexive for unplanned occurrences

An additional use of the pronoun **se** is to relate an accidental or unplanned occurrence. In these reflexive constructions an indirect object pronoun is added to refer to the person involved in the occurrence, and the verb agrees in number with the noun that follows it. This construction also removes the element of blame from the person performing the action. Verbs that are frequently used in this construction are **perder, romper, olvidar, acabar, quedar, caer, ocurrir.**

Se nos olvidó el dinero.
We forgot the money. (The money got forgotten by us.)
Al país se le acabaron los recursos.
The country used up the resources. (The resources got used up by the country.)
Se me rompieron los anteojos.
I broke my glasses. (The glasses got broken on me.)
Al conductor se le perdieron las llaves.
The driver lost the keys. (The keys got lost on the driver.)

PRÁCTICA

8-24 Ellos no tienen la culpa. Cambia las oraciones para indicar sucesos no planeados. Sigue el modelo.

Modelo Alicia olvidó los libros.
A Alicia se le olvidaron los libros.

1. Los chicos rompieron los platos.
2. Perdimos el dinero.
3. Olvidaste la tarea.
4. Tengo una idea. (Usa **ocurrir**.)
5. El niño rompió el vaso.
6. Olvidamos los boletos.

8-25 Sucesos inesperados.

Relátale a un(a) compañero(a) de clase algunas de las cosas inesperadas que les han pasado a los miembros de tu familia y a ti. Tu compañero(a) va a hacer la misma cosa.

Modelo yo / perder
A mí se me perdió el celular.

1. mi padre / olvidar
2. yo / quebrar
3. mi hermanita / perder
4. mi hermano / caer
5. mi madre / romper
6. mi abuelo / ocurrir

Ahora, relata algunas cosas inesperadas que te pasaron, o inventa cosas que no pasaron hoy.

8-26 Para pedir información.

Con un(a) compañero(a) de clase, háganse estas preguntas.

Modelo ¿Se te perdieron alguna vez las llaves?
Sí, se me perdieron las llaves del coche el año pasado. / No, nunca se me perdieron las llaves.

1. ¿Se te paró en alguna ocasión el coche?
2. ¿Se te olvidó hoy algo?
3. ¿Se te perdió la tarea para hoy?
4. ¿Se te olvidaron los libros en la última clase?
5. ¿Se te olvidó alguna vez el cumpleaños de algún pariente?
6. ¿Se te acabó en alguna ocasión la batería de tu computadora o de tu celular?

8-27 Excusas.

En parejas representen las siguientes situaciones en las que una persona debe pedir excusas a la otra. Preparen mini-diálogos incluyendo estructuras con el **se** reflexivo y verbos como **acabar, caer, ocurrir, olvidar, perder, quedar, romper.**

Mini-diálogo 1: una estudiante ha faltado al examen final y debe darle explicaciones a su profesor que está muy enojado

Mini-diálogo 2: un chico llega tarde a su primera cita con una muchacha a la que lleva tratando de conquistar (*trying to win over*) desde hace mucho tiempo

Mini-diálogo 3: una joven graduada va a una entrevista de trabajo importantísima el día equivocado y debe darle explicaciones a la directora de recursos humanos

DISPLACING THE ATTENTION FROM THE SUBJECT

The passive voice

Heinle Grammar Tutorial:
The passive voice

Both English and Spanish have an active and a passive voice. In the active voice, the subject performs the action of the verb; in the passive voice, the subject receives the action. Compare the following examples.

Active voice:

Los guerrilleros secuestraron al hijo del alcalde.

The guerrillas kidnapped the mayor's son.

Passive voice:

El hijo del alcalde fue secuestrado por los guerrilleros.

The mayor's son was kidnapped by the guerrillas.

A. Formation of the passive voice

The passive voice is formed with the verb **ser** plus a *past participle.* **Ser** may be conjugated in any tense and the past participle must agree in gender and number with the subject. The agent (doer) of the action is usually introduced by **por.**

Ese pueblo fue fundado por los españoles.

That town was founded by the Spaniards.

Las tierras van a ser repartidas por el Rey.

The lands will be distributed by the King.

B. Use of the passive voice

The passive voice with **ser** is used when the agent carrying out the action of the verb is expressed or implied.

Las pirámides fueron construidas por los mayas.

The pyramids were built by the Mayans.

El libro fue escrito por Gabriel García Márquez.

The book was written by Gabriel García Márquez.

La aldea fue destruida por la guerra.

The village was devastated by the war.

C. The passive *se*

*The passive **se** construction is more common and is preferred over the true passive.*

When the speaker wishes to focus on the recipient or subject of the action and the agent of the action is not directly expressed, the passive **se** construction is used. The passive **se** construction always has these three parts:

se + third person verb + recipient or subject of the action

Note that if the recipient or subject of the action is an object rather than a person, the verb in the passive **se** construction agrees with it.

En aquella librería se venden libros de historia.

History books are sold in that bookstore.

Muchas páginas se han escrito sobre la Revolución.

Many pages have been written about the Revolution.

Allí se encuentra la población de origen indígena.

The population of indigenous origin is found there.

PRÁCTICA

8-28 ¿Quién hizo eso? Cambia los verbos a la voz pasiva, usando el pretérito de **ser**.

1. El manual de «Che» Guevara (leer) _____________ por muchos guerrilleros.
2. Los manuscritos (escribir) _____________ por un monje rebelde.
3. La batalla (ganar) _____________ por los campesinos.
4. Los murales (pintar) _____________ por Diego Rivera.
5. Los policías (asesinar) _____________ por la ETA.
6. La oposición de Somoza (encabezar) _____________ por el Frente Sandinista de Liberación Nacional.

8-29 La llegada. Bob y Rudi han llegado a México. Relata lo que dice su guía, cambiando sus comentarios de la voz activa a la construcción con el **se** pasivo.

Modelo Cambian dinero en el banco.
Se cambia dinero en el banco.

1. Preparan platos típicos en los restaurantes cerca del Zócalo.
2. Venden libros antiguos en varias tiendas en la Zona Rosa.
3. Arreglan los planes del viaje en esa agencia.
4. Verán la catedral durante una visita a la plaza.
5. Tocan música folklórica en aquella cantina.

8-30 Personas, lugares y sucesos. Usando la voz pasiva, da información sobre las personas, los lugares y los sucesos siguientes. Compara tus oraciones con las de un(a) compañero(a). ¿Están de acuerdo?

Modelo México / conquistar
México fue conquistado por los españoles.

1. la Declaración de Independencia de los Estados Unidos / escribir
2. el teléfono / inventar
3. la Revolución cubana de 1959 / ganar
4. los Sandinistas / apoyar

8-31 Protestas. ¿Qué sabes del movimiento *Occupy*? Usando la voz pasiva, relátale a tu compañero(a) brevemente algunas experiencias que han tenido los militantes de *Occupy* protestando y otras que has tenido tú.

Modelo Los manifestantes fueron expulsados del parque donde acampaban.

Espacio literario

Vocabulario útil

Estudia estas palabras.

Verbos

afeitar	*to shave*
pulir	*to polish*
servirse de (i, i)	*to use*

Sustantivos

el alcalde	*mayor*
la barba	*beard*
la escupidera	*spittoon*
la fresa	*drill*
el gabinete	*office*
la gaveta	*drawer*
la lágrima	*tear*
la mandíbula	*jaw*
la muela	*molar*
el olor	*odor*
el sillón	*chair, armchair*

Adjetivos

anterior	*previous*

Otras palabras y expresiones

pegar un tiro	*to shoot*
la sala de espera	*waiting room*

8-32 Para practicar. Completa el párrafo con las formas apropiadas de las palabras del **Vocabulario útil**.

¿Mi visita al dentista? Bueno, llegué un poco antes de las ocho y tuve que esperar en la 1. ______________. Me dijo la recepcionista que el 2. ______________ de la ciudad había llegado inesperadamente. Tenía la 3. ______________ toda hinchada *(swollen)* porque tenía una 4. ______________ infectada. La recepcionista me dijo que el alcalde le dijo al dentista que si no lo recibía inmediatamente, le iba a 5. ______________. Todo el mundo sabe que el dentista y él son enemigos políticos. Me han dicho que el dentista le tiene miedo y por eso tiene un revólver en la 6. ______________ de una mesa en su 7. ______________. Ha dicho el dentista que 8. ______________ del revólver si fuera necesario.

Estrategias de lectura

- **COMPRENDER ARTÍCULOS Y PRONOMBRES.** Los artículos definidos (**el, la, los, las**) indican el género y número del sustantivo. Aunque normalmente van delante de los sustantivos, a veces acompañan a adjetivos que funcionan como sustantivos: *Quiero el azul.* Los pronombres señalan o sustituyen a los sustantivos. Los pronombres de objeto son **lo, la, los, las, le, les.**
- **DEDUCIR EL SIGNIFICADO SEGÚN EL CONTEXTO.** Cuando encuentres una palabra que no conozcas, usa las frases que la rodean para determinar el significado más lógico de la palabra.

8-33 Antes de leer. Es importante comprender el significado de los artículos y los pronombres. ¿A qué se refieren los indicados en negrita?

1. Las revoluciones hispanoamericanas del siglo xx —**la** mexicana en 1910, **la** boliviana en 1952 y **la** cubana en 1959— tuvieron una base popular.
2. Hay una enorme diferencia entre su nivel de vida y **el** de las clases media y alta.
3. Los gobiernos han entendido bien la importancia de los medios de comunicación y **los** han utilizado para conseguir el apoyo del pueblo.
4. Cuando la violencia existe hasta tal grado, la gente se acostumbra a ver**la** como una manera natural de proceder.
5. Llegó su enemigo político al gabinete pero el dentista no quería recibir**lo.**
6. A García Márquez no **le** ha gustado mucho el renombre, ya que esencialmente es un hombre modesto y tímido.

8-34 En anticipación. Con un(a) compañero(a) de clase, traten de determinar el significado de las palabras en negrita.

1. Don Aurelio nunca estudió en la universidad y por eso era dentista sin **título**.
   a. *title* b. *document* c. *degree*
2. Parecía no pensar en lo que hacía, pero trabajaba con obstinación, pedaleando en la fresa **incluso** cuando no se servía de ella.
   a. *even* b. *including* c. *inclusive*
3. El dentista abrió por completo la gaveta **inferior** de la mesa. Allí estaba el revólver.
   a. *inferior* b. *lower* c. *middle*
4. El dentista le movió la mandíbula con una cautelosa **presión** de los dedos.
   a. *apprehension* b. *pension* c. *pressure*
5. El alcalde vio la muela **a través de** las lágrimas.
   a. *crossing* b. *through* c. *traversing*
6. Él buscó su dinero en el **bolsillo** del pantalón.
   a. *pocket* b. *purse* c. *bag*

Espacio literario

dmac / Alamy

Un día de éstos

escrito por Gabriel García Márquez

Este cuento es del autor colombiano Gabriel García Márquez, ganador del premio Nobel en 1982. La acción tiene lugar en Macondo, pueblo imaginario que también es el pueblo de la famosa novela *Cien años de soledad.* Es un cuento que refleja tanto el humor sardónico del autor como su preocupación por la violencia que ha caracterizado varias épocas de la historia colombiana.

El lunes amaneció tibio° y sin lluvia. Don Aurelio Escovar, dentista sin título y buen madrugador°, abrió su gabinete a las seis. Sacó de la vidriera° una dentadura postiza° montada aún en el molde de yeso° y puso sobre la mesa un puñado° de instrumentos que ordenó de mayor a menor, como en una exposición°. Llevaba una camisa a rayas°, sin cuello, cerrada arriba con un botón dorado°, y los pantalones sostenidos con cargadores elásticos°. Era rígido, enjuto°, con una mirada que raras veces correspondía a la situación, como la mirada de los sordos°.

warm
early riser; glass case
set of false teeth; plaster
handful
display; striped
golden; held up by suspenders
skinny
deaf people

Cuando tuvo las cosas dispuestas° sobre la mesa rodó° la fresa hacia el sillón de resortes° y se sentó a pulir la dentadura postiza. Parecía no pensar en lo que hacía, pero trabajaba con obstinación, pedaleando en la fresa incluso cuando no se servía de ella.

arranged; pushed
(fig.) dental chair

Después de las ocho hizo una pausa para mirar el cielo por la ventana y vio dos gallinazos° pensativos que se secaban° al sol en el caballete° de la casa vecina. Siguió trabajando con la idea de que antes del almuerzo volvería a llover. La voz destemplada° de su hijo de once años lo sacó de su abstracción.

buzzards; drying themselves; ridge of the roof
shrill

—Papá.

—Qué.

—Dice el alcalde que si le sacas una muela.

—Dile que no estoy aquí.

Estaba puliendo un diente de oro. Lo retiró a la distancia del brazo y lo examinó con los ojos a medio cerrar°. En la salita de espera volvió a gritar su hijo.

half-closed

—Dice que sí estás porque te está oyendo.

El dentista siguió examinando el diente. Sólo cuando lo puso en la mesa con los trabajos terminados, dijo:

—Mejor.

Volvió a operar la fresa. De una cajita de cartón° donde guardaba las cosas por hacer, sacó un puente de varias piezas y empezó a pulir el oro.

small cardboard box

—Papá.

—Qué.

Aún no había cambiado de expresión.

—Dice que si no le sacas la muela te pega un tiro.

Sin apresurarse°, con un movimiento extremadamente tranquilo, dejó de pedalear en la fresa, la retiró del sillón y abrió por completo la gaveta inferior de la mesa. Allí estaba el revólver.

Without hurrying

—Bueno —dijo—. Dile que venga a pegármelo.

Hizo girar° el sillón hasta quedar de frente a la puerta, la mano apoyada en el borde° de la gaveta. El alcalde apareció en el umbral. Se había afeitado la mejilla izquierda, pero en la otra, hinchada y dolorida°, tenía una barba de cinco días. El dentista vio en sus ojos marchitos muchas noches de desesperación. Cerró la gaveta con la punta de los dedos y dijo suavemente:

He turned
edge
swollen and painful

—Siéntese.

—Buenos días —dijo el alcalde.

—Buenos —dijo el dentista.

Espacio literario

were boiling; skull; headrest

ceramic bottles

cloth

dug in his heels

infected; pressure

Mientras hervían° los instrumentos, el alcalde apoyó el cráneo° en el cabezal° de la silla y se sintió mejor. Respiraba un olor glacial. Era un gabinete pobre: una vieja silla de madera, la fresa de pedal, y una vidriera con pomos de loza°. Frente a la silla, una ventana con un cancel de tela° hasta la altura de un hombre. Cuando sintió que el dentista se acercaba, el alcalde afirmó los talones° y abrió la boca.

Don Aurelio Escovar le movió la cara hacia la luz. Después de observar la muela dañada°, ajustó la mandíbula con una cautelosa presión° de los dedos.

—Tiene que ser sin anestesia —dijo.

—¿Por qué?

—Porque tiene un absceso.

El alcalde lo miró en los ojos.

didn't smile back

basin

tongs

toe; washbasin

didn't take his eyes off him

—Está bien —dijo, y trató de sonreír. El dentista no le correspondió°. Llevó a la mesa de trabajo la cacerola° con los instrumentos hervidos y los sacó del agua con unas pinzas° frías, todavía sin apresurarse. Después rodó la escupidera con la punta° del zapato y fue a lavarse las manos en el aguamanil°. Hizo todo sin mirar al alcalde. Pero el alcalde no lo perdió de vista°.

lower wisdom tooth; grasped

forceps; clasped the arms

pushed with all his strength with his feet; icy void; kidneys; didn't emit a sigh; bitter tenderness

Era una cordal° inferior. El dentista abrió las piernas y apretó° la muela con el gatillo° caliente. El alcalde se aferró en las barras° de la silla, descargó toda su fuerza en los pies° y sintió un vacío helado° en los riñones°, pero no soltó un suspiro°. El dentista sólo movió la muñeca. Sin rencor, más bien con una amarga ternura°, dijo:

—Aquí nos paga veinte muertos, teniente.

the crunch of bone

alien

sweating, panting; army jacket; felt for his handkerchief; rag

El alcalde sintió un crujido de huesos° en la mandíbula y sus ojos se llenaron de lágrimas. Pero no suspiró hasta que no sintió salir la muela. Entonces la vio a través de las lágrimas. Le pareció tan extraña° a su dolor, que no pudo entender la tortura de sus cinco noches anteriores. Inclinado sobre la escupidera, sudoroso, jadeante°, se desabotonó la guerrera° y buscó a tientas el pañuelo° en el bolsillo del pantalón. El dentista le dio un trapo° limpio.

—Séquese las lágrimas —dijo.

ceiling; crumbling; dusty cobweb; spider eggs

El alcalde lo hizo. Estaba temblando. Mientras el dentista se lavaba las manos, vio el cielorraso° desfondado° y una telaraña polvorienta° con huevos de araña° e insectos muertos. El dentista regresó secándose las manos.

rinse your mouth out with saltwater

disdainful

—Acuéstese —dijo— y haga buches de agua de sal°—. El alcalde se puso de pie, se despidió con un displicente° saludo militar, y se dirigió a la puerta estirando las piernas, sin abotonarse la guerrera.

Send me the bill

—Me pasa la cuenta° —dijo.

—¿A usted o al municipio?

screen

thing

El alcalde no lo miró. Cerró la puerta, y dijo, a través de la red metálica°. —Es la misma vaina°.

Nota cultural

«Un día de éstos» se publicó en 1962 en la colección de cuentos *Los funerales de la Mamá Grande*. El ambiente del cuento refleja las guerras fratricidas que caracterizaron las luchas entre liberales y conservadores en Colombia entre 1948 y 1958. «La Violencia», como dicen los colombianos al referirse a esas guerras, tuvo un efecto profundo en todo el país, especialmente en los pueblos más pequeños, como vemos en este cuento de García Márquez.

8-35 Comprensión. Contesta las siguientes preguntas.

1. ¿A qué hora abrió don Aurelio su gabinete?
2. ¿Cómo reacciona el dentista al saber que el alcalde ha llegado?
3. ¿De qué sufre el alcalde?
4. ¿Cómo amenaza *(threatens)* el alcalde al dentista?
5. ¿Qué busca el dentista antes de dejar entrar al alcalde?
6. Después de sentarse, el alcalde se siente mejor. Pero, ¿cómo reacciona al sentir que se acerca el dentista?
7. ¿Por qué tiene que sacar la muela el dentista sin anestesia?
8. ¿Qué dice el dentista justo antes de sacarla?
9. ¿Cómo reacciona el dentista al ver las lágrimas del otro?
10. ¿Cómo sabemos que el alcalde tiene control absoluto sobre el pueblo?

8-36 Comentarios. Comparte tus respuestas a las siguientes preguntas con dos o tres estudiantes.

1. ¿Cuál de los dos hombres es más macho? ¿Por qué?
2. ¿Debía el dentista castigar *(punish)* al alcalde, su enemigo?
3. ¿Con cuál de los dos hombres se identifica más el autor? Explica.
4. «Un día de éstos» es un cuento en el cual se dice menos de lo que realmente pasa. Es decir, hay cosas que están pasando que no se expresan explícitamente en el texto. Habla sobre esta observación.

8-37 Situación. Con un(a) compañero(a) de clase, preséntenle a la clase un diálogo basado en la siguiente situación:

Una persona visita a un(a) dentista por primera vez. El (La) dentista parece ser muy competente y la persona se siente tranquila mientras el (la) dentista le pone la anestesia. Pero mientras el (la) dentista le arregla el diente, la persona lo (la) reconoce. Es...

8-38 A escribir. Escribe una exposición sobre uno de los siguientes temas.

See Student Activities Manual *for this chapter's writing strategy:* ***La exposición***.

1. La influencia de los medios de comunicación en la política.
2. Aspectos positivos o negativos del derecho de la libertad de expresión en nuestro país.
3. La violencia en nuestro país: ¿Es un rasgo de nuestra cultura? ¿Qué causas tiene? ¿Qué podemos hacer para disminuirla *(reduce it)*?
4. La imagen de Colombia en nuestro país.

Exploración

Marcelo Hernández/dpa/Corbis

Haz una presentación en PowerPoint™

PowerPoint™ es una herramienta de Microsoft que permite crear presentaciones de forma fácil. Consiste en un conjunto de diapositivas *(slides)* con contenido multimedia.

A Enfoque cultural.

Tu presentación será sobre un tema chileno. ¿Qué sabes sobre Chile? Completa esta descripción con la información correcta.

Chile es un país 1. ______________ y estrecho *(narrow)*. La costa del océano 2. ______________ tiene más de 4300 kilómetros de longitud. Su capital, 3. ______________, está en el centro del país. Al este de la capital está la cordillera de los Andes, y al oeste, en la costa, está la ciudad de 4. ______________.

Chile
Población: 17 000 000
Capital: Santiago
Moneda: peso ($)

B A ver.

¿Quieres saber más sobre Chile? Mira el video cultural en iLrn.

C Escoge un tema.

Escoge uno de los siguientes temas para tu presentación en PowerPoint™. Tu profesor(a) te dará tiempo para buscar información.

- la dictadura de Pinochet
- el movimiento de Izquierda Revolucionaria
- la Nueva Canción Chilena
- el movimiento mapuche
- la protesta estudiantil en Chile

D ¡Manos a la obra!

Después de investigar tu tema, crea tu presentación en PowerPoint™. Sigue estos pasos:

1. Abre el programa de PowerPoint™ en Microsoft Office y escoge el diseño que quieras utilizar.
2. Rellena de 8 a 10 diapositivas *(slides)* con información relevante. También importa imágenes, sonidos, video o gráficos a algunas de las diapositivas.
3. Limita tus ideas a una idea central por diapositiva.
4. No incluyas más de 5 líneas por diapositiva y no incluyas más de 6 palabras por línea.

E Las arpilleras de Chile.

Mira las diapositivas sobre las arpilleras de Chile, en la página 280. ¿En qué orden las mostrarías en una presentación?

Exploración

Después del golpe de estado de 1973...

- la dictadura militar
- la censura y la represión
- muchas personas desaparecieron
- el número de pobres creció

Las arpilleras = un medio de denuncia y protesta

Las arpilleristas bordaban° escenas

- de sus parientes perdidos
- de familias con hambre
- del deseo de paz y felicidad

° embroidered

Talleres de arpillera

- El primer taller se formó en 1974 con el apoyo de una organización católica.
- Era una manera en que algunas mujeres ganaban dinero para sus familias.

Las telas rectangulares eran como páginas de un libro de historia y los hilos° eran gritos°.

° threads; screams

Ultra_Generic_iStockphoto

rdegrie/iStockphoto

La arpillera es un textil rectangular hecho con retazos de tela°.

° fabric scraps

John and Lisa Merrill/Corbis

Desde 1990 Chile tiene un gobierno democrático y los talleres de arpilleras se han cerrado.

Las arpilleras continúan mostrándose en museos.

Este arte popular es testimonio de un grupo de mujeres desafiantes.

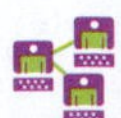

F ¡Comparte!

Sube *(Post)* tu presentación de PowerPoint™ en la sección de *Share It!* en iLrn. No te olvides de ver las presentaciones de tus compañeros y dejar comentarios positivos.

Vocabulario

Verbos

afeitar *to shave*
efectuar *to cause, to occur*
ejercer *to exercise*
modificar *to modify, to change*
pertenecer a *to belong*
pulir *to polish*
servirse de (i, i) *to use*
tener éxito *to succeed*

Sustantivos

el alcalde *mayor*
el apoyo *support*
la barba *beard*
la dictadura *dictatorship*
el ejército *army*
la escupidera *spittoon*
el éxito *success*
la fresa *drill*
la fuerza *force*
el gabinete *office*
la gaveta *drawer*
la ideología *ideology, political belief*
la lágrima *tear*
la mandíbula *jaw*
la muela *molar*
el olor *odor*
el poder *power*
el (la) rebelde *rebel*
el secuestro *kidnapping*
el sillón *chair, armchair*

Adjetivos

anterior *previous*
autocrático(a) *autocratic, dictatorial*
poderoso(a) *powerful*

Otras palabras y expresiones

pegar un tiro *to shoot*
la sala de espera *waiting room*

Capítulo

9 La educación

Hans Neleman/Taxi/Getty Images

Contenido

Enfoque cultural

La enseñanza hispánica

Estructura

> El subjuntivo en cláusulas adverbiales (2)
> Los adverbios
> Los comparativos y los superlativos

Corto de cine

«Lo importante»

Espacio literario

«Por una escuela pública, laica y literaria», Gustavo Martín Garzo

Exploración

Investiga acerca de un programa de estudios en el extranjero

«El saber no ocupa lugar»

Enfoque cultural

Vocabulario útil

Estudia estas palabras.

Verbos

convenir (ie)	*to suit*
especializarse	*to major, to specialize*

Sustantivos

la asistencia	*attendance*
la elección	*choice*
la instrucción	*instruction, teaching*
la matrícula	*tuition*
el requisito	*requirement*
el título	*degree*

Adjetivos

escolar	*pertaining to a school*
estudiantil	*pertaining to students*
gratuito(a)	*free*
particular	*private*
superior	*higher*

9-1 Para practicar. En parejas, hagan y contesten estas preguntas, usando el vocabulario de la lista.

1. ¿Qué materias estudias este semestre? ¿En qué te especializas? ¿Por qué elegiste esa especialidad?
2. ¿Tienes libertad para escoger las clases en tu especialidad? ¿Qué título obtendrás al final de tus estudios?
3. ¿En esta universidad los profesores prestan más atención a la investigación o a la instrucción?
4. ¿Es la asistencia a clase obligatoria en todas tus clases? Explica tu respuesta.
5. ¿Es muy cara la matrícula en tu universidad? ¿Ha subido últimamente? ¿Crees que la matrícula deba ser gratuita?
6. ¿Has asistido a alguna escuela particular? (¿A cuál?) ¿Crees que se deba crear un sistema de «vales» *(vouchers)* para ayudar a los alumnos que quieran asistir a una escuela particular?

Estrategias de vocabulario

LEXEMAS DE ORIGEN LATINO

Toda palabra tiene un elemento básico que contiene su significado, el cual se llama lexema o raíz. Estos lexemas se pueden combinar con prefijos, sufijos u otros lexemas para formar nuevas palabras. En español, muchos lexemas son de origen latino. He aquí algunos de uso común.

Lexema latino	Significado	Ejemplo
bene, bonus	bien, bueno	bondad
terra	tierra	terremoto
gratia	placer, favor, regalo	gratis
extra	fuera de	extraterrestre
fortis	fuerte	fortaleza

9-2 Definiciones. Busca la palabra en la columna derecha que corresponde a cada definición de la columna izquierda.

1. extensión de tierra
2. que no hay que pagar
3. que se realiza fuera de las horas de la escuela
4. que es comprensivo
5. obligado por fuerza
6. complacer, gustar

a. gratuito
b. benévolo
c. terreno
d. forzado
e. gratificar
f. extraescolar

9-3 Palabras relacionadas. Completa las oraciones con una palabra relacionada con el término entre paréntesis.

Modelo (especializarse) *¿Cuál es tu especialidad?*

1. (conocer)
   a. Es el __________ profesor de español.
   b. Se dedica a aumentar los __________ tecnológicos.
   c. Yo lo __________ en la escuela primaria.
2. (beneficiar)
   a. Es para el __________ de la escuela.
   b. Es una comida __________ para la salud.
   c. El costo de la matrícula no ha __________ a los estudiantes.
3. (educar)
   a. Hay necesidad de una reforma __________.
   b. Los padres tienen la responsabilidad de __________ al niño.
   c. Su comportamiento muestra una mala __________.

Enfoque cultural

La enseñanza hispánica

GoGo Images Corporation/Alamy

La organización y los métodos de enseñanza reflejan los valores, los ideales y la situación socioeconómica de un pueblo. Además de aumentar los conocimientos tecnológicos, el sistema de enseñanza se dedica a transmitir la cultura de una generación a otra.

Terminología

Para entender el sistema de enseñanza en el mundo hispánico y cómo difiere del de los Estados Unidos es necesario aclarar° algunas cuestiones de terminología. La palabra «curso» significa todo un año escolar: por ejemplo, «el sexto curso de medicina». «Materia» es una serie de clases dedicadas a un curso. El curso, entonces, consiste en varias materias que por lo general están prescritas° sin que el estudiante tenga ninguna elección. El concepto de requisitos apenas existe, puesto que casi todas las materias dentro del curso son obligatorias.

to clarify

prescribed

El diploma de «bachillerato» es más o menos equivalente al diploma de educación secundaria o preparatoria de los Estados Unidos y no al título universitario. Este, por ser más especializado, no tiene un nombre genérico, sino que recibe el nombre de la profesión que desempeñará el titulado: profesor para los graduados de la Facultad de Filosofía y Letras, médico para los de Medicina, ingeniero para los de Ingeniería, abogado o licenciado para los de Leyes (Derecho), etcétera. Las «facultades» equivalen más o menos a las «escuelas» profesionales de las universidades norteamericanas, con la diferencia de que se hacen responsables de la enseñanza total del alumno. Esto quiere decir que hay profesores de inglés o de castellano en la Facultad de Medicina y otros en la Facultad de Ingeniería. Esto muestra dos contrastes muy importantes con el sistema norteamericano: una mayor especialización en los estudios y la falta de posibilidad de elección de las materias por parte del alumno. Es posible, por lo general, tomar clases en otras facultades pero no cuentan para el título.

9-4 Comprensión. Completa según el texto.

1. Un curso consiste en varias ______________.
2. Cuando un(a) estudiante termina su enseñanza secundaria o preparatoria, recibe el ______________.
3. Al graduarse de la Facultad de Medicina uno recibe el título de ______________.
4. En las universidades hispánicas los estudios son más ______________.

Enfoque cultural

Tono Labra/age fotostock/Getty Images

Las universidades en el mundo hispánico

Por lo general el sistema de universidades se encuentra bajo la jurisdicción del gobierno nacional y no bajo la de los estados o provincias. Aun cuando hay centros provinciales, están obligados a seguir el currículum de la universidad nacional si quieren que sus títulos sean legalmente válidos. Esta práctica refuerza° el control que ejerce el gobierno federal sobre el sistema. Solo las universidades privadas, que casi siempre son religiosas, tienen cierta libertad en cuanto a la experimentación educativa. Esto ha resultado en la creación y expansión de universidades católicas en el mundo hispánico. Estas han sido centros de innovación y modernización en muchos países.

reinforces

En la mayoría de las universidades nacionales hispánicas la matrícula es casi gratuita y por eso teóricamente accesible a todos. En la práctica, sin embargo, los jóvenes con menos recursos tienen que trabajar para ganarse la vida. Además, en algunos países los exámenes de ingreso° muchas veces requieren preparación especial que solo puede ser alcanzada° en colegios privados.

entrance

gained

9-5 Comprensión. Escoge la respuesta que mejor complete la oración según el texto.

1. Generalmente las universidades son controladas a nivel...
   a. local. b. nacional. c. católico.
2. Últimamente las universidades católicas han sido centros de...
   a. desestabilización. b. experimentación educativa. c. control momentario.
3. En los países latinoamericanos, la matrícula es casi gratuita en las universidades...
   a. católicas. b. nacionales. c. privadas.

La vida estudiantil

Jeremy Woodhouse/Blend Images/Getty Images

Debido a° la división de la universidad en facultades especializadas, los centros hispánicos muchas veces no tienen un solo «campus» o ciudad universitaria como en los Estados Unidos. La mayoría de los estudiantes viven con sus padres, en casas particulares o en pensiones° porque pocas universidades hispánicas tienen residencias oficiales para estudiantes. Algunas universidades nuevas sí tienen su «campus» general, pero la falta de residencias y el hecho° de que están generalmente ubicadas° en un centro urbano, no apoyan el ambiente de muchas universidades norteamericanas de ser el centro de la vida estudiantil. En general, la universidad en el mundo hispánico no tiene ni pretende tener una función social en la vida del estudiante, su función es principalmente pedagógica.

Due to; boarding houses; fact; located

9-6 Comprensión. Responde según el texto.

1. ¿Por qué no es necesario tener un «campus» central en las universidades hispánicas?
2. ¿En qué se diferencian las universidades hispánicas de las norteamericanas en cuanto a su función social?

9-7 Opiniones. Expresen su opinión personal.

1. ¿Creen que es mejor escoger la especialidad temprano, después de terminar la escuela secundaria, como en el sistema educativo hispano o esperar más adelante como en la universidad estadounidense? Expliquen su respuesta.
2. ¿Creen que es mejor tomar cursos generales (por ejemplo de filosofía, matemáticas, ciencias) o cursos orientados a la preparación de una carrera específica? Expliquen su respuesta.
3. ¿Creen que es bueno tener residencias para estudiantes en las universidades? ¿Por qué?
4. ¿Cuáles son algunos problemas en la universidad contemporánea en los Estados Unidos?

Estructura 1

Biblioteca Central de la Ciudad Universitaria
Observa detalladamente los murales de la Biblioteca Central, creados por el pintor y arquitecto mexicano Juan O'Gorman. Consciente del efecto del sol mexicano, O'Gorman creó mosaicos compuestos de vidrio (glass) *a fin de que se convirtieran en un magnífico reflector.*

En el pie de foto, ¿puedes identificar la cláusula adverbial? ¿Puedes identificar el adverbio?

Mark Karrass/Spirit/Corbis

Heinle Grammar Tutorial:
The subjunctive in adverbial clauses

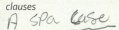

EXPRESSING PURPOSE, CONCESSION, AND SUPPOSITION

The subjunctive in adverbial clauses (2)

A. The subjunctive after certain adverbial phrases

The subjunctive is always used in adverbial clauses introduced by the following phrases denoting purpose, provision, supposition, exception, or negative result.

a fin (de) que *so that, in order that*	en caso (de) que *in case*
a menos que *unless*	para que *so that, in order that*
a no ser que *unless*	siempre que *provided that*
con tal (de) que *provided that*	sin que *without*

Examples:

Revisaré tu nota final con tal de que hagas un informe sobre este libro.
I'll review your final grade provided you prepare a report on this book.

En caso de que el maestro te haga una pregunta, te paso la respuesta.
In case the teacher asks you a question, I'll pass you the answer.

Paco no puede aprobar el examen a menos que sus compañeros lo ayuden.
Paco cannot pass the exam unless his classmates help him.

Entramos sin que el profesor nos viera.
We entered without the professor seeing us.

Sus padres trabajan mucho para que Pablo pueda asistir a una universidad privada.
His parents work hard so that Pablo can attend a private college.

Subjunctive versus indicative

1. The phrases **de manera que** and **de modo que** *(so that, in order that)* may express either result or purpose. When they introduce a clause expressing purpose, the subjunctive follows. When they introduce a clause expressing result, the indicative follows.

La profesora explica la materia de modo que todos los estudiantes la entiendan.

The professor explains the subject so that all students understand it. (purpose)

Escribe de manera que nadie lo pueda entender.

She writes so that no one can understand it. (purpose)

BUT

Escribió con cuidado de manera que todos lo podían entender.

She wrote carefully so that everybody was able to understand it. (result)

2. The subjunctive is used in an adverbial clause introduced by **aunque** *(although, even though, even if)* if the clause refers to an indefinite action or to uncertain information. If the clause reports a definite action or an established fact, then the indicative is used.

No lo terminaré hoy aunque trabaje toda la noche.

I won't finish it today even if I work all night.

Invitaremos al profesor a nuestra fiesta de graduación aunque no quiera venir.

We will invite the professor to our graduation party even though he may not want to come.

BUT

No lo terminé, aunque trabajé toda la noche.

I didn't finish it even though I worked all night.

Invitamos al profesor a nuestra fiesta de graduación aunque no quiso venir.

We invited the professor to our graduation party even though he didn't want to come.

PRÁCTICA

9-8 Observaciones variadas. Completa las oraciones en esta página y en la página 292 con la forma correcta del verbo entre paréntesis.

1. Quiere comprarlo con tal de que no (costar) ______________ mucho.
2. No podremos invitarlos a menos que tú (traer) ______________ bastante comida para todos.
3. Las estudiantes no pueden salir sin que nosotros las (ver) ______________.
4. No puedo completar la tarea a menos que ellos me (ayudar) ______________ con esta lección.
5. En caso de que a él no le (gustar) ______________ el regalo, tendremos que devolverlo.

6. No iban a hacer el viaje, a menos que nosotros los (acompañar) ______________.
7. Los chicos se veían sin que sus padres lo (saber) ______________.
8. Traje el dinero, en caso de que Uds. lo (necesitar) ______________.
9. Querían acompañarnos, con tal que nosotros (volver) ______________ temprano.
10. No puede ir a la universidad a menos que la matrícula (ser) ______________ gratis.
11. La profesora habló despacio para que los alumnos la (entender) ______________.
12. Vamos a salir esta noche aunque (llover) ______________.
13. Aunque él no (haber) ______________ estudiado, va a asistir a la clase.
14. No dije nada del incidente, de modo que mis compañeros nunca (saber) ______________ la verdad.
15. Explicaré la lección una vez más, de manera que nadie (tener) ______________ dudas.

9-9 Las vacaciones. Tú y unas personas a quienes conoces están de vacaciones y piensan hacer ciertas cosas, a menos que algo les interrumpa. Di lo que cada una de estas personas hará. Sigue el modelo.

Modelo mis padres irán a Argentina / recibir el pasaporte
Mis padres irán a Argentina, a menos que no reciban el pasaporte.

1. yo iré a México / tener dinero
2. los estudiantes irán a la playa / hacer buen tiempo
3. Gloria irá al teatro / poder comprar las entradas
4. tú irás de compras / estar en el centro
5. nosotros iremos al estadio / haber un partido de fútbol

9-10 Planes para el futuro. Describe algunas de las cosas que tú y tus amigos piensan hacer, con tal que se den ciertas condiciones.

Modelo yo estudiaré mucho / la biblioteca estar abierta
Yo estudiaré mucho con tal que la biblioteca esté abierta.

1. tú aprenderás mucho / el profesor enseñar bien
2. Teresa se mudará de la residencia universitaria a su casa / sus padres ahorrar dinero
3. Ramón y yo bailaremos / la orquesta tocar un tango
4. mis amigos estudiarán en España / la universidad les dar crédito
5. yo no asistiré a esta universidad / ofrecerme una beca

9-11 Conclusiones lógicas. Trabajando en parejas, escriban conclusiones lógicas para estas oraciones. Al terminar, comparen sus ideas con las de los otros estudiantes.

1. El profesor lo repite, a fin de que nosotros ___.
2. Él les hace un esquema del capítulo para que los estudiantes ___.
3. No puedo prestar atención en clase, a menos que ___.
4. Los estudiantes se hablan en clase, sin que ___.
5. Quiero estudiar en España, con tal que ___.
6. Voy a graduarme, siempre que ___.
7. Mis padres siempre me prestan dinero, a menos que ___.
8. Tengo que encontrar un buen trabajo, a fin de que ___.
9. Me quedaré en casa mañana, en caso de que ___.
10. Haré un viaje a Chile, aunque ___.

9-12 Para pedir información. Hazle estas preguntas a un(a) compañero(a) de clase. Tu compañero(a) de clase tiene que contestar las preguntas de una manera lógica.

1. ¿Vienes conmigo a la librería?
   No, no voy, a menos que ___.
2. ¿Tomaremos algo en la cafetería después de clase?
   Sí, tomaremos algo, con tal que ___.
3. ¿Saliste rápido de casa hoy?
   Sí, salí rápido, sin que ___.
4. ¿Vas a estudiar conmigo en la biblioteca esta noche?
   Sí, voy a estudiar contigo para que ___.

9-13 La vida de la residencia. Tú y tu compañero(a) de clase son miembros del comité de orientación para estudiantes de primer año y deben preparar una serie de normas de conducta *(rules of conduct)* sobre cómo comportarse en las residencias universitarias. Preparen una lista de cinco normas utilizando cláusulas adverbiales con **a menos que, con tal que, de modo que**, **para que**, **sin que**. Compartan su lista con la clase y con su profesor(a) e identifiquen las normas de conducta más importantes.

Modelo *Pueden recibir visitantes con tal que no se queden después de la medianoche.*

Heinle Grammar Tutorial:
Adverbs

DESCRIBING HOW THINGS ARE DONE

Adverbs

A. Formation

1. Most adverbs of manner in Spanish are formed by adding **-mente** to the feminine singular form of an adjective. If an adjective has no feminine form**, -mente** is added to the common form.

rápido(a)	rápidamente	elegante	elegantemente
cariñoso(a)	cariñosamente	feliz	felizmente
perfecto(a)	perfectamente	fácil	fácilmente

Note that if the adjective contains a written accent, the adverb retains it.

2. In spoken language, adjectives are frequently used as adverbs.

a. If the only function of such an adjective is to modify the verb in the sentence, the masculine singular form of the adjective is used.

Ellos hablaron rápido.
They spoke rapidly.

No saben jugar limpio.
They don't know how to play fair(ly).

b. Sometimes, however, such an adjective modifies both the verb and the subject of a sentence to some extent. In this case the adjective agrees in gender and number with the subject.

Los jóvenes vivían felices.
The young people lived happily.

Las niñas estudian contentas.
The girls are studying contentedly.

3. Adverbs are also formed by using **con** plus a noun.

claramente	con claridad
elegantemente	con elegancia
fácilmente	con facilidad
rápidamente	con rapidez

B. Usage

1. An adverb that modifies a verb usually follows the verb or is placed as close as possible to it.

Paco hizo rápidamente la tarea.
Paco completed the homework rapidly.

2. An adverb that modifies an adjective usually precedes the adjective.

Esta explicación es perfectamente clara.
This explanation is perfectly clear.

3. When two or more adverbs modifying the same word occur in a series, only the last adverb has the **-mente** ending.

Habló clara, rápida y elocuentemente.
He spoke clearly, rapidly, and eloquently.

4. When more than one word in a sentence is modified by an adverb, the last adverb may be replaced by **con** plus a noun for variety.

Estudia francés diligentemente y lo habla con fluidez.

She studies French diligently and speaks it fluently.

9-14 Para pedir información. Hazle a tu compañero(a) de clase las preguntas siguientes. Él (Ella) tiene que contestar usando un adverbio en su respuesta.

Modelo ¿Comes con rapidez?
No, no como rápidamente.

1. ¿Escribes las composiciones con claridad?
2. ¿Te llama tu familia con frecuencia?
3. ¿Canta tu cantante favorito con tristeza?
4. ¿Lees el periódico con tranquilidad todos los días?
5. ¿Haces la tarea con facilidad?

9-15 El (La) profesor(a) de esta clase. Trabajando en parejas, hagan una descripción del (de la) profesor(a) de esta clase.

Modelo El (La) profesor(a) empieza la clase *metódicamente* todos los días.

1. El (La) profesor(a) habla ___.
2. Él (Ella) ayuda a los estudiantes ___.
3. Él (Ella) escribe ___ en la pizarra.
4. Los estudiantes participan ___ en su clase.

9-16 Hábitos tecnológicos. Entrevista a tres compañeros(as) de clase sobre sus hábitos tecnológicos. Pueden escoger más de una opción en sus respuestas. Después haz un resumen de las respuestas obtenidas y compártelas con la clase.

1. ¿Con qué frecuencia usas Facebook?
   a. diariamente b. ocasionalmente c. raramente
2. ¿Mandas mensajes de texto a tus amigos(as)...?
   a. compulsivamente b. conscientemente c. frecuentemente
3. ¿Bajas música de Internet...?
   a. esporádicamente b. ilegalmente c. legalmente
4. ¿Haces investigación por Internet para tus clases...?
   a. inusualmente b. metódicamente c. periódicamente

Corto de cine

Lo importante

dirigido por Alauda Ruiz de Azúa

Lucas, un niño de doce años, es portero suplente de su equipo de fútbol. Lo que más le gustaría es jugar un partido, pero su entrenador siempre dice lo mismo: «el próximo».

(España, 2006, 12 min.)

9-17 Anticipación. Antes de ver «Lo importante», haz estas actividades.

A. Contesta estas preguntas.

1. Cuando tenías doce años, ¿practicabas algún deporte de equipo? ¿Qué deporte? ¿En qué posición jugabas? ¿Eras buen(a) jugador(a)?
2. ¿Cómo crees que deben ser los entrenadores de fútbol? ¿Crees que deben actuar de forma diferente cuando entrenan a un equipo de niños a cuando entrenan a uno de adultos? Explica por qué.
3. ¿Crees que es importante para la educación del individuo practicar un deporte de equipo? ¿Por qué?
4. En un equipo deportivo, ¿crees que es importante que todos los miembros jueguen en los partidos, o es mejor que solo jueguen los miembros más hábiles? Explica tu respuesta.
5. ¿Cuáles son las características de un equipo en el que hay cohesión? ¿Y de un equipo en el que no hay cohesión? ¿Qué debe hacer el entrenador para mantener la cohesión del equipo?
6. ¿Crees que hay veces en que lo importante es participar y no necesariamente ganar? Explica tu respuesta.

B. Completa los siguientes diálogos del corto con las formas correctas de las palabras de la lista.

animar *to cheer*	el (la) portero(a) *goalkeeper*
el (la) árbitro(a) *referee*	suplente *substitute*
el (la) entrenador(a) *coach*	tirar (el balón) *to shoot (the ball)*
mear *to urinate (vulg.)*	todo vale *anything goes*
pitar *to blow a whistle*	¡venga! *c'mon!*

1. «¿__________? ¿Te acuerdas de eso que nos dijiste a principios de curso?»
2. «¿Lo de no __________ en la ducha?»
3. «Hay muchas formas de participar. Puedes __________ a tus compañeros, recoger balones, en fin... »
4. «Hasta que __________ el árbitro, todo vale».
5. «¡Con ganas, __________!»
6. «¿Tienes o no tienes portero __________?»

9-18 A ver. Mira el corto «Lo importante». ¿Qué emociones expresa el niño?

Corto de cine

9-19 Fotogramas. Observa los fotogramas extraídos del corto. Primero, ponlos en orden cronológico. Escribe los números del 1 al 6 en los cuadros. Después, en los espacios en blanco, escribe las letras de las oraciones que correspondan a los fotogramas.

Lo importante directed by Alauda Ruiz de Azúa, Encanta Films S. L.

a. Lucas se convierte en el portero suplente.
b. El entrenador le dice a Lucas que puede participar animando al equipo.
c. El portero del equipo se lastima una pierna.
d. El equipo contrincante anota el gol final.
e. Lucas le recuerda al entrenador que lo importante es participar.
f. Lucas se va al vestidor a quitarse el uniforme.

9-20 Comprensión. ¿Entendiste el corto? Escoge la mejor opción para contestar las preguntas.

1. ¿Por qué el entrenador no le permite a Lucas jugar?
   a. porque Lucas traiciona al equipo
   b. porque Lucas no es buen jugador
   c. porque quiere darle una lección
   d. porque necesita a alguien que recoja los balones
2. ¿Cuándo tiene Lucas la oportunidad de jugar?
   a. nunca
   b. cuando habla con el árbitro
   c. cuando el portero se lastima
   d. cuando su mamá llama al entrenador
3. ¿Qué es lo más importante para el entrenador?
   a. que todos los jugadores participen
   b. tener el sábado libre
   c. que Lucas pierda peso
   d. que su equipo gane
4. Al final, ¿por qué Lucas sale de la portería?
   a. para darle una lección de respeto a su equipo
   b. porque no sabe cómo parar el balón
   c. porque quiere jugar para el otro equipo
   d. para que el entrenador esté orgulloso de él

9-21 Opiniones. En grupos de tres o cuatro estudiantes, discutan estas preguntas.

1. ¿Con quién se identifican más en el corto? ¿Por qué?
2. ¿Creen que Lucas actuó bien al final? ¿Qué habrían hecho ustedes en su lugar?
3. ¿Qué creen que sucederá después del partido? ¿Volverá Lucas a jugar con su equipo? ¿Dejará de jugar al fútbol? ¿Cambiará el entrenador su forma de actuar y de pensar?

9-22 Minidrama. En parejas, dramaticen una escena entre Lucas y el entrenador. En la conversación, Lucas explica cómo se sentía durante los entrenamientos y los partidos, por qué cree que tiene mal entrenador y por qué no paró el balón durante la final. El entrenador le dice por qué no le permitía jugar, cuáles son los aspectos más importantes para un equipo y qué opina del hecho de que Lucas no haya intentado detener el balón.

Estructura 2

Escuela al aire libre (1932)
En esta obra de Diego Rivera, una maestra rural les enseña a los campesinos. Hay alumnos de todas las edades: el mayor es un abuelo y el menor es un niño. También se puede observar que hay más hombres que mujeres.

En el pie de foto, ¿puedes identificar el comparativo? ¿Puedes identificar los superlativos?

Heinle Grammar Tutorial: *Comparisons of equality and inequality*

COMPARING AND POINTING OUT EXCEPTIONAL QUALITIES

Comparisons and superlatives

A. Comparisons of equality

The following forms are used in comparisons of equality:

tan + adjective or adverb + **como** *as . . . as*

tanto(a, os, as) + noun + **como** *as much (many) . . . as*

tanto como *as much as*

Examples:

1. with adjectives and adverbs

Paco es tan divertido como Beto.
Paco is as funny as Beto.
El chico corre tan rápidamente como su hermano.
The boy runs as rapidly as his brother.

2. with nouns

Hay tantas preguntas en este examen como en el anterior.
There are as many questions on this exam as on the one before.

3. with verbs

Estudió tanto como de costumbre.
He studied as much as usual.

B. Comparisons of inequality

The following forms are used in comparisons of inequality:

más + adjective, noun, or adverb **+ que** *more . . . than,* suffix *-er*

menos + adjective, noun, or adverb + **que** *less . . . than,* suffix *-er*

más que *more than*

menos que *less than*

Examples:

1. with adjectives

Este capítulo es menos largo que el anterior.

This chapter is shorter (less long) than the previous one.

2. with nouns

Él tiene más tarea que yo.

He has more homework than I do.

3. with adverbs

Él faltaba a clase menos frecuentemente que su hermano.

He used to miss class less frequently than his brother.

4. with verbs

Él lee más que Carlos.

He reads more than Carlos.

Before a number, **de** is used instead of **que.**

Tengo menos de cinco pesos.

I have less than five pesos.

Note: In negative sentences **que** *may be used before numerals with the meaning of* only: **No necesito más que cuatro dólares.** *(I need only four dollars.)*

C. The superlative

1. Spanish forms the superlative of adjectives *(most, least,* suffix *-est)* with the definite article plus **más** or **menos. De** is used after a superlative as the equivalent of the English *in* or *of.* Occasionally a possessive adjective replaces the definite article.

Ese es el hombre más rico del país.

That is the richest man in the country.

Esta novela es la menos interesante de todas las que leímos este semestre.

This novel is the least interesting (one) of all the ones we read this semester.

Es mi vestido más elegante.

It's my most elegant dress.

2. The definite article is not used with the superlative of adverbs.

Ese chico habla más claramente cuando no está nervioso.

That boy speaks most clearly when he is not nervous.

Esas eran las noticias que ella menos esperaba recibir.

Those were the news she least expected to receive.

3. To express the superlative of adverbs more emphatically, the following construction may be used.

lo	+	{ **más** / **menos** }	+ *adverb* +	{ **que + poder** / **posible** }

Volví lo más pronto posible.

I returned as soon as possible.

Habló lo más alto que pudo.

He/She spoke as loudly as he/she could.

Heinle Grammar Tutorial: *Superlatives and irregular comparative and superlative forms*

D. Irregular comparatives and superlatives

1. The following adjectives have irregular comparatives and superlatives:

bueno	*good*	(el) **mejor**	*better, (the) best*
malo	*bad*	(el) **peor**	*worse, (the) worst*
grande	*large, great*	(el) **mayor**	*older, (the) oldest; (larger, largest; great, greatest)*
pequeño	*small*	(el) **menor**	*younger, (the) youngest; (smaller, smallest)*

Tu hijo es buen alumno, pero el mío es mejor.

Your son is a good student, but mine is better.

The plural is formed by adding **-es.**

Son los mejores alumnos de la clase.

They are the best students in the class.

2. **Grande** and **pequeño** also have regular comparatives (**más grande** and **más pequeño**). These are the preferred forms when referring to physical size.

Alicia es la más pequeña de la familia.

Alicia is the smallest in the family.

BUT

Alicia es menor que su hermana.

Alicia is younger than her sister.

3. The following adverbs have irregular comparatives and superlatives:

bien	*well*	**mejor**	*better, best*
mal	*badly*	**peor**	*worse, worst*
mucho	*much*	**más**	*more, most*
poco	*little*	**menos**	*less, least*

Tú tocas bien el piano, pero yo lo toco mejor.

You play the piano well, but I play better.

E. The absolute superlative

1. The absolute superlative expresses a high degree of an adjective or adverb by simply using **muy** with the adjective or adverb.

   Ella canta muy bien.
   She sings very well.

2. To express an even higher or more emphatic degree of an adjective or adverb, the absolute superlative is formed by dropping the final vowel of an adjective or adverb and adding the suffix **-ísimo(a, os, as)**

   Esos chicos son rarísimos. — Me gustó muchísimo.
   Those boys are really strange. — *I liked it very much.*

Note: Very much *is always expressed by* **muchísimo.**

3. Words ending in **-co** or **-go** drop the **o** and change **c** to **qu** or **g** to **gu** before **-ísimo.**

   rico → riquísimo — largo → larguísimo

4. Words ending in **z** change **z** to **c** before **-ísimo.**

   feliz → felicísimo

5. The same effect may be achieved by using adverbs and adverbial phrases such as **sumamente** *(extremely)*, **terriblemente** *(terribly)*, and **notablemente** *(remarkably)*.

   Están sumamente preocupados. — Es notablemente fácil.
   They are extremely worried. — *It's remarkably easy.*

PRÁCTICA

9-23 Dos clases. Con un(a) compañero(a) de clase, usen **tan... como** o **tanto... como** para comparar esta clase con otra clase que ustedes tienen.

Modelo *Esta clase es tan interesante como mi clase de historia.*
Esta clase tiene tantos estudiantes como mi clase de inglés.

9-24 Tú y tu familia. Con un(a) compañero(a) de clase, usen **más... que** y **menos... que** para compararse con otros miembros de su familia.

Modelo *Yo soy más inteligente que mi hermana.*
Yo soy menos listo que mi hermano.

9-25 Lo mejor de todo. Trabajando en parejas, usen la forma superlativa para describir a las siguientes personas y lugares.

Modelo *Zac Efron es el actor más guapo de Hollywood.*

un actor	un político	una ciudad
una actriz	un(a) amigo(a)	un país

9-26 Haciendo comparaciones. Hazle estas preguntas a un(a) compañero(a) de clase. Él (Ella) debe usar una forma comparativa del adjetivo o del adverbio en las respuestas.

Modelo ¿Trabajas mucho?
Sí, trabajo mucho, pero mi amigo José trabaja más.

1. ¿Cantas bien?
2. ¿Hablas poco?
3. ¿Eres tímido(a)?
4. ¿Comes mucho?
5. ¿Eres trabajador(a)?
6. ¿Eres divertido(a)?
7. ¿Eres paciente(a)?
8. ¿Juegas mal al tenis?

9-27 La universidad. Describe esta universidad, cambiando las oraciones a la forma del superlativo **-ísimo(a, os, as).**

Modelo La universidad es muy buena.
La universidad es buenísima.

1. La biblioteca es muy moderna.
2. Algunas clases son muy largas.
3. Los libros son muy baratos.
4. Nuestros profesores son muy inteligentes.
5. La comida en la cafetería es muy sabrosa.
6. El gimnasio está muy equipado.
7. Las residencias son muy pequeñas.
8. Los estudiantes son muy ricos.

9-28 Comparaciones. Trabajando en parejas, describan a las personas y entidades en la siguiente lista, usando una forma comparativa o superlativa.

1. mi profesor(a) de español / los maestros de la escuela secundaria
2. mi hermano(a) / yo
3. el cine / la televisión
4. esta universidad / las otras universidades del estado
5. los Estados Unidos / los países hispánicos

9-29 Las bibliotecas. Con un(a) compañero(a) de clase, observen bien la foto de la Biblioteca Central de la Universidad Autónoma Nacional de México. ¿Cómo es en relación a la biblioteca central de su universidad? Preparen cinco descripciones, usando formas comparativas y superlativas.

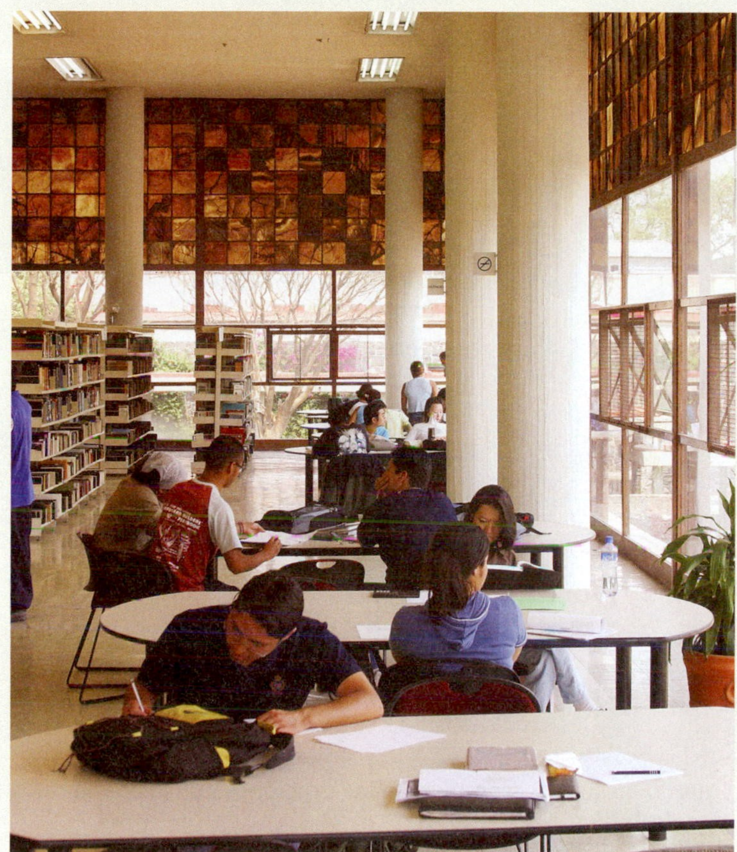

csp / Shutterstock.com

Estudiantes de la UNAM estudian en la Biblioteca Central.

Espacio literario

Vocabulario útil

Estudia estas palabras.

Verbos

crecer	*to grow*
enfrentarse a	*to confront, face*
lograr	*to achieve*
rechazar	*to reject*

Sustantivos

el cuento	*tale, short story*
la esperanza	*hope*
la infancia	*childhood*
el peligro	*danger*
la reivindicación	*claim, demand*
el sueño	*dream*
el temor	*fear*
el valor	*value*

Adjetivos

infantil	*child, childish*
laico(a)	*lay, secular*

Otras palabras y expresiones

al margen de	*regardless of, despite*
hacerse cargo de	*to take charge of*
salir adelante	*to get ahead*

9-30 Para practicar. Completa estas oraciones con las palabras del **Vocabulario útil.**

1. Peter Pan era un niño que no quería ______________ .
2. Las escuelas públicas en España no son religiosas; son ______________.
3. ______________ ______________ ______________ las injusticias de la sociedad, todos los niños en España reciben una educación.
4. Todo es posible; la ______________ es lo último que hay que perder.
5. Las generaciones pasadas lucharon mucho para ______________ un futuro mejor para los jóvenes de hoy en día.
6. Los adultos se olvidan de que los niños se ______________ a muchos problemas en la escuela.

Estrategias de lectura

- **DEDUCIR EL SIGNIFICADO SEGÚN LA RAÍZ.** Para descubrir el sentido de una palabra desconocida, puede ser útil considerar si tiene raíz común con otra palabra conocida. Por ejemplo, en el **Vocabulario útil,** observa las palabras **infancia** e **infantil**: tienen la misma raíz.
- **COMPRENDER ARTÍCULOS Y PRONOMBRES.** Según el contexto, **la** funciona como artículo definido (**la** mujer) o como pronombre de objeto directo (**la** conozco). Los pronombres neutros **ello** y **lo** se refieren a una oración o una idea mencionada anteriormente: Me hubiera gustado ser maestra, pero **ello** no fue posible. (ello=ser maestra)

9-31 Palabras relacionadas. Las siguientes palabras en negrita tienen palabras relacionadas en la lista del **Vocabulario útil.** Encuéntralas y escríbelas en el espacio en blanco.

1. Los maestros españoles han conseguido grandes **logros** en la educación, por lo que se les **valora** y respeta.
2. La niña les **contó** a sus compañeros que **soñaba** con un mundo fantástico.
3. **Espero** que el estudiante no sufra ningún **rechazo.**

9-32 En anticipación. ¿A qué se refieren las palabras indicadas en estas oraciones?

1. Los cuentos no son solo para niños. Los adultos también aprenden leyéndo**los**.
2. La reina, fingiendo ser una anciana, le da una manzana envenenada a Blancanieves. Ella se **la** come.
3. El flautista de Hamelín debe contagiar a los niños con su felicidad. Su arma para lograr**lo** son las palabras.
4. Los hermanos Grimm, además de lingüistas, eran escritores. Prueba de **ello** es la gran colección de cuentos infantiles que publicaron.

Espacio literario

Eduardo Verdugo/AP/Corbis

PhotoConcepts/the Agency Collection/Getty Images

Por una escuela pública, laica y literaria

escrito por Gustavo Martín Garzo

El escritor español Gustavo Martín Garzo (1948-) es licenciado en Filosofía y Letras y especializado en Psicología. Además de escritor, es también fundador de dos revistas literarias y ha colaborado en varios medios con sus artículos. El artículo que se presenta a continuación se publicó en el periódico español *El País*. En él nos habla sobre su visión de la educación, haciendo hincapié *(stressing)* en la felicidad y los cuentos infantiles.

Son numerosos los cuentos infantiles que giran sobre° el temor de los niños a ser rechazados por los adultos. Suelen° terminar con el regreso a casa de sus pequeños protagonistas. Cuando esto sucede, ya no son los mismos que aquellos que fueron abandonados. Se han enfrentado a los peligros del mundo y regresan preparados para asumir° los compromisos del crecimiento. Y lo hacen, esto suele olvidarse, portando° con ellos los tesoros del mundo de la infancia: las riquezas de la bruja°, la gallina° de los huevos de oro, el botín° que se guardaba en la cueva de Alí Babá.

are about
They usually
to assume
carrying; witch
hen; loot

Los cuentos maravillosos contienen una enseñanza para niños y adultos. Al niño le dicen que la vida es extraña, y que tendrá que enfrentarse a numerosos peligros al crecer, pero que si es noble y generoso logrará salir adelante; y al adulto, que no debe abandonar del todo su infancia, pues su vida se empobrecerá° si lo hace. «Somos todos», escribió Ortega, «en varia medida, como el cascabel°, criaturas dobles, con una coraza° externa que aprisiona° un núcleo íntimo siempre agitado y vivaz°. Y es el caso que, como el cascabel, lo mejor de nosotros está en el son° que hace el niño interior al dar un brinco° para libertarse y chocar° con las paredes de su prisión».

will become less fulfulling
rattlesnake; shield; imprisons
vivacious
sound; jump
to crash

Nadie puede discutir el papel° que ha representado la escuela pública en esta reivindicación de la autonomía de la infancia, ni el esfuerzo que se han visto obligados a realizar varias generaciones de maestros y maestras para lograr una enseñanza que no se dirija° a un niño privilegiado sino al niño único, a ese niño que en el fondo° son todos los niños, al margen de su sexo, clase, raza, religión o capacidad.

role
address; deep down

La enseñanza debe ser pública, laica y, como afirma Federico Martín Nebreda, literaria. Sólo siendo pública se asegurará la igualdad de oportunidades, y la atención a los menos favorecidos; sólo siendo laica, sus valores serán los principios universales de la razón y no estarán dictados por ninguna iglesia ni sujetos a dogmas particulares. Y sólo siendo literaria el adulto acertará a° ponerse en el lugar de los niños y a mirar por sus ojos. Porque es verdad que los niños van a la escuela a aprender una serie determinada de saberes, matemáticas, geografía, ciencias naturales, pero también a hablar con esa voz que sólo a ellos pertenece y que hay que saber escuchar.

will manage to

A la educación racional, basada en la trasmisión ordenada de conocimientos objetivos, debe añadirse otra, basada en el amor y en el reconocimiento del valor y el misterio de la infancia. Montaigne no aprobaba la pasión de hacer carantoñas° a los recién nacidos, por considerar que carecían de° toda actividad mental y eran indignos° de nuestro amor, llegando a no soportar que se les diera de comer en su presencia, y durante mucho tiempo el niño que era demasiado pequeño para participar en la vida de los adultos era considerado un ser inferior que debía permanecer en el ámbito doméstico y de las mujeres. Pero el niño es algo más que una criatura imperfecta a la que hay que llevar de la mano hasta que se transforme en alguien semejante a nosotros. El niño, como ha dicho

caresses; they lacked
unworthy

François Dolto, es el *médium* de la realidad. Su voz, como la del poeta, es la otra voz, la voz que nos sitúa en el ámbito de esas experiencias básicas, la del conocimiento, la del amor, la de la imaginación, sin las que nuestro corazón se agostaría° inevitablemente.

would die

Por eso la escuela debe ser literaria y el maestro, antes que nada, alguien que cuenta cosas. Un maestro no necesita para esta tarea que los niños le entiendan, debe arreglárselas° para que le sigan, para que vayan donde él va. Como el flautista de Hamelín, debe contagiar a los niños su felicidad y su arma° para lograrlo son las palabras. No las palabras de las creencias, que le dicen al niño cómo debe pensar y vivir; sino las palabras libres del relato, que le animan a° encontrar su propio camino. Sherezade encanta al sultán con sus historias y así logra salvar la vida; la Pequeña Cerillera° ilumina el mundo con sus frágiles fósforos° , y en un cuento de *Las mil y una noches* un muchacho ve cómo un grupo de ladrones hace abrirse la montaña donde guardan sus tesoros con una palabra. Las palabras de la escuela deben ser ese *¡ábrete Sésamo!* capaz de abrir las piedras y llevar al niño a la cueva donde se guardan los tesoros del corazón humano. Pero también, como las llamas° de la cerillera, deben ayudarle a ver el mundo. No sólo a ver mejor, sino a ver lo mejor, como quería Juan de Mairena.

manage
weapon
encourage
"The Little Match Girl"
matches
flames

Rainer Maria Rilke escribió que la verdadera patria° del hombre es la infancia. Frente a la idea de la infancia como un mero estadio de transición hacia el estado adulto, el poeta alemán postula° la autonomía radical de la infancia. Aún más, la ve como un estadio superior de la vida, como esa patria a la que antes o después es necesario volver. George Bataille dijo que la literatura es la infancia recuperada°; George Braque, que cuando dejamos de ser niños estamos muertos; y J. M. Barrie, el autor de *Peter Pan*, que los dos años son el principio del fin. No se trata de que el niño no deba crecer, sino de valorarle por eso que es en sí mismo y que le hace ser soberano de un reino° del que solo él tiene la llave.

fatherland
calls for
recovered
kingdom

Las palabras de la literatura hablan de esa patria perdida. Hacen vivir las preguntas, nos enseñan a ponernos en lugar de los demás y tienden puentes entre realidades separadas: el mundo del sueño y el mundo real, el de los vivos y los muertos, el de los animales y los hombres. Las palabras de la escuela deben seguir esta senda. ¿Cómo podría ponerse en contacto un maestro o una maestra, que son adultos, con un niño si no es con palabras así?

La educación debe tener un contenido romántico. Se educa al niño para decirle que en este mundo, por muy raro que pueda parecer, es posible la felicidad. Educar es ayudar al niño a encontrar lugares donde vivir, donde encontrarse con los otros y aprender a respetarles. Lugares, a la vez, de dicha y de compromiso. Donde ser felices y hacernos responsables de algo. Blancanieves huye° al bosque, se encuentra con la casa de los enanitos y pasa a ser una más en su pequeña comunidad; Ricitos de oro, al utilizar los platos, sillas y camas de los osos se está preguntando sin saberlo por su lugar entre los otros. Una casa

runs away

hecha para escuchar a los demás y estar pendiente de sus deseos y sueños, donde hacernos cargo incluso de lo que no entendemos, así deberían ser todas las escuelas.

Educar no es pedirle al niño que renuncie a sus propios deseos, sino ayudarle a conciliar° esos deseos con los deseos de los demás. En un cuento de *Las mil y una noches* dos niños viven felices en su palacio, donde tienen todo lo que pueden desear. Una tarde ayudan a un anciano y este, en señal de agradecimiento, les habla de un jardín donde pueden encontrar las cosas más maravillosas. Y los niños, desde que oyen hablar de un lugar así, solo viven para encontrarlo. Adorno dijo que la filosofía era preguntarnos no tanto por lo que tenemos sino por aquello que nos falta. Eso mismo debe hacer la educación, incitar al niño a no conformarse, a buscar siempre lo mejor. ¿Para qué le contaríamos cuentos si no tuviéramos la esperanza de que puede encontrar en el mundo un lugar donde los pájaros hablan, los árboles cantan y las fuentes son de oro? Aún más, ¿si no fuera para encontrar también nosotros, los adultos, gracias a los niños, lugares así?

reconcile

9-33 Comprensión. Contesta las siguientes preguntas.

1. Según el artículo, ¿qué enseñan los cuentos a los niños? ¿Y a los adultos?
2. ¿Cómo debe ser la enseñanza según el autor? ¿Por qué?
3. ¿Qué comparación establece Martín Garzo entre *El flautista de Hamelín* y los maestros?
4. ¿Qué quiere decir «las palabras de la escuela deben ser ese *¡ábrete Sesamo!*»?
5. ¿Por qué dice el autor que la educación debe tener un contenido romántico?
6. ¿Qué analogía se establece en el artículo entre educar y *Las mil y una noches*?

9-34 Opiniones. Expresa tu opinión personal.

1. ¿Estás de acuerdo en que la enseñanza deba ser pública? ¿Y laica? ¿Y literaria? Explica tu opinión.
2. ¿Crees que la enseñanza que describe Martín Garzo es una utopía? ¿Cómo es la enseñanza en tu país? ¿Es pública, laica y literaria?
3. Debido a la crisis económica en España se han hecho muchos recortes *(budget cuts)* en la educación. ¿Piensas que el autor podría haber escrito este artículo como un acto de reivindicación? ¿Por qué? ¿Qué ejemplos encuentras en el texto para defender tu opinión?
4. En las palabras del autor, «se educa al niño para decirle que en este mundo, por muy raro que pueda parecer, es posible la felicidad». ¿Estás de acuerdo con esta afirmación? ¿Qué es más importante: el contenido romántico del que habla el autor o el contenido racional? Según tú, ¿cómo debe ser la educación?

9-35 A escribir. Eres un(a) periodista que acaba de entrevistar a un(a) estudiante participante en una protesta estudiantil. Escribe un reportaje breve sobre la protesta. Incluye citas *(quotes)* del entrevistado (o de la entrevistada).

See Student Activities Manual *for this chapter's writing strategy:* ***El reportaje***.

Exploración

Ocean/Corbis

Investiga acerca de un programa de estudios en el extranjero

Los programas de estudios en el extranjero *(study abroad programs)* te permiten combinar los estudios académicos con el estudio de un idioma. Si vives en un país hispánico, podrás mejorar tu nivel de español y conocer la cultura más a fondo.

A Enfoque geocultural.

Uno de los países hispanohablantes que ofrece programas para estudiantes internacionales es Costa Rica. ¿Qué sabes sobre este país centroamericano? Completa las oraciones con la información correcta.

1. Costa Rica tiene costas sobre el océano ______________ y el mar ______________.
2. La capital, ______________, está en el Valle Central.
3. Costa Rica es un país pequeño: tiene alrededor de ______________ de habitantes.

Costa Rica
Población: 4 300 000
Capital: San José
Moneda: colón (¢)

B A ver.

¿Quieres saber más sobre Costa Rica? Mira el video cultural en iLrn.

C La educación en Costa Rica.

Lee la siguiente información sobre la educación en Costa Rica. ¿Es Costa Rica un lugar donde te gustaría estudiar? ¿Cuáles son algunas diferencias entre el sistema educativo de Costa Rica y el de los Estados Unidos?

Desde el comienzo de su historia, los gobernantes de Costa Rica le han dado mucha importancia a la educación. Muchos de ellos fueron maestros también. Entre los más destacados está José María Castro Madriz, primer presidente de la República elegido en 1847, quien impulsó la educación de la mujer. Unos veinte años después, en 1869 Costa Rica se convirtió en el primer país latinoamericano en declarar la enseñanza primaria gratuita y obligatoria. La universalización de la educación primaria fue un medio importante para solidificar la identidad nacional y consolidar las relaciones entre clases sociales. También mejoró el nivel de alfabetismo° de forma dramática: en 1880 solamente el 10% de adultos podía leer; en 1950 el 80%;

° *literacy*

y hoy el 95% de adultos puede leer, el índice más alto de Centroamérica. Muchos creen que este nivel alto de alfabetismo contribuyó al desarrollo económico del país y al estándar de vida satisfactorio de los ciudadanos.

El sistema de educación está divido en tres secciones: la educación primaria (del 1° al 6° grado), la educación secundaria (del 7° al 11° grado) y la educación universitaria (que dura entre 4 y 7 años). El año escolar comienza en febrero y termina en diciembre, con un descanso de dos o tres semanas entre semestres. Todo estudiante tiene que tomar las pruebas° nacionales de rendimiento° en el 6° y el 9° grados para poder avanzar al siguiente año escolar, y en el 11° grado para obtener el título de bachiller.

tests

performance

Mientras que las escuelas privadas de secundaria son muy populares y numerosas, en el nivel superior las universidades públicas tienen mayor prestigio. La Universidad de Costa Rica (UCR) tiene la mejor reputación del país. También es la más antigua y la más grande de Costa Rica; cuenta con 35 000 estudiantes. Para ingresar, el candidato tiene que tomar la Prueba de Aptitud Académica (parecida al SAT) y presentar dos opciones de carrera. Luego, de acuerdo con la nota y el número de vacantes en la carrera elegida, el estudiante es admitido o «gana un espacio». Es un proceso competitivo: generalmente hay más de 18 000 candidatos para 8 000 cupos°. Quienes no logran entrar generalmente buscan empleo o tratan de ingresar a una universidad privada.

available slots

D ¡Manos a la obra!

¿Te gustaría estudiar en la Universidad de Costa Rica o en una universidad de España o de Hispanoamérica? Busca información en Internet sobre programas de estudios en el extranjero *(study abroad programs)* en alguna universidad hispanoamericana. Sigue estos pasos.

1. Inserta las palabras de búsqueda «universidades de (país de tu elección)».
2. Escoge una universidad y anota la siguiente información:
   - El nombre de la universidad y algunos datos interesantes
   - Los requisitos para estudiar en esa universidad
   - El costo de estudiar allí durante un semestre
   - El tipo de alojamiento *(lodging)* que escogerías
3. Presenta la información por escrito u oralmente en formato video.

E ¡Comparte!

Sube tu informe escrito o tu video en la sección de *Share It!* en iLrn. No te olvides de ofrecer comentarios a las presentaciones de tus compañeros.

Vocabulario

Verbos

convenir (ie) *to suit*
disparar *to shoot*
especializarse *to major, to specialize*
herir (ie) *to wound*
huir *to flee, run away*
impedir (i, i) *to stop, keep from*
lesionarse *to be wounded*
recordar (ue) *to remember*
rodear *to surround*

Sustantivos

la asistencia *attendance*
el diario *daily newspaper*
el disparo *gunshot*
el edificio *building*
el ejército *army*
la elección *choice*
la instrucción *instruction, teaching*
el (la) manifestante *demonstrator*
la matrícula *tuition*
el (la) redactor(a) *editor*
el reportaje *newspaper article*
el requisito *requirement*
el soldado *soldier*
el título *degree*

Adjetivos

escolar *pertaining to a school*
estudiantil *pertaining to students*
gratuito(a) *free*
particular *private*
superior *higher*

Otras palabras y expresiones

el derramamiento de sangre *bloodshed*
sin advertencia *without warning*

Capítulo

10 La vida urbana

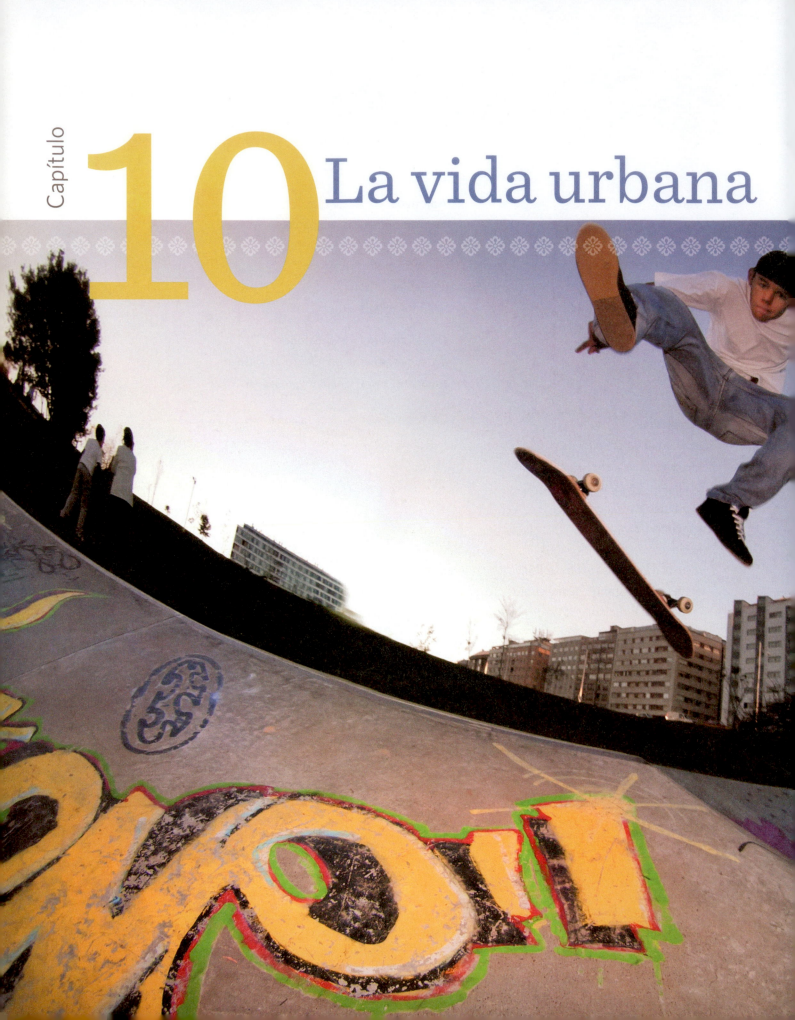

Antonio Martín Sotelo/Flickr/Getty Images

Contenido

«La ciudad es de todos»

Enfoque cultural

Vocabulario útil

Estudia estas palabras.

Verbos

atraer	*to attract*
fundar	*to found, to create*
mudarse	*to move, to change residence*
provenir de (ie)	*to come from*

Sustantivos

las afueras	*outskirts*
el centro	*downtown*
el crecimiento	*growth*
el cruce	*intersection*
la estatua	*statue*
el lazo	*tie, connection*
el metro	*subway*
el rascacielos	*skyscraper*
el sabor	*flavor*

Adjetivos

antiguo(a)	*old, antique*

Otras palabras y expresiones

a partir de	*starting out in*

10-1 Para practicar. Trabajen en parejas para hacer y contestar estas preguntas, usando el vocabulario de la lista.

1. ¿Cómo es la ciudad donde naciste? ¿Qué población tiene? ¿Es muy antigua? ¿Sabes cuándo fue fundada? ¿Tiene metro? ¿Tiene rascacielos? ¿Cuántos pisos tiene el rascacielos más alto?
2. ¿Te gusta ir de compras? ¿Vas frecuentemente de compras por el centro o prefieres hacer compras en las afueras? ¿Cuál es tu tienda preferida? ¿Qué te atrae de esa tienda?
3. ¿Sabes a partir de qué año vive tu familia en este estado? ¿Te has mudado alguna vez? ¿Todavía mantienes lazos con las personas del barrio donde vivías antes?

Estrategias de vocabulario

LAS PALABRAS CON SIGNIFICADOS MÚLTIPLES

Algunas palabras tienen más de un significado. Por ejemplo, **lazo** puede significar ***1. nudo de cinta u otro material que sirve para sujetar o adornar; 2. cinta para adornar el pelo; 3. cuerda para atrapar algunos animales; 4. unión, conexión.*** El significado que tiene en una oración depende del contexto. He aquí otras palabras con significados múltiples.

BANCO	CURA	PATRÓN
1. asiento 2. lugar para guardar dinero	1. tratamiento para una enfermedad 2. sacerdote	1. persona que manda 2. modelo para la confección 3. santo de un pueblo
CITA	ESTACIÓN	TIPO
1. encuentro 2. referencia textual	1. época del año 2. terminal 3. emisora de radio	1. ejemplar característico 2. clase 3. individuo
COLA	FALDA	VELA
1. pegamento 2. parte del animal 3. fila	1. prenda de vestir 2. parte baja de una montaña	1. del verbo velar 2. pieza de un barco que recibe el viento 3. de cera para alumbrar, candela

10-2 **Deducir el significado.** Usa el contexto para deducir el significado de las palabras en negrita. Para cada una, indica el número de la definición que aparece en la tabla.

1. La **cola** del cine llegaba hasta la esquina.
2. Este mercado vende hierbas medicinales y otras **curas**.
3. Si tomas la **cita** de Internet, indica el autor, la fecha y la referencia digital.
4. Prendieron una **vela** en conmemoración del joven muerto.
5. En la ciudad hay restaurantes de todo **tipo**.
6. El parque metropolitano necesita más **bancos**.
7. El trabajador le pidió a su **patrón** que le aumente el salario.
8. ¿Puedes recogerme en la **estación** de tren este domingo?
9. Vive en una granja en la **falda** del volcán.

Enfoque cultural

Abraham Nowitz/National Geographic/Getty Images

La ciudad hispánica

En muchas culturas la ciudad ejerció siempre una gran atracción sobre el pueblo como el centro de una mejor calidad de vida. A continuación vamos a examinar algunas de las grandes ciudades hispánicas y las actitudes de los hispanos hacia la vida urbana.

Grandes ciudades hispánicas

Con la importancia de la ciudad, tanto en la Península Ibérica como en las culturas indígenas, era natural que durante la colonización se pusiera mucho énfasis en los centros urbanos del Nuevo Mundo. La Ciudad de México y Lima eran las ciudades principales de las colonias, pero Buenos Aires no tardó en cobrar suma° importancia comercial. La Habana, Caracas, Bogotá y Santiago de Chile asumieron su verdadera trascendencia en el siglo XIX; la Ciudad de México, Lima y Buenos Aires contienen el pasado colonial.

extreme

La Ciudad de México fue construida, en un acto simbólico de la dominación española, literalmente encima de los escombros° de Tenochtitlán, la extraordinariamente avanzada capital azteca. Hoy los rascacielos al lado de edificios coloniales y ruinas aztecas son buen ejemplo de la mezcla de lo moderno y lo antiguo.

rubble

La capital del Perú moderno, Lima, también muestra el pasado lejano, pero con una importante diferencia: los incas establecieron sus centros urbanos en las montañas, los españoles preferían las regiones costeras. Por eso, en 1535 los españoles abandonaron Cuzco, en los Andes, que había sido la primera capital. Y es así como Lima, entonces, no fue construida sobre las ruinas de una ciudad indígena.

La capital de la República Argentina, Buenos Aires, fue fundada en 1536 pero no adquirió gran importancia hasta el siglo XVIII, porque España solo permitió que los productos salieran por Lima a fines de ese siglo. Cuando el puerto de Buenos Aires se abrió al comercio, su situación geográfica le aseguró un crecimiento continuo.

10-3 Comprensión. Responde según el texto.

1. ¿Por qué se construyó la Ciudad de México sobre las ruinas de Tenochtitlán?
2. ¿Cómo y por qué fue distinta la fundación de Lima?
3. ¿Cuándo asumió Buenos Aires su puesto de importancia?

Enfoque cultural

Steve Allen/Brand X Pictures/Getty Images

El aspecto físico de la ciudad hispánica

Hay ciertos aspectos físicos característicos de casi toda ciudad hispánica típica. En primer lugar, las grandes ciudades se fundaron antes que las ciudades norteamericanas y retienen por lo tanto un sabor más antiguo. Por lo general, ha habido menos tendencia a derribar° los edificios antiguos que en los Estados Unidos: se reforman° por dentro y por fuera mantienen su apariencia original.

tear down

they are remodeled

Otro aspecto notable es la falta de simetría de las calles: corren en todas direcciones, lo cual crea cruces de una complicación formidable. Tanto en España como en América, se usan rotondas° para el tránsito de estos cruces. Las rotondas frecuentemente contienen monumentos, fuentes, estatuas u otros elementos decorativos.

roundabouts, traffic circles

En general, las ciudades han crecido alrededor de una plaza central donde se encuentran la catedral, la casa de gobierno, los bancos, los negocios grandes y los hoteles principales. Se han añadido otras plazas menores sin patrón, al azar°, que forman los centros de los barrios residenciales de la ciudad.

random

10-4 Comprensión. Completa las oraciones según el texto.

1. Las grandes ciudades hispánicas tienen un sabor más antiguo que las de los Estados Unidos porque ____________________.
2. Tres cosas que se encuentran con frecuencia en las rotondas son ____________________.
3. Por lo general, un edificio que se suele ver en la plaza central es ____________________.

El significado de la ciudad en el mundo hispánico

«La más grande empresa de creación de ciudades llevada a cabo°... en toda la historia fue la desarrollada° por España en América a partir de 1492, que llenó un continente de ciudades...» dice Fernando Terán, arquitecto y urbanista. Las estadísticas indican que hasta recientemente la tasa° de crecimiento de las ciudades llega al doble de la población total. Los problemas son obvios, como la incapacidad de los centros urbanos de asimilar° a tantas personas, el desempleo, la pobreza y el descontento social resultantes°.

carried out
the one developed
rate
to assimilate
resulting

En el siglo XIX el escritor y político argentino, Domingo Faustino Sarmiento, formuló una interpretación de la sociedad argentina a través del conflicto entre «la civilización y la barbarie°». Con la «civilización», Sarmiento identificaba la ciudad de Buenos Aires y con la «barbarie», la pampa argentina. Este concepto sirvió como base del pensamiento hispanoamericano durante todo un siglo. La actitud hispánica hacia la ciudad como centro de la civilización y la modernidad aún persiste en la actualidad.

barbarism

Andy Caulfield/Stockbyte/Getty Images

10-5 Comprensión. Responde según el texto.

1. ¿Cuál es la actitud general de los hispanos hacia la ciudad?
2. ¿Cuáles son algunos problemas del crecimiento de las ciudades?
3. ¿Con qué asociaba Sarmiento «la civilización y la barbarie» ?

10-6 Opiniones. Expresa tu opinión personal.

1. ¿Cuál de las ciudades descritas te parece más interesante? ¿Por qué?
2. ¿Qué elementos de la vida urbana te atraen más?
3. ¿Crees que los aspectos más valiosos de una sociedad están en los centros urbanos o en las zonas rurales?

Estructura 1

El autobús (1962)
Si fueras al Museo de Arte Moderno en Nueva York, verías este aguafuerte (etching) *del surrealista chileno Roberto Matta. Fíjate en las formas de la obra. Parecen sugerir que en la metrópoli las regulaciones del tráfico rigen el movimiento del ser humano, que también se encuentra encerrado dentro del espacio limitado del vehículo.*

En el pie de foto, ¿puedes identificar la cláusula con ***si****? ¿Puedes identificar el verbo que lleva preposición?*

TALKING ABOUT HYPOTHETICAL SITUATIONS

If clauses

Heinle Grammar Tutorial:
If clauses (hypothetical situations)

A. Subjunctive and indicative in *si* clauses

In Spanish as in English, **si** or *if* clauses may express conditions that are factual or conditions that are contrary to fact. The verb tense used in a Spanish **si** clause depends on the factual or nonfactual nature of the condition.

1. When a **si** clause expresses a simple condition or a situation that implies the truth or an assumption, the indicative mood is used in both the **si** clause and the result clause of the sentence.

Si tengo bastante dinero, iré contigo. ¿De acuerdo?
If I have enough money, I will go with you. Agreed?
Si continúas hablando, vas a perder el avión.
If you continue talking, you are going to miss the plane.
Si no tenían mucho trabajo, tomaban los fines de semana libres.
If they didn't have too much work, they took weekends off.

2. When a **si** clause states a hypothetical situation or something that is contrary to fact (not true now nor in the past) or unlikely to happen, the imperfect or past perfect subjunctive is used. The result clause is usually in the conditional or the conditional perfect.

Si pudiera, iría en metro.
If I could, I would go by subway.
Si hubiera sabido que estaban ocupadas, no las habría molestado.
If I had known they were busy, I would not have bothered them.
Si él fuera a México, vería las ruinas aztecas.
If he should (were to) go to Mexico, he would see the Aztec ruins.

¿Qué harías **si** tuvieras un millón de dólares?
What would you do if you had a million dollars?
Si tuvieras más cuidado, no perderías las cosas.
If you were more careful, you wouldn't lose things.

3. When **si** means *if* in the sense of *whether,* it is always followed by the indicative.
No sé **si** lo haré o no.
I don't know if (whether) I'll do it or not.

B. Clauses with *como si*

Como si *(as if)* implies an untrue or hypothetical situation. It always requires the imperfect or past perfect subjunctive.

Pinta **como si** fuera Picasso.
He paints as if he were Picasso.
Hablaban **como si** no hubieran oído las noticias.
They were talking as if they hadn't heard the news.
¡**Como si** nosotros tuviéramos la culpa!
As if we were to blame!

PRÁCTICA

10-7 Varios pensamientos. Completa estos pensamientos de un(a) estudiante con la forma correcta de los verbos entre paréntesis.

1. Si ellos (tener) ___________ más paciencia, estudiaríamos juntos.
2. Si yo (haber) ___________ estudiado mis apuntes, habría salido mejor en el examen.
3. Si ellas (sacar) ___________ buenas notas, obtendrán una beca.
4. La profesora me habló como si (ser) ___________ mi madre.
5. Si nosotros (tomar) ___________ el metro, llegaríamos a la universidad en diez minutos.
6. Si el profesor (hablar) ___________ más despacio, los alumnos lo entenderían mejor.
7. Si los estudiantes (haber) ___________ comido un bocadito antes de salir, no habrían tenido hambre durante el examen.
8. Si yo (poder) ___________ encontrar mi diccionario, haré la traducción para mañana.
9. Tomás estudiaba como si le (gustar) ___________ el curso.
10. Si Pablo y Ana (compartir) ___________ piso, gastarían menos.

10-8 Ideas originales. Trabajando en parejas, completen estas oraciones con ideas originales.

1. Si todos los días fueran domingo, ___.
2. Si pudiera vivir en cualquier ciudad del mundo, ___.
3. Viviría en una zona rural si ___.
4. Si pudiera cambiar algo de esta ciudad, ___.
5. Si pudiera solucionar uno de los problemas globales, ___.
6. Si tuviera poder de decisión en la dirección de la universidad, ___.
7. Si asistiera a otra universidad, ___.
8. Si cambiara mi vida de estudiante, ___.

10-9 Impresiones. Completa estas oraciones de una manera lógica y original. Luego compara tus impresiones con las de otro(a) compañero(a) de clase. ¿Tienen muchas impresiones en común?

1. Mi profesor(a) habla como si ___.
2. El presidente de la universidad anda como si ___.
3. Mi madre escribe como si ___.
4. Los estudiantes estudian como si ___.
5. Mis amigos gastan dinero como si ___.

10-10 Una visita a una ciudad hispánica. Trabajando en grupos, tomen turnos diciendo qué ciudad hispánica les gustaría visitar y por qué. Hablen de lo que harían allí. Después de que todos hayan hablado, voten a cuál de las ciudades mencionadas irían ustedes. ¿Qué ciudad es la ganadora de la clase?

DESCRIBING VARIOUS ACTIONS

Verbs followed by a preposition

Certain verbs require a preposition when followed by an infinitive or an object noun or pronoun. In the lists below, note the following:

A few verbs are regularly used with either of two prepositions.

entrar **en**	*or* entrar **a** *to enter (into)*
preocuparse **con**	*or* preocuparse **de** *to be concerned with, to worry about*

Many verbs may take more than one preposition, their meaning varying according to which preposition is used.

acabar **con**	*to put an end to*	dar **con**	*to come upon, meet*
acabar **de**	*to have just*	pensar **de**	*to think of (have an opinion of)*
dar **a**	*to face*	pensar **en**	*to think of (have on one's mind)*

Pensar *may also be followed directly by an infinitive, in which case it means* to intend to.

A. Verbs that take the preposition *a*

1. Verbs taking **a** before an infinitive

acostumbrarse a *to get used to*
aprender a *to learn to*
ayudar a *to help to*
comenzar a *to begin to*
empezar a *to begin to*
enseñar a *to teach to*
invitar a *to invite to*
ir a *to be going to*
negarse a *to refuse to*
ponerse a *to begin to*
prepararse a *to prepare to*
volver a *to do something again*

2. Verbs taking **a** before an object

acercarse a *to approach*
asistir a *to attend*
dar a *to face*
dirigirse a *to go toward; to address oneself to*
entrar a *to enter*
ir a *to go to*
llegar a *to arrive at (in)*
oler a *to smell of*
responder a *to answer*
saber a *to taste of*

B. Verbs that take the preposition *con*

1. Verbs taking **con** before an infinitive

contar con *to count on*
preocuparse con *to be concerned with*
soñar con *to dream of*

2. Verbs taking **con** before an object

casarse con *to marry*
contar con *to count on*
cumplir con *to fulfill one's obligation toward*
dar con *to meet, to come upon*
encontrarse con *to meet*
quedarse con *to keep*
soñar con *to dream of*
tropezarse con *to run across, to come upon*

C. Verbs that take the preposition *de*

1. Verbs taking **de** before an infinitive

acabar de *to have just*
acordarse de *to remember to*
alegrarse de *to be happy to*
dejar de *to stop*
encargarse de *to take charge of*
haber de *to have to*
olvidarse de *to forget to*
preocuparse de *to be concerned about*
quejarse de *to complain of*
terminar de *to finish*
tratar de *to try to*

2. Verbs taking **de** before an object

acordarse de *to remember*
aprovecharse de *to take advantage of*
burlarse de *to make fun of*
depender de *to depend on*
despedirse de *to say good-bye to*
disculparse de *to apologize for*
disfrutar de *to enjoy*
dudar de *to doubt*
enamorarse de *to fall in love with*
gozar de *to enjoy*
mudar(se) de *to move*
olvidarse de *to forget*
pensar de *to think of, to have an opinion about*
reírse de *to laugh at*
servir de *to serve as*

D. Verbs that take the preposition *en*

1. Verbs taking **en** before an infinitive

confiar en *to trust to*
consentir en *to consent to*
consistir en *to consist of*
insistir en *to insist on*
pensar en *to think of, about*
tardar en *to delay in, to take long to*

2. Verbs taking **en** before an object

confiar en *to trust*
convertirse en *to turn into*
entrar en *to enter (into)*
fijarse en *to notice*
pensar en *to think of, to have in mind*

PRÁCTICA

10-11 Preposiciones. Completa estas oraciones con una preposición si es necesaria.

1. Las mujeres se acercaron ______________ la puerta sin leer el letrero.
2. La tarea consiste ______________ leer el cuento.
3. Nosotros queremos ______________ ir al partido de fútbol.
4. Mi primo se enamoró ______________ una pelirroja.
5. Se alegran ______________ recibir una carta de su abuela.
6. La doctora espera ______________ llegar temprano a la universidad.
7. Los estudiantes se ponen ______________ estudiar a las diez.
8. El abogado siempre ha cumplido______________ su palabra.

10-12 Imagínate. Completa estas oraciones de manera lógica. Luego compara tus respuestas con las de otro(a) compañero(a) de clase. ¿Tienen algo en común?

1. En esta clase nosotros (aprender a) ___.
2. Todas las semanas yo (asistir a) ___.
3. Después de graduarme, yo (soñar con) ___.
4. Este verano mi familia y yo (disfrutar de) ___.
5. Antes de dormirme, yo (pensar en) ___.

10-13 Información personal. Escribe cinco oraciones que describan cosas que tú haces. Luego, escribe cinco preguntas y házselas a un(a) compañero(a) de clase. Usa palabras de la lista para formar tus oraciones y tus preguntas.

Modelo *Me encuentro con mis amigos después de la clase. ¿Con quién te encuentras tú?*

1. acostumbrarse a
2. dirigirse a
3. contar con
4. encontrarse con
5. quejarse de
6. burlarse de
7. despedirse de
8. consistir en
9. insistir en
10. fijarse en

10-14 Historias de la ciudad. Trabajen en parejas. Miren la imagen de la calle Preciados en Madrid, España, y escriban una crónica de la gente de la ciudad. Utilicen los verbos de la lista.

dejar de	empezar a	pensar en	soñar con
disfrutar de	olvidarse de	preocuparse de	volver a

Krzysztof Dydynski/Lonely Planet Images/Getty Images

Corto de cine

Eli Kluck/Getty Images
Hemis.fr RM/Getty Images

Barcelona Venecia

dirigido por David Muñoz

En este corto con elementos de ciencia ficción, un hombre viaja accidentalmente de Barcelona, España, a Venecia, Italia. (España, 2009, 4 min.)

10-15 Anticipación. Antes de ver «Barcelona Venecia», haz estas actividades.

A. Contesta estas preguntas.

1. ¿Alguna vez te has perdido en un lugar completamente desconocido? ¿Qué te pasó?
2. ¿Te gustan las películas de ciencia ficción? ¿Por qué sí o por qué no?
3. En física, ¿qué son los «agujeros de gusano» *(wormholes)*? En ciencia ficción, ¿que son los «viajes interdimensionales»?
4. ¿Te gustaría poder viajar instantáneamente de una ciudad a otra? ¿Adónde irías? ¿Qué harías allí?
5. ¿A qué compañía o industria no le gustaría la idea del teletransporte (el viajar instantáneamente por el espacio)? ¿Por qué?

B. Completa los siguientes diálogos extraídos del corto con palabras de la lista. Cuando uses un verbo, es posible que tengas que conjugarlo.

atravesar *to cross*	la postura *position*
el agujero *opening, hole*	los matones *thugs*
la cautela *caution*	no les hace gracia *they don't like it at all*
el elenco *list*	el sablazo *rip off*
extraño(a) *strange, odd*	terrestre *terrestial*
el gesto *gesture*	vigilar *to watch, to keep an eye on*

1. «Pero, ¿qué demonios? Federico, me ha ocurrido algo muy ______________».
2. «Si usted cruza ese espacio, ese error dimensional, haciendo la ______________ exacta en que todas las moléculas de su cuerpo sean capaces de ______________lo, llega automáticamente al otro extremo».
3. «Ahora hay que proceder con ______________».
4. «Las salidas suelen estar ______________, sobre todo en Italia».
5. «Puedes no pagar en hoteles y desaparecer [...] cometer asesinatos impunemente... Hay todo un ______________ de posibilidades».
6. «Esto a las compañías aéreas no les hace ninguna ______________».
7. «Por eso han contratado ______________ para que vigilen los agujeros de salida».
8. «Acabo de pagar quinientos [...] por un billete de avión a Barcelona. ¡Ha sido un ______________!»
9. «Hice un ______________ que debía ser especial».

10-16 A ver. Mira el corto «Barcelona Venecia». ¿Qué impresión tienes de Barcelona y Venecia después de ver el corto?

Corto de cine

10-17 **Comprensión.** Contesta las siguientes preguntas, escogiendo la opción correcta.

1. ¿Cómo viajó el señor de Barcelona a Venecia?
   a. Atravesó un agujero de gusano a nivel terrestre.
   b. Habló por un teléfono móvil enloquecido.
   c. Viajó por Air Italia.
   d. Se imaginó el viaje.
2. ¿Por qué tenía el guía un mapa?
   a. porque nunca antes había estado en Venecia
   b. porque quería ver dónde estaban los matones
   c. para buscar una entrada a Barcelona
   d. para vendérselo al señor
3. ¿Quiénes han contratado a matones para vigilar los agujeros de salida?
   a. los agentes de la bolsa
   b. los científicos aeronáuticos
   c. el gobierno de Italia
   d. las compañías aéreas
4. ¿Por qué no pudo el señor cruzar el agujero de salida?
   a. No hizo el gesto adecuado.
   b. No hablaba italiano.
   c. No pagó la tarifa.
   d. Era muy viejo.
5. ¿Cómo vuelve el protagonista a Barcelona?
   a. haciendo la postura exacta en el espacio correcto
   b. en avión, pagando 500 euros
   c. en una nave extraterrestre
   d. accidentalmente, haciendo un gesto especial
6. ¿Qué denuncia el autor del corto?
   a. la seguridad aeronáutica
   b. el exceso de las compañías aéreas
   c. el uso dañino *(harmful)* de los teléfonos móviles
   d. las pérdidas de la bolsa *(stock market)*

10-18 Fotogramas. ¿Quién dice los siguientes diálogos? Escribe las letras de los diálogos (a-f) debajo del personaje quien lo dijo. Hay dos diálogos que corresponden a cada fotograma.

a. «Me ha ocurrido algo muy extraño mientras hablaba con usted».
b. «Yo vengo de Albacete. A mí me pasó lo mismo».
c. «¡A Barcelona! ¡Es solo unas calles más abajo!»
d. «*¡Scusi!*»
e. «Yo no sé de qué va todo esto. Yo estoy aquí por accidente».
f. «¿Air Italia?»

___ ___

___ ___

___ ___

Barcelona Venecia directed by David Muñoz.

10-19 La vida urbana. ¿Qué comentarios hace «Barcelona Venecia» acerca de la vida urbana y qué observaciones podemos hacer acerca de las dos ciudades? Lee las siguientes oraciones y di si son verdaderas o falsas, según el corto.

1. El Paseo de Gracia, en Barcelona, tiene aceras anchas *(wide)*.
2. Muchas vías de Barcelona son canales de agua.
3. Según la conversación telefónica, Barcelona es un centro financiero.
4. El protagonista desea vivir en el campo donde hay más tranquilidad.
5. Las personas que van hablando por celular en las ciudades no se fijan en su entorno *(surroundings)*.

10-20 Minidrama. Imaginen que la premisa del corto es cierta: es posible viajar por medio de agujeros de gusano *(wormholes)*. Trabajando en parejas, dramaticen una escena en la Corte Suprema en donde se están escuchando argumentos a favor y en contra de la regulación de los viajes por medio de agujeros de gusano. Uno(a) de ustedes aboga (*pleads*) a favor de la regulación, explicando lo que pasaría si no hubiera leyes. El (La) otro(a) persona aboga en contra. Estén preparados para presentar sus argumentos enfrente de la clase.

Estructura 2

El puerto (1942)
El puerto *es una obra típica del uruguayo Joaquín Torres García no solo por su abstracción sino por la universalidad de sus símbolos. ¿Qué crees que significa el sol con cara de hombre? ¿Y el pecezote?*

En el pie de foto, ¿puedes identificar el aumentativo? ¿Puedes identificar la conjunción que contrasta dos elementos de una oración?

EXPRESSING DEGREE OF SIZE, AFFECTION, OR CONTEMPT

Diminutives and augmentatives

Spanish has a number of diminutive and augmentative suffixes that are added to nouns, adjectives, and adverbs in order to indicate a degree of size or age. These suffixes may also express affection or contempt. Often these endings eliminate the need for adjectives.

A. Formation

1. Augmentative and diminutive endings are added to the full form of words ending in a consonant or stressed vowel.

papá	papacito	*(dad, daddy)*
animal	animalote	*(big animal)*

2. Words ending in the final unstressed vowels **o** or **a** drop the vowel before the ending is added.

libro	librito	*(little book)*
casa	casucha	*(shack, shanty)*

3. When suffixes beginning in **e** or **i** are attached to a word stem ending in **c, g,** or **z,** these change to **qu, gu,** and **c,** respectively, in order to preserve the sound of the consonant.

chico	chiquito	*(little boy)*
amiga	amiguita	*(pal, buddy)*
pedazo	pedacito	*(small piece, bit)*

4. Diminutive and augmentative endings vary in gender and number.

pobres	pobrecillos	*(poor little things)*
abuela	abuelita	*(grandma)*

B. Diminutive endings

The most common diminutive endings are **-ito, -illo, -cito, -cillo, -ecito,** and **-ecillo.** In addition to small size, diminutive endings frequently express affection, humor, pity, irony, and the like.

1. The endings **-ecito(a)** and **-ecillo(a)** are added to words of one syllable ending in a consonant and words of more than one syllable ending in **e** (without dropping the **e**).

flor	florecita	*(little flower, posy)*
pan	panecillo	*(roll)*
pobre	pobrecillo	*(poor thing)*
madre	madrecita	*(mommy)*

2. The endings **-cito(a)** and **-cillo(a)** are added to most words of more than one syllable ending in **n** or **r.**

joven	jovencita	*(young lady)*
autor	autorcillo	*(would-be author)*

3. The endings **-ito(a)** and **-illo(a)** are added to most other words.

ahora	ahorita	*(right now)*
casa	casita	*(little house)*
Pepe	Pepito	*(Joey)*
Juana	Juanita	*(Jeanie)*
campana	campanilla	*(hand bell)*

C. Augmentative endings

The most common augmentative endings are **-ón(-ona), -azo, -ote(-ota), -acho(a),** and **-ucho(a).** Augmentative endings express large sizes and also contempt, disdain, grotesqueness, and so on.

hombre	hombrón	*(big, husky man)*
éxito	exitazo	*(huge success)*
libro	librote	*(large, heavy book)*
rico	ricacho	*(very rich)*

PRÁCTICA

10-21 Una plaza del pueblo. Imagínate que estás mirando una foto de una plaza de México. Describe lo que ves, usando diminutivos o aumentativos en vez de las frases entre paréntesis.

Hay una (mujer grande) 1. ______________ que está hablando con una (chica pequeña) 2. ______________. Un (hombre pequeño) 3. ______________ está caminando con su (perro grande) 4. ______________. Un (chico pequeño) 5. ______________ está sentado en un (banco pequeño) 6. ______________. Hay (pájaros pequeños) 7. ______________ encima de una (estatua grande) 8. ______________. Otro (hombre grande) 9. ______________ está leyendo un (libro pequeño) 10. ______________. A mi (primo pequeño) 11. ______________ le gustaría jugar en esta (plaza pequeña) 12. ______________.

10-22 Derivaciones. Trabajando en parejas, den una definición de cada una de las palabras de la siguiente lista. Digan si la palabra es un diminutivo o un aumentativo. Luego, den la palabra original.

1. sillón
2. caballito
3. poquito
4. jovencito
5. platillo
6. panecillo
7. ratoncito
8. hermanito
9. cucharón
10. grandote

10-23 Escenas de la vida urbana. Trabajando con un(a) compañero(a) de clase, piensen en una escena típica de la vida urbana con la que ustedes están familiarizados. Describan esta escena utilizando cuatro diminutivos y cuatro aumentativos. Prepárense para compartir su descripción con la clase.

CONNECTING, CONTRASTING, AND CONTRADICTING

The conjunctions *pero, sino,* and *sino que*

Pero, sino, and **sino que** all mean *but.* They all join two elements of a sentence, but each has specific guidelines governing its usage.

1. **Pero** joins two elements when the preceding clause is affirmative. It introduces information that expands a previously mentioned idea.

   Me gustaría ir, **pero** no puedo.

   I would like to go, but I cannot.

   Preferiría salir a pasear por el parque, **pero** tengo que estudiar.

   I would prefer to go for a walk at the park, but I have to study.

   Pero may be used after a negative element. In this case, *but* is equivalent to *nevertheless* or *however.*

   Raúl no es muy alto, **pero** juega bien al baloncesto.

   Raúl is not very tall, but he plays basketball well.

   No me gusta dar noticias tristes, **pero** a veces hay que hacerlo.

   I do not like to give sad news, but sometimes it must be done.

2. **Sino** is only used after a negative element in order to express contrast or contradiction to the first element. (**Sino** connects only a word or phrase to a sentence, but never a clause.)

   No quiere tener un apartamento en el centro **sino** vivir en el campo.

   She does not want to have an apartment downtown but to live in the country.

   No quiere ir a trabajar en coche **sino** en metro.

   He does not want to go to work by car, but rather by subway.

   Ellos no son peruanos **sino** chilenos.

   They are not Peruvians, but Chileans.

3. **Sino que** is only used after a negative element to connect a clause to the sentence. Like **sino,** it introduces information that contrasts or contradicts the concept expressed in a preceding negative element.

No es necesario que lo memorice **sino que** lo lea.
It isn't necessary that he memorize it, but that he read it.
No dijo que estaba enferma **sino que** necesitaba descansar.
She did not say that she was sick, but that she needed to rest.

PRÁCTICA

10-24 A aclarar. Para aclarar las situaciones siguientes, completa cada oración con **pero, sino** o **sino que.**

1. Raúl no va con Carlos _______ con Berto.
2. Quiere ser ingeniero _______ no es fácil.
3. No iré al concierto _______ lo escucharé en la radio.
4. No es azul _______ verde.
5. No quiero hablar _______ escucharle.
6. No quiere que trabajemos todo el tiempo _______ nos divirtamos también.
7. No dijeron que venderían la casa _______ la alquilarían.
8. No van a tomar el autobús _______ el metro.
9. No va al cine _______ se queda en casa.
10. Mi amigo no es español _______ mexicano.
11. Él va a estudiar, _______ ellos prefieren ir al cine.
12. No piensan ir a Bolivia _______ a Guatemala.

10-25 A escoger. Completa cada oración con tus propias ideas. Luego compara tus respuestas con las de un(a) compañero(a) de clase. ¿Tienen mucho en común?

1. No quiero hacer un viaje a Barcelona sino que ___.
2. Guadalajara no está cerca, sino ___.
3. Mi amigo cree que yo sé mucho de Argentina, pero ___.
4. En la República Dominicana el pasaporte no solo es importante sino (que) ___.

10-26 Lo haría, pero... ¿Qué excusas das cuando no quieres hacer algo? Entrevista a tres compañeros(as) de clase sobre las negativas que darían en las siguientes situaciones para no hacer las cosas que otras personas les piden. Deben usar **pero**, **sino** y **sino que** en las respuestas. Después comparte la información con la clase. ¿Cuáles son las negativas más comunes?

1. Un miembro de tu familia que conduce mal te pide el coche para hacer un viaje largo.
2. Un(a) compañero(a) de clase te pide que le pases las respuestas en un examen.
3. Un desconocido te pide usar tu teléfono celular en la calle.
4. La persona que le gusta a tu mejor amigo(a) te invita a una cita romántica.

Espacio literario

Vocabulario útil

Estudia estas palabras.

Verbos

agradar	*to please*
atravesar	*to cross*
desvanecerse	*to disappear*

Sustantivos

el apogeo	*peak*
la hilera	*row*
el matorral	*shrubbery*
la pileta	*swimming pool (Arg.)*
la reja	*railing, bar*
el tranvía	*street car*
la vidriera	*shop window*

Adjetivos

acongojado(a)	*sorrowful*
apacible	*peaceful*
atareado(a)	*very busy*
carente	*lacking*

Otras expresiones

al cabo de	*at the end of*
en cambio	*on the other hand*

10-27 Para practicar. Completa el siguiente párrafo, usando la forma correcta de las palabras o expresiones del **Vocabulario útil.**

A mi hermano le molestaban los días de lluvia pero a mí, en 1. ______________, me 2. ______________. Mi hermano prefería los días de sol del verano cuando podía nadar en la 3. ______________, pero yo no. A mí me gustaba más 4. ______________ la ciudad, ya fuera a pie o en 5. ______________. Cuando llovía fuerte había menos gente en las calles: la ciudad estaba mucho más 6. ______________. Pasaba por las 7. ______________ de tiendas y miraba las 8. ______________ de los grandes almacenes. ¡Cuánto me gustaba pasearme bajo la lluvia! La verdad es que me sentía bastante 9. ______________ cuando, al 10. ______________ de varias horas, tenía que volver a casa.

Estrategia de lectura

- **GENERAR OPINIONES.** Generar opiniones sobre el tema de la lectura antes de leer el texto ayuda a anticipar la idea principal y a centrar la atención en los detalles importantes.

10-28 Opiniones. Con dos o tres compañeros de clase, intercambien opiniones sobre los siguientes temas.

1. ¿Les gusta pasar tiempo en la calle? ¿Por qué sí o por qué no?
2. A la mayoría nos gusta observar a la gente que pasa. ¿A qué lugares les gusta ir para observar a la gente? ¿Cuál es su lugar favorito?
    a. el centro comercial
    b. una calle céntrica
    c. el transporte público
    d. la cafetería de la escuela
    e. el parque
    f. los puestos de comida rápida
    g. la clase
    h. la biblioteca
    i. un barrio residencial
    j. el gimnasio
    k. la tienda de comestibles
    l. un café al aire libre
3. ¿Puede ser peligroso observar a la gente demasiado? ¿Puede ser que los tomen por acosadores *(stalkers)*?

10-29 ¿De acuerdo o no? Si no estás de acuerdo con las siguientes afirmaciones, cámbialas para expresar tu opinión personal.

1. Los hombres deben negarse a usar paraguas porque el paraguas es un accesorio femenino.
2. Los días de lluvia no afectan mi estado de ánimo.
3. El sentido de comunidad se nota más en los grandes centros urbanos que en los pequeños.
4. Es más fácil hacer amistades en las ciudades grandes porque hay más gente y más oportunidades para conocer a personas con las que podamos ser compatibles.
5. En la ciudad donde vivo —o en la ciudad más cercana a mi comunidad— la mayor parte de la gente utiliza regularmente el transporte público.
6. Uno de los problemas más grandes de la vida urbana es la soledad.

Espacio literario

Peter Norman/Nordic Photos/Getty Images

Una señora

escrito por José Donoso

En el cuento que van a leer a continuación, el autor chileno José Donoso (1924–1996) presenta el retrato de un individuo de la metrópoli, cuyo aislamiento y deseo de comunicarse se manifiestan en sus acciones y en lo que escoge observar de la realidad que lo rodea.

No recuerdo con certeza cuándo fue la primera vez que me di cuenta de su existencia. Pero si no me equivoco, fue cierta tarde de invierno en un tranvía que atravesaba un barrio popular.

Cuando me aburro de mi pieza y de mis conversaciones habituales, suelo tomar algún tranvía, cuyo recorrido desconozco y pasear así por la ciudad. Esa tarde llevaba un libro por si se me antojara° leer, pero no lo abría. Estaba lloviendo esporádicamente y el tranvía avanzaba casi vacío. Me senté junto a una ventana, limpiando un boquete° en el vaho° del vidrio para mirar las calles.

if I should feel like

spot; steam

No recuerdo el momento exacto en que ella se sentó a mi lado. Pero cuando el tranvía hizo alto en una esquina, me invadió aquella sensación tan corriente y, sin embargo, misteriosa, que cuanto veía, el momento justo y sin importancia como era, lo había vivido antes, o tal vez soñado. La escena me pareció la reproducción exacta de otra que me fuese conocida: delante de mí, un cuello rollizo° vertía sus pliegues° sobre una camisa deshilachada°; tres o cuatro personas dispersas ocupaban los asientos del tranvía; en la esquina había una botica de barrio con su letrero luminoso, y un carabinero° bostezó° junto al buzón rojo, en la oscuridad que cayó en pocos minutos. Además, vi una rodilla cubierta por un impermeable verde junto a mi rodilla.

plump; spilled its folds; worn

guard; yawned

Conocía la sensación, y más que turbarme° me agradaba. Así, no me molesté en indagar° dentro de mi mente dónde y cómo sucediera todo esto antes. Despaché la sensación con una irónica sonrisa interior, limitándome a volver la mirada para ver lo que seguía de esa rodilla cubierta con un impermeable verde.

bothering me

to inquire

Era una señora. Una señora que llevaba un paraguas mojado en la mano y un sombrero funcional en la cabeza. Una de esas señoras cincuentonas, de las que hay por miles en esta ciudad: ni hermosa ni fea, ni pobre ni rica. Sus facciones° regulares mostraban los restos de una belleza banal. Sus cejas se juntaban más de lo corriente° sobre el arco de la nariz, lo que era el rasgo más distintivo de su rostro.

features

more than usual

Hago esta descripción a la luz de hechos posteriores, porque fue poco lo que de la señora observé entonces. Sonó el timbre°, el tranvía partió haciendo desvanecerse la escena conocida, y volví a mirar la calle por el boquete que limpiara en el vidrio. Los faroles° se encendieron. Un chiquillo salió de un despacho° con dos zanahorias y un pan en la mano. La hilera de casas bajas se prolongaba a lo largo de la acera: ventana, puerta; ventana, puerta, dos ventanas, mientras los zapateros, gasfíteres° y verduleros° cerraban sus comercios exiguos°.

bell

street lights

store

plumbers; greengrocers; small

Iba tan distraído que no noté el momento en que mi compañera de asiento se bajó del tranvía. ¿Cómo había de notarlo si después del instante en que la miré ya no volví a pensar en ella?

No volví a pensar en ella hasta la noche siguiente.

Mi casa está situada en un barrio muy distinto a aquel por donde me llevara el tranvía la tarde anterior. Hay árboles en las aceras y las casas se ocultan a medias detrás de rejas y matorrales. Era bastante tarde, y yo estaba cansado, ya que pasara gran parte de la noche charlando con amigos ante cervezas y tazas de café. Caminaba a mi casa con el cuello del abrigo muy subido. Antes de atravesar una calle divisé una figura que se me antojó° familiar, alejándose bajo la oscuridad de las ramas. Me detuve, observándola un instante. Sí, era la mujer que iba junto a mí en el tranvía la tarde anterior. Cuando pasó bajo un farol reconocí inmediatamente su impermeable verde. Hay miles de impermeables verdes en esta ciudad, sin embargo no dudé de que se trataba del suyo, recordándola a pesar de haberla visto sólo unos segundos en que nada de ella me impresionó. Crucé a la otra acera. Esa noche me dormí sin pensar en la figura que se alejaba bajo los árboles por la calle solitaria.

seemed

Una mañana de sol, dos días después, vi a la señora en una calle céntrica. El movimiento de las doce estaba en su apogeo. Las mujeres se detenían en las vidrieras para discutir la posible adquisición de un vestido o de una tela. Los hombres salían de sus oficinas con documentos bajo el brazo. La reconocí de nuevo al verla pasar mezclada con todo esto, aunque no iba vestida como en las veces anteriores. Me cruzó una ligera extrañeza° de por qué su identidad no se había borrado de mi mente, confundiéndola con el resto de los habitantes de la ciudad.

sense of surprise

En adelante comencé a ver a la señora bastante seguido. La encontraba en todas partes y a toda hora. Pero a veces pasaba una semana o más sin que la viera. Me asaltó la idea melodramática de que quizás se ocupara en seguirme. Pero la deseché° al constatar° que ella, al contrario que yo, no me identificaba en medio de la multitud. A mí, en cambio, me gustaba percibir su identidad entre tanto rostro desconocido.

I rejected it; on ascertaining

Me sentaba en un parque y ella lo cruzaba llevando un bolsón° con verduras. Me detenía a comprar cigarrillos y estaba ella pagando los suyos. Iba al cine, y allí estaba la señora, dos butacas° más allá. No me miraba, pero yo me entretenía observándola. Tenía la boca más bien gruesa°. Usaba un anillo grande, bastante vulgar.

shopping bag

seats

large, coarse

Poco a poco la comencé a buscar. El día no me parecía completo sin verla. Leyendo un libro, por ejemplo, me sorprendía haciendo conjeturas acerca de la señora en vez de concentrarme en lo escrito. La colocaba en situaciones imaginarias, en medio de objetos que yo desconocía. Principié a reunir datos acerca de su persona, todos carentes de importancia y significación. Le gustaba el color verde. Fumaba sólo cierta clase de cigarrillos. Ella hacía las compras para las comidas de su casa.

A veces sentía tal necesidad de verla, que abandonaba cuanto me tenía atareado para salir en su busca. Y en algunas ocasiones la encontraba. Otras no, y volvía malhumorado a encerrarme en mi cuarto, no pudiendo pensar en otra cosa durante el resto de la noche.

Una tarde salí a caminar. Antes de volver a casa, cuando oscureció, me senté en el banco de una plaza. Sólo en esta ciudad existen plazas así. Pequeña y nueva, parecía un accidente en ese barrio utilitario, ni próspero ni miserable. Los árboles eran raquíticos°, como si se hubieran negado a crecer, ofendidos al ser plantados en terreno tan pobre, en un sector tan opaco y anodino°. En una esquina, una fuente de soda aclaraba las figuras de tres muchachos que charlaban en medio del charco de luz. Dentro de una pileta seca, que al parecer nunca se terminó de construir, había ladrillos trizados°, cáscaras° de fruta, papeles. Las parejas apenas conversaban en los bancos, como si la fealdad de la plaza no propiciara° mayor intimidad. Por uno de los senderos vi avanzar a la señora, del brazo de otra mujer. Hablaban con animación, caminando lentamente. Al pasar frente a mí, oí que la señora decía con tono acongojado: —¡Imposible!

scrawny

opaque and insipid

broken bricks; rinds

didn't favor

La otra mujer pasó el brazo en torno a° los hombros de la señora para consolarla. Circundando la pileta inconclusa se alejaron por otro sendero. Inquieto, me puse de pie y eché a andar con la esperanza de encontrarlas, para preguntar a la señora que había sucedido. Pero desaparecieron por las calles en que unas cuantas personas transitaban en pos de° los últimos menesteres° del día.

around

in pursuit of; duties

No tuve paz la semana que siguió de este encuentro. Paseaba por la ciudad con la esperanza de que la señora se cruzara en mi camino, pero no la vi. Parecía haberse extinguido, y abandoné todos mis quehaceres, porque ya no poseía la menor facultad de concentración. Necesitaba verla pasar, nada más, para saber si el dolor de aquella tarde en la plaza continuaba. Frecuenté los sitios en que soliera divisarla°, pensando detener a algunas personas que se me antojaban sus parientes o amigos para preguntarles por la señora. Pero no hubiera sabido por quién preguntar y los dejaba seguir. No la vi en toda esa semana.

I was used to seeing her

Las semanas siguientes fueron peores. Llegué a pretextar una enfermedad para quedarme en cama y así olvidar esa presencia que llenaba mis ideas. Quizás al cabo de varios días sin salir la encontrara de pronto el primer día y cuando menos lo esperara. Pero no logré resistirme, y salí después de dos días en que la señora habitó mi cuarto en todo momento. Al levantarme, me sentí débil, físicamente mal. Aun así tomé tranvías, fui al cine, recorrí el mercado y asistí a una función de un circo de extramuros°. La señora no apareció por parte alguna.

from outside the city

Pero después de algún tiempo la volví a ver. Me había inclinado para atar un cordón de mis zapatos y la vi pasar por la soleada acera de enfrente, llevando una gran sonrisa en la boca y un ramo de aromo° en la mano, los primeros de la estación que comenzaba. Quise seguirla, pero se perdió en la confusión de las calles.

acacia flowers

Espacio literario

fused

Su imagen se desvaneció de mi mente después de perderle el rastro en aquella ocasión. Volví a mis amigos, conocí gente y paseé solo o acompañado por las calles. No es que la olvidara. Su presencia, más bien, parecía haberse fundido° con el resto de las personas que habitan la ciudad.

shaggy; lawn

Una mañana, tiempo después, desperté con la certeza de que la señora se estaba muriendo. Era domingo, y después del almuerzo salí a caminar bajo los árboles de mi barrio. En un balcón una anciana tomaba el sol con sus rodillas cubiertas por un chal peludo°. Una muchacha, en un prado°, pintaba de rojo los muebles de jardín, alistándolos para el verano. Había poca gente, y los objetos y los ruidos se dibujaban con precisión en el aire nítido. Pero en alguna parte de la misma ciudad por la que yo caminaba, la señora iba a morir.

Regresé a casa y me instalé en mi cuarto a esperar.

sway; power lines
growing dim
were preparing themselves
filling up; tops

Desde mi ventana vi cimbrarse° en la brisa los alambres del alumbrado°. La tarde fue madurando lentamente más allá de los techos, y más allá del cerro, la luz fue gastándose más y más°. Los alambres seguían vibrando, respirando. En el jardín alguien regaba el pasto con una manguera. Los pájaros se aprontaban° para la noche, colmando° de ruido y movimiento las copas° de todos los árboles que veía desde mi ventana. Rió un niño en el jardín vecino. Un perro ladró.

would leave ajar
candles; soft

Instantáneamente después, cesaron todos los ruidos al mismo tiempo y se abrió un pozo de silencio en la tarde apacible. Los alambres no vibraban ya. En un barrio desconocido, la señora había muerto. Cierta casa entornaría° su puerta esa noche, y arderían cirios° en una habitación llena de voces quedas° y de consuelos. La tarde se deslizó hacia un final imperceptible, apagándose todos mis pensamientos acerca de la señora. Después me debo de haber dormido, porque no recuerdo más de esa tarde.

relatives

Al día siguiente vi en el diario que los deudos° de doña Ester de Arancibia anunciaban su muerte, dando la hora de los funerales. ¿Podría ser?... Sí. Sin duda era ella.

procession

Asistí al cementerio, siguiendo el cortejo° lentamente por las avenidas largas, entre personas silenciosas que conocían los rasgos y la voz de la mujer por quien sentían dolor. Después caminé un rato bajo los árboles oscuros, porque esa tarde asoleada me trajo una tranquilidad especial.

very rarely

Ahora pienso en la señora sólo muy de tarde en tarde°.

with brows that meet in the middle

A veces me asalta la idea, en una esquina por ejemplo, que la escena presente no es más que reproducción de otra, vivida anteriormente. En esas ocasiones se me ocurre que voy a ver pasar a la señora, cejijunta° y de impermeable verde. Pero me da un poco de risa, porque yo mismo vi depositar su ataúd en el nicho, en una pared con centenares de nichos todos iguales.

10-30 Comprensión. Contesta las siguientes preguntas.

1. ¿Qué hacía el narrador el día en que vio a la señora por primera vez? ¿Qué tiempo hacía?
2. ¿Cómo era la señora?
3. ¿Cómo sabemos que el hombre llega a obsesionarse con ella?
4. ¿Cuándo desapareció su imagen de la mente del narrador? ¿La olvidó?
5. ¿Qué supo de ella por el periódico?
6. ¿Cuál es ahora su reacción frente a los recuerdos de la señora?

10-31 Opiniones. Expresa tu opinión personal.

1. ¿Qué impresión produce la lluvia en este cuento de Donoso?
2. ¿Por qué crees que Donoso no nos presenta más hechos concretos sobre el narrador y la señora?
3. ¿Estás de acuerdo con el autor que la ciudad impone el aislamiento al individuo? Explica tu respuesta.

10-32 A escribir. El periódico de la universidad te ha pedido que escribas una columna sobre las ventajas y desventajas de vivir en una ciudad grande. Usa el cuento «Una señora», las lecturas en **Enfoque cultural** y el corto «Barcelona Venecia» para apoyar tu tesis.

See Student Activities Manual *for this chapter's writing strategy:* ***La síntesis***.

Exploración

Jose Manuel Revuelta Luna / Alamy

Prepara una propuesta

Una propuesta es la exposición de una idea o un proyecto ante un comité o un grupo de personas evaluadoras que consideran dicha propuesta y la aceptan o la rechazan. Una propuesta efectiva incluye información relevante y razones convincentes para que se adopte la idea propuesta.

Ⓐ Transporte urbano.

Para preparar tu propuesta, primero necesitas informarte sobre los varios medios de transporte urbano que existen. Lee el siguiente artículo sobre el transporte en Buenos Aires, Argentina. ¿Cuál de los medios de transporte te parece mejor?

El transporte en Buenos Aires

Subte: El sistema de metro de Buenos Aires, llamado **subte,** es el medio de transporte más rápido y eficiente. Hay seis líneas que cubren la mayor parte de la ciudad. El subte funciona todos los días de 6:00 a 23:00 hrs. También es bastante barato; cada boleto cuesta $1,10 pesos argentinos, o 26 centavos de dólar.

Colectivos: El autobús se llama **colectivo** en Argentina, y en Buenos Aires hay más de 140 líneas que pasan por todos los barrios. Es una forma barata de viajar, pero los días laborables, en el centro de la ciudad, es común quedarse atrapado° en los embotellamientos°. *stuck; traffic jams*

Metrobús: Para reducir el número de colectivos y por lo tanto el tráfico, el gobierno creó el Metrobús, un sistema de autobús de tránsito rápido, que usa carriles° exclusivos para autobuses. Los autobuses viajan por estos carriles en línea recta° sin tener que acelerar ni frenar° constantemente. Y cuantos más autobuses híbridos haya menor será la contaminación ambiental. *lanes* *straight; brake*

Taxis: Los taxis, de color negro y amarillo, tienen una presencia fuerte en las zonas turísticas. Estos son una forma de viajar cómoda, pero también más costosa. La tarifa, que está regulada por el Estado, depende de los kilómetros recorridos. El taxímetro muestra la tarifa, así que no es necesario negociar el precio antes de subirse, como en otras ciudades latinoamericanas.

Bicis: Buenos Aires tiene también un sistema de transporte público de bicicletas. Para utilizar este sistema, el viajero debe registrarse y con su PIN puede sacar una bicicleta de una estación, usarla hasta un máximo de una hora y luego devolverla en cualquier otra estación. Es un servicio gratuito° y funciona de lunes a viernes, de 8:00 a 20:00 hrs. *free*

Buquebús: Buquebús es una empresa privada que ofrece ferrys rápidos entre Buenos Aires y Colonia, y también a Montevideo, Uruguay. Sale de Puerto Madero y en tres horas cruza el Río de la Plata para llegar a la otra capital rioplatense°, Montevideo. *of River Plate*

Exploración

B Enfoque geocultural.

El artículo que acabas de leer es sobre Buenos Aires. Busca Buenos Aires en el siguiente mapa. Luego contesta estas preguntas.

1. ¿Junto a qué río está Buenos Aires?
2. ¿Cerca de qué otra capital está Buenos Aires?

Argentina
Población: 40 400 000
Capital: Buenos Aires
Moneda: peso ($)

C A ver.

¿Quieres saber más sobre Buenos Aires? Mira el video cultural en iLrn.

D ¡Manos a la obra!

¿Qué medio de transporte operativo en Buenos Aires te gustaría introducir en la ciudad más cercana *(close)* adonde vives? Investiga más a fondo ese medio de transporte. Luego prepara una propuesta para que el gobierno local adopte ese medio de transporte. Para escribir una propuesta puedes sigue estos pasos:

1. Define el problema de transporte en tu ciudad.
2. Ofrece un nuevo medio de transporte y di cómo su utilización resolvería el problema.
3. Incluye información y datos sobre el medio de transporte que propones.
4. Explica por qué la ciudad debe adoptarlo.
5. Resume los puntos más importantes.

E ¡Comparte!

Sube tu propuesta en la sección de *Share It!* en iLrn. Lee las propuestas de tres compañeros(as) y ofréceles comentarios.

Vocabulario

Verbos

agradar *to please*
atraer *to attract*
atravesar *to cross*
desvanecerse *to disappear*
fundar *to found, to create*
mudarse *to move, to change residence*
provenir de (ie) *to come from*

Sustantivos

las afueras *outskirts*
el apogeo *peak*
el centro *downtown*
el crecimiento *growth*
el cruce *intersection*
la estatua *statue*
la hilera *row*
el lazo *tie, connection*
el matorral *shrubbery*
el metro *subway*
la pileta *swimming pool (Arg.)*
el rascacielos *skyscraper*
la reja *railing, bar*
el sabor *flavor*
el tranvía *street car*
la vidriera *shop window*

Adjetivos

acongojado(a) *sorrowful*
antiguo(a) *old, antique*
apacible *peaceful*
atareado(a) *very busy*
carente *lacking*

Otras palabras y expresiones

a partir de *starting out in*
al cabo de *at the end of*
en cambio *on the other hand*

Appendices

Appendix A Stem-changing Verbs

Infinitive Present Participle Past Participle	Present Indicative	Imperfect	Preterite	Future	Conditional	Present Subjunctive	Past Subjunctive	Commands
pensar *to think* **e → ie** pensando pensado	**pienso** **piensas** **piensa** pensamos pensáis **piensan**	pensaba pensabas pensaba pensábamos pensabais pensaban	pensé pensaste pensó pensamos pensasteis pensaron	pensaré pensarás pensará pensaremos pensaréis pensarán	pensaría pensarías pensaría pensaríamos pensaríais pensarían	**piense** **pienses** **piense** pensemos penséis **piensen**	pensara pensaras pensara pensáramos pensarais pensaran	**piensa (no pienses)** **(no) piense** pensemos pensad **(no penséis)** **(no) piensen**
acostarse *to go to bed* **o → ue** acostándose acostado	me **acuesto** te **acuestas** se **acuesta** nos acostamos os acostáis se **acuestan**	me acostaba te acostabas se acostaba nos acostábamos os acostabais se acostaban	me acosté te acostaste se acostó nos acostamos os acostasteis se acostaron	me acostaré te acostarás se acostará nos acostaremos os acostaréis se acostarán	me acostaría te acostarías se acostaría nos acostaríamos os acostaríais se acostarían	me **acueste** te **acuestes** se **acueste** nos acostemos os acostéis se **acuesten**	me acostara te acostaras se acostara nos acostáramos os acostarais se acostaran	**acuéstate (no te acuestes)** **(no) acuéstese** acostémonos **acostaos (no os acostéis)** **(no) acuéstense**
sentir *to be sorry* **e → ie, i** **sintiendo** sentido	**siento** **sientes** **siente** sentimos sentís **sienten**	sentía sentías sentía sentíamos sentíais sentían	sentí sentiste **sintió** sentimos sentisteis **sintieron**	sentiré sentirás sentirá sentiremos sentiréis sentirán	sentiría sentirías sentiría sentiríamos sentiríais sentirían	**sienta** **sientas** **sienta** **sintamos** **sintáis** **sientan**	**sintiera** **sintieras** **sintiera** **sintiéramos** **sintierais** **sintieran**	**siente (no sientas)** **(no) sienta** sentamos sentid **(no sintáis)** **(no) sientan**
pedir *to ask for* **e → i, i** **pidiendo** pedido	**pido** **pides** **pide** pedimos pedís **piden**	pedía pedías pedía pedíamos pedíais pedían	pedí pediste **pidió** pedimos pedisteis **pidieron**	pediré pedirás pedirá pediremos pediréis pedirán	pediría pedirías pediría pediríamos pediríais pedirían	**pida** **pidas** **pida** **pidamos** **pidáis** **pidan**	**pidiera** **pidieras** **pidiera** **pidiéramos** **pidierais** **pidieran**	**pide (no pidas)** **(no) pida** pidamos pedid **(no pidáis)** **(no) pidan**
dormir *to sleep* **o → ue, u** **durmiendo** dormido	**duermo** **duermes** **duerme** dormimos dormís **duermen**	dormía dormías dormía dormíamos dormíais dormían	dormí dormiste **durmió** dormimos dormisteis **durmieron**	dormiré dormirás dormirá dormiremos dormiréis dormirán	dormiría dormirías dormiría dormiríamos dormiríais dormirían	**duerma** **duermas** **duerma** **durmamos** **durmáis** **duerman**	**durmiera** **durmieras** **durmiera** **durmiéramos** **durmierais** **durmieran**	**duerme (no duermas)** **(no) duerma** durmamos dormid **(no durmáis)** **(no) duerman**

Appendix B *Change of Spelling Verbs*

Infinitive Present Participle Past Participle	Present Indicative	Imperfect	Preterite	Future	Conditional	Present Subjunctive	Past Subjunctive	Commands
comenzar (e → ie) *to begin* **z → c** **before e** comenzando comenzado	comienzo comienzas comienza comenzamos comenzáis comienzan	comenzaba comenzabas comenzaba comenzábamos comenzabais comenzaban	**comencé** comenzaste comenzó comenzamos comenzasteis comenzaron	comenzaré comenzarás comenzará comenzaremos comenzaréis comenzarán	comenzaría comenzarías comenzaría comenzaríamos comenzaríais comenzarían	**comience** **comiences** **comience** **comencemos** **comencéis** **comiencen**	comenzara comenzaras comenzara comenzáramos comenzarais comenzaran	comienza **(no comiences)** **(no) comience** comencemos comenzad **(no comencéis)** **(no) comiencen**
conocer *to know* **c → zc** **before a, o** conociendo conocido	**conozco** conoces conoce conocemos conocéis conocen	conocía conocías conocía conocíamos conocíais conocían	conocí conociste conoció conocimos conocisteis conocieron	conoceré conocerás conocerá conoceremos conoceréis conocerán	conocería conocerías conocería conoceríamos conoceríais conocerían	**conozca** **conozcas** **conozca** **conozcamos** **conozcáis** **conozcan**	conociera conocieras conociera conociéramos conocierais conocieran	conoce **(no conozcas)** **(no) conozca** conozcamos conoced **(no conozcáis)** **(no) conozcan**
construir *to build* **i → y;** **y inserted** **before a, e, o** **construyendo** construido	**construyo** **construyes** **construye** construimos construís **construyen**	construía construías construía construíamos construíais construían	construí construiste **construyó** construimos construisteis **construyeron**	construiré construirás construirá construiremos construiréis construirán	construiría construirías construiría construiríamos construiríais construirían	**construya** **construyas** **construya** **construyamos** **construyáis** **construyan**	**construyera** **construyeras** **construyera** **construyéramos** **construyerais** **construyeran**	**construye (no construyas)** **(no) construya** construyamos construid **(no construyáis)** **(no) construyan**
leer *to read* **i → y;** **stressed** **i → í** **leyendo** **leído**	leo lees lee leemos leéis leen	leía leías leía leíamos leíais leían	leí leíste **leyó** leímos leísteis **leyeron**	leeré leerás leerá leeremos leeréis leerán	leería leerías leería leeríamos leeríais leerían	lea leas lea leamos leáis lean	**leyera** **leyeras** **leyera** **leyéramos** **leyerais** **leyeran**	lee (no leas) (no) lea leamos leed (no leáis) (no) lean

Appendix B Change of Spelling Verbs (continued)

Infinitive Present Participle Past Participle	Present Indicative	Imperfect	Preterite	Future	Conditional	Present Subjunctive	Past Subjunctive	Commands
pagar *to pay* **g → gu** **before e** pagando pagado	pago pagas paga pagamos pagáis pagan	pagaba pagabas pagaba pagábamos pagabais pagaban	**pagué** pagaste pagó pagamos pagasteis pagaron	pagaré pagarás pagará pagaremos pagaréis pagarán	pagaría pagarías pagaría pagaríamos pagaríais pagarían	**pague** **pagues** **pague** **paguemos** **paguéis** **paguen**	pagara pagaras pagara pagáramos pagarais pagaran	 paga **(no pagues)** **(no) pague** paguemos pagad **(no paguéis)** **(no) paguen**
seguir **(e → i, i)** *to follow* **gu → g** **before a, o** siguiendo seguido	**sigo** sigues sigue seguimos seguís siguen	seguía seguías seguía seguíamos seguíais seguían	seguí seguiste siguió seguimos seguisteis siguieron	seguiré seguirás seguirá seguiremos seguiréis seguirán	seguiría seguirías seguiría seguiríamos seguiríais seguirían	**siga** **sigas** **siga** **sigamos** **sigáis** **sigan**	siguiera siguieras siguiera siguiéramos siguierais siguieran	 sigue **(no sigas)** **(no) siga** sigamos seguid **(no sigáis)** **(no) sigan**
tocar *to play, touch* **c → qu** **before e** tocando tocado	toco tocas toca tocamos tocáis tocan	tocaba tocabas tocaba tocábamos tocabais tocaban	**toqué** tocaste tocó tocamos tocasteis tocaron	tocaré tocarás tocará tocaremos tocaréis tocarán	tocaría tocarías tocaría tocaríamos tocaríais tocarían	**toque** **toques** **toque** **toquemos** **toquéis** **toquen**	tocara tocaras tocara tocáramos tocarais tocaran	 toca **(no toques)** **(no) toque** toquemos tocad **(no toquéis)** **(no) toquen**

Appendix C *Irregular Verbs*

Infinitive Present Participle Past Participle	Present Indicative	Imperfect	Preterite	Future	Conditional	Present Subjunctive	Past Subjunctive	Commands
andar *to walk* andando andado	ando andas anda andamos andáis andan	andaba andabas andaba andábamos andabais andaban	**anduve** **anduviste** **anduvo** **anduvimos** **anduvisteis** **anduvieron**	andaré andarás andará andaremos andaréis andarán	andaría andarías andaría andaríamos andaríais andarían	ande andes ande andemos andéis anden	**anduviera** **anduvieras** **anduviera** **anduviéramos** **anduvierais** **anduvieran**	anda (no andes) (no) ande andemos andad (no andéis) (no) anden
*caer *to fall* **cayendo** **caído**	**caigo** caes cae caemos caéis caen	caía caías caía caíamos caíais caían	caí **caíste** **cayó** **caímos** **caísteis** **cayeron**	caeré caerás caerá caeremos caeréis caerán	caería caerías caería caeríamos caeríais caerían	**caiga** **caigas** **caiga** **caigamos** **caigáis** **caigan**	**cayera** **cayeras** **cayera** **cayéramos** **cayerais** **cayeran**	cae **(no caigas)** **(no) caiga** caigamos caed **(no caigáis)** **(no) caigan**
*dar *to give* dando dado	**doy** das da damos dais dan	daba dabas daba dábamos dabais daban	**di** **diste** **dio** **dimos** **disteis** **dieron**	daré darás dará daremos daréis darán	daría darías daría daríamos daríais darían	**dé** **des** **dé** **demos** **deis** **den**	**diera** **dieras** **diera** **diéramos** **dierais** **dieran**	da (no des) **(no) dé** demos dad **(no deis)** (no) den
*decir *to say, tell* **diciendo** **dicho**	**digo** **dices** **dice** decimos decís **dicen**	decía decías decía decíamos decíais decían	**dije** **dijiste** **dijo** **dijimos** **dijisteis** **dijeron**	**diré** **dirás** **dirá** **diremos** **diréis** **dirán**	**diría** **dirías** **diría** **diríamos** **diríais** **dirían**	**diga** **digas** **diga** **digamos** **digáis** **digan**	**dijera** **dijeras** **dijera** **dijéramos** **dijerais** **dijeran**	**di (no digas)** **(no) diga** digamos decid **(no digáis)** **(no) digan**
*estar *to be* estando estado	**estoy** **estás** **está** estamos estáis **están**	estaba estabas estaba estábamos estabais estaban	**estuve** **estuviste** **estuvo** **estuvimos** **estuvisteis** **estuvieron**	estaré estarás estará estaremos estaréis estarán	estaría estarías estaría estaríamos estaríais estarían	**esté** **estés** **esté** **estemos** **estéis** **estén**	**estuviera** **estuvieras** **estuviera** **estuviéramos** **estuvierais** **estuvieran**	**está (no estés)** **(no) esté** estemos estad **(no estéis)** **(no) estén**

***Verbs with irregular *yo* forms in the present indicative**

Appendix C Irregular Verbs *(continued)*

Infinitive Present Participle Past Participle	Present Indicative	Imperfect	Preterite	Future	Conditional	Present Subjunctive	Past Subjunctive	Commands
haber	**he**	había	**hube**	**habré**	**habría**	**haya**	**hubiera**	
to have	**has**	habías	**hubiste**	**habrás**	**habrías**	**hayas**	**hubieras**	
habiendo	**ha [hay]**	había	**hubo**	**habrá**	**habría**	**haya**	**hubiera**	
habido	**hemos**	habíamos	**hubimos**	**habremos**	**habríamos**	**hayamos**	**hubiéramos**	
	habéis	habíais	**hubisteis**	**habréis**	**habríais**	**hayáis**	**hubierais**	
	han	habían	**hubieron**	**habrán**	**habrían**	**hayan**	**hubieran**	
*hacer	**hago**	hacía	**hice**	**haré**	**haría**	**haga**	**hiciera**	
to make, do	haces	hacías	**hiciste**	**harás**	**harías**	**hagas**	**hicieras**	**haz (no hagas)**
haciendo	hace	hacía	**hizo**	**hará**	**haría**	**haga**	**hiciera**	**(no) haga**
hecho	hacemos	hacíamos	**hicimos**	**haremos**	**haríamos**	**hagamos**	**hiciéramos**	hagamos
	hacéis	hacíais	**hicisteis**	**haréis**	**haríais**	**hagáis**	**hicierais**	haced **(no hagáis)**
	hacen	hacían	**hicieron**	**harán**	**harían**	**hagan**	**hicieran**	**(no) hagan**
ir	**voy**	**iba**	**fui**	iré	iría	**vaya**	**fuera**	
to go	**vas**	**ibas**	**fuiste**	irás	irías	**vayas**	**fueras**	**ve (no vayas)**
yendo	**va**	**iba**	**fue**	irá	iría	**vaya**	**fuera**	**(no) vaya**
ido	**vamos**	**íbamos**	**fuimos**	iremos	iríamos	**vayamos**	**fuéramos**	vayamos
	vais	**ibais**	**fuisteis**	iréis	iríais	**vayáis**	**fuerais**	id **(no vayáis)**
	van	**iban**	**fueron**	irán	irían	**vayan**	**fueran**	**(no) vayan**
*oír	**oigo**	oía	oí	oiré	oiría	**oiga**	**oyera**	
to hear	**oyes**	oías	**oíste**	oirás	oirías	**oigas**	**oyeras**	**oye (no oigas)**
oyendo	**oye**	oía	**oyó**	oirá	oiría	**oiga**	**oyera**	**(no) oiga**
oído	**oímos**	oíamos	**oímos**	oiremos	oiríamos	**oigamos**	**oyéramos**	oigamos
	oís	oíais	**oísteis**	oiréis	oiríais	**oigáis**	**oyerais**	oíd **(no oigáis)**
	oyen	oían	**oyeron**	oirán	oirían	**oigan**	**oyeran**	**(no) oigan**
poder (o → ue)	**puedo**	podía	**pude**	**podré**	**podría**	**pueda**	**pudiera**	
can, to be able	**puedes**	podías	**pudiste**	**podrás**	**podrías**	**puedas**	**pudieras**	
pudiendo	**puede**	podía	**pudo**	**podrá**	**podría**	**pueda**	**pudiera**	
podido	podemos	podíamos	**pudimos**	**podremos**	**podríamos**	podamos	**pudiéramos**	
	podéis	podíais	**pudisteis**	**podréis**	**podríais**	podáis	**pudierais**	
	pueden	podían	**pudieron**	**podrán**	**podrían**	**puedan**	**pudieran**	

***Verbs with irregular *yo* forms in the present indicative**

Appendix C *Irregular Verbs*

Infinitive Present Participle Past Participle	Present Indicative	Imperfect	Preterite	Future	Conditional	Present Subjunctive	Past Subjunctive	Commands
*poner *to place, put* poniendo **puesto**	**pongo** pones pone ponemos ponéis ponen	ponía ponías ponía poníamos poníais ponían	**puse** **pusiste** **puso** **pusimos** **pusisteis** **pusieron**	**pondré** **pondrás** **pondrá** **pondremos** **pondréis** **pondrán**	**pondría** **pondrías** **pondría** **pondríamos** **pondríais** **pondrían**	**ponga** **pongas** **ponga** **pongamos** **pongáis** **pongan**	**pusiera** **pusieras** **pusiera** **pusiéramos** **pusierais** **pusieran**	**pon (no pongas)** **(no) ponga** pongamos poned **(no pongáis)** **(no) pongan**
querer (e → ie) *to want, wish* queriendo querido	**quiero** **quieres** **quiere** queremos queréis **quieren**	quería querías quería queríamos queríais querían	**quise** **quisiste** **quiso** **quisimos** **quisisteis** **quisieron**	**querré** **querrás** **querrá** **querremos** **querréis** **querrán**	**querría** **querrías** **querría** **querríamos** **querríais** **querrían**	**quiera** **quieras** **quiera** queramos queráis **quieran**	**quisiera** **quisieras** **quisiera** **quisiéramos** **quisierais** **quisieran**	**quiere (no quieras)** **(no) quiera** queramos quered (no queráis) **(no) quieran**
reír *to laugh* **riendo** **reído**	**río** **ríes** **ríe** **reímos** reís **ríen**	reía reías reía reíamos reíais reían	reí **reíste** **rio** **reímos** **reísteis** **rieron**	reiré reirás reirá reiremos reiréis reirán	reiría reirías reiría reiríamos reiríais reirían	**ría** **rías** **ría** **riamos** **riáis** **rían**	**riera** **rieras** **riera** **riéramos** **rierais** **rieran**	**ríe (no rías)** **(no) ría** riamos **reíd (no riáis)** **(no) rían**
*saber *to know* sabiendo sabido	**sé** sabes sabe sabemos sabéis saben	sabía sabías sabía sabíamos sabíais sabían	**supe** **supiste** **supo** **supimos** **supisteis** **supieron**	**sabré** **sabrás** **sabrá** **sabremos** **sabréis** **sabrán**	**sabría** **sabrías** **sabría** **sabríamos** **sabríais** **sabrían**	**sepa** **sepas** **sepa** **sepamos** **sepáis** **sepan**	**supiera** **supieras** **supiera** **supiéramos** **supierais** **supieran**	sabe **(no sepas)** **(no) sepa** sepamos sabed **(no sepáis)** **(no) sepan**
*salir *to go out* saliendo salido	**salgo** sales sale salimos salís salen	salía salías salía salíamos salíais salían	salí saliste salió salimos salisteis salieron	**saldré** **saldrás** **saldrá** **saldremos** **saldréis** **saldrán**	**saldría** **saldrías** **saldría** **saldríamos** **saldríais** **saldrían**	**salga** **salgas** **salga** **salgamos** **salgáis** **salgan**	saliera salieras saliera saliéramos salierais salieran	**sal (no salgas)** **(no) salga** salgamos salid **(no salgáis)** **(no) salgan**

***Verbs with irregular *yo* forms in the present indicative**

Appendix C *Irregular Verbs (continued)*

Infinitive Present Participle Past Participle	Present Indicative	Imperfect	Preterite	Future	Conditional	Present Subjunctive	Past Subjunctive	Commands
ser	**soy**	**era**	**fui**	seré	sería	**sea**	**fuera**	
to be	**eres**	**eras**	**fuiste**	serás	serías	**seas**	**fueras**	**sé (no seas)**
siendo	**es**	**era**	**fue**	será	sería	**sea**	**fuera**	**(no) sea**
sido	**somos**	**éramos**	**fuimos**	seremos	seríamos	**seamos**	**fuéramos**	seamos
	sois	**erais**	**fuisteis**	seréis	seríais	**seáis**	**fuerais**	sed **(no seáis)**
	son	**eran**	**fueron**	serán	serían	**sean**	**fueran**	**(no) sean**
*tener	**tengo**	tenía	**tuve**	**tendré**	**tendría**	**tenga**	**tuviera**	
to have	**tienes**	tenías	**tuviste**	**tendrás**	**tendrías**	**tengas**	**tuvieras**	**ten (no tengas)**
teniendo	**tiene**	tenía	**tuvo**	**tendrá**	**tendría**	**tenga**	**tuviera**	**(no) tenga**
tenido	tenemos	teníamos	**tuvimos**	**tendremos**	**tendríamos**	**tengamos**	**tuviéramos**	tengamos
	tenéis	teníais	**tuvisteis**	**tendréis**	**tendríais**	**tengáis**	**tuvierais**	tened **(no tengáis)**
	tienen	tenían	**tuvieron**	**tendrán**	**tendrían**	**tengan**	**tuvieran**	**(no) tengan**
traer	**traigo**	traía	**traje**	traeré	traería	**traiga**	**trajera**	
to bring	traes	traías	**trajiste**	traerás	traerías	**traigas**	**trajeras**	trae **(no traigas)**
trayendo	trae	traía	**trajo**	traerá	traería	**traiga**	**trajera**	**(no) traiga**
traído	traemos	traíamos	**trajimos**	traeremos	traeríamos	**traigamos**	**trajéramos**	traigamos
	traéis	traíais	**trajisteis**	traeréis	traeríais	**traigáis**	**trajerais**	traed **(no traigáis)**
	traen	traían	**trajeron**	traerán	traerían	**traigan**	**trajeran**	**(no) traigan**
*venir	**vengo**	venía	**vine**	**vendré**	**vendría**	**venga**	**viniera**	
to come	**vienes**	venías	**viniste**	**vendrás**	**vendrías**	**vengas**	**vinieras**	**ven (no vengas)**
viniendo	**viene**	venía	**vino**	**vendrá**	**vendría**	**venga**	**viniera**	**(no) venga**
venido	venimos	veníamos	**vinimos**	**vendremos**	**vendríamos**	**vengamos**	**viniéramos**	vengamos
	venís	veníais	**vinisteis**	**vendréis**	**vendríais**	**vengáis**	**vinierais**	venid **(no vengáis)**
	vienen	venían	**vinieron**	**vendrán**	**vendrían**	**vengan**	**vinieran**	**(no) vengan**
ver	**veo**	**veía**	**vi**	veré	vería	**vea**	viera	
to see	ves	**veías**	**viste**	verás	verías	**veas**	vieras	ve **(no veas)**
viendo	ve	**veía**	**vio**	verá	vería	**vea**	viera	**(no) vea**
visto	vemos	**veíamos**	**vimos**	veremos	veríamos	**veamos**	viéramos	veamos
	veis	**veíais**	**visteis**	veréis	veríais	**veáis**	vierais	ved **(no veáis)**
	ven	**veían**	**vieron**	verán	verían	**vean**	vieran	**(no) vean**

***Verbs with irregular *yo* forms in the present indicative**

Appendix D *Pronoun Chart*

Subject pronouns

- Subject pronouns identify the topic of the sentence, and often indicate who or what is performing an action.
- Subject pronouns are generally used in Spanish only for clarification or for emphasis.
- The subject pronouns **Ud.** and **Uds.** are often used as a sign of courtesy.
- There is no Spanish equivalent for *it* as the subject of a sentence.

I	**yo**	*we*	**nosotros / nosotras**
you	**tú** **usted (Ud.)**	*you (plural)*	**vosotros / vosotras** **ustedes (Uds.)**
he	**él**	*they*	**ellos / ellas**
she	**ella**		
it	**Ø**		

Reflexive pronouns

- Reflexive pronouns are used with reflexive verbs such as **despertarse**, **bañarse**, and **divertirse.**
- Reflexive pronouns are often translated into English as *myself, yourself, himself,* etc.
- Sometimes the reflexive meaning is simply understood, or is expressed in other ways.
- The plural reflexive pronouns **nos, os,** and **se** may also be used reciprocally, to mean *each other* or *one another.* (Elena y Marta **se** escriben. *Elena and Marta write to each other.*)

(yo)	**me** lavo	*I wash myself*	(nosotros)	**nos** lavamos	*we wash ourselves*
(tú)	**te** lavas	*you wash yourself*	(vosotros)	**os** laváis	*you wash yourselves*
(Ud.)	**se** lava	*you wash yourself*	(Uds.)	**se** lavan	*you wash yourselves*
(él/ella)	**se** lava	*he/she washes him/herself*	(ellos/ellas)	**se** lavan	*they wash themselves*

Indirect object pronouns

- Indirect object pronouns indicate *to whom* or *for whom* something is done. Occasionally, they express the notions *from whom* or *of whom.*
- Indirect object pronouns are placed before a conjugated verb, or attached to an infinitive.
- Indirect object pronouns are used with the verb **gustar** and with similar verbs such as **encantar**, **importar**, **interesar, parecer.**
- **Le** and **les** are often used together with proper nouns or equivalent noun phrases. (**Le** escribí una carta **a mi padre.**)
- When used with direct object pronouns, **le** and **les** are replaced by **se.** (**Le** escribí una carta **a mi padre.** → **Se** la escribí ayer.)

to me	**me**	to us	**nos**
to you	**te** **le**	to you (plural)	**os** **les**
to him/her/it	**le**	to/for them	**les**

Direct object pronouns

- Direct object pronouns answer the questions *whom* or *what* with respect to the verb. They receive the action of the verb.
- Direct object pronouns are placed before a conjugated verb, or attached to an infinitive.
- Direct object pronouns are placed **after** any other indirect object pronoun or reflexive pronoun. (¿La falda? Mamá me **la** regaló para mi cumpleaños.)

me	**me**	*us*	**nos**
you	**te** **lo** (masc.) **la** (fem.)	*you (plural)*	**os** **los** (masc.) **las** (fem.)
him, it	**lo**	*them*	**los** (masc.) **las** (fem.)
her, it	**la**		

Prepositional pronouns

- Prepositional pronouns are used after prepositions such as **de, para, por, con, sin, cerca de,** etc.
- After the preposition **con,** you must use certain special forms to express *with me* **(conmigo)** and *with you* (familiar) **(contigo).**
- Subject pronouns, rather than prepositional pronouns, are used after the propositions **entre** *(between),* and **según** *(according to).*

mí	**nosotros / nosotras**
ti	**vosotros / vosotras**
usted (Ud.)	**ustedes (Uds.)**
él / ella	**ellos / ellas**

Possessive adjectives

- The forms of possessive adjectives look very much like the forms of various kinds of pronouns. These words, however, are always used together with a noun in order to indicate ownership.
- Since these words are adjectives, you must make them agree in number (singular / plural) and gender (masculine / feminine) with the nouns that follow them (For example, **nuestr*as* cas*as***).

my	**mi(s)**	*our*	**nuestro(a) / nuestros(as)**
your	**tu(s)** **su(s)**	*your*	**vuestro(a) / vuestros(as)** **su(s)**
his / her	**su(s)**	*their*	**su(s)**

Appendix E *Rules of Accentuation*

Written accent marks

In both English and Spanish, a *stressed syllable* is the part of the word that is spoken most loudly and with the greatest force, such as *stu - dent* or *u - ni - ver - si - ty.*

In Spanish, stress generally falls on an easily predictable syllable of the word. Words that *do not* follow these patterns must carry a *written accent mark,* known as **un acento ortográfico** or **una tilde.**

1. Words that end in a consonant other than **-n** or **-s** are stressed on the last syllable. Words that follow this rule do not need a written accent mark:

   co - **mer**
   re - **loj**
   ge - ne - **ral**
   Ba - da - **joz**
   ciu - **dad**

   Words that *do not* follow this rule need a written accent mark on the stressed syllable:

   ár - bol
   Rod - **rí** - guez

2. Words that end in a vowel or in the consonants **-n** or **-s** are stressed on the second-to-last syllable. Most words follow this rule, and therefore do not need a written accent mark:

   ca - sa
   tra - **ba** - jo
   e - le - **fan** - tes
   vi - ven

   Words that *do not* follow this pattern carry a written accent mark on the stressed syllable:

   me - **nú**
   Á - fri - ca
   Ni - co - **lás**
   al - **bón** - di - gas *(meatballs)*
   na - **ción**

3. In order to apply the previous rule correctly, keep in mind these special vowel combinations:

- In general, one syllable is formed when the "weak" vowels **i** or **u** are next to the "strong" vowels **a, e,** or **o.** In the following cases, for example, the stress falls on the second-to-last syllable and no written accent mark is needed.

  gra - cias
  bue - no

  A written accent mark is used, however, when the stress falls on the **i** or **u** and the vowels are divided into two syllables:

  dí - a
  ra - **íz** *(root)*
  grú - a *(crane)*

- The combination of two "strong" vowels—**a, e, o**—is generally divided into two syllables. In the following cases, for example, the stress falls naturally on the second-to-last syllable, and no written accent mark is needed:

  mu - **se** - o
  ma - **es** - tro

4. Written accent marks are occasionally used to distinguish two words that are spelled exactly alike but have different meanings:

Without the written accent		With the written accent	
te	*to you*	**té**	*tea*
mi	*my*	**mí**	*me* (prepositional pronoun)
el	*the*	**él**	*he*
tu	*your*	**tú**	*you*

Vocabulario

ESPAÑOL - INGLÉS

The meanings provided in this glossary are limited to those used in the contexts of this textbook. The number of the chapter where the vocabulary words or expression first appears is indicated in parentheses after the definition. Spelling changes in stem-changing verbs are indicated in parentheses after the verb given, where appropriate.

A

a partir de starting out in (10)
abogar to plead (10)
abrazar to embrace, hug (7)
acercarse to approach, come near (4)
acertar a to manage to (9)
acertar con to get . . . right (3)
acongojado(a) sorrowful (10)
acontecer to happen (5)
actual current (7)
actualmente nowadays (5)
adelgazar to lose weight (2)
adoptar to adopt (1)
adquirir (ie) to acquire (4)
afeitar to shave (8)
afueras, las outskirts (10)
agostarse to extinguish (die) (9)
agradar to please (10)
aguantar to put up with, stand (4)
agüita, la a little bit of water (3)
agujero, el opening, hole (10)
agujero de gusano, el wormhole (10)
al cabo de at the end of (10)
al margen de regardless of, despite (9)
alcalde, el mayor (8)
alemán(-ana) German (1)
algo something, somewhat (2)
almacenar to store (8)
amenaza, la threat (4)
amenazar to threaten (6)
amontonado(a) piled up (3)
ancho(a) wide (3, 10)
ángel, el angel (3)
animar to encourage (9)
anterior previous (8)
antiguo(a) old, antique (10)
antojo, el craving (6)
anuncio ad (8)
apacible peaceful (10)
apagar to turn off (1)
apartamento, el apartment (3)
apellido, el last name (3)
apogeo, el peak (10)
apoyo, el support (8)
aprisionar to imprison (9)
aprovechar to make good use of (3)
arrastrado(a) dragged (1)
arreglar(se) to arrange (5, 9)
arrepentirse to regret; to change one's mind (7)
asequible attainable, affordable (8)
asilo político, el political asylum (3)
asistencia, la attendance (9)
asombrarse to be surprised (5)
astuto clever (7)
asumir to assume (9)
asunto, el matter (2)
atareado(a) very busy (10)
ataúd, el coffin (6)
aterrar to terrify (1)
atraer to attract (10)
atravesar to cross (10)
atril, el bookstand (8)
aumentar to increase (7)
autocrático(a) autocratic, dictatorial (8)
autoimpuesto(a) self-imposed (5)
avalúo, el appraisal (7)
aviso de derrota, el sign of defeat (1)

B

balcón, el balcony (1)
barba, la beard (8)
batidora, la electric mixer (7)
bebé, el baby (4)
belleza, la beauty (2)
boca, la mouth (4)
bochornoso(a) embarrasing (3)
bolsa, la stock market (10)
boludeces foolishness (Arg.) (5)
boludo(a) jerk (Arg.) (5)
bosque, el forest (4)
botín, el loot (9)
bravo(a) ill-tempered, ferocious (5)
brazo, el arm (4)
bruja, la witch (9)
buena "hot" i.e., sexually attractive (colloq.) (2)
buey Mexican expression to refer to a friend (3)
burla, la mockery (8)

C

caber to fit (3)
cabina telefónica, la public phone booth (1)
cacao, el chocolate (2)
caimán, el alligator (2)
calladito very quiet (3)
callar to make or be quiet (3)
cara, la face (4)
carantoña caress (9)
carecer (de) to lack (8, 9)

carente lacking (10)
cargado(a) loaded (4)
cartera, la wallet (4)
casa de empeño, la pawn shop (7)
casamiento, el marriage (5)
cascabel, el bell (9)
casco, el helmet (4)
castigado(a) punished (6)
cautela, la caution (10)
cazar to hunt (6)
centro, el downtown (10)
chaleco, el vest (5)
chiflar to whistle (7)
chino(a) Chinese (1)
chirrión, el whip (Mex.) (6)
chocar to crash (9)
choque cultural, el culture shock (3)
cinturita, la small waist (2)
cirujano(a), el (la) surgeon (2)
colgar to hang (6)
colocar to place (6)
comentar to discuss (2)
comercio, el trade (7)
comestible, el food, foodstuff (2)
competencia, la competition (7)
conceder to grant (2)
conducir to conduct; to drive (2)
conmover to move (emotionally) (7)
conocimiento, el knowledge (2)
consciente conscious (5)
consejo, el piece of advice (5)
consolar (ue) to console (6)
construir (construye) to build (2)
contra against (4)
contribuir (contribuye) to contribute (1)
convenir (ie) to suit (9)
convertir(se) (ie) to convert; to become (1, 5)
convivir to live together (1)
coraza, la shield (9)
cosa tuya your affair (4)
costumbre, la custom (1)
crear to create (2)
crecer to grow (in size) (7, 9)
crecimiento, el growth (10)
creencia, la belief (6)
cruce, el intersection (10)
cuadro, el square (1)
cuenta, la account (7)
cuento, el tale, short story (9)
cuerno, el horn (of an animal) (7)
cuidar to take care of (4)
culebra, la snake (2)
culpa, la guilt (6)
culto(a) cultured, refined (2)
cumplir... años to turn . . . (years old) (7)

D

dañino(a) harmful (10)
dar miedo to cause fear (6)
dar un brinco to jump (9)
darse cuenta to realize (2, 7)
de repente suddenly (7)
dedo, el finger (4)
degollar to slit his/her throat (6)
derramiento de sangre, el bloodshed (9)
derrotar to defeat (6)
desarrollar to develop (1)
desarrollo, el development (2)
descubrimiento, el discovery (2)
desempleo, el unemployment (7)
deseo, el desire (5)
deshacerme to get rid of (1)
desierto, el desert (4)
desigualdad, la inequality (7)
despedazar to cut or tear to pieces (5)
desvanecerse to disappear (10)
detener(se) to stop (oneself) (3, 4)
detenidamente carefully (2)
devorar to devour, eat up (4)
di bola I paid attention (Arg.) (5)
diario, el daily newspaper (9)
dictadura, la dictatorship (8)
diente, el tooth (4)
difunto(a), el (la) deceased person (6)
dinero en efectivo, el cash (7)
dios, el god (2)
diosa, la goddess (2)
dirigirse to address (9)
disparar to shoot (9)
disparo, el gunshot (9)
dispositivo, el device (8)
dominar to dominate (2)
dominio, el control (5)
durar last (5)

E

echar de menos to miss (1)
edificio, el building (9)
efectuar to cause; to occur (8)
ejercer to exercise (8)
ejército, el army (8, 9)
elección, la choice (9)
elegido(a) elected (5)
elenco, el list (10)
embarazo, el pregnancy (6)
emigrar to emigrate (3)
empacado(a) packed (3)
emparejar to tie (7)
empeñar to pawn (7)
emperador, el emperor (2)
emperatriz, la empress (2)
empobrecer to become less fulfilling (9)
en cambio on the other hand (10)
en contra against (1)
encabezar to head, run (5)
encantar to love (something) (2)
enfrentarse to confront (4, 9)
engañar to fool (7)
engendrar to father (6)
enojarse to become angry; to get mad (5)
ensangrentado(a) bloody (5)
enterrar (ie) to bury (6)
entierro, el funeral; burial (6)
entorno, el surroundings (10)
entre between, among (1)
entretenerse to entertain oneself (7)
envenenar to poison (7)
escoba, la broom (8)
escolar pertaining to a school (9)
escolástico(a) scholastic (2)
escoltar to escort, accompany (2)
escote, el neckline (5)
escupidera, la spittoon (8)
ese lado that way, over there (4)
eso de the matter of (2)
espada, la sword (5)
especializarse to major; to specialize (9)
esperanza, la hope (9)
establecer to establish (3)
estatua, la statue (10)

estimular to stimulate (7)
estudiantil pertaining to students (9)
evitar to avoid (1)
exigir to demand (7)
exilio, el exile (3)
éxito, el success (8)
extenderse (ie) to extend, stretch (4)
extranjero(a), el(la) foreigner (7)
extraño(a) strange, odd (10)

F

familiar family (adj.); family member (n.) (4)
fantasma, el ghost (6)
finlandeses, los Finnish (7)
flaco(a) skinny (5)
flacucho(a) skinny (5)
fondo, el deep down (9)
fósforo, el match (9)
fresa, la drill (8)
fuerza, la force (8)
fundar to found; to create (2, 10)

G

gabinete, el office (8)
gallina, la hen; chicken (7, 9)
gallo, el rooster (5)
ganga, la bargain (3)
gastar to spend (money) (1)
gaveta, la drawer (8)
gesto, el gesture (10)
girar sobre to be about (9)
gobernar (ie) to govern, rule (2)
gobierno, el government (1)
gratuito(a) free (9)
grosero(a) coarse, rude (5)
guión, el script (1, 7)

H

habitante, el (la) inhabitant (1)
habitar to inhabit, live in (4)
hace dos anos ya it's two years now (4)
hacendado(a), el (la) landowner (6)
hacer hincapié to stress (9)
hada, el fairy (2)
hacerse cargo de to take charge of (9)
hartar(se) to get fed up (1)
hazaña, la heroic deed (7)
hecho, el fact (2)
herir (ie) to wound (6, 9)
herramienta, la tool (8)
hilera, la row (10)
hogar, el home, hearth (4)
hombro, el shoulder (4)
honrado(a) honorable, of high rank (5)
huevos, los balls (vulg.) (5)
huir to flee, run away (4, 9)
huracán, el hurricane (2)

I

ideología, la ideology, political belief (8)
impedir (i, i) to stop, keep from (9)
imperio, el empire (2)
impreso(a) printed (8)
incluir (incluye) to include (2)
indígena indigenous; Indian (2)
indigno(a) undeserving (9)
ineducados, los ill-mannered people (5)
infancia, la childhood (9)
infantil child, childish (9)
influir (influye) to influence (1)
ingresos, los income (7)
inmigración, la immigration (3)
instrucción, la instruction, teaching (9)
intento, el attempt (3)
intercambio, el exchange; interchange, trade (1, 7)
interno(a) internal (7)
inundación, la flood (6,7)
inversión, la investment (7)
italiano(a), el (la) Italian (3)

J

judío(a), el (la) Jew (3)

L

lado, el side (4)
laico(a) lay, secular (9)
lágrima, la tear (6, 8)
lapicero, el mechanical pencil (8)
lazo, el tie, connection (4, 10)
lengua, la language (1, 3)
lesionarse to be wounded (9)
leyenda, la legend (6)
llama, la flame (9)
llanto, el crying, weeping (6)
llegar a ser to come to be (1)
llevarse to carry away, off (7)
lo que what (2)
lobo, el wolf (4)
lograr to achieve (9)
lujo, el luxury (6)
lunar, el mole (4)

M

madrugada, la dawn (7)
mafioso(a), el (la) gangster (1)
maldición, la curse (6)
maltrato, el abuse (4)
mancebo, el youth (5)
mandíbula, la jaw (8)
manifestante, el (la) demonstrator (9)
marcapáginas, el bookmark (8)
marqueta, la market (3)
marroquí Moroccan (1)
mata, la plant, shrub (6)
matar to kill (4, 6)
matones, los thugs (10)
matorral, el shrubbery (10)
matrícula, la tuition (9)
mejorar to improve (5)
menor small, lesser, younger (with people) (4)
mentón, el chin (4)
mercadillo, el flea market (1)
merecer deserve (7)
meta, la finishing line (7)
meter en un lío to get in trouble (3)
metro, el subway (10)
miedo, el fear (6)
mijito my little son, darling (3)
milagro, el miracle (2)
mimar to pamper (6)
minas, las girls (Arg.) (5)
modificar to modify, change (8)
morder (ue) to bite (2)
moreno(a), el (la) African American, black (of any nationality) (3)
morir(se) (ue) to die (6)
mudarse to move, change residence (10)
muela, la molar (8)
muerte, la death (6)
muerto(a) dead (3, 6)
mural, el mural (3)

N

nalgas, las buttocks (2)
ni rastro not even a trace (1)
nivel, el level (2)
no les hace gracia they don't like it at all (10)
no tener más remedio to have no choice 4
novia, la bride (5)
novio, el groom (5)
nuera, la daughter-in-law (4)

O

olor, el odor (8)
ordeñar to milk (6)
oreja, la ear (7)
orilla, la bank (of a river, sea) (7)

P

padrinos, los godparents (4)
panza llena, la full belly (4)
papel, el role (9)
paraíso, el paradise (6)
parar end up (1)
pariente, el (la) relative (4)
particular private (9)
partido, el (political) party (5)
pata, la foot (of an animal) (2, 7)
patria, la fatherland (9)
patrullar to patrol (1)
pedazo, el piece (5)
pegar to hit (6)
peligro, el danger (9)
pena, la embarrassment (2)
pendejo(a), el (la) idiot (4)
Península Ibérica, la Iberian Peninsula (1)
pensamiento, el thought (6)
pegar un tiro to shoot (8)
pericia, la skill (6)
perspectiva, la prospect (4)
pertenecer a to belong (8)
pesadilla, la nightmare (6)
pestaña, la eyelash (2)
pezuna, la hoof (4)
piedra, la stone, rock (2)
pileta, la swimming pool (Arg.) (10)
piso, el floor (3)
plegaria, la prayer (1)
poblado(a) populated (3)
pobreza, la poverty (5, 7)
poco a poco little by little (7)
poder, el power (5, 8)
poderoso(a) powerful (2, 8)
poli, el (la) police officer (short for) (1)
portar to carry (9)
portátil portable (8)
postular to call for (9)
postura, la position (10)
preocupación, la concern, worry (4)
promedio, el average (7)
prominente prominent (3)
propietario(a), el (la) property owner (7)
proveniente from (3)
provenir (ie) de to come from (10)
próxima vez, la next time (4)
próximo(a) next (2)
pueblo, el people, village (1)
puertorriqueño(a), el (la) Puerto Rican (3)
pulir to polish (8)
pulsión, la drive (5)

Q

¡Qué de (barcos)! What a lot of (ships)! (2)
¡Qué lástima! What a shame! (2)

R

raíz, la root (7)
rascacielos, el skyscraper (10)
rebasar to pass (a car, for example) (Mex.) (7)
rebelde, el (la) rebel (8)
rechazar to reject (9)
recordar (ue) to remember (9)
recorte budget cut (9)
recuperar to recover (9)
redactor(a), el (la) editor (9)
reemplazar to replace (1, 2)
reflejar to reflect (6)
refrán, el saying (2)
refugiarse to take refuge (3)
regalar to give (a present) (7)
regatear to bargain (3)
reinar to reign (5)
reino, el kingdom (9)
reivindicación, la claim, demand (9)
reja, la railing, bar (10)
relacionarse con to be related to (but not in the sense of kinship) (4)
repartidor de leche, el milkman (7)
reportaje, el newspaper article (9)
requisito, el requirement (9)
respirar to breathe (2)
retén, el police checkpoint (3)
reventar un pedo to fart (3)
rezar to pray (1)
rodear to surround (9)
romper la marca to break a (sports) record (7)
roto broken up (1)
ruido, el noise (1, 7)
ruptura, la breaking (8)
ruso(a) Russian (1)

S

sabio(a) wise (6)
sablazo, el rip off (10)
sabor, el flavor (10)
sacudida, la shake (8)
sala de espera, la waiting room (8)
salir adelante to get ahead (9)
salvaje wild, savage (4)
salvar to save (6)
saña, la wrath (5)
sancocho, el meat and vegetable stew (4)
sangriento(a) bloody (6)
sañudo(a) wrathful, angry (5)
sapo, el toad (2)
se los debo I owe them (2)
secuestro, el kidnapping (8)
semejante similar (6)
semilla, la seed (6)
seno, el breast (7)
sentido, el sense (4)
sequía, la drought (6)
servirse (i, i) de to use (8)
siglo, el century (1, 2)
silbar to whistle (2)
sillón, el chair, armchair (8)
sin advertencia without warning (9)
sirviente(a), el (la) servant (3)
sobreviviente, el (la) survivor (6)
sofocante stifling (3)
soldado, el soldier (9)
soler (ue) to usually (9)
soñar (ue) (con) to dream (of) (2)
suegra, la mother-in-law (5)
suegro, el father-in-law (5)
sueño, el sleep (7, 9)
superior higher (9)

T

tamaño, el size (2)
tambor, el drum (2)
tecnológico(a) technological (2)
temor, el fear (9)
tener éxito to succeed (8)
tener ganas (de) to want (to) (4)
teoría, la theory (7)
terrestre terrestial (10)
título, el degree (9)
toma de corriente, la electrical outlet (8)
tradición, la tradition (3)
tramposo(a), el (la) cheater (2)
transmitir to transmit (3)
tranvía, el street car (10)
tratar de to deal with; to try to (4)
tribu, la tribe (1)
trompo, el spinning top (6)

U

un chingo a lot (regionalism for) (3)
uña, la fingernail (4)
único(a) only, unique (5)

V

vástago, el offspring (6)
vecindario, el neighborhood (3)
venganza, la revenge (1, 4)
vengarse to get revenge (4)
venta, la sale (7)
vergüenza shame (1)
vidriera, la shop window (10)
vidrio, el glass (2)
vigilar to watch, to keep an eye on (10)
vivaz vivacious (9)
voz (voces), la voice (2)

Y

yerba, la grass (2)
yerno, el son-in-law (4)

Vocabulario

INGLÉS - ESPAÑOL

A

angel el ángel
angry sañudo(a)
angry, to become enojarse
antique antiguo(a)
apartment el apartamento
appraisal el avalúo
approach, to acercarse
arrange, to arreglar(se)
arm el brazo
armchair el sillón
army el ejército
arrange, to arreglar
assume, to asumir
at the end of al cabo de
attainable asequible
attempt el intento
attendance la asistencia
attract, to atraer
autocratic autocrático(a)
average el promedio
avoid, to evitar

B

baby el bebé
balcony el balcón
balls (*vulg.*) los huevos
bank (*of a river, sea*) la orilla
bargain la ganga
bargain, to regatear
be about, to girar sobre
beard la barba
beauty la belleza
become, to convertir(se) (ie)
belief la creencia
bell el cascabel
belong, to pertenecer a
between entre
bite, to morder (ue)
black (*of any nationality*) el (la) moreno(a)
bloodshed el derramiento de sangre
bloody ensangrentado(a); sangriento(a)
bookmark el marcapáginas
bookstand el atril
break a (sports) record, to romper la marca
breaking la ruptura
breast el seno
breathe, to respirar
bride la novia
broken up roto
broom la escoba
budget cut recorte
build, to construir (construye)
building el edificio
burial el entierro
bury, to enterrar (ie)
busy (very) atareado(a)
buttocks las nalgas

C

call for, to postular
carefully detenidamente
caress carantoña
carry, to portar
carry away, to llevarse
cash el dinero en efectivo
cause fear, to dar miedo
cause, to efectuar
caution cautela
century el siglo
chair el sillón
change one's mind, to arrepentirse
change residence, to mudarse
change, to cambiar
cheater el (la) tramposo(a)
chicken la gallina
child infantil
childhood la infancia
childish infantil
chin el mentón
Chinese chino(a)
chocolate el cacao
choice la elección
claim la reivindicación
clever astuto
coarse grosero(a)
coffin el ataúd
come from, to provenir (ie) de
come near, to acercarse
come to be, to llegar a ser
competition la competencia
concern la preocupación
conduct, to conducir
confront, to enfrentarse
connection el lazo
conscious consciente
console, to consolar (ue)
contribute, to contribuir (contribuye)
control el dominio
convert, to convertir(se) (ie)
crash, to chocar
craving el antojo
create, to crear; fundar
cross, to atravesar
crying el llanto
culture shock el choque cultural
cultured culto(a)
current actual
curse la maldición
custom la costumbre
cut/tear to pieces, to despedazar

D

daily newspaper el diario
danger el peligro
darling mijito
daughter-in-law la nuera
dawn la madrugada
dead muerto(a)
deal with, to tratar de
death la muerte
demand la reivindicación
deceased person el (la) difunto(a)
deep down el fondo
defeat, to derrotar
degree el título
demand, to exigir
demonstrator el (la) manifestante
desert el desierto
deserve merecer
desire el deseo
despite al margen de
develop, to desarrollar
development el desarrollo
device el dispositivo
devour, to devorar
dictatorial autocrático(a)
dictatorship la dictadura
die, to morir(se) (ue)
disappear, to desvanecerse
discovery el descubrimiento
discuss, to comentar
dominate, to dominar
downtown el centro
dragged arrastrado(a)
drawer la gaveta
dream, to soñar (ue) (con)
drill la fresa
drive la pulsión
drive, to conducir
drought la sequía
drum el tambor

E

ear la oreja
eat up, to devorar
editor el (la) redactor(a)
elected elegido(a)
electric mixer la batidora
electrical outlet la toma de corriente
embarrasing bochornoso(a)
embarrassment la pena
embrace, to abrazar
emigrate, to emigrar
emperor el emperador
empire el imperio
empress la emperatriz
encourage, to animar
end up, to parar
entertain oneself, to entretenerse
escort, to escoltar
establish, to establecer
exchange el intercambio
exercise, to ejercer
exile el exilio
extend, to extenderse (ie)
extinguish, to agostarse
eyelash la pestaña

F

face la cara
fact el hecho
fairy el hada
family (*adj.*) familiar
family member (*n.*) familiar
fart, to reventar un pedo
father, to engendrar
father-in-law el suegro
fatherland la patria
fear el miedo; el temor
fed up, to get hartar(se)
ferocious bravo(a)
finger el dedo
fingernail la uña
finishing line la meta
Finnish los finlandeses
fit, to caber
flame la llama
flavor el sabor
flea market el mercadillo
flee, to huir
flood la inundación
floor el piso
food el comestible
foodstuff el comestible
fool, to engañar
foolishness (*Arg.*) boludeces
foot (*of an animal*) la pata
force la fuerza
foreigner el (la) extranjero(a)
forest el bosque
found, to fundar
free gratuito(a)
from proveniente
full belly la panza llena
funeral el entierro

G

gangster el (la) mafioso(a)
German alemán(-ana)
gesture el gesto
get ahead, to salir adelante
ghost el fantasma
girls (*Arg.*) las minas
give (a present), to regalar
glass el vidrio
god el dios
goddess la diosa
godparents los padrinos
govern, to gobernar (ie)
government el gobierno
grant, to conceder
grass la yerba
groom el novio
grow (in size), to crecer
growth el crecimiento
guilt la culpa
gunshot el disparo

H

hang, to colgar
happen, to acontecer
harmful dañino(a)
have no choice, to no tener más remedio
head, to encabezar
helmet el casco
hen la gallina
heroic deed la hazaña
higher superior
hit, to pegar
hole el agujero
home, hearth el hogar
honorable honrado(a)
hoof la pezuña
hope la esperanza
horn (*of an animal*) el cuerno
hot (*i.e., sexually attractive*) (*colloq.*) buena
hug, to abrazar
hunt, to cazar
hurricane el huracán

I

I owe them se los debo
I paid attention (*Arg.*) di bola
Iberian Peninsula la Península Ibérica
ideology, political belief la ideología
idiot el (la) pendejo(a)
ill-mannered people los ineducados
ill-tempered bravo(a)
immigration la inmigración
imprison, to aprisionar
improve, to mejorar
include, to incluir (incluye)
income los ingresos
increase, to aumentar
Indian indígena
indigenous indígena
inequality la desigualdad
influence, to influir (influye)
inhabit, to habitar
inhabitant el habitante
instruction la instrucción
interchange el intercambio
internal interno(a)
intersection el cruce
investment la inversión
it's two years now hace dos años ya
Italian el (la) italiano(a)

J

jaw la mandíbula
jerk (*Arg.*) boludo(a)
Jew el (la) judío(a)
jump, to dar un brinco

K

keep an eye on, to vigilar
keep from, to impedir (i, i)
kidnapping el secuestro
kill, to matar
kingdom el reino
knowledge el conocimiento

L

lack, to carecer (de)
lacking carente
landowner el (la) hacendado(a)
language la lengua
last durar
last name el apellido
lay laico(a)
legend la leyenda
lesser menor
level el nivel
list el elenco
little by little poco a poco
little son mijito
live in, to habitar
live together, to convivir
loaded cargado(a)
loot el botín
lose weight, to adelgazar
love (something), to encantar
luxury el lujo

M

mad, to get enojarse
major, to especializarse
make good use of, to aprovechar
make/be quiet, to callar
manage, to acertar a
market la marqueta
marriage el casamiento
match el fósforo
matter el asunto
mayor el alcalde
meat and vegetable stew el sancocho
mechanical pencil el lapicero
Mexican expression to refer to a friend buey
milk, to ordeñar
milkman el repartidor de leche
miracle el milagro
miss, to echar de menos
mockery la burla
modify, to modificar
molar la muela

mole el lunar
Moroccan marroquí
mother-in-law la suegra
mouth la boca
move (*emotionally*), to conmover
move, to mudarse
mural el mural

N

neckline el escote
neighborhood el vecindario
newspaper article el reportaje
next próximo(a)
next time la próxima vez
nightmare la pesadilla
noise el ruido
not even a trace ni rastro
nowadays actualmente

O

occur, to efectuar
odd extraño
odor el olor
office el gabinete
offspring el vástago
old antiguo(a)
on the other hand en cambio
only único(a)
opening el agujero
outskirts las afueras
over there ese lado

P

packed empacado(a)
pamper, to mimar
paradise el paraíso
party *(political)* el partido
pass, to (*a car, for example*) (*Mex.*) rebasar
patrol, to patrullar
pawn shop la casa de empeño
pawn, to empeñar
peaceful apacible
peak el apogeo
people el pueblo
phone booth la cabina telefónica
piece el pedazo
piece of advice consejo
piled up amontonado(a)
place, to colocar
plant la mata
plead, to abogar
please, to agradar
poison, to envenenar
police checkpoint el retén
police officer (*short for*) el (la) poli
polish, to pulir
political asylum el asilo político
populated poblado(a)
portable portátil
position la postura
poverty la pobreza
power el poder
powerful poderoso(a)
pray, to rezar
prayer la plegaria
pregnancy el embarazo
previous anterior
printed impreso(a)
private particular
prominent prominente
property owner el (la) propietario(a)
prospect la perspectiva
Puerto Rican el (la) puertorriqueño(a)
punished castigado(a)
put up with, to aguantar

Q

quiet (*very*) calladito

R

railing la reja
realize, to darse cuenta
rebel el (la) rebelde
recover, to recuperar
refined culto(a)
reflect, to reflejar
regardless al margen de
regret, to arrepentirse
reign, to reinar
reject, to rechazar
related to, to be (*but not in the sense of kinship*) relacionarse con
relative el (la) pariente
remember, to recordar (ue)
replace, to reemplazar
requirement el requisito
revenge la venganza
revenge, to get vengarse
rid of, to get deshacerme
right, to get . . . acertar con
rip off el sablazo
rock la piedra
role el papel
rooster el gallo
root la raíz
row la hilera
rude grosero(a)
rule, to gobernar (ie)
run away, to huir
run, to encabezar
Russian ruso(a)

S

sale la venta
savage salvaje
save, to salvar
saying el refrán
scholastic escolástico(a)
school (*pertaining to a*) escolar
script el guión
secular laico(a)
seed la semilla
self-imposed autoimpuesto(a)
sense el sentido
servant el (la) sirviente(a)
shake la sacudida
shame vergüenza
shave, to afeitar
shield la coraza
shoot, to disparar; pegar un tiro
short story el cuento
shoulder el hombro
shrub la mata
shrubbery el matorral
side el lado
sign of defeat el aviso de derrota
similar semejante
size el tamaño
skill la pericia
skinny flaco(a); flacucho(a)
skyscraper el rascacielos
sleep el sueño
slit his/her throat, to degollar
small menor
small waist la cinturita
snake la culebra
soldier el soldado
something algo
somewhat algo
son-in-law el yerno
sorrowful acongojado(a)
specialize, to especializarse
spend (*money*), to gastar
spinning top el trompo
spittoon la escupidera
square el cuadro
stand, to aguantar
starting out in a partir de
statue la estatua
stifling sofocante
stimulate, to estimular
stock market la bolsa
stone la piedra
stop (oneself), to detener(se)
stop, to impedir (i, i)
store, to almacenar
strange extraño(a)
street car el tranvía
stress, to hacer hincapié
stretch, to extenderse (ie)
students (*pertaining to*) estudiantil
subway el metro
succeed, to tener éxito
success el éxito
suddenly de repente
suit, to convenir (ie)
support el apoyo
surgeon el (la) cirujano(a)
surprised, to be asombrarse
surround, to rodear
surroundings el entorno
survivor el (la) sobreviviente
swimming pool (*Arg.*) la pileta
sword la espada

T

take care of, to cuidar
take charge of, to hacerse cargo de
take refuge, to refugiarse
tale el cuento
teaching la instrucción
tear la lágrima
technological tecnológico(a)
terrestial terrestre
terrify, to aterrar
that way ese lado
the matter of eso de
theory la teoría
they don't like it at all no les hace gracia
thought el pensamiento
threat la amenaza
threaten, to amenazar
thugs los matones
tie el lazo
tie, to emparejar
toad el sapo
tool la herramienta
tooth el diente
trade el comercio
trade el intercambio
tradition la tradición
transmit, to transmitir
tribe la tribu
trouble, to get in meter en un lio
try to, to tratar de
tuition la matrícula
turn . . . (years old), to cumplir… años
turn off, to apagar

U

undeserving indigno(a)
unemployment el desempleo
unique único(a)
use, to servirse (i, i) de
usually, to soler

V

value el valor
vest el chaleco
village el pueblo
vivacious vivaz
voice la voz (voces)

W

waiting room la sala de espera
wallet la cartera
want (to), to tener ganas (de)
watch, to vigilar
water (*a little bit of*) la agüita
weeping el llanto
what lo que
What a lot of (ships)! ¡Qué de (barcos)!
What a shame! ¡Qué lástima!
whip (*Mex.*) el chirrión
whistle, to silbar; chiflar
wide ancho(a)
wild salvaje
window (*shop*) la vidriera
wise sabio(a)
witch la bruja
without warning sin advertencia
wolf el lobo
wormhole el agujero de gusano
worry la preocupación
wound, to herir (ie)
wounded, to be lesionarse
wrath la saña
wrathful sañudo(a)

Y

younger (*used with people*) menor
your affair cosa tuya
youth el mancebo

Index

A

B

C

D

F

G

H

I

J

L

M

N

O

P

Q

R

S

W

Z